少年
十五二十時

文訊雜誌社策劃

|重現經典|01

楊念慈

著

【重現經典系列】出版說明

文學的長河裡，總有一些值得世代珍藏的作品，它們宛如粒粒珍珠，被一波波出版的浪潮，沖至遠方、寂靜的一角，但終難掩曖曖的內含光芒。靜待有心人輕拭塵埃，讓它們純潔、至美的質地，再現光華。

回應這樣的期盼，堅持好作品提昇人性，不應寂寞、不能埋沒的理念，《文訊》雜誌和「秀威資訊科技公司」攜手合作，推出【重現經典系列】，擦亮這些被埋藏的珍珠，重新排版，重新設計封面，請專家導讀，細心將斷了線的出版、閱讀因緣，串連起來。讓過去無緣錯過的讀者，年輕世代還未及接觸的朋友，都能有閱讀好作品的全新機緣。

儘管文學出版市場艱困，文學創作仍以蓬勃之姿，展現她的堅毅不撓。此一時刻，【重現經典系列】的推出，無疑向大家宣示，我們對文學、對出版的信心與期待。

我們希望，文學不媚俗的永恆價值，有更多深植人心的機會。對曾經燃燒生命，照亮人性幽暗處的作家，讓他們的作品，重新粉墨登場，讓文學的光彩與榮耀重現，對作家而言，都只是最基本的應有尊重。

這是一個起步，我們將持續努力，推出更多好作品，請拭目以待。

方向正確的道路，也許並不平順，但終會愈走愈寬。敬邀您一起結伴同行。

《少年十五二十時》新版序

《少年十五二十時》，在蔡文甫主編的《中華副刊》連載完畢，交由平鑫濤的「皇冠」初版出書，當時我自稱「已入老年」，其實還不滿六十歲，現在「秀威」發行新版，我已經九十出頭。六十歲稱老，只能算初入老境，九十歲可真的是老了，很老很老了。

可是，你信不信？我也曾經年輕過。民國十一年出生，二十六年我十五歲，正是初中畢業，準備升高中的年紀，家鄉沒有完全中學，鄰縣的學校也只有初中不設高中，要升學只有兩個地方可去：去府城升六中，或是去省城升一中。這兩個學校是山東全省數一數二的名校，而省城濟南和府城曹州也都是繁華熱鬧的大地方，可以這麼說，更小的時候，胡吃悶睡，沒有想那麼多，而進入初中以後，朝思暮想，升高中就成了我人生的大目標。

「七七事變」，對日抗戰，這都是註定要發生的歷史事件，為什麼它不早不晚，偏偏就在我緊鑼密鼓，擦槍磨劍準備升學的這個關鍵時刻，突然間，盧溝橋槍炮聲大作，壞消息一下子傳遍全國，我整個的人生，從此就變了調。

家鄉原是幾省交界處的一個三等小縣，雖然離運河、鐵路都不算很遠，卻又不靠近碼頭車站，平時偏僻冷落，幾乎和外地完全隔絕。「七七事變」過後，倒有過一陣不平常的熱鬧，先是山東省主席兼第三路軍總指揮韓復榘，率領他的文武官員和幾個師旅級的大部隊，從省城撤退，人喊馬嘶，把城鄉各地的官舍民宅，都塞得滿滿的。

幸虧這種混亂場面沒有持續多久，接著是韓復榘被召到開封參加軍事會議，在會場被拘捕，押到武漢執行槍決，他遺留的省主席和總指揮等要職，都有人接替，這段抗戰初期不合調的插曲，就這樣揭了過去。第三路軍在新總指揮率領下，北上抗敵，山東省政府也留在省境以內，只是全省一百零八個縣市，大部分都成了「淪陷區」。

「淪陷區」三個字很不吉利，當時就是這麼寫，也是這麼唸的。我考上高中，是家鄉成為「淪陷區」以後的事；考上的學校，不是六中，也不是一中，而是另有其名，簡稱「流亡學校」。在校的學生被稱也自稱為「流亡學生」，校址常有變動，白天扛著圖板，提著小板凳，由老師率領，在荒山野林裡隨機教學，晚間無事可做，就成群結隊，在星月光下，或坐或臥，啞著顙子，唱「流亡三部曲」，一邊唱，一邊流淚。凡此種種，對我都是刺激。一忍再忍，到最後忍無可忍，就毅然脫隊，走自認為對的路，做自認為對的事。

當時民間有一股傳言，說是東北軍的張少帥抱著「不抵抗主義」退出關外，那地區出了一位抗日英雄，名叫馬占山，正在號召全國熱血青年，到東北去參加他領導的「義勇軍」。這傳言很有吸引力，我身邊的夥伴們就有好幾個人躍躍欲試，可是，冷靜下來一想，這件事行不得，路途迢遙，關山阻隔，而且沿途經過的都是所謂「淪陷區」，很可能連馬占山的影子還沒有見著呢，就先落在日本鬼子手裡。幾個毛頭小夥子關起門來討論了幾回，結論是：「要抗日殺敵，不必去東北，在自己的家鄉行事，更有許多便利！」就這樣，我們打消去東北找馬占山的念頭，在自己的家門口，組成自家的「義勇軍」。

《少年十五二十時》書中所述那些殺敵除奸的事蹟，就是那個階段做出來的，現在看著，會覺得那全是幼稚可笑的行為，當時的心情卻十分嚴肅，不會承認自己幼稚，更不肯接受可笑的評語……

「七七」又快要到了，這是「盧溝橋事變」後的第七十五個「七七」。《少年十五二十時》是我三十年前寫成的一本小書，現在新版出書，恰巧碰上這個日子，就算是我個人的一點紀念吧。也許再過幾年，等我們這批和它有關聯的老朽辭世入土，世上就再也沒有人記得它是什麼日子了。

楊念慈　寫於台中

二〇一二年六月八日

《少年十五二十時》導讀

中央研究院院士　張玉法

楊念慈先生這部自傳式的小說，最早出版於一九八〇年。在那前後的四十年，我正在忙著近代史的研究，沒有時間讀小說，因此也沒有讀過這部書。前幾個禮拜，突然接到文訊雜誌社封德屏社長的電話，說《少年十五二十時》最近要重新出版，希望我能夠看一遍，在新書發表會上講幾句話。我一聽說念慈先生的書要重新出版，並可以參加新書發表會，心裡就很高興。因為念慈先生是我讀員林實驗中學時的老師，雖然沒有機會直接受教，但聽說有文學家來學校教書，全校同學都非常興奮，甚至著迷。可惜我那年讀高三，全班被校長關在校外的一間舊廟裡，要我們專心準備考大學，吃、住、上課都在那裡，不必回校參加紀念週和升降旗典禮。因此沒有機會聽念慈先生的課，甚至連見一面的機會都沒有。雖然如此，後來我來臺北讀書、做事，只要有人在我面前提到念慈先生，我就說是我老師。因為有這一層關係，封社長要我為老師做一點事，我不能推辭。

封社長打過電話不幾天，我就收到書的毛本。雖然有四百頁，我花了幾天時間就讀完了。當正在構思在新書發表會中講些什麼時，又接到封社長的電話，說在新書發表會上講話，能聽到的人不多，最好能寫一篇讀後感之類的文章在報刊上發表。我說我對文學是外行，若以讀者身分，談些讀後的感想還可以，要寫書評，一定要請專家。封社長可能知道我與念慈先生是魯西南同鄉，與念慈先生對故鄉有共同經驗，這部書寫一九三〇年代魯西南一個荒僻縣城及其附近一個大家庭中兩位叔伯兄弟的故事，我應該能有比較深的體驗，所以就把這個差派在我的頭上。

說實在，可能是受讀史書習慣的影響，我讀自傳式的小說，常把它當歷史來讀。有的文學家說：小說除了人名以外都是真的，歷史除了人名之外都是假的。因為歷史是我的專業，我對第二句話持保留態度；我雖不懂文學，但可以直覺地對第一句話加以肯定。就《少年十五二十時》這部小說來說，雖然人物的名字對我很陌生，所寫的城郭水窪我的家鄉也沒有，但故事就好像是一九三〇年代發生在我的家鄉：青年人熱血沸騰，對日本得寸進尺地侵略中國——從東北侵略到華北，一點也不能忍；老年人以保護家人、家業為重，能忍即忍，不能忍則避。但若將人逼上絕路，老年人、年青人一樣要抵抗、要報復。

每一個時代、每一個社會的年輕人，除了渾渾噩噩地過日子者外，都會有些理想、有些追求，何況在一個國難當頭、民族備受欺凌的時代。《少年十五二十時》中的主角是兩位叔伯兄弟，在同祖父以下的孫輩排行是老五、老六。老五深沉多謀，老六性子急躁，他們周邊還有幾位個性急躁的年輕人，包括臭頭、老鼠、二扁頭，他們都是中學生或上中學的年齡。他們所處的時代，家長和老師都有絕對的權威，體罰是家常便飯。老五、老六的家長是他們的祖父，全家有近百口人。近百口人都要聽這位楊爺爺的，只要楊爺爺一生氣，全家人都會發抖，甚至全體跪地求饒。

一九三〇年代的魯西南，即使是靠近縣城，還是很孤立，年輕人對外在世界充滿憧憬。老五是從中國東北回到家鄉的，老六聽老五講了一些外間的事，就覺得茅塞頓開。一九三四年老六進入中學以後，即參加了一些啟迪民智的運動，如強迫婦女放足、強迫男人剪辮、破除迷信、掃除文盲、抵制日貨等。在那個社會，人民蒙昧無知、目不識丁，做這些工作吃力而得不到好結果。譬如他們宣傳掃除文盲，花了一夜時間寫標語，第二天早晨才發現寫標語與目不識丁的人看，自己就夠愚蠢。他們改以口頭宣傳，要鄉民跟他們學認字，有的鄉民就譏笑他們小孩子就想當師父。

老六初中畢業就發生盧溝橋事變，因為在前線抗日的有山東將領所帶領的二十九軍，引起鄉民的關懷；有一位被父親打跑的大頭哥就去投效二十九軍。一批從戰地南下追隨政府抗日的青年學生路經魯西，要老六跟著他們走，在大家族的網羅裡老六是走不了的。老五勉勵老六：要抗日，在家鄉也可以做許多事情。在家鄉，出不去，日本人還沒有來，老六無事可做，暇中跟著宋老師學詩，並去習拳。

在盧溝橋事變以後的第二年，日本的軍隊進至魯西南。在日本軍隊來以前，地方上各個角落到處充滿抗日的氣氛，原來為維護社會治安的聯莊會說要組軍抗日，年輕人更是磨拳擦掌，但日軍進至魯西南以後，山東省主席韓復榘的部隊早已撤走，一般人對日軍的暴行，更是敢怒而不敢言，好在後來有臺兒莊大戰，提振了士氣。日軍在佔領區，通常只派少數部隊進駐縣城，偶而出縣城示威，名為「清鄉」。縣城有漢奸所組織的維持會，助紂為虐。老五、老六等這幾個年輕人，能為抗日做些什麼呢？

大頭哥在前線作戰受傷，斷了一條腿，自願復員回鄉；因為殺了一條日本軍犬被砍頭，他們趕夜去收屍埋葬。二扁頭以刀刺殺一個日本兵，從橋上跳入河中，不知下落；他們於夜間入河搜尋，後在下游岸邊尋獲，已因槍傷昏迷，他們覓船將之送至德國神父那裡救治。宋老師被維持會「請」去，要求宋老師合作；他們將維持會長劫走，逼使維持會放人。他們小小年紀，人數不多，所能做的，也不過如此。至於大人們，因為維持會要買楊氏家族的自衛長短槍三百支，楊家爺爺不願給，只好舉族離開楊家寨，遷至縣城的日本兵和維持會勢力所不及的柳河口。最後逼得楊家沒有辦法，只好讓老五把這些槍拿去組織游擊隊，並把老六送去大後方讀書，那一年老五、老六都是十八歲。

這部小說雖然以寫抗日時代的年輕人為主軸，也是一種鄉土文學（此處用「鄉土文學」，是指以鄉土為背景的文學）。把一九三〇年代魯西南的城鄉生活寫得很活現。整體而論，作者不斷將一個故事向外分岔，使一條線變成一個面，對了解整個社會很有幫助。至於一些小節，譬如不管大家長還是小家長，他們的日常生活，不是喝酒就是管孩子；又譬如被老六崇敬的宋老師，可以不經任何人同意，私下將寄養在家中的姪女許配給老六。書中用了幾句土語，更增加鄉土文學的色彩。以各省鄉土為背景寫小說，可能是一九五〇到一九七〇年代大陸各省來臺作家的特色，也因此增加了當時讀者的胸襟與視野。今日在臺灣的讀者，也可以讀到當今大陸各省作家的鄉土文學，但不知欣賞的角度如何？

作為一篇導讀，故事大體如此。書中所寫，也許不完全是歷史的真實，但絕對是文學的真實。文學的真實，能確切反映時代，而歷史有時因為限於史料，未必能把時代完全表達出來。

文學的真實，還有歷史所無法完全表達的，就是該書刻劃人物，維妙維肖；描寫周遭環境，如身履其境。相信該書能滿足讀者在這方面的需求。

開場白

眼看著就到了六十歲。如果承認自己已經是一個老年人，會惹得那些比我更年老的人不高興；可是，六十歲不算老，什麼時候才叫老呢！

截至目前為止，身體狀況還算是差強人意，六十歲只是一個不大令人愉快的數字而已。吃也能吃，睡也能睡，笑也笑得出聲音，哭也哭得下眼淚……所以，還不太能感覺到它實質的意義。不過，數字確乎是一種很真實的東西，一就是一，二就是二，六十就是六十，這是不能不認賬的。假設我能活到八十歲，人生歷程也已經過去了四分之三，剩下這二十年，總是一日不如一日，等到自己吃不下、睡不熟、笑不像笑、哭也不像哭的時候，活著——咳，也只是活著而已。如果再身子骨兒不壯實，害點兒腦充血、肝硬化、心瓣膜不整、攝護腺肥大……之類的老人症，弄得心志昏聵，半身不遂，該軟的不軟，該硬的不硬，甚至連心跳、呼吸、拉屎、撒尿這類最自然不過的事情，也都違反自然，出了毛病，那才真是活受罪呢！縱然是子孝孫賢，也只能從旁扶持，病痛害在自家身上，誰也替不了你。所以，剩下這二十年時間不短，但是，一生的好時光已經過完，真如一位老友在六十歲大慶的壽筵上所說的：「後患無窮，前程有限。」

當然，人分三六九等，際遇各不相同。有人在六十歲過後，照樣的掙扎奮鬥，創出一番前所未有的大成就，那都是一些異乎流俗的大人物；至於一般常人——如我，恐怕六十歲就已經是該結算賬目的時候，六十歲以前庸庸碌碌，沒有什麼值得在國史、家譜中大書特書的光榮紀錄，大概六十歲以後也不會再有。這種情況，就像我那位老友的另兩句名言：「雖然未到終站——終站就在眼前。」往前看，一切景物都清清楚楚，不可能再有什麼峯迴路轉。認清了這一點，我才能體會為什麼人到老年會把世事看淡，這就和聽故事、猜謎語一般，大家都已經知道了結局、洩漏了謎底，你還有什麼好賣關子、弄玄虛的？認清了這一點，我也才能體會為什麼人到老年總愛停足止步，回頭顧視，看看過去，想想當年。原因很簡單，只為的是自己站立的這地方太接近終點，那邊兒長而這邊兒短，所以，往前看不如往後看。

似乎每一位老年人都愛回憶他生命中的那些陳年舊事，難道說人人都有一段「過五關、斬六將」的經歷？這倒不見得。不過呢，人總不是白活的，既然已經過了大半世，吃喝拉撒睡之外，多多少少總有幾件印象清晰的往事，而人的腦子更有一種奇妙的裝置，它不但能記憶，並且會把記下來的事物加以整理、修補，也順便增添一些點綴和裝飾，使它們在形式上更完美，在內容上更充實。如此一來，留在老年人回憶中的那些往事，就像窖起來的陳年佳釀一樣，時間越久，滋味兒越醇厚，不但是供他晚年孤獨寂寞時咀嚼回味，還不妨拿來對別人當故事說。倘若他口才夠好，能說會道，再加上一些油、鹽、醬、醋、芥末、胡椒……之類的佐料，也儘可騙得幾聲驚嘆，或教人一掬同情之淚了。

我這六十年過得平平淡淡，真是到了「乏善可陳」的地步。填履歷表，倒是難不住我，因為人事資料完備，學經歷證件齊全，我可以有憑有據的逐項細填，按照規定，把表上的每一個空欄填滿；每逢要寫自傳，我可就有些為難。雖然已經活了將近六十年，卻發現要把這六十年生命歷程加以濃縮精鍊，只消兩三句話就可以說完，真的可以算得「簡單扼要」。而寫自傳又大部分規定了字數，「限五百字以上」，或「不得少於一千字」，都是許多不許少，這可夠教我頭疼的了。往往皺眉苦思，折騰了整日終宵，才勉強定稿。正文少而廢話多，只好在「理想」、「抱負」上大作文章，說什麼「我將來要如何如何」，弄得頭輕腳重，尾大不掉，自己看了，都覺得十分好笑。好在寫那些東西只是例行公事，非寫不可，寫了卻沒有誰會認真的看它，否則的話，教書匠這碗飯，我早就吃不下去了。區區一篇自傳，怎麼會這樣艱難？難就難在沒有內容可寫啊。我這六十年生涯，只作了一項職業，就是教書，而且一教就教了三十年之久，恰是六十年的半數；至於學歷，別問我唸的是什麼學校，好歹也算是大學畢業。而生逢亂離之世，求學的歷程格外艱苦，是斷斷續續、連滾帶爬才唸完的，比別人更多花了幾年時間，從入學啟蒙，到領受大學文憑，「學生」這個頭銜，足足戴了二十年。你看，要問我的生平，「讀書二十年，教書三十年」，兩句話不就說完了嘛？實在是太簡單，太平淡，把它比作菜餚，就像是鹽開水泡飯，想加點兒佐料進去，還真是不容易，只好保持它的原始風味。

教書之外，我還有一項「副業」，就是寫小說。過去這三十年來，以第一人稱發表的作品，在數量上也不算少，於是就給予讀者們一個頗不正確的印象，誤認為我這個寫小說的人，也像別的小說家一樣有著多彩多姿的生活，經驗豐富，感受深刻，所以筆底下才有取之不盡的材料。今天，我要鄭重聲明，實話實說：那些作品中的「我」並非都是作者本人啊，只是因為我比較習慣使用第一人稱的寫法，就常把別人的故事，記在自己的名下。譬如，有一篇小說中的「我」是隻大公鷄，另一篇小說中的「我」則是一位吃齋唸佛的老太太，你們總不能人禽不分、男女無別吧？交代清楚這一段兒，往下的話就好說啦。不瞞各位，真要是有那麼一條法令，規定小說家非寫自己的故事不可，書店裡就不可能有那麼多的小說，尤其是我，一兩篇小說的素材或許能湊得出來，然後就只好停筆不寫。我特別強調這一點，用意就在於說明，作家搜集材料，一向是五官並用，耳目尤其重要。我寫的那些故事，有些是街談巷議「聽」來的，有些是冷眼旁觀「看」來的，根本不是我親身的經歷。

承認了這一點，我真是有些不好意思。然而，這也是無可奈何的事。剛才我說過的：人分三六九等，際遇各不相同，有人成龍成鳳，有人則只能像小麻雀一樣依傍著人家的屋簷過了一生。以我這望六之年，早已經到達「知天命」的境界，對於這些幸與不幸，倒是沒有什麼想不開。今天是把話說到了此處，以自己的庸碌平淡，對照別人的絢麗燦爛，自不免一時之間有些赧然。

現在要寫的這則故事，就是在這種情緒之下漸漸從心底浮現。故事的開端是在四十二年以前，這已經是很久很久的一段時間，它當然是一直存在著的，而被我有意的壓在心底，塵封土掩，不讓它顯露一點兒形跡。真的，我不但不曾把它當作寫小說的材料，甚至在口頭上也提都不提，和我最親近的人也從來沒有聽我講說這則故事。我之所以如此守密，正是因為這則故事裡有我自己的影子。少壯時期，不敢把這則故事向人透露一句半句，怕落下「鹵莽」、「幼稚」、「少不更事」之類的評語；進入中年，更有著一種「好漢不提當年勇」的心理，站在人家面前的這個中年漢子，雖然蒙祖先的餘蔭，長得人高馬大、背厚腰粗，不能算是「手無縛鷄之力」，可是，多年的教書生涯，却沾染上一身匠氣，說起話來之乎者也，走路做事都慢條斯理，和這則故事裡的那個「少年俠士」，實在扯不到一塊兒去，硬說那是自己，連自己聽了都半信半疑，又怎能唬得住別人呢？於是，乾脆把它深藏心底，只偶爾翻它出來，悄悄的溫習溫習，就像藏書家晒書似的，晒過了還收回到書櫥裡，別人要想借閱，那是萬無可能的。就這樣，我把它塵封土掩了四十餘年，但由於保存得好，過了這麼長久的時間，它依然卷帙完整，沒有一點兒殘缺。

現在又多了幾歲年紀，想法也有了改變，我決定把這則故事寫下來，貢獻給年輕一代的讀者。終於肯這樣做，這有兩層意思：第一、我要年輕人明白，老年人也都曾經年輕過，並非一出生就是個老頭子。既然年輕過，當然就曾經做過年輕人愛做的事，這都沒有什麼稀奇，所以，當你看到這故事中的某些情節，不必大驚小怪。第二、故事中的我和我的夥伴們，不過是幾個極尋常的孩子，既無三頭六臂，更沒有神通法力，至於我們在這段故事中的所作所為，在幾位老成持重的尊長眼裡，也不過是一些潑皮膽大、老虎嘴上拔鬍鬚的頑皮行徑而已，甚至被當作惹禍精、招災鬼，犯的是該殺該剮、滅門抄家的大罪。當然，也有些尊長在暗裡明裡支持我們，誇獎我們，把我們看成保國衛鄉的小英雄。現在時過境遷，我以當事人的身分，回首前塵，真如隔世，當時所受的責罰或鼓勵，也早就像煙霧一般散去。我猜想，年輕一代的讀者們，或許並不討厭讀到這一類故事，希望我這拙劣的文筆，不致降低你們閱讀的興趣。如果有的讀者因而對故事中的人物表示羨慕，我勸你那也不必，因為，上面我說過的，我和我的夥伴們，只是幾個極尋常的孩子，故事中的那些作為，完全是時代和環境逼出來的。我相信：如果你們能有著像我們一樣的機會，你們也必會扮演相同的角色，演出相同的故事。

以上這些廢話，就算是「開場白」。

目次

古城頑童

這則故事，要先從我故鄉那座古怪的縣城說起——

古怪，就是既古而又怪。我相信世界沒有第二座像它那樣的城市。最少，自從我十八歲離開家鄉，四十年來，走南闖北，到過許多省份，住過許多城鎮，就從來不曾見過有另一座縣城像它那副怪樣子！說到古，在這世界上——不，只說咱們中國，比它古的城市就有不少；可是，說到怪，我敢說它是天下第一，舉世無雙！

先說它的古，它是在春秋時期開始建立的，到西漢初年，就具有現在的這個規模。不錯，世上的古城儘多，可是，有些古城不止一次的改建過，遷徙過，雖然還沿用著那個最古老的名字，但已經不在原址。就像咱們中國黃河流域的幾座名城：西安、洛陽、開封、商丘、徐州……等等，都有這種情形。而我故鄉的那座縣城，兩千年來，一直留在老地方不動，這中間，水患之多，不計其數，却對它沒奈何。這話不是亂說，城裡關外，有許多出土的古物，可以作為證明。當然，年代太久遠了，城牆和城門樓子早已經坍倒過又修復過許多回，修來修去，都還在原址，有些城的磚頭，上面還有漢武帝「元光」、「元狩」的年號。一塊磚頭就有兩千多年的歷史，你說它古不古？

再說它的怪，更是怪得厲害。山東省一百零八縣，縣分三等，故鄉這個縣份，論土地面積，縱橫都不足五十里，在三等縣裡也要排在最後幾名。光是小，那倒還算不了什麼，頂多只是被鄰近大縣份的人拿來開玩笑：「喲嗬，還是你們貴處好，縣太爺有什麼公事要通報，一不必送公文，二不必貼佈告，只要派一個大嗓門兒的衙役，敲著一面銅鑼，站在衙門口那麼一吆喝，四鄉都聽得到！」這話太誇張了，不值得一駁。故鄉的人也都不在乎這種玩笑，有道是：「瘦子不比胖，矮子不比高。」因為那瘦子、矮子除了不胖、不高之外，也並非樣樣都不如人。不說別的，只說那座縣城，論它的高大雄偉，方正整齊，在故鄉一府十三縣當中，就赫赫有名，不數第一，也數第二，足可使故鄉的人揚眉吐氣，挽回了面子。

因為縣份小，那座縣城當然也就大不起來，但建造得很有氣派。大致的說，城是正方形的，從東門到西門，從南門到北門，是一條直直的十字大街，把城區分作四個方塊，十字街口有一座鐘鼓樓，那是全城的正中心，也是城區最高的建築物。四座城門，都分內外兩重，有兩排高牆圍成甕形，就是所謂的「甕城」。城門樓子高達三層，和城中央的鐘鼓樓形式相似，只稍稍矮了幾尺。四面城牆，高度都在兩丈以上。因為特別高，所以也格外厚，城牆上的「馬道」有七八尺寬，外有齊齊整整的垛口，顯得十分威武。據故鄉父老們傳言：在從前帝王時期，省、府、縣三級的城池，高低大小都有一定的制度，稍有踰越就算是犯了忌；像故鄉這種三等小縣，本來是不准許這麼高的，只因為地形特殊，由地方官吏、士紳聯合陳情，獲得朝廷允許，才能修建成這個樣子。鄰縣的人也都知道這段故事，所以他們只敢比大小，不敢比高低。

其實，最具特色的倒還不在城的本身，而在城外那一圈長長的護城堤。本來，建造在故鄉那一片大平原上的城市，由於黃河氾濫，常鬧水災，這種護城堤原是不可少的，但是，一般的情形，堤既以「護城」為名，總是不會離城太遠的，而故鄉縣城外的那一圈長堤，卻有些虛張聲勢，離城最遠的堤圈，竟足足有十里路，出西城門通往府城的官道，就從那裡越堤而過，地名叫做「十里口」。東面的堤離城七里，南北兩面比較近，也都有三里、五里不等的距離。而且，那圈護城堤不止是大，還另有一樁奇處，那就是從堤裡堤外兩個不同的方向看上去，它的高度不一致。譬如，你從城區往外走，那圈護城堤就像山一樣擋住去路，巍巍然高達三丈有餘，可是，當你氣喘吁吁的爬過堤口，踏上平地，再回頭顧視，卻發現它最多也不過只有一丈高的樣子。這是怎麼回事呢？答案很簡單：堤裡堤外的地勢，一高一低，有兩丈多的差距。

就是這兩丈多的差距，造成城與堤之間很特殊的地形，很別致的景色。在城與堤之間，不是阡陌縱橫的田地，而是一汪子淺淺的湖水，故鄉的人實事求是，也沒有替它另外取一個名稱，只是簡簡單單的稱它為「城窪子」。這個「城窪子」非同小可，論它的面積，從東堤口到西堤口有十七里路，南北也有八九里，要比一般的「城窪子」遼闊了許多，說它是湖，也不為過。從堤上往下看，城在湖的中央，恰似一艘製作精美的樓船，在水面上飄浮；由四門通向四方堤口的官道，都築得高高的，就像四條粗大的纜繩，把這條船牢牢的拴住，怕它沉沒。自來建造城市，總要選定一個高朗乾爽的地方，故鄉這座縣城所處的地勢，卻是全縣最低，以至於弄成這麼一副狼狽的樣子，你說怪不怪呢？

何以致此？故鄉的父老們也有解釋。據說，當初建城的時候，它和四鄉原是一樣高的，也許還稍稍高了那麼一點兒，正符合築城的條件。可是，城造起來之後，由於黃河為患，常常漲大水，威脅到城的安全，於是就在城外適當的位置，築了那麼一圈護城堤。大家都知道的，黃河之水天上來，經過西北黃土高原，挾大量泥沙以俱下，因而黃河所造成的水災，比別處格外厲害，當大水退走，到處是沙土成堆，平地高起幾尺，使山川變易，城市遷徙，都是這樣造成的。築堤是為了防水，也把那些泥沙攔在堤外，堤內的湖水是從地底滲進來的，所以才會那樣清澈。這證明堤的作用是充分發揮了的，它不但捍衛了城的安全，也維護了城的原狀，使它兩千年來，屹立不移，不像別的城市那樣搬來搬去。不過，堤內保持了老樣子，堤外却漸漸淤積，於是低的變高，高的變低，就造成後來這種地勢。故鄉城區流行著四句歌謠，不知道是誰編的：「不怕漲大水，只怕下大雨；大水淹四鄉，大雨灌城裡。」因為地勢低，落在城與堤之間的雨水無處可去，而護城堤比城牆高了何止一丈，萬一兼旬累月，傾盆不止，雨水越牆而入，豈不是全城遭殃？好在故鄉天氣乾爽，不是多雨地區，並沒有真正發生過歌謠中所說那種「大雨灌城裡」的事，只有那些第一次見到我們這座縣城的人，站在堤口發愣，不免有些心驚。

其實，如果你沒有什麼神經過敏的毛病，第一次看到我們這座縣城，你也會像我一樣愛上它的風景，感受到它的明媚與寧靜，而不會在心裡替它憂慮什麼。那麼大的一汪子湖水，深處不至於沒頂，淺處只有一兩尺，正適合栽種各種水中植物，以蘆葦、蒲草最多，也有一大片一大片的荷花；水中有魚也有蝦，春秋兩季，更有大群的候鳥在這裡落腳，像客棧一般的熱鬧。最外圍的那一圈長堤，也分段種植著各種樹木，最多的是柳樹和槐樹，濃濃密密，幾無隙處。站在城頭頭上向四下裡眺望，「一湖蒲葦綠，十里芰荷香」，再襯著遠處那條首尾相啣的青色巨蟒，真是壯觀極了。嚴冬季節，湖上是一片琉璃世界，冰層都凍得實實的，不但禁得住人，而且禁得住車，不怕冷的小孩子們把它當作遊戲場，除非是天氣特別壞，否則這裡整天熙熙攘攘，景象也並不淒涼。

除了那四條通往四方堤口的官道，在「城窪子」的西北角和東北角上，還有三座小土丘，都被大片的湖水環繞著，說它是山也好，說它是島也好。從最靠近的官道到那小土丘之間，也有人築成田埂子似的羊腸小徑，拐彎抹角，連蹦帶跳，才能爬到那些小丘上去。這三座小丘，如果放在別處，可能不值什麼，在那空蕩蕩的「城窪子」裡，却是最好的點綴，遠遠望著就挺吸引人的。

三座土丘當中，要以西北角上的那一座最為「堂皇」，高度大約有十餘丈，居然也有一個正式的名銜，叫做「文亭山」。山上蓋了一座廟——不，那不是廟，而是一座像廟的四合院落，裡面一尊神像都沒有，只在「山門」外頭，立了一方石碑，上面刻著五個大字：「曾子讀書處」。這處古蹟，可能是出於後人的附會，但它的來歷也很古，按照縣志的記載，這位題字立碑的某某公，曾經在北宋初年做過本縣的縣太爺，如此算來，這座石碑在山頂兀然而立，任憑雨打風吹，已經有八九百年了，立碑人的姓名漫漶不清，看不出他姓甚麼叫甚麼，想來不是范仲淹、歐陽修之類的大人物。東北角的那兩座，一大一小，高度相差不多，只有四丈左右，都是平坦坦、圓碌碌的那種樣式，遠遠望過去，就像並排放著兩個發麵饅頭，一個發得大，另一個沒有發好，所以小了那麼一號。家鄉也懶得替它們取名字，管那個大的叫做「大堌堆」，小的就叫做「小堌堆」。後來才知道，這兩個堌堆原來是大有來頭的，有幾個外鄉人盜寶，從裡頭挖出來不少的古物，敢情那不是尋常的土丘，而是漢代那一位王爺的陵墓。有這三座小土丘點綴著，給這「城窪子」添了不少的景致。如果你是一位詩人，就像在小學和初中教我國文的宋老師那樣，以極豐富的想像力，把小土丘看成高山，把護城堤看成峻嶺，你可能也會寫出像宋老師所寫的那種好詩：「三山如虎踞，一嶺似龍蟠。」你瞧，夠雄偉吧？……

聽到這裡，可能你會打岔：

「喂，老兄，你說你離開你家鄉四十年啦，家鄉的地理環境，你怎麼還記得這樣清楚呀？」

告訴你吧，老弟，人老了，就是這個樣子，老年人的記性，記遠不記近，新認識的面孔，可能會轉眼就忘；越是久遠的事情，越是記得清晰。而且，腦子這架機器，也是挺有個性的，雖然記憶部門錄音錄影的鍵盤一直在轉，有時候效果出奇的好，有時候也會發生故障，對那些該記或不該記的事，好像它自己會選擇。你問我，對自己家鄉的地理環境，怎麼會記得這樣清楚？我想這沒有別的緣故，唯一的理由是我的腦子願意記它。這就像小時候背書一樣，遇上自己喜歡唸的，或是詩，或是詞，根本無須花費多少力氣，像唱山歌似的，就輕輕鬆鬆的把它裝進肚皮裡去，而且從此就「印」在那裡，再也不會消失；遇到那些自己不願意唸的東西，任憑喊破了嗓子，也都是白費，背起書來支支吾吾，哼哼唧唧，少不了的要挨老師的一頓戒尺。家鄉，那是我最喜愛的地方，在那小天地裡，到處重疊著我的足跡，到處飛揚著我的夢翼，到處盪漾著我的笑、我的歌，到處洶湧著我的血、我的淚……啊，我怎能忘記？我怎能捨棄？家鄉的舊地往事，都像雕板一樣「刻」——不是「印」——在我的心底，雖然離開它已經有四十年，四十年有什麼關係？也許，我會把它從今生記到來世！……

從出生到十八歲，——把虛歲扣除，也足足有十六個半年頭，我是在故鄉那座古怪的縣城裡度過的，這中間，包括了我整個的童年和少年時期，那是人一生中最可珍貴的歲月。長大了之後，我循規蹈矩，安分守己，換一句話說，我庸庸碌碌的過了大半世；小時候的我，却是一個頑皮搗蛋的孩子，常常任性胡為，做出一些連自己也莫名其妙的事，使得愛我的人皺眉嘆氣，恨我的人咬牙切齒。尊長們如果能看到我日後會變成現在這個樣子，也許會感到欣慰，而我自己，却一直懷念著少年時期那段飛揚的歲月，覺得那時候的我才比較自然，比較真實，像一匹沒有上籠頭的小馬駒子，愛咬就咬，愛踢就踢，雖然在別人眼中是頑劣成性，自己却過得無拘無束，無憂無慮。

六歲以前的事，已經模模糊糊的不太記得；六歲以後，入學讀書，每天背著書包在縣城裡那條十字大街上來回的跑，總算有了自己的生活，記憶也才漸漸增多了。不知道從什麼時候開始（也許一入學就是如此），讀書對我成為一件十分自由的事，愛讀就讀，不愛讀就溜之大吉，把書包留在教室裡，却整天看不到我的影子，人呢？當然有我的去處，有時候跟著「出紅差」的劊子手到西關外刑場上去看砍頭，有時候就在「城窪子」裡到處晃悠，聽喜鵲吵架，看螞蟻搬家，或者下湖摸泥鰍，上樹掏斑鳩……愛幹什麼就幹什麼，玩得高興極了。可是，我這些自得其樂而又不妨害別人的行動，却常常惹得老師發火。那時候學校裡還不禁止體罰，老師的威權很大，輕則罵，重則打，打得兩隻手掌都腫起了好高，還得很小心的縮在袖統裡藏著，唯恐被尊長們看到，不問青紅皂白，又是一頓狠揍。小時候的記憶，苦與樂總是連在一起，把挨打看作理所當然的事，犯什麼過錯該打多少，自己心裡有數，早就摩拳擦掌的準備好了，從來不想逃避，也絕對沒有仇恨老師的心理，大家各行其是，各盡其責，師生間保持著一種雖不和平、倒還融洽的關係。

你要是問我：小時候究竟挨過多少打？啊，很抱歉，就是這件事情我無法回答，不是替自己遮羞，實在是記不清楚啦。不但記不清挨了多少下，甚至於也說不出打過多少回。反正那個時期的中國孩子，都是這樣打著長大的，除非你特別好運氣，托生在一個開朗的新式家庭裡，爸爸是老留學生，媽媽也是洋學堂畢業的，也許他們會拿新法子對待你，否則，棒頭出孝子，打罵是一種教育方式，人人都懂得這個道理，你有什麼好抱怨的？既然不想向打你的人報仇，打過就拉倒，記它做什麼？

如果你非要問清楚不可，我只好這樣回答你：「挨了不計其數，最少也和我吃過的饅頭、窩窩頭一樣多。」真的，小時候挨打就和吃飯一樣，都被認為是成長期間不可缺乏的「營養」。遇到不走運的日子，一天就挨了不止一頓，上午剛挨過，晚上還要再找補幾下。偶然有一天不挨打，那必然有一個特別的理由，或是逢年過節，諸神佑護；或是那天父母、老師的心情不好，懶得跟你玩鬧，暫時在賬上記著。

總而言之，我挨打的經驗可以算是十分豐富，在這四十多年過後，痛定思痛，痛加檢討，我得說打罵實在不是管教孩子的好辦法，尤其是打罵太多，打也打木啦，罵也罵皮啦，還會有什麼效果？就拿我來說，小時候幾乎不可救藥，長大了沒有再繼續「升級」，由「壞孩子」變成流氓、地痞、強盜、土匪，那是我自己變好的，或者說是這個時代救了我，跟挨打挨罵完全沒有關係。

不只是對我無效，對別的孩子似乎也收效不大。例如，逃學，這是註定要挨打的，然而，不知道挨了多少，却始終沒有把我這個惡習戒掉。最初，我獨來獨去，漸漸有了「志同道合」的夥伴們，也說不上是誰傳染誰，大概天性相近，都是不成材的粗胚子，受不了學校裡那種端肅儀容、正襟危坐的生活，而學校外頭分心的事兒又太多，往往正在學校裡待得好好兒的，忽然有人想起了一個主意，彼此在耳邊嘀咕了幾句，就一下子玩心大熾，而忘了老師們手中的戒尺。大人們總以為，幾個「壞孩子」聚在一起，逃學溜號，甘冒大不韙，不知道會做出什麼了不得的大惡事，其實，我們翻牆頭、鑽窟窿，躲躲閃閃，如同小偷，並非真有什麼壞事可做，可能只是有人說了那麼一句：「不知道北城窪子蘆葦棵裡那堆鳥蛋孵出來了沒有？」或是：「昨天晚上，我在南城牆根底下，聽見一隻蟋蟀叫得好大聲，說不定是隻『將軍』呢！」就是這一類的話，入耳動心，教人按捺不下，真像是中了祟，入了魔，拚得第二天挨打受罵，當時也非得去探一個究竟不可。這些理由，在大人們那裡都是不能成立的，而大人們偏又喜歡尋根究柢，打罵之餘，還要像逼供似的要你說一個明白。你越是實話實說，他們越是滿腹狐疑，認為你是一手遮天，一手蓋地，沒有一句話是真的！哎，這真是無可奈何的事，既然有理說不清，乾脆就不解釋，由著他們去胡亂猜測，可是，他們看你低頭不語，卻以為你是俯首認罪。話都是他們編的，硬要你承認是咱們做的，你說，這寃不寃呢？小時候犯了過錯，挨打受罵我都不在乎，就怕大人們這種不講理的態度，教人心裡不服，打罵的效果自然也就降低了。

在長輩們當中，我比較能信服的，就是我前面提到的那位會作詩的宋老師。他和我們家裡有點兒親戚關係，是那種一表三千里的親戚，敘起來我要喊他表伯。

他在滿清末年最後一科入過學，是一位秀才先生，入民國後又進了優級師範學堂，有中學教師的資格，只因為戀鄉心切，甘願在縣立高等小學堂任教，在五年級的時候做我們的「級任」兼教國文。那時候小學的編制和中學一樣，老師們分科任課，各有專長。像台灣小學裡這種豈有此理的包班制，把老師看成一把萬能鑰匙，不知道始於何時。那時候學生的年紀比較大，所授的課程也比較深，尤其是國文一科，教材是老師自己編的，愛講什麼講什麼，小學五年級讀的課文，竟然大部分是從「左傳」、「國策」、「國語」、「史記」……這些典籍中選出來的，好在學生們大都讀過私塾，有那些「論語」、「孟子」、「大學」、「中庸」在肚子裡打底兒，啃這些硬東西，還不至於弄壞了腸胃。再加上我們這位宋老師是真的有學問，講起書來深入淺出，能顧到學生的程度，更增進了我們的消化能力。十來歲的孩子，一篇又一篇的，往肚子裡塞這些兩千多年以前的老古董，居然也並沒有人鬧消化不良症。更難得的是，照他的履歷，宋老師應該是很頑固、很守舊的，而他自稱是「維新派」，對學生心理摸得很透徹。過錯犯在他的手裡，多半是從輕處理，也肯聽我們東拉西扯的亂解釋，但這並不是說他容易蒙混，你要想以假作真，他一聽就會扯住你的馬腿，教你動彈不得。他自己說他長了一隻有神通的鼻子，能聞得出謊話的氣味，我想這大半還要歸功於他的年歲，他的閱歷，培養出一種察言觀色的本事。所以，在宋老師面前，我是從來不說謊的，有一句，說一句，雖然有些話自己聽著都覺得挺稀奇，他老人家却能耐著性子聽下去，臨末了兒還作出一副興味盎然的樣子，問我：「你真的看見一隻黃鼠狼用兩條後腿走路，頭上還頂著個人骷髏？在什麼地方？大墳堆？下次有機會，帶我一塊兒去，我活了這麼一大把年紀，還沒見過這種怪事呢！」我說的確實是真話，如果不可靠，那一定是我的眼睛騙了我，而不是我存心誆宋老師。宋老師也知道我不會騙他，不管我說的事情多麼離奇，他老人家總是深信不疑，從來不把我當作一個會說謊話的壞孩子。就是這一點，使我對宋老師最信服，也最感激。

要不是上有宋老師庇護，多半我會畢不了業的，早就被戴上一頂「不守校規」、「破壞校譽」的帽子，給掛牌開除了。還不止是我，連我那幾位好夥伴，也都把宋老師當作靠山。有人問宋老師：學生這麼多，為什麼單單喜歡我？宋老師回答說他是「愛才」，哎呀，這可真是教我承受不起，渾渾噩噩，懵懵懂懂的，我哪來的什麼「才」呢？不過是宋老師的薰陶感化之下，會把那些之乎者也矣焉哉連綴成句，寫幾篇連自己也不知其所以的「古文」而已，宋老師却認為很難得，往往通篇連圈帶點，最後還給加上幾句好評語。

我這點子長處，在別位大人那裡却受不到賞識，甚至在根本上就表示懷疑，認定我是耍弄詭計，絕非親筆。就連我的父親，都不肯相信他的兒子，讀了我一篇「傑作」之後，指著桌子喝斥：「說！說！你這篇東西，究竟是從哪裡抄來的？」被宋老師知道，當著我的面對我父親說：「天下文章一大抄，抄有什麼不好？只要他抄得你看不出來歷，就得承認是他作的！」幾句至理名言，說得父親無話可對。我多麼希望父親會摸著我的腦袋，學古人的腔調，說一聲：「此吾家千里駒也！」而父親却認為我連一頭牛犢子都不是，最多不過是一隻重不盈斤、長不逾尺的小老鼠而已。不敢指望我能克紹箕裘，光大門楣，但求我折節向學，別惹父母生氣，他就「於願足矣」。父親不是不疼我，只是他管教的方式，限制得太多而鼓勵太少，把我後腦勺兒上的那幾根「反毛」一一拔掉，所以我後來果然就如他所期望的，變成現成的這麼一副溫吞吞、軟答答的樣子。

天外孤雁

自我出生以後，一直過著糊糊塗塗的太平日子，到我十三歲而止。

我用了「太平」二字，用得並不合適；事實上，像我這種年歲的人，都是生遭亂離，一出世就聞得到硫磺味兒，就聽得見槍砲響，外患頻繁，內亂不斷，那來的「太平」景象？不過，我把我十三歲以前的那段日子，稱之為太平歲月，也不能算是大錯。正因為我的家鄉是一處小地方，位置偏僻，風氣閉塞，無論就政治、軍事、經濟……那一方面來看，都不是一個重要的所在，這種地方在亂世反而有了好處，什麼事情都比那些大地方慢了幾步，外面的世界已經天翻地覆，我們這裡還照常的日出而作，日入而息，不會受到多大的驚擾。在內戰時期，那些有力量爭城掠地的大頭目們，對我們這座古怪的小城，也都沒有多大興趣，雖然在離我家鄉不遠的地區，就有過幾次大規模的軍事行動，這邊攻過來，那邊趕回去，我們縣城裡却連整營的軍隊都不曾駐紮過，更沒有誰拿它當作一個爭奪的目標。因而，它在長期戰亂中，逃過許多劫數，從外界傳來那些驚天動地的大消息，也會在人們口頭上講說一陣子，就像是講說著「山海經」的故事；有時候，戰火蔓延到近處，火線離我的家鄉不過幾十里路，轟隆隆的砲聲清晰可聞，也只不過是像天外的春雷，使鄉人們心頭微感震顫而已。故鄉那一片小天地，真像是「與世隔絕」的「桃花源」似的，「不知有漢，無論魏晉」，照樣的鷄犬相聞，往來種作，把亂世當太平日子過。十三歲以前的我，過的就是這種生活，因為無知無識，所以無憂無慮，一個吃、喝、拉、撒、睡的渾小子，裝在腦子裡的記憶，無非就是過年穿新衣、端節吃粽子、中秋吃月餅……之類的瑣瑣細細，可以說沒有一件真正有意義的事。有人說，那樣日子就叫做「幸福」——凡是叫做「幸福」的東西，都是這樣淺薄、瑣碎、無意義，並且還帶有幾分幼稚的。照這種理論，我得承認我確乎有過一個十分「幸福」的童年，從出生到十三歲。

十三歲那年的秋季，我像是一下子長大了似的，開竅了似的，一塊頑石，忽然有了靈性，有了知識。現在回想起來，我之所以有此一變，並非無因自至，而是由於那年秋季，在我生命史上發生了兩件大事。

第一件事純粹是屬於我自已的，與別人沒有關係。那年暑假過後，我就要進入中學，而且，在縣立中學的入學考試中，我糊裡糊塗的得了一個「榜首」。這本來算不得什麼大事，因為我們那所縣中創設不久，規模甚小，每年招生，報考的人數不滿一百，錄取者只在三十名以內，榜單上用鴨蛋般大的字，還寫不滿一張白報紙。真正的才俊之士，都到府城、或是更遠的省城唸省中去。我這樣解釋清楚，你就會知道，做那種「榜首」實在也沒有多大意思，正應了那句俗話：「矮子隊裡選將軍」，我只是比同考的人稍稍高了那麼一點點而已。不過，當時的情況比較特別，各級學校入學考試似乎都沒有學齡的限制，反正是小學畢業升中學，中學畢業升大學，就像爬樓梯一樣，一層一層的爬上去就是。一般鄉下人家的子弟入學較遲，大多是先在私塾裡讀幾年經書，家境好的，再到城裡升入高等小學，有些人小學畢業的時候，就已經十八九歲。至於我，是佔了「書香門第」的便宜，十三歲唸初中一年級，現在看起來算是正常，在當時被認為是「早慧」，很教人刮目相視，更何況又在近百人當中考了個第一名呢！那些被我壓下去的同榜，都比我年長了一大截，其中還有不少人是已經娶過媳婦、有了兒女的。這麼相形之下，我自然也就被抬舉了起來，在大人們眼中，不再拿我當小孩子看待。而人呢，本來就是這個樣子的，別人怎樣看待你，你也就怎樣要求自己，於是，就在那短短的一兩個月裡，我就像一棵澆了水又施了肥的小樹苗兒，一下子冒高了幾尺，居然亭亭而立，張牙舞爪的，大有摩天凌雲之氣。

這第二件事，說起來可就不大得意了。幾乎就在我考中「榜首」的同時，我在家裡的地位忽然被降了一級，莫名其妙的多了一位堂哥出來，雖然論年歲只比我大了幾個月，但在我們那兄友弟恭、長幼有序的大家族裡，哥哥總比弟弟高了一個頭，把我從「小五」擠成了「小六」。我出生於一個人口上百的大家族，五代同堂，自曾祖父以下，就沒有分過家。祖父老弟兄五大房，有的住城，有的住鄉，平時分爨另炊，各人過各人的，逢年過節，都還回到離城十里路的那座老寨子裡去。父親那一輩，我還能記得清楚，計有三位「大爺」（就是伯父），十四位叔叔，連父親在內，總共是十八位。說到我這一代，親兄弟、堂兄弟和從堂兄弟，簡直是成群結隊，究竟有多少個，我可就說不出一個確實的數目。（聽到此處，你可能嘲笑我說：「笑話啦，再多也總得有一個數兒啊！」）當然不是人數多到無法計算的地步，而是因為叔叔們都年歲不大，有的更是新婚不久，都正在陸續的添丁進口；有時候，半年不回老寨子，就會發現我們這支「隊伍」又往後伸長了不少。就因為「後之來者」太多，每年都會增加好幾個，也就懶得記數了。

反正不管這支「隊伍」長到什麼程度，我們站在「排頭」的這幾個，早就被編了號，當定了「老大哥」，地位穩固，不會動搖。何曾料到，排在「第五號」位置上，已經站了十多年啦，忽然來了一個從中間「插隊」的，一下子就擾亂了秩序。「小五」變「小六」，這倒也沒有什麼，只是過去叫的人叫慣了口，聽的人也聽熟了耳朵，猛然一改，還真是有些適應不過來。

照說呢，正站得好好的，忽然被人搶走位置，擠得踉蹌後退，我就該大發脾氣，對這個闖入者還以顏色，狠狠的踢他幾腳，擂他幾捶，可是，我終於還是捺下了自己的性子。一來，像我們那種人口上百的大家族，最注重規矩，不但做晚輩的要服從長輩，就是同輩的兄弟，做哥哥的也與生俱來享有許多權利，做弟弟的只有俯首貼耳，你要是不理會這一套，自然有家法懲治你，我是領教過的，而且不只一次，早就把這條禁忌刻在心底。再則，我這位從遠方回鄉的堂哥，也確乎很有做哥哥的資格，他入隊不久，就很快的征服了我。是他，撥去我眼中的雲霧，掏出了我耳中的泥土，使我變得耳聰眼明，看清了許多過去不曾見過的東西，想通了許多過去不曾領悟的道理。這種心智上的進益，才是真正的成熟，自覺得由「小五」變成「小六」之後，在極短的時日以內，脫胎換骨，洗毛蛻皮，把以往的童心稚氣，都一概收起，這才真正顯出「大人」的樣子，不只是生了一副大手、大腳、大腦殼而已。

你要問我這個堂哥是從哪裡來的？嚇，他來的那地方可遠了去咧。那天，因為他的到來，使得家裡像過年一般的熱鬧，到處都有人在嘁嘁喳喳的說話，小孩子插不進嘴去，只能站在一旁偷聽，只聽到大人們一再重複著兩個字：「關東」、「關東」。「關東」就是「關外」——

山海關以外，也就是地理教科書上所說的「東三省」，這些，我都知道。還知道「東三省」是一個很大很大的地方：遼寧、吉林、黑龍江，地大物博，盛產的是森林煤礦、大豆高粱，外加「關東三件寶——人參、貂皮、烏拉草」。當時，「九一八事變」才過去不到三年，日本鬼子在佔領了「東三省」之後，又正在出兵攻打山海關，報紙上天天有這一類的新聞。老師們上課的時候，放著教科書不講，常常在黑板上畫著地圖，向我們作時局分析，說到悲憤處，老師哭，學生也哭，教室裡一片愁雲慘霧。不過，哭歸哭，畢竟是年歲還小，渾渾噩噩，糊糊塗塗，只曉得國難當頭，「小日本鬼子」窮兵黷武，貪心不足，要來亡我國家，滅我民族。在小小的心靈裡，也曾經熱血沸騰，悲憤填膺，激發起從軍報國的壯志，恨不得立時離家出走，去到深山古剎尋求名師，練就一十八般武藝，再到戰場上去大顯身手，單打獨鬥，殺它個七進七出……這些意念，有一半是小孩子的幻想，在腦海中旋生旋滅，時沉時浮，出現的時候也仍然閃閃爍爍，模模糊糊，實際上，那些新聞對自己究竟有多大意義，並不能很具體的說得很清楚。當那一陣涕泗滂沱的大激動過去，這些意念又一沉到底，還不是照常的胡吃悶睡？

小孩子就有這種本事，容易餓也容易累；吃也吃得飽，睡也睡得熟。現在，眼前突然出現一個從「關東」來的人，而且，這個人就是我的堂哥，過去從老師嘴裡聽來的「故事」，都是他親身經歷、親眼看到的，在他的瞳孔裡映著影子，在他的身上留下痕跡，那些「故事」就一下子落了實，這一來，才像是春雷驚蟄，使我從矇昧迷茫中有了知識。

從那幾千里以外的「關東」，怎麼會忽然跑來一個堂哥？我也是疑惑了好久，才漸漸摸清楚是怎麼一回事兒。從前，只曉得三位「大爺」當中，「二大爺」是一個空缺，打我一出世就不曾見過這位伯父。有一次貿然的問爺爺：「有大大爺，有三大爺，怎麼沒有二大爺？」爺爺本來正在笑著，被我一問，臉上就變了顏色，啞著嗓子說：「問他作什麼？他，死啦！」小孩子心眼兒實，就把這句話當了真，誰知道做爺爺的也會騙人？原來當我問那句話的時候，我那位二伯父還好好的活著，只是在爺爺心裡，有子不肖，活著也如同死了，早已經不承認還有這個兒子。當年，這個兒子是被他老人家一頓馬鞭子給打跑的，從此遠遊不歸；有些年完全斷了消息。後來，鄰縣一位從「關東」發財回來的鄉親，帶回來一個口信，說是我二伯父已經在「關東」生了根，好像還混得很不錯的樣子，給爺爺奶奶帶回來兩件皮襖，幾斤人參。爺爺本來是一位很慈祥的老人，對這個兒子像是傷透了心，既不穿皮襖，也不吃人參；甚至還不准家人們當面說情，背後議論，連奶奶都因此挨過幾場罵。我那次貿然問話，雖然惹得爺爺不高興，並沒有罰跪挨打，已經算是夠運氣的啦。就這樣，二伯父的消息在家裡成了忌諱，孩子們更被瞞得緊緊的。又過了幾年，我那位堂哥——二伯父的兒子突然在家裡出現，這則故事才算有了結尾。三十年前趕走了一個兒子，三十年後回來了一個孫子，爺爺把這個孫子攬在懷裡，緊緊的摟著，渾身顫抖，滿臉是淚，誰也不知道他老人家心裡是什麼滋味。

我這位堂哥雖然和我同歲，本事可比我大得多，他是獨自一人，萬里迢迢，而且冒著一路烽火，經過許多崗哨，從「關東」摸回家鄉來的。只憑這一點，就足夠我心悅誠服。正因為我自己生成一副野性子，不能安安靜靜的被關在教室裡，得空兒就溜了出去，只要能享受半天自由，回來再領罰受責，挨戒尺，跪冷地，一切在所不惜；可是，我活動的天地能有多大呢？不過就是那裡城外廂，再加上城牆外頭一大片浩浩蕩蕩的「城窪子」，偶爾率領眾嘍囉們，在一日之內，走完那繞城五十里的長堤，餓得飢腸轆轆，累得氣喘吁吁，就已經算是了不得的「壯舉」。想想，也不過就像是驢拉磨似的，圈子拉得再大，轉來轉去又回到了原地，能有什麼意思？比起我這位堂哥，簡直就像小麻雀碰上了大鵬鳥，雖然不願意承認心裡有點兒自卑，對他的滿腔敬佩却是由衷而發。還不止是我，就連我們那位「排頭老大」，這幾年一直在省城裡唸高級中學，被認為見多識廣的，相形之下，也顯得忠厚有餘，還外帶著幾分土氣。其他的眾家兄弟，那更是提都不必提。

這種情況好有一比，好比作一大群家養的鵝鴨隊中，忽然從天外飛落一隻孤雁，雁原不比鵝大，當牠昂然而立，却另有一股子瀟灑出塵的靈秀之氣，把這些會走不會飛的家禽，都給比了下去。

在我們家鄉，「下關東」是窮人們的一條活路。有那家裡頭人丁多的，男孩子長到十六七歲，實在待不下去，家裡的長輩就給他收拾一套行李，讓他到「關東」去闖天下，有的十年二十年之後發財還家，也有的就像斷了線的風箏，一去不回，渺無信息，不知是生是死。這種情形由來已久，「下關東」幾乎成了鄉人們的一句口頭語，特別是那些家境窮苦而又不肯安分守己的「壞孩子」，對「關東」地區更是嚮往之至。所以，你要問起「關東人」的祖籍，會發現來自山東省的移民要佔到百分之七八十。像我們那種家庭，竟然也有人「下關東」，不知別人觀感如何，在我來說，我是深深的引以為榮。自從曉得二伯父在「關東」落戶定居，我就把他看作一個傳奇性的英雄人物，甚至幻想著有一天在家鄉實在悶不過了，也來個萬里尋親，投奔到他那兒去，他一定會收留我的。我之所以對我這位堂哥一見如故，一半是由於他自己的不平凡，另一半大概也因為他是二伯父的兒子。那天，我堂哥驀然在家裡出現，聽大人們說他是單身獨自「飛」回來的，我心裡就暗暗納罕：這位二大爺可真度量大，心胸寬，萬里迢迢，關山阻隔，他怎麼放心讓他的兒子一個人往回「飛」呢？想想我自己平日所受的那許多限制，越發覺得委屈：我那老爹和二大爺是一母同胞的親兄弟，兩個人的性情怎麼會如此的不相似？後來，把從大人們那裡偷聽到的零碎話頭兒拼湊在一塊兒，我才漸漸弄明白這整個事件的情節，而我對我這位遠來的堂哥，在感情上也就更為複雜了。

原來我這位堂哥是帶著一身熱孝回到家鄉的，就在半年之前，他爸爸——我的二伯父才剛剛去世，是死在日本軍閥手裡的。二伯父當年不得親心，隻身漂泊到了關東，仗著年輕體健，能寫會算，不出十年，硬是赤手空拳的打出了天下，在瀋陽城的老西關，從小夥計熬成大老闆，一個人開了三爿店：綢緞莊、皮貨行、還有一家專賣山東土產的雜貨鋪。生意發達之後，他才結婚成家，娶了一位高麗姑娘，婚後生下一兒一女，兒子就是從天外飛回來的這隻孤雁，妹妹比他小著三歲，被母親帶回高麗去。本來，我這位堂哥要獨自返鄉，他母親也不同意的，可是，他記住二伯父臨終時遺留的一句話：「讓孩子回老家。」不管母親如何攔阻，他拿定了主意，怎麼也不肯放棄。逼得急了，他不惜頂撞母親：「跟你回高麗做什麼？我是中國人！」

母親拿他沒有辦法，只好悲悲切切的把他送上火車，而他竟然一路有驚無險，就這樣冒冒失失的「飛」了回來。叩別之際，他母親曾經威嚇他說：「你父親是被他家裡趕出來的。事隔多年，他寫信回家，家裡還是不理他。你這樣千里萬里的趕回去，怎麼知道人家一定會要你？」

這些話，他當時根本不理，可是，當他漸行漸近，心裡越虛，直到爺爺老淚縱橫的把他摟在懷裡，他才知道一切都是多慮，他生來就是這個家庭的一分子，雖然他口音特別，服裝怪異，也拿不出任何可以證明他身分來歷的憑據，那都完全沒有關係，這個家庭仍然會接納他的。

如果你天性多疑，看到這裡，也許你忍不住替我們擔憂：「既然毫無憑證，不怕有人冒充？」我謝謝你一片好心，可是，這只證明你不了解我們家裡的情形，所以才有此一問。事實上，凡是當時在場、或是事後知道詳情的人，對於這個問題，都不會有絲毫疑慮。雖然他出生在外地，十三歲才第一次回家，而且他穿的那身衣服就像個「假洋鬼子」似的，說話的腔調也不對，可是，當我和他站在一起，任何人看到他，都會一眼認出他是我的兄弟，那些「表記」是掩蓋不住也冒充不了的。我們這一家人，大概是由於父系遺傳因子太強的關係，從我曾祖父到我們這一群小蘿蔔頭兒，模樣兒都大致相似，各人從母系那兒分別繼承來的，最多不過是稍黑、略白、微胖、較瘦……這一類小小的差異，大輪廓差不到哪裡去，套一句家鄉人常用的俗語：「都像一個模子刻出來的。」凡是從我們老寨子出來的子弟，在家鄉方圓三五十里路之內，不論識與不識，對我們的身世都能一望而知，好像臉上打著烙印似的。就因為彼此身上都有著這些骨肉相連的標誌，所以，我和我這位堂哥雖然是第一次見面，面面相覷，就如同攬鏡自照一般的熟悉，不必等長輩們細細介紹，我立即就承認他是我家中的一分子，未能確定的只是輩份和行次。從個頭兒上看，應該他是弟弟才合理，敘起年庚，兩個人都是壬戌年出生，屬狗的；再說起生辰，他五月端陽，我八月中秋，也都是趕在一個大節日出世，他只不過比我大了整整一百天而已。然而，就是這百日之差，註定了他是哥哥，我是弟弟，亦步亦趨，一輩子也趕不到他前頭去。

他來了以後，不但搶走了我原先的位置，把我從「小五」擠成「小六」，而且，在爺爺這一房，我那「長孫」的頭銜也被他奪了去，這在我們那個「半封建」的大家族裡，對我一生前程都有著重大的關係。這都不提，最教人嫉妒的是，爺爺對待兒孫的態度，一向是十分嚴肅，現在卻像撿了一隻鳳凰蛋似的，噓拂呵護，無微不至，比起我平日從爺爺那裡所受到的待遇，何止高了十倍？

奶奶更把這個「沒爺沒娘的孩子」看成心肝寶貝，吃在一起吃，（還一筷子一筷子的夾著肉往嘴裡餵呢！）睡也睡在奶奶屋裡，木槅扇外面特別安了一張床榻，還指定一個老媽子在夜間照顧他，怕他掉了床、踢了被，或者是作噩夢、發囈怔什麼的，簡直把他當作離不開人的奶娃子啦，其實，都已經十三歲了呀，比我這個「新科狀元」還整整大著一百天哪。不過，儘管我的口氣有些酸溜溜的，可也不能昧著心不說幾句公道話，老實講，對一個十幾歲的男孩子來說，被溺愛太深或被看管太緊，不論施與者是何許人，爺爺奶奶也好，法官獄吏也罷，都不能算是一件好事，那就像被人掐住脖子似的使你不能暢暢快快的喘氣兒，實在夠難受的。也許有人會喜歡這種待遇，我這位堂哥卻不是那樣的人，他只是不曉得怎樣拒絕，便只好勉強領受著，而從他的眉宇眼神間，可以看得出來他內心的無可奈何。

自從我這位堂哥報到歸隊，在爺爺的分派下，我也添了一份差事，因為在眾家兄弟當中，論關係，要數我跟他最親；論年紀，也要數我倆最接近。我堂哥回家的頭半個月，家裡熱鬧得像開什麼展覽會，那些遠親近鄰，都趕來看「寶」，整日價熙來攘往，絡繹不絕，倒把我們家裡的正主子給擠開了，想和他多說幾句話都辦不到。半個月過後，家裡才安靜下來，爺爺把我叫到跟前，指著我堂哥，向我囑咐說：「小五兒，不，我是說，小六兒啊，今兒家裡沒有客人，你領著你哥哥出去逛逛吧，教他熟悉一下家鄉的情形。好好的領著他，別光顧得自己玩耍！」那口氣，倒好像我是哥哥，他是弟弟，而且還差著一大把的年紀，把他交到我手裡，要我負責他的禍福安危。只憑這幾句話，就可以知道爺爺他老人家是多麼偏心了。

在爺爺面前，我唯唯諾諾，什麼話也不敢多說；而出了大門之後，我的主意可比誰都多。那天，我「領」著堂哥走遍一城三關，好玩的地方都逛到了。而且，我存心向雙方炫耀，拐來拐去，故意往我那些小嘍囉的家門口繞，打一聲唿哨，屁股後頭就又多了一個。我要堂哥知道他堂弟——就是我——在家鄉很有點兒勢力。那些小嘍囉們有的比我大著好幾歲，可是，有智不在年高，他們都還是聽我的；另一方面，我也要嘍囉們瞧瞧，這位近半個月來轟動全城的新聞人物，並非別個，乃是我的堂哥。這樣做，內心當然是很得意的，臉上也就不免流露出幾分得意的神色，得意忘形之餘，便順嘴胡溜，把自己平日的所作所為，揀了幾件得意事，向堂哥吹了一氣。原以為那些故事會把堂哥唬住的，那知道他竟然聽不進去，我越是說得精彩，他越是皺緊了雙眉。

最後，我帶著他走上東城門的城樓。農曆六月底，正是城窪子裡一年當中最熱鬧的節季，一大片濃淡明暗的綠，掩映著上下俯仰的天光水色，可算得風景幽美。

尤其是東城牆根下那幾十頃荷花，正開得又肥又大，有的粉紅，有的雪白，從那傘一般的蓮葉叢中亭亭而出，把這一帶的景色點綴得更加富麗。這樣的景色，「關外」地區大概是不常見的，堂哥扶著城樓上的欄杆，屏聲止氣，遠觀近視，久久，不發一語。

我趁此機會說了幾句討好他的話：

「五哥，你堅持要回老家，這件事兒算是做對啦。天地雖大，什麼地方也比不上老家好哇。你看，這城窪子裡的風景蠻不錯吧？」

沒想到拍馬屁拍到馬腿上，倒挨了他一腳。他忽然爆炸似的向我大叫：

「我當然要回來！我的根在這裡，不回到這裡來，教我到哪裡去！」

罵得我無話可答，只好愣愣的望著他。

大概他也覺察到自己的性子太急，可是，話出如風，想收回去已經來不及，臉上略略的帶出一絲歉意，訕訕的扭過頭去。過了一會兒，我聽見他在自言自語：

「這地方是真好，和爹告訴我的，差不了什麼。」

好像是在回答我剛才提出的問題，他遠來是客，我不能和他賭氣，只好敷衍了他一句：

「你是說，二大爺也向你提到這片城窪子？」

「不止是這裡，凡是家鄉的人，家鄉的事，家鄉的風景……他都說了又說，要我牢牢的記著。所以，早在沒有回到家鄉之前，這裡的事情，我已經知道得很多了。」堂哥說這些話的時候聲音平穩，臉色卻嚴肅得像個成年人：「就因為地方好，才會引起日本人的侵略。關外也是好地方，可是，現在却已經落到日本人手裡了！」

我安慰他說：

「你放心，小日本兒再狠，也打不到咱們這裡來。咱們中國地大物博，人口眾多，一人一口唾沫，也把那些狗雜種給淹死嘍！」

堂哥虎的轉過身子，用一根食指點住我的前額：

「小六兒，你給我記住，這種不怕風大閃了舌頭的呆話，往後你少說！人多頂什麼用？要齊心協力才行！不在乎日本人狠不狠，只看咱們爭不爭氣！要是中國青年都像你這個樣子，以後的災難還有的是！吐唾沫是淹不死日本人的，你懂不懂？說大話也救不了國家！眼看著就要國破家亡啦，你還以為這是太平盛世？……」

我沒有翻查黃曆，不知道那天是犯了什麼煞、什麼忌，無緣無故的，當著我許多小夥計，挨了這麼一頓訓，真是沒有面子。可是，當時我也不敢回嘴，一來他是哥哥，有這份管教弟弟的權力；二來他的氣勢懾人，說的話又很有道理，也教我無話可回，只好直著脖子把它吞嚥下去。我的那些小嘍囉們也都心服口服，一個個低著頭，塌拉著眼皮，連一口大氣也不敢出，比上課的時候還規矩。

幾椿舊公案

堂哥從「關外」回鄉，是在民國二十三年的夏季；而我也是在那個暑假裡，從一個無憂無慮的渾小子，一下子進入多愁善感的少年時期。

也許是適逢其會，許多事都趕在一起，我升入中學以後的那兩三年，實在是夠熱鬧的，甚至於可以用得上「轟轟烈烈」這四個字。有些事情是「老案子」，但由於學長們推行不力，除惡未盡，經過幾年沉寂，又有了復甦蔓延之勢，如今落在我們的手裡，仍然大有發揮的餘地；有些事情是新興起來的，正因為沒有前例，我們才可以大刀闊斧，率性而為，不會有什麼顧忌，受什麼牽制。那些行動，到底有多大效果，老實說，我們自己也不知道，只是當時覺得有很充分的理由非那麼做不可，於是就那麼做了，而且做得光明磊落，氣壯山河。而由於外務太多，當然就不免妨害了正課，但我們並不在意，反倒認為中學生的生活就應該那個樣子，應該那樣有聲有色，應該那樣多彩多姿。

有些「老案子」，是在民國初年就已經發動了的，很可能我們這些小將都還沒有出世呢。在那些通都大邑，或許已經有了很好的成績，而在我們家鄉，什麼事都比人家慢了好幾拍，所以這些「老案子」才有機會落在我們手裡，也可以說是到了我們手裡才把它完成了的。這一點，使我們感到很得意。

「老案子」之一，是「查小腳」。說起來實在教人氣惱，「天足會」一類的組織，是早在清末就已經有了的；纏小腳的害處，可以說盡人皆知；在上海印製的那些大幅年畫上的「摩登仕女」，也早已經是清一色的大腳片兒；可是，我的家鄉却十足是一處落後地區，有些守舊的婆婆媽媽們，對這股子新潮流硬是不肯接受，硬是要把自己當年吃的苦頭，再向自己的女兒、孫女兒「報仇」，一直到民國二十幾年，我故鄉的縣城裡，還有一些不到十歲的小女孩兒，兩隻腳被裹腳布纏得折骨掉肉，在奶奶、媽媽手裡受盡了荼毒！一想到老師所說的：「幾百年來，咱們中國人之所以這樣文弱，和女人纏腳有很大的關係……」我心頭就禁不住有一把無名火燒起，恨家鄉的風氣閉塞，民智不開；恨那些老女人的頑固守舊，愚昧無知。「查小腳」的運動，不知道是由學校發起，還是由官府授權的，反正背後是有人支持，而我們也真正賣力氣，每個星期假日，都分別組成幾隊，由老師率領著，浩浩蕩蕩的開往四鄉去。往往一日之間，早出晚歸，奔波數十里，只累得力竭聲嘶，脣乾舌焦，臉上出油，腳底磨泡，而奮鬥的對象，就是年輕婦女小小「金蓮」上的那兩條又臭又長的裹腳布！……

為了強國強種，向女人的裹腳布宣戰，這題目夠冠冕，夠堂皇。可是，有了大題目，却未必就能寫出好文章。現在回想起來，我們當時所表現的那種蠻橫、魯莽，只知執法，不知守禮，簡直處處都是「敗筆」。無怪乎那些鄉下的婦道人家，把我們恨得咬牙切齒，說我們是一群「從城裡來的土匪」。所到之處，鷄飛狗叫，掩門閉戶，避之唯恐不及，有如大難將至。我們的手段，也真如盜匪一般，只要被我們發現了目標，也不管對方是小媳婦兒，還是大閨女，再也顧不得「男女授受不親」那些古禮，一湧而上，如虎似狼，把對方按倒在地，先脫掉她的弓鞋，然後就連扯帶拽，把那丈把長的裹腳布給解了下來，大門頭上敲兩根釘子，用裹腳布替她家裡「掛綵」。在我們來說，這是一種俠義式的拯救，讓她從此之後恢復天足，不再為那兩條裹腳布受苦；可是，被拯救者卻像遇到強暴似的，認為這是事關名節的奇恥大辱，哭哭鬧鬧，尋死覓活，要跳井的也有，要上吊的也有，弄得一個村子裡愁雲慘霧，鬼哭神嚎。有兩回，果然就鬧出了人命，苦主抬著棺材進城，停靈在學校門口，要我們校長先生還他一個公道。發生了這種事情，誠然是很掃興，卻不能因此而放棄那宗救國救民的神聖使命，過不了半個月，在校長先生的默許之下，我們又重整旗鼓，組隊下鄉了。

另一件「老案子」是「剪髮辮」，對象是那些以前朝遺老自命的老先生。做這件事情，我們的手段比較文明，不像「查小腳」那樣打草驚蛇，而是以守株待兔的方式，在東南西北四座城門洞裡坐等。說起來，這又是一種很難解釋的心理狀態，二百幾十年以前，清兵入關，為了不肯改變髮型，犧牲了許多人命，血跡斑斑，有史乘志書可供考證；二百幾十年過後，原先喊出「要髮不要命」的異族已經被推翻，正可脫去胡兒裝束，恢復大漢衣冠，有些老年人對腦後那根豬尾巴，頭頂那塊馬桶蓋，卻十分留戀起來。入民國二十多年，我家鄉六十歲以上的老先生，蓄髮留辮的人，幾乎佔了一半，這豈不是奇談？「剪髮辮」運動，前些年就曾經雷厲風行，無奈這些老先生視髮如命，又大多讀過幾年私塾，記得幾句孝經：「身體髮膚，受之父母，不敢毀傷，孝之始也。」你要想把他的髮辮剪掉，簡直就和割他的腦袋差不了多少。這椿「案子」交由學生來辦，也有一些礙難，試想：凡是出身書香門第的少年子弟，誰家裡沒有一兩位這樣的長輩？他拿錢給你繳學費，你却掉轉頭來剪掉他的辮子，天下事哪有這個道理？而中國的宗法社會又怎麼能容得下這種悖逆？你要是拎著一把大剪刀，專剪人家的，不剪自家的，那在情理上也說不過去。「言不順則事不成」，所以，這宗「老案子」就一直懸在那裡，比「查小腳」更難執行得徹底。

那些老先生們也明知自己的辮子不合「法」，於是就想出一套陽奉陰違的障眼法兒，出門的時候，把辮子盤在頭頂，再弄頂大帽子一戴，蓋得嚴絲合縫，從外面怎麼也看不出來。這根棒子傳到我們手裡，雖然其中頗不乏足智多謀的狗頭軍師，可也想不出什麼妙計。只是一想起來那根辮子所代表的意義，就恨得牙癢癢的，知道這件「案子」關係重大，絕對妥協不得，鬥智鬥不過他，最後只好訴之以蠻力。每四個人編成一組，隱身在城門洞的暗處，凡是有老先生出入，就注意他的頭部，發現了可疑人物，四個人一齊出動，把他團團圍住，先是兩個力氣大的，一左一右，上前緊緊攙扶，然後是一位高個兒或是身手靈活的，從正面接近，飛身一躍，把帽子叼走，後面的那個要眼明手快，動作俐落，趁著老先生驚魂不定，左手抄起髮辮，右手咔嚓一剪刀，就使得那根代表著二百六十年異族統治下奴顏婢膝的「猪尾巴」齊耳根而斷落。動完了「手術」，四個人排成一列，恭恭敬敬的向老先生唱喏：「張爺爺，李爺爺，實在對不起，為了國家的體面，不能不得罪你。我們向你道歉，我們向你賠禮。（有那表演過分的，索性就連說帶作：『我跟你作揖！我跟你下跪！我跟你滿地打滾兒！……』）我們都是你的晚輩，打也打得，罵也罵得，你要實在是氣不過，別悶在心裡，傷了自己的身子，就拿我們幾個出出氣吧！」這一套「先兵後禮」，大部分時間是管用的。那些老先生受了突襲，留了幾十年的「猪尾巴」被人截去，賸下來的滿頭亂髮，向周圍紛披而下，髮長及耳，倒也整整齊齊，就像現在中學女生那種「清湯掛麵」的樣式，說難看嘛倒也未必，只是乍看著有幾分滑稽。這種形貌上的變化，對一個老年人來說，確是難以適應的事，剪掉他一根髮辮，雖然不痛不癢不傷皮不動肉的，在他的感覺上，却跟斷臂折腿無異，會當作這也是身體上的一種殘廢，從此之後，再也不能趾高氣揚，頂天立地。傷心當然是夠傷心的，不過，男人到底不同於女人，總不能說哭就哭，說掉淚就掉淚，於是就記起了那自古相傳的一字訣——忍，事已如此，不忍又能怎樣呢？辮子已經剪下來了，難道再一根一根的接上去？這是他們數十年風霜雨露、天災人禍訓練出來的性格，安天知命，逆來順受，那就沒有過不去的橋，沒有走不通的路。當他們驚魂初定，曉得究竟是發生了什麼事情，他們反而鎮定下來，跺腳，歎氣，吸溜幾下鼻孔，這都是免不了的。也不過如此而已，然後就露出一臉冷漠，搶過那根剛剛被剪掉的辮子，看都不看，一下子揣在懷裡，施施然而去。

還有兩件「老案子」，一是「破除迷信」，一是「消滅文盲」，因為這兩件案子性質相近，常常是合在一起，「併案辦理」。關於「破除迷信」這一案，在我們接手之前，已經有了很好的成績，四鄉有許多大廟，幾乎全部被改成「鄉村小學」，黌宇巍峨，絃歌不絕，鄉下的貧窮子弟也都有機會讀書了，文盲當然也就越來越少。

你要問我：那些神靈哪兒去了？既然你有此一問，我只好實話實說，有些神靈命運不濟，遇到激烈分子，泥胎被拉倒，木偶被燒掉，少數銅鑄石刻的佛像，也都被運回縣城裡，孔廟側院有一排房子叫做「古物陳列所」，和那些商彝、周鼎、秦磚、漢瓦……擺在一起，當作藝術品供人觀賞去了。也有些神靈走了一步好運，主事的人不為已甚，目的不就是為了騰出房子辦學校嘛？反正廟宇夠大，房屋夠多，辦一所鄉村小學根本就用不了，何必一定要趕盡殺絕？就憑這一念之慈，替神靈們留了餘地，把全廟的神像統統集合在後殿裡，雖然稍嫌擁擠，該坐的坐，該站的站，總還算各有各的位置，看上去就像是神靈們正在召開大會，籌商對策，該怎樣應付這個新的變局，大概也想不出什麼好法子，金剛怒目，菩薩低眉，就連那原先看守山門的護法韋馱，空自長著一副那麼高大的個子，也仍然雙手合十，一臉的沒奈何。總而言之，「破除迷信」這個老案子，是在別人手裡開了頭兒，由我們收的尾，一篇文章作得清順流利，人神之間，和和氣氣。

你如果也迷信，聽了我這裡所說的，一定會連聲唸佛，「罪過罪過」，一方面替我們祈求恕罪，一方面替我家鄉那些神靈感到抱屈：怎麼不大顯神威，教我們這些狂妄無知的小子受點兒報應呢？我告訴你，你聽仔細，上面所說的，都是四十多年以前的舊事，有些事發生得更早，也許已經過了半個世紀，當時主其事者，要比我還大著十歲二十歲，現在如果仍然在世，都成了七八十歲的老頭子。「老來始悟少時非」，可能他們是不肯承認這筆舊賬的。其實，承認了也不會有損於他們的清譽，降低了他們的道德，因為，此一時，彼一時，十年河東，十年河西，什麼年歲有什麼舉動，什麼時代出什麼人物，這也算一種「定律」。人既然年輕過，當然就不免做出一些年輕人才肯做的傻事。我認為，一個人曾經做過那些傻事，這不是「非」不「非」的問題，跟名譽、道德的建立也毫無關係，最多只能說那是一種幼稚、不成熟的行為而已。也就是說，那些青澀酸苦的滋味，乃是一個人在少年時期所必備的，如果有人一出世就滾圓錚亮，香馥馥，甜蜜蜜，像一顆熟透了的大蘋果似的，那才叫不正常呢！我這話，你說對不對？

不止個人發育成長的情況是這個樣子，大而至於整個的國家、社會，又何嘗不是如此？譬如說吧，現在咱們強調的是「信仰自由」，各種宗教在台灣地區幾乎是應有盡有，甚至連那些吃鴨蛋、拜石頭的邪魔外道，也都此起彼落，生生不絕；實在是夠「自由」也夠「繁榮」的了。而在四十年、五十年以前，我們喊的口號是「破除迷信」，把敬神信教的人都稱之為「愚夫愚婦」，害得一些老太太們進廟燒香都要偷偷摸摸的去，年輕人更把廟宇看成「禁地」，避之則吉，唯恐稍稍靠近它就會沾上一個「愚」字。

那一陣子，好像造成了一種情勢，「信教敬神」和「知識學問」是對立的，你只能從二者之中選擇其一，有此則無彼，是既無法折中也不能妥協的。四五十年前那一場學生與神靈的大戰，是學生這一方贏得了勝利。你如果懷疑；這怎麼可能呢？我可以向你分析，這大概是由於兩項因素：一方面，當時的年輕人勁道兒很夠，所謂「初生之犢不畏虎」，有充分的信心和魄力，正如孟子說的：「自反而縮，雖千萬人吾往矣。」能具有這股子氣勢，可以做忠臣，可以做烈士，進行一點點移風易俗的工作，當然是遊刃有餘。另一方面，是因為我家鄉的人比較講理，神也比較講理。你辦理一件事，不管打交道的對手是誰，也不管他有多大的權勢或是多大的力氣，只要他肯講理，事情總是比較容易成就的。在我的家鄉，正因為地瘠民貧，生存不易；而北國苦寒，又多災多難，現實生活中有太多太重的壓力，以致幻想就成為一件奢侈的事，鄉人們不是不信神，（不信神怎麼會有那麼多的廟呢？）但他們信神而不至於入迷，也就是說，他們對待神靈的態度本來就是很有理性的，在他們的觀念裡，神靈也只是一個職位，就如同縣衙門裡有一位為民父母的縣太爺，學校裡有許多教書的老師，先要自己熱心負責，做好職位上該做的事，然後才有資格使用那項官銜，領取那份薪水；如果神靈曠廢職守，甚至落到顛沛流離難以自保的地步，這神靈也就不值得「敬」了。因為他們心裡是這樣想的，所以，當學生們奉命行事，把那些神靈作了各種處置，他們冷眼旁觀，並不出面阻攔，頂多不過詛咒幾句：「你們得罪了神，神饒不了你們！」後來看看那些神靈並沒有什麼報復的行動，搬神像的人都無災無難，而到廟裡上學的小孩子們，也都快快樂樂，不曾有過頭疼發熱的毛病，這場人神大戰的勝負既成定局，他們也就不再提這件事，照常過他們的苦日子。可以這樣說，四五十年前在我家鄉進行的那次「社會改革」，是由於神靈的謙抑遜避，學生們才有機會得寸進尺，終於獲得勝利。四五十年過後，想起家鄉那些神靈們的聰明正直，那些善男信女們的通情達理，還教我懷念不置。

至於「消滅文盲」那一案，當時的情形可就並不這樣樂觀。不容諱言，咱們中國自古就是一個多文盲的國家，一直到幾十年前，私塾改為公立學堂，情勢也並未好轉。民國二十五年，我們在老師的策劃下：以東西南北四個區各選兩座村莊，作了一番調查，很驚訝的發現，就在我們那號稱文風鼎盛的鄒魯之邦，一個大字不識的「老粗」，竟然高達百分之九十五以上！而另外那些以「知識分子」自居的，事實上也不過是略識之無，或是稍通文墨而已。全縣大學畢業的所謂「高等知識分子」，算來算去，湊不足二十位。這一項不必挨門挨戶的去調查，因為這些人都是有頭有臉有名有姓的，人人皆知。

調查的結果，使我們師生相顧失色，領導我們作調查工作的那位孫老師，更幾乎嚇成了神經病，見了人就說，說了又問：「你相信不相信？呃，你相信不相信？」事實就是如此，不相信又能怎麼樣呢？大家驚心動魄之餘，才知道自己是多麼幸運，而又肩負著多麼沉重的責任。於是，同學們踴躍獻身，以民胞物與的情懷，悲天憫人的胸襟，不惜荒廢自己的學業，要去幫助那些不識字的人，把他們的眼皮撐開，把他們塞在心竅裡的茅草掏出來，讓他們能讀、能寫、能思想，讓他們有頭腦、有見識、有學問，成為一個泱泱大國的新國民。

為了這個案子，每一個人都殫精竭智，吃苦受累，想最高明的主意，作最周密的設計。蒼天在上，我們真是盡了力的。然而，心思白費，汗水白滴，在接過來的幾樁舊案之中，就是這個案子交了白卷，毫無成績。是不是因為我們使用的方法不對？大概是。就拿宣傳這一項來說，我們就做過十分可笑的事：寫標語。十冬臘月滴水成冰的夜晚，同學們犧牲睡眠，聚在自修室裡，一邊烤火，一邊工作，作文好的負責撰詞，書法好的專管題字，其他的同學也都不曾閒著，磨墨的磨墨，扯紙的扯紙，那情景，倒像過年的前幾天寫春聯，大家做得興高采烈，也真像過年一般。有些詞句，是我編的，我到現在還記得：「只要你有心，寫字並不難」、「學會讀和寫，萬事不求人」等等。有些同學貪圖現成，甚至把一些老詞兒也給搬了上去，如：「萬般皆下品，唯有讀書高」、「書中自有黃金屋，書中自有顏如玉」；看起來倒像是在替自己作宣傳了。寫字的同學最辛苦，一邊呵手，一邊烤筆頭兒，寫一個字要花寫十個字的工夫，一直忙到天亮，才算交了差。天亮之後，就急不可待的分頭去張貼，北風凜冽，幾乎把手指頭都給凍了下來。貼到最後一幅，已經是近午十點多鐘，漸漸有人圍攏來看，一位同學忽然犯了疑惑：「他們看得懂嘛？」……看得懂還叫做「文盲」嘛？一句話驚醒了夢中人，我們才知道自己是多麼笨，多麼蠢，簡直要比那些圍攏來看熱鬧的鄉親們更混沌，他們是盲於目，我們是盲於心。寫字給不識字的人看，這真稱得上是千古奇談！更奇怪的是，昨夜忙得人仰馬翻，怎麼就沒有人想到這一點？為了自己的愚笨，我們幾個人不禁哈哈哈哈的大笑了一陣。周圍那些憨厚的面孔，雖然不知道我們在笑些什麼，却也好心的陪著我們一起笑，笑得那樣單純，那樣天真……

向不識字的人作宣傳，寫標語當然是行不通的，於是我們就改換方式，利用村集廟會的時間向他們講演。這種方式的效果當然比較好，面對面的說，用的又是家鄉方言，而且還力求粗淺，「聽得懂」是絕無問題，但也只限於「聽得懂」而已，聽懂了之後，問題可就多了。

有一次，另一位同學在台上主講，我和別的同學在台下「巡邏」，一個三十來歲的漢子扯住了我：「他在說些啥？要教給俺寫信？」我向他解釋：「是呀，你只要學會寫字，自然就會寫信啦。」他搔搔頭皮：「給誰寫信呢？一家人團團圓圓的，又沒有人出遠門！」我說：「你可以寫給遠方的親戚嘛。」他咧開了嘴巴：「最遠的親戚離俺家只有五里路，一陣小跑就跑了去啦，那還要寫信呀？」說罷，就掉頭走開了。我沒有喊住他，因為，再往下我不知道該和他說些什麼。也有人聽懂了我們的來意，在人群裡大聲嚷嚷著：「要俺學寫字？好哇，跟誰學？」在台上演講的同學趕忙說：「只要你肯學，我願意教你，免費！」那人却一下子變了臉色，往地下吐口水：「跟你？呸！說了半天，敢情是想佔俺的便宜！不算算你才幾歲年紀，就想來當俺的師父！」越說越有氣，拍手打掌，露出一副要揍人的樣子。台下的聽眾本來不少，被他這一攪和，就紛紛散去。諸如此類的問題多多，都是我們事先沒有想到的。演講者不能有問必答，這就減弱了說服力，一個地方只能講一次，下次再來，他們曉得這些年輕人是「賣」什麼的，就再也不肯靠近，似乎我們所「賣」的東西，跟他們全無關係。

除了講演，我們還異想天開的演「文明戲」，那更是搬石頭砸腳，自討苦吃。同學們沒有會演戲的，老師們也不會，倒是有人在台下看過，可也弄不清楚燈光是怎樣打，佈景是怎樣搭，粧是怎樣化……總而言之，沒有一個明白人就是了。不過，這也有個好處，既然連我們都不會，台底下的觀眾當然是見所未見、聞所未聞的，大家都是破天荒頭一回，那就不怕他們挑剔，沒有高個子比著，也就顯不出自己長了一對短腿，有什麼見不得人的？大家越想越有理，越想越有勇氣，原先那些疑慮就一下子煙消霧散，一致議決：「幹！」就這麼瞎子摸象似的，連猜帶想，也居然解決了一切面臨的難題，於是決定了演出的地點和日期，先把風聲放了出去。地點沒有什麼好選擇的，全縣城裡只有火神廟前院有一座磚石砌造的戲台子，一年當中，也偶然有幾次酬神戲，另外的三百幾十天都空在那裡。日期定在某一個星期天，早晚兩場。選在星期天，是為了我們自己方便，在那個時代，星期天只對公務員和學生有意義，其他各行各業，仍然抱著一本「黃曆」行事，才不管這些「洋規矩」呢！消息傳出去之後，反應竟是出乎意外的熱烈，好像全城的人都在期待這個日子快些到來，好讓他們大開眼界。這當然是因為故鄉風氣閉塞，學生演戲，就像大姑娘上花轎似的，可算得百年不遇的盛事；再加上，故鄉那座縣城，生活簡樸，秩序安定，比城窪子裡那一汪子淺水還要平靜，縣城裡連個營業性的戲園子都沒有，平時，根本談不上什麼娛樂，有人家娶媳婦兒或者大出殯，都能驚動半城的人去看熱鬧，現在聽說有戲可看，又不用花錢，不管是什麼戲，他們都表示了莫大的興趣。無論如何，這對我們都是一種鼓勵，我們就緊鑼密鼓的搞得更起勁了。演「文明戲」要有劇本，自己不會編，只好找現成的，是從一份社教性的刊物上剪下來的，劇名叫做「瞪眼瞎子」，是講說一個人不識字的各種苦楚，內容很充實，情節也夠精彩的。

我們夜以繼日，利用一切可用的時間，很費力的排練著，準備把這一炮放得像春雷一樣響，把那些蟄居冬眠的「小動物」喚醒，要牠們從泥穴土洞中探出頭來，睜開眼睛，看看外面這個變化劇烈的世界。

戲如期上演了。鄉親們的確是很捧場，離開演的時間還有兩個鐘頭，人就越來越多，平時十分冷寂的火神廟，這天顯得好熱鬧，有些後來者找不到合適的位置，索性就爬樹上牆，牆頭成了他們的特別包廂。說起來真慚愧，實在辜負了鄉親們的熱望，觀眾越多，演員就越緊張，人還沒有出場，隔著布幔一看，乖乖，到處黑壓壓，都是人頭呀！每一顆人頭上面都還長著兩隻大眼睛，骨碌碌的轉動，那麼不懷好意朝著台上直瞪，看了實在教人膽戰心驚。有些演員被推著送上了場，一出場就什麼都忘啦，只會渾身發抖，嘴唇抖得不知道該說什麼，兩條腿抖得不會走路。負責提詞兒的人躲在幕後，急得熱汗直流，提詞兒的嗓子越來越大，這一下，簡直就成了演雙簧啦。有一場，兩個人在戲裡打架，打人的還沒有出手，該挨打的那個，不知道怎麼腳板兒一滑，人就飛到了台底下，幸虧有許多人頭頂著，不然的話，廟院裡是青石板鋪地，可就估不透會摔成什麼樣子！……戲演得糟到不能再糟，而效果却出奇的良好，台下笑聲如潮，比什麼京朝大角都叫座。這可真該謝謝他們，都是些忠厚老實人，人不親土地親，肯對我們這般包涵，這般容忍，否則，如果他們認真起來，或者一哄而散，或者尖聲怪叫喝倒采，

——以我們演出的情形而論，這都沒有什麼不應該，——而我們那天可就下不了台。

夜間這一場，情況大有改善，到底是有了舞台經驗，演員們不再像白天那麼慌亂。可是，奇怪得很，戲演好了，笑聲却減少了，戲裡有幾處高潮，應該是使觀眾大受感動的，他們却木木的面無表情，偶然發出幾片怪笑，也總笑得不是地方。演到打架那一場，兩個演員照著排練好了的動作，一來一往，毫無差誤，台底下却亂鬨起來，有人大聲喊叫：「往下摔呀，往下摔呀，怎麼不往下摔？」這才知道鄉親們聚在這裡，原來不是為了看戲，而是看笑話、看熱鬧來的。依他們的意思，最好我們每一個演員都從台上往下飛，都摔得少胳臂沒腿，成了殘廢，才能使這些鄉親們滿意。體會到這一點，我們就像從赤道跳到北極，從烤爐扔進冰庫，心灰意冷，血凝氣結，實在難受極了。自命是「以先知覺後知，以先覺覺後覺」的聖人，却被人家看成會滾鐵環、會翻觔斗的猴子！……有幾位同學一進後台，來不及卸粧，就委委屈屈的哭了起來；別的人不哭，是因為心裡的創傷更厲害，不流淚，流血。

這次演戲之所以失敗，事後檢討，原因很多，劇本寫得不好，也是一項很重要的因素。主題是強調不識字的痛苦，那位劇作家却又犯了讀書人的大毛病，在文字上耍魔術，他以為——我們也以為他編織得很巧妙，劇中充滿了感人下淚的笑料，可是，要想欣賞那些妙處，必須認得那些形體近似、語義雙關的字才行，不識字的哪能聽得懂？譬如，劇中有這樣一段情節：一個鄉下老憨（就由我飾演），接到他哥哥從外地寫回來的一封信，信上說做生意失敗，要弟弟滙錢去救急，如果沒有錢呢，那就「或賣我的地，或賣你的地；賣了你的地，把我的地給你。」鄉下老憨不識字，去請一位教私塾的冬烘先生替他唸信，冬烘先生也識字不多，而且常唸白字，把信中的「地」認成了「他」，唸起來就變成這樣子：「或賣我的他，或賣你的他；賣了你的他，把我的他給你。」鄉下老憨問道：「我的他是誰？」冬烘先生說：「傻瓜，你的他就是你老婆呀！」鄉下老憨大惑不解：「我哥哥怎麼讓我賣老婆呢？」冬烘先生推想著：「那大概是因你嫂子比較老，想賣也沒人要，所以，你哥哥才出了這個主意。『賣了你的他，把我的他給你。』算起來，你也不算吃了大虧。」……這樣的情節，應該是很能逗笑的。我們排演的時候，常常把旁觀的同學笑得肚子疼。可是，要欣賞這一類的趣味，首先你得知道「地」和「他」這兩個字怎樣寫、又怎樣相混的，對一個不識字的人來說，「地」是田地，「他」是老婆，這二者之間有太大的距離，怎麼樣也扯不到一起，鴨子聽打雷，他們怎麼能笑得出來呢？劇本不能引起觀眾的共鳴，演了等於不演，看了等於白看，又怎能不失敗？

我說它失敗，是指在當時不能立竿見影的看到效果，事實上，效果還是有的，只不過來得太慢了。所謂「十年樹木，百年樹人。」教育事業是百年大計，本來就不能望其速成的，就像種樹一樣，總得先把它種下去，它才會一分一寸的長，終於長成參天巨木，遮下一大片蔭涼。樹木的成長，首先需要有一個讓它往下扎根的地方，如果腳下的土地太磽薄，它縱然勉強能長，也不容易長得好。根扎深了，還需要有陽光照射，雨露灌溉……各種條件的配合，一樣兒都不能缺少。興辦教育，啟迪民智，比種樹更艱難得多了。興建幾座校舍，那只是有形的，也是最容易的一部分；在校舍破土動工之前，先要完成許多預備工作，卻需要一大段很長很長的時間。四十多年以前的那樁公案，所以會落得一敗塗地，就是因為當時的時機不對。要想提高民智，先得解決民生上的許多問題，正如孔子所主張的「富之而後教之」。而當時的情形，一般老百姓的生活實在太苦，幾乎到了衣食都不十分周全的地步，也正如孟子所說：「樂歲終身苦，凶年不免於死亡，此惟救死而恐不贍，奚暇治禮義哉？」我們真是操之過急了。

幸虧我活得夠久，過去好幾次瀕臨於死而僥倖未死，終於熬到了這個時候。現在，老百姓的生活已經夠好，教育方面也有著了不得的建樹。文盲，不能說是完全沒有，在整個人口的比例上，總是一個極少數；尤其是卅歲以內的年輕人，你如果能找到一個大字不識的「老粗」，那要算很特殊的個案了。儘管有人批評教育方面有很多缺失，例如，學生程度不齊，學術水準偏低等等，這都是事實，然而，瑕不掩瑜，這些缺失並不能遮蓋它整體的光輝。我中華號稱文明古國，却從來就不是一個教育普及的國家，現在我們獲致的這種成就，在歷史上是空前未有，這對於我們國家的前途，必然是大有好處——年輕人啊，你不要人在福中不知福，更不要認為咱們中國自來就是你現在所看到的這個樣子！就拿「消滅文盲」這個案子來說，我曾經為它徒勞心力，我曾經為它絕望的哭泣，而認定它不過是一種好高騖遠的「空頭理想」而已，是永遠永遠也實現不了的；可是，才不過四十幾年，我們就已經把理想變成事實，這真是了不起！如果我們在四十幾年以前就做到了這些，後來那許多大禍巨災，根本就無從發生——或者雖然發生了也不會釀成——或者雖然釀成了也很容易被撲滅……果然如此，一部中國現代史就要重新改寫，而我，也就不必對你說這些題外的廢話了。

一次新行動

上面所說的那幾樁舊案，都是從「前輩」們手裡接下來的，雖然輪到我們上場，也曾「轟轟烈烈」了一陣子，到底不是什麼新鮮事兒。

新鮮事兒也有，却不是從我們手裡發起的，大城市進行得如火如荼，鄰近幾縣也都聞風響應，一連多日，報紙上全是這一類的消息，我們看得心動手癢，再也按捺不住，這才連夜集會，傾校而出，把縣城裡兩條大街的許多家店鋪，搞得鬼哭神嚎，天翻地覆。

這次行動是由我堂哥一手策畫的。他還鄉的那年暑假過後，只經過一次口試，就成了縣中的插班生，到底是哥哥，還比我高著一個年級呢。他也的確有本事，功課雖然並不出色，却很受師長們重視，開學後的第二個紀念週，校長就讓他登台演說，把他在「東三省」的遭遇，以及他還鄉途中一路上的見聞，向全校同學作了一次報告。

我也算是膽大皮厚的了，別的事兒難不住我，就是怕被弄到台上耍寶，尤其是對著自己的老師和同學們，台下都是熟人，我會渾身發抖，一句話也說不出口。堂哥却天生是一位演說家，他態度大方，聲音宏亮，而且很會表達感情，時而慷慨激昂，時而切齒撫膺，只聽得全場師生都哭腫了眼睛，工友老王也忘記了打鈴，讓他一講就講了兩個鐘頭。從此之後，他在學校裡就成了風雲人物；而我，小禿兒跟著月亮走，也著實沾光不少。凡是認得他的，必定知道我是他的弟弟；凡是認得我的，也必定知道他是我的哥哥。就這樣紅花綠葉的襯托著，我們哥兒倆漸漸在校園裡掛出了招牌，扯起了旗號，什麼活動都缺不了他，也少不了我，表面上常常是由我在領導，背後出主意的往往是我堂哥，我是胳臂，他是頭腦。這次新行動也是如此，扛大旗、打衝鋒的事兒由我來做，他在幕後調兵遣將，運籌帷幄，是真正的導演兼主角。

「抵制洋貨」，這在擴展國際貿易的今天來說，是有些不合時宜了，而在四十多年以前，也就是對日抗戰爆發的前幾年，這四個字曾經是一句很響亮的口號，使那一代的年輕人熱血沸騰過。所謂「抵制洋貨」，主要是抵制來自日本的「東洋貨」。說起來真是可恨極了，日本軍閥窮兵黷武，要來亡我中國，一方面在佔領了「東三省」，成立了「滿洲國」之後，又在各處挑釁，逼著我們非得提前應戰不可，另一方面卻仍然把中國看作它貿易上的顧客，各類貨物，大量傾銷，在軍事侵略之前，先實施經濟侵略，然後再把從中國榨取搜括的金錢和原料，製成長槍大炮，來攻佔我土地，殘殺我同胞。「抵制洋貨」的口號叫喊很久了，卻沒有多大的效果，日本人開設的「株式會社」仍然在我全國各大都市繼續開張，掛著太陽旗的大輪船也照常在我國各大港口進進出出，通行無阻，運來的貨物暢行全國各處，就連位置偏遠、交通不便的地區——如我故鄉的那座小縣城，也有各色各樣的「東洋貨」充斥，使我們自己的工業飽受打擊，在剛剛創辦之際就一蹶不起。這種情勢，稍有血性的中國人都會感到憂懼，年輕的學生更是頓足捶胸，咬牙切齒。漸漸的，憤怒的火焰越燒越高，口號也就變成激烈的行動了。

上面我說過，我家鄉的那座縣城很小，——真的是很小，不是我客套。縣城裡，只有從東門通往西門、從南門通往北門的兩條街道，筆直的，在縣衙門前十字相交，中心點就是那座高高大大的鐘鼓樓了。要不是有那座鐘鼓樓和每隔幾步就矗起一座的石牌坊阻隔著，我敢說你站在東城門外頭，就可以讓兩隻眼睛穿城而過，和西城門外頭的鄉親打招呼，喊話也許是聽不到，比手勢一定能看得很清楚。這麼小的一座城，當然談不上繁榮，不過，由於人煙稠密，街道兩側的店鋪排得緊緊的、齊齊的，看上去可也並不冷落。那些店鋪，都是相傳了多少世代的老字號，幾百年前賣什麼，現在還是賣什麼，甚至連門面上的木板和櫃台都沒有換過，到處斑斑駁駁，連稜角都磨成圓溜溜的了，越發顯得殷實可靠。

家鄉本來是一個自給自足的農業社會，所謂「自給自足」，並不是什麼東西都有，而是有什麼才用什麼，自己不出產的，大概就不是生活所需，缺了那一項，也不見得就活不下去。所以，在入於民國十多年之後，縣城裡雖然也有不少店鋪，却沒有一家賣的是「外來的東西」，雜貨店裡寫著：「……山珍海味洋廣雜貨一應俱全」，那只是依照行規，應該寫那些現成的詞句，實際上賣的都是土產；要找從遠處來的貨物，恐怕要到中藥店裡才有，也無非是老山參、川當歸、藏紅花……之類，因為這些藥材各有各的產地，別處縱然也能種植，藥性却有差異，是不能用來治病救命的。至於大輪船運進來的「洋貨」（文明詞兒就叫做「舶來品」啦），前幾年在縣城裡根本看不見它們的影子，當然也就不發生抵制不抵制的問題。而在我們進入中學之後的那兩三年間，情況漸漸不同，先是在幾家店鋪裡出現了日本貨的踪跡，也不過是些毛巾、手帕、汗衫、襪子……之類的小東西，價錢賣得很便宜，但從它的質料和商標上，可以猜得出它的來歷。不久，縣城裡又添了兩家大生意：一家洋行，還有一家「東洋百貨公司」。洋行是專門替日本人收購棉花的，我家鄉原是棉花的盛產地，一汽車一汽車的運了出去；那家百貨公司更是明目張膽，在招牌上就告訴了你，它賣的都是「東洋貨」。而且，這兩家商號選的地段兒真好，都設在鐘鼓樓下，縣衙門口，我們學校所在地「書院胡同」的一左一右。兩塊大招牌，都做得非常醒目。從我們學校往外走，「書院胡同」是唯一的出路，除非是你走路不抬頭，一抬頭就會看到那兩塊招牌對著你齜牙咧嘴的冷笑，實在教人受不了。起初，聽從師長們的勸告，我們盡量忍著，一直忍到——再忍下去就會發瘋，就會出人命，這才像黃河決堤似的，終於爆發了這次火辣辣的新行動。

炸藥早已經埋在同學們的心底，導火線是一封從鄰縣縣立中學寄來的信。我生平的憾事之一，就是不知道寫這封信的人是誰，如果我能揪出他來，那怕是在這四十幾年之後，我還要把這筆舊賬結算清楚；先向他說兩句「多承教誨」之類的客氣話，再給他結結實實的一頓狠揍，他這封信真是寫得可惡透了。首先，他把他們數日之前的一次「忠勇事蹟」，作了誇張性的報導；接著，又舞文弄墨，對我們「貴縣」和「貴校」冷嘲熱諷，甚至還帶著幾分威脅挑釁的味道。信上說：

……風聞貴縣漢奸猖狂，日貨充斥，而貴校同學明哲保身，不聞不問。仿烏龜之馱殼，縮頭縮腦；效野兔之入窟，畏首畏尾。大時代之青年，當仁不讓；新中國之兒女，見義勇為。信到三日之內，倘貴校同學仍高臥隆中，按兵不動，吾等將結隊入境，越俎代庖。願助一臂之力，不憚百里之勞。迎風佇候消息，勿謂言之不預也。……

信是寄給學生自治會的，而我，偏偏不早不晚，剛剛當選了自治會的主席，這封信是我就任之後所接到的第一封「公文」。打開一看，氣得我幾乎當場暈厥。一張臉皮（我的一位助手在事後向我形容著），就像開染坊似的，頃刻之間，變換了五六七種顏色。

我抓緊那封信，衝到我堂哥的自修室去。他是我御口親封的「同學會高等顧問」，遇上這種事情，當然得讓他也跟著傷傷腦筋。我把信紙往他面前的書桌上一鋪，就大聲喳呼著：

「五哥，您瞧，有人寫這種信來，真是氣死人囉！這分明是有意找碴兒，看咱哥兒們好欺侮哇！」

堂哥匆匆忙忙的把信看完，却冷冷的横了我一眼，問道：

「你氣的什麼？難道人家說的不對嗎？」

他的反應好古怪，我氣成這個樣子，不替我化痰順氣，反而往我喉嚨裡灌涼水。我一時語塞，把該說的話都忘啦，愣了一會兒，才結結巴巴的說：

「就算他說得對，也不能拿整個的核桃往別人嘴裡硬塞，這麼噎人哪？噎死了人不償命嗎？……說什麼結隊入境，願助一臂之力，這不是狗拿耗子——多管閒事？——又說什麼當仁不讓，見義勇為，哼，都是些假仁假義！我，我，我越想越有氣！」

堂哥還是那副腔調：

「你氣的什麼？要想不受氣，先得自己有理。這件事情，本來就是咱們不對。行動太慢，顧慮太多。自己該做的事情沒做到，怎麼能怪人家要來越俎代庖？咱們是該有一次行動了！是不能再做縮頭烏龜了！」

我和我堂哥兩兄弟，相貌很肖似，脾性大不同：我熱，他冷；我愛動，他愛靜；我遇事存不住氣，多少有些毛毛躁躁的，他却是城府深沉，喜怒不形於色，很有一副老謀深算，謀定而動的大將之風。甚至於兩兄弟在一塊兒說話，我也比他快著兩個拍子。本來我們是同年的，就由於這些性情上的差異，倒像是哥哥比弟弟大了好幾歲，雖然他的個子還沒有我高，當我們站在一起，初見面的人，也很少這麼問我們：「誰是哥哥？誰是弟弟？」似乎從氣質上便一望而知：我輕浮，他沉穩。對於他這種「哥哥型」的性情，我不是不佩服，也知道這是我所欠缺的一項長處，只是嫌他有時候「穩」得過了頭，教人受不住。就譬如現在吧，我氣成這個樣子，他還是像一壺燒不熱的冷水，說起話來，照舊用他唱慣了的四分之四，豈不把人急死？說到最後這兩句，右手鬆鬆的握起拳頭，往桌面上輕輕一敲，語尾才算用上了驚嘆號。能引起他如此「激烈」的反應，已經是非尋常可比，「不能再做縮頭烏龜了！」敢情他也覺得這四個字很刺耳，我還以為真是有著唾面自乾的風度，人家罵什麼，他都不在乎哪。有他最後這兩句話，我知道不用再給他吹風搧火啦，這表示他已經下了決心，不會再有變化，至於事情該如何做，他自然能想得出辦法。

果然，他稍作思索，就下達命令說：

「小六子，你照著我的話去做。第一步，先把這封信貼出去，讓全校同學都知道這件事。」

我向他請示：

「要不要先報告弓老師？」

「不必。」堂哥回答得很爽脆：「信是寫給學校自治會的，你是自治會的主席，把這封信貼在自治會的公告欄裡，這在你的職權以內，用不著經過弓老師。等全校同學都知道了這件事，他自然會找你，那時候，他就是想阻攔，也已經來不及。」

弓老師是我們的「舍監」，這職位就相當於現在的訓育組長兼管理組長。在校園裡，學生的一舉一動，從宿舍到自修室，從伙食團到廁所，事無鉅細，都和他有關係。學生自治會就是由他直接監督的。弓老師是一個老好人，沒有什麼學問，也不知道他是學什麼的，除了「舍監」的職位，還教一年級的音樂和體育，教音樂他看不懂五線譜，也不會彈風琴；教體育更是可笑得很，既不懂各項運動規則，也不會當裁判吹哨子。每逢上體育課，學生愛玩什麼就玩什麼，打球的打球，摔角的摔角，他在旁邊看著，只要不出人命就好。學生們到學校以外搞什麼運動，如果事先向他報告，十回有九回通不過，他會想出各種方法使你自動放棄；可是，如果你不聽他的勸告，或者事先根本不對他說，等到事情做出來了，他也無可奈何，甚至有時候還甘願揹黑鍋，向校長承認學生的行動是經他准許的，誰要處罰學生，他就先辭職。同學們都知道弓老師的脾氣，却也不肯太讓他過不去，大家自我約束，絕不會無緣無故的違犯校規，倘若有誰故意的「人善人欺」，不把弓老師放在眼裡，那是會引起眾怒的。堂哥決定這件事不向弓老師報告，就表示他有決心做到底，等到弓老師「傳」我去問話，他自然會教給我如何說法，我猜他是要把責任往全體同學身上推，「國人皆曰可嘛」，弓老師您怎可不俯順「民意」？大概三言兩語的就應付過去啦。頂多嘛，我這個自治會主席做出一副認罪領責的樣子，低頭瞑目，站在弓老師面前，讓他罵上幾句，他也就消了氣。

問題不在弓老師，而是在校長那裡。這個關鍵，我和堂哥都知道得很清楚，却想不出什麼好法子，否則，「書院胡同」左右兩側那兩塊大招牌，早就給摘了下來，又何至於拖到今日？現在堂哥決心採取行動，就不能不先想到這一層，可是，我看他的臉色，一直是風緊雲密，大概也沒有什麼「錦囊妙計」，到時候出師不利，豈不弄成了虎頭蛇尾？那才丟人呢。

我試探著：

「公佈這封信是第一步，第二步又該怎麼走？是不是由自治會出面，召開一次會議？」

堂哥點頭示可，我總算還有點兒頭腦，不用三猜五猜，一猜就猜著了。

可是，我心裡並不得意，因為我算得出照這樣走下去，如果沒有什麼妙著怪招，下一步準是死棋。

「開過會之後，就應該有行動了。校長那一關該怎麼過？是硬闖呢？還是喬裝改扮？您要是想不出好主意，這盤棋就必輸無疑！五哥，我可一切都是仰仗著您！……」

堂哥輕描淡寫的說：

「校長那裡不成問題。你想，一校之長，他有他的立場，咱們這是愛國行動，他能阻止嗎？只怕把他夾在中間作難，還得我來替他解圍。我顧慮的不是校長，要是中間只有他一個人，這事情倒也容易，可是，那另一個人才真使我為難呢！」

他說話的口氣，真像是周公瑾復生，諸葛亮轉世，羽扇綸巾，談笑用兵，整個的戰局都在他掌握之中。堂哥足智多謀，我是信得過的，只是，這一回所遭遇的難題，大非往常可比，真是這麼簡單就解決得了的？我實在有些懷疑。既然校長那一關都不成問題，還有誰能阻止我們？堂哥却仍然在皺眉苦思，露出一副憂心如焚的樣子，似乎在校長先生之外，那另一個人擁有著更大的權勢。

我問他：

「你說的那另一個人是誰？」

他先是搖頭不答，繼而又長吁了一口氣，像老和尚說偈似的唸了兩句古語：

「豈能盡如人意？但求無愧我心。這件事情，我盡量做得緩和，做得周到，他要是仍然不能原諒我，那也沒法子了！」

一個悶葫蘆兒打不破，我今兒晚上如何能睡得著？他往外走，我就在他屁股後頭，跟著非得問他一個水落石出不可：

「哎，五哥，你說的那另一個人到底是誰？縣長？省主席？……求求你告訴我好不好？別把我悶死囉！」

我堂哥就有這個本事，他要是決定不多說，那就用盡任何勒索央告的法子都無效，跪下去求他也是白饒。我跟了他好長的一段路，從自修室回到宿舍，他還是不露一點口風，只說：

「這是我私人的事情，你犯的什麼疑心病？儘管放心，我絕不會因私廢公。」

我聽了就更加納悶：像這種光明磊落的愛國行動，怎麼會有公私之分？抱著這個謎團上床，對我的睡眠確是大有影響，我要說是徹夜不寐，那是我說話太誇張；不過，上床之後，輾轉反側，思索了大半個小時總是有的。久思而不得其解，最後決定放棄，這才闔緊眼皮，沉沉睡去。

那封信是當天晚上貼出去的，第二天一大早，校園裡就沸沸騰騰，吹起了一陣龍捲風，同學們義憤填胸，紛紛自動請纓，把自治會的辦公室圍了個水洩不通。我立即宣告：本日午餐過後，召開代表大會，如何採取行動，將在大會中決定。

開大會的時候，眾代表熱烈發言，說詞各有不同，目標卻很一致，都要求立時立刻，開出大隊人馬，對那兩家漢奸商號痛加撻伐，犁庭掃穴，該砸的砸，該燒的燒，務必行動徹底，不可稍存姑息。等到眾代表都已經說了話，我堂哥才舉手起立，獨排眾議，提出他的辦法。他主張先禮後兵，由代表會派人去拜訪兩家商號的東家，要求他自即日起停止營業，店內積存的「東洋貨」，或自動銷燬，或退回原處，如此，既能保全鄉親們的情誼，又可以避免無謂的損失，同時也藉此機會，表明心跡，恢復名譽，摘下那頂奸商的帽子。倘若忠言逆耳，那東家不肯接受，我們再繼之以積極的行動，以免不教而誅，落下擾民的惡名。堂哥的一席話，說來娓娓動聽，可是，以當時會場的氣氛，他這個提案根本不受歡迎，幾乎沒有被通過的可能。全仗著堂哥的口才好，又有耐性，一遍遍的委婉解說，才終於說服了眾代表，暫時壓制胸中的怒火，後提議，先表決，勉強把堂哥的提案通過。接著是，派誰去呢？一位同學惡作劇的說：「原提案人當然非去不可，另一個要以自治會的主席最有資格。」好，那就是我。堂哥拋出的繩套，一繞再繞，終於繞到我們哥兒倆自家的脖子上來了。自己畫出來的道兒，堂哥當然不好推辭，我呢，明知不是什麼好差事，也只好捨命陪君子，水裡火裡走這一回。

路上，我抱怨說：

「五哥，您真是聰明一世，糊塗一時，怎麼想出這個餿主意？這叫做與虎謀皮，不會有結果的！您要事先跟兄弟我商議商議，根本就不必多此一舉。」

「在情理上應該如此。」堂哥很勉強的作著解釋，稍停，又很神祕的加了一句：「別抱怨啦，兄弟，這樣做，有人會感激你。」

「誰？」

「將來，你會知道的。」

說是有人感激我，却又不告訴我那是誰，這豈不成了隱名埋姓積陰德，專為的修行來世？當時我如果要脅他：「你不說？我不去！」那倒是很好的機會，可惜那段路太近，出了校門，就是書院胡同，我還來不及轉動這些壞念頭，就已經到了那家「東洋百貨公司」門口。

一個年輕的男店員笑臉迎人，又打躬，又作揖，把我們迎接入內，殷勤相問：

「兩位少爺要買點兒什麼東西？我們店裡全是真正的東洋貨，價廉物美，要什麼有什麼。」

我冷著臉說：

「什麼都不要，是專誠找你們東家來的。」

那店員一看來的不是主顧，也就立即換了臉色：

「到這裡來找我們東家，可見你們跟他不夠熟哇。他不在公司，吃住都在洋行裡。嗳，你們找他幹啥？募捐呀？我勸你們省省吧，都是本鄉本土的人，還有什麼不知道的？不錯，我們東家財大勢大，他可也是有名兒的一毛不拔，出錢的事兒，誰找他也白搭！……」

他嚕嘛個沒完，我氣得向他瞪眼，却被堂哥一把扯開，從那家「東洋百貨公司」倒退了出來。

退到街上，堂哥反而埋怨我：

「找不到正主子，你和一個夥計吵什麼？人家不是告訴咱們地方了嗎？別淨在這裡磨菇，怕的是打草驚蛇，給咱們一個不照面兒，這一趟豈不是白來了？」

一邊說著，一邊扯起我飛跑。

從「公司」到「洋行」，中間只隔著「書院胡同」的出口，「公司」在左，「洋行」在右。由於距離太近，幾步路就到，我還來不及換掉那一臉的氣惱，人就已經站在「洋行」的門檻裡頭了。

那家「公司」，雖然我們不曾在那裡買過什麼，當它剛開張的時候，總還到裡面蹓躂過；這家「洋行」，一個星期裡頭不知道要從它門口經過多少趟，却把它當作日本人的「租界」，從它門口走，總要快跑幾步，以免一時按捺不住，撈起幾塊磚頭往裡面丟。今天來辦交涉，這還是第一回走進它的門檻。叫做「洋行」，其實它裡裡外外，裝潢陳設，都還是老店舖的氣派，只不過更講究了一些。它的前身，原是一家錢莊，據說已經開了好幾代，入民國之後，官辦的銀行把生意搶走，私營的錢莊就漸漸運轉不開，在上一代老東家的手裡結束了營業；有幾年間，這座高大整齊的舖面掩門閉戶，什麼生意都沒有做，一直到去年秋天，老門面重新開張，錢莊改成了「洋行」，說是做運銷出口生意的，其實營業的類目只有一項：專門收購本地出產的棉花，供應給日本人開設的紗廠。生意做得很大，只要有人肯把棉花賣給他，不管數量多到什麼程度，他都能照單全收，一口吞下。照從前的老觀念，做生意嘛，就是貿遷有無，將本求利，把東西賣給誰都沒有關係，而且，當時中日兩國之間，雖然戰爭迭起，糾紛叢生，政府也並沒有禁止通商的法令，進口日本貨，或是替日本人收購原料，都落不下漢奸的罪名。這是就法的方面來說，你對這種人根本就無可奈何。也就因為這個緣故，學生們對這種唯利是圖、賣國通商的行為，越發的深惡痛絕，幾乎到了「人人得而誅之」的地步。堂哥一向是反日抗日的激烈分子，這次卻主張什麼「先禮後兵」，要來向這種奸商曉以大義，實在有些匪夷所思，真弄不懂他這樣委屈了自己，又連累了我，究竟是為了誰。一走進這家「洋行」的門檻，我就有一種血液沸騰、筋脈怒張的感覺，恨不得立即動手，見東西就摔，見人就揍，打它個落花流水，方解我心頭之恨。可是，既然陪堂哥來了，而他又正扮出一副「劉皇叔過江招親」那種誠惶誠恐的神情，我這個「一身是膽」的趙子龍，也就顯露不出「長坂坡」的豪勇，只好捏緊拳頭，暫時的忍耐著，跟隨在堂哥背後，且看他怎樣的唸咒畫符，捉妖降魔。

原以為這位大老闆奸狡似狐，不容易一下子把他逮住，一聽說有學生來找，必然會派人擋著攔著，設詞推拖，讓我們不得其門而入。我這番猜想，真是把他太小看了，事實上這隻狐狸是成了精的，他比我想的更厲害了十倍，根本沒有把兩個上門找碴的學生放在眼裡，大概他料定了我們年輕識淺，不會有多大的神通，只要他稍稍的騰挪變化，我們就抓不住他的尾巴。

他不躲不藏，大大方方的叫人把我們帶領進去，臉上一直是笑瞇瞇的。聽我們表明來意，他也一點兒不覺得驚奇，更沒有絲毫的困惑，好像我堂哥所說的那些詞兒，他早就知道，而且放在腦子裡思索過多少遍了。

輪到他說話，他就顧左右而言他，一邊打哈哈兒，一邊跟我們拉關係，套近乎：

「你們一進來，我就認出了你們是楊府的兩位少爺，可能兩位還不知道吧？咱們楊、王兩家是有一段親戚關係的。」

和他家有親戚，我倒是知道的。不過，知道了也還是裝作不知道的好，認了親戚，難聽的話就更不好說了。

我把頭搖得像貨郎鼓，硬是裝糊塗，王老闆却也並不在意，依然是笑瞇瞇的：

「這也不怪你們，幾代以前的老親戚，年輕的一輩當然是論不清楚，回家問問尊長，自然有人對你們講。——令尊是那一位？」

最後這一句是問我的。本待不搭腔，可是，我自幼受的教養，又不准我這麼不懂禮，猶豫了一下，我肅然起立，按照規矩，朗朗的說：

「子不言父諱，家父的名字——上景，下岱。」

王老闆滿臉堆笑，特別透著親熱：

「哦，原來你是景岱表弟跟前的。這麼一論，咱們的關係更近，不但是親戚，我和景岱表弟還是同學呢。我比令尊癡長幾歲，算起來，你得叫我一聲『表伯』。」

本鄉本土，世代久居，凡是門第相差不多的，一路論上去，很少不是親戚。就拿我來說，這種「驢尾巴吊棒錘——一表八千里」的表伯、表叔，我就算不清有多少。學校裡大部分的老師，在講堂上師生相稱，私下裡接觸，該喊什麼就喊什麼，不是表伯，就是表叔，甚至還有該叫「表爺爺」的；學校以外，那就更說不清楚。正因為人數太多，所以就不稀奇了。叫了也是白叫，並不覺得特別熱火。不過，別管親戚遠到什麼程度，「表伯」總是長著一輩，像王老闆這種人，要我尊他一聲「表伯」，真覺得他不配，於是我就含糊其詞，像蚊子一樣哼哼唧唧的，稍稍用嘴唇示意，就把這個尷尬的場面給應付了過去。

所幸王老闆並不挑剔，轉過臉去打量著我堂哥，再扭回頭來問我：

「這一位是誰？是哥哥還是弟弟？」

堂哥性情高傲，又最看不起王老闆這一號的人物，我想他是不肯多說話的，那就只好由我來代他發言了。可是，我這裡才剛張開嘴，卻發現他竟然一改常態，今天的話比誰都多，而且還挺懂禮貌，一口一聲的叫「表伯」，我聽著，簡直不相信自己的耳朵。

王老闆聽完堂哥的自我介紹，恍然大悟，捋著他的「仁丹」鬍鬚說：

「哦，敢情你就是隻身千里、從關外跑回來的那個孩子！我聽很多人說起過你。尤其是我家那個丫頭，——和你是同班同學，對不對？……她頂佩服你了！說你忠孝雙全，智勇兼備，簡直就把你比成一個身懷絕藝的少年俠士。咱們既是親戚，又住在一座城裡，直到今天才看到你，這真是——嘿，嘿，嘿，幸會，幸會。」

他一邊說，一邊向我堂哥上下打量著，從腳看到頭，又從頭看到腳。臉上雖然是笑著的，卻笑得很虛假，是那種皮笑肉不笑的笑法，尤其最後那三聲「嘿，嘿，嘿」，聽上去就像是不懷好意，連帶著他說的那些恭維話，都不像是由衷而發，讓人聽著頭皮發麻。

奇怪的是，堂哥絕頂聰明，竟然會聽不出這話裡頭摻假，把假話當作真話聽，臉上露出平日裡受人恭維的那種神色：三分無奈，七分難為情。而當王老闆說到他家「那個丫頭」的時候，堂哥的一張臉變得通紅，好像忽然得了什麼傳染病，發冷發熱，渾身不自在。我看在眼裡，暗暗感到奇怪。

同時，我也覺得十分不耐，照這樣寒暄下去，倒像是我們弟兄倆閒著沒事兒，專程探望親戚來的。我們一進來的時節，就已經開門見山的說明來意，話都是打過草稿的，縱或臨時漏掉一句兩句，也絕不至於教人聽不明白，王老闆應該知道我們還有下一步棋，也應該知道我們下一步棋不走則已，一落子必有殺著，他絕對是應付不了的，卻為什麼這樣不憂不懼，淨跟我們拉關係、套近乎呢？可能這就是他的退敵之計，用「親戚」這根繩子把我們牢牢拴住，他大概認為，這就會使我們動不了手。如果他真是打這種如意算盤，那未免把我們看得太簡單。我要讓他明瞭這一點，否則，他還以為他的妙計有了效果，真是把我們套牢了呢。

我正起臉色，硬梆梆的說：

「既然是親戚，您又是長輩，剛才我們的建議，就請您多考慮考慮，最好就照著我們的辦法做，既可顧全親戚的情誼，又能減少您的損失。」

王老闆也把臉色一冷，發出一陣陰惻惻的笑聲：

「嘿，嘿，嘿，謝謝兩位大侄子的好意。不過，我剛才沒有聽明白，好像你們是勸我自動關門收攤兒的意思，為什麼呢？我王某人做生意規規矩矩，一不犯法，二不欠稅，為什麼不准我繼續營業呢？」

他這些說辭，早在我們的預料之內，反駁的話也是早就準備好了的。我等著堂哥張嘴，堂哥却欲言又止，似乎有些心虛氣餒，不便啟齒的樣子。迫不得已，我只好頂上去：

「您不是沒犯法，只是不認罪。您犯的罪名叫做『資敵』，為了私利，而甘心做日本人經濟侵略的工具。如果現今法律上沒有這一條，將來總會訂出來的。至於您欠稅不欠稅，我們倒是不清楚，只知道您現在替日本人賺的每一文錢，對自家同胞都是一筆債務，如果不及早回頭，將來總有還不清的時候……」

這幾句話往外一擺，等於是不遮不蓋，只差著沒有把「漢奸」二字給搬出來。王老闆終於沉不住氣，再也端不穩他那「表伯」的架子，他勃然大怒，吹鬍子，瞪眼睛，像一隻日本大狼狗似的，向我聳毛示威：

「我懂得你的意思，你在罵我是漢奸，是賣國賊，對不對？好小子，你才多大年紀，就想出頭露臉的來管別人的閒事，你管得了嗎？不錯，我是和日本人在做生意，那又怎麼樣呢？國法都不禁止，你就想來掐我的脖子，扯我的後腿？呸！別的人也許怕你們學生，倚仗著人多勢眾，胡作非為，我可不在乎！就憑你們兩個小毛孩子，說話也不怕閃了舌頭，竟然要我封門閉戶，收了生意不做！告訴你，門兒都沒有！我倒要看看你們敢把我怎麼著！是打家劫舍？還是殺人放火？」

這豈不是把我們說成了強盜？那也好，只要他曉得厲害、曉得我們不好惹，也就夠了。談判破裂，不必再多費唇舌，我向堂哥發出「撤退」的信號，堂哥却癡癡呆呆，好像被王老闆這一陣嗥叫給催眠了似的，對坐在屁股底下的那張太師椅子，竟似有些戀戀不捨，我扯了他一把，他還是不肯站起來。

王老闆還在繼續咆哮：

「我知道你們不會善罷干休，你們也該知道我王某人不好欺負！別倚仗著你們學生人多，我這裡養的打手也不少，三山五嶽，什麼樣兒的英雄好漢都有，你們要是膽敢到我這裡來聚眾鬧事，我也就對你們不客氣……聽清楚了沒有？呃，你們給我好好的記著，不管年老年少，命可只有一條！」

我死拖硬拽，好不容易的才把堂哥拉了起來，他却可憐巴巴的向王老闆央告著：

「表伯，您不能再考慮考慮嗎？」

「我考慮個屁！」王老闆惡聲惡氣，把他那副支離破碎的假面具完全撕毀：「是你們上門欺人，我難道就怕了你們？既然敢做這種生意，當然就早有準備，兵來將擋，水來土掩，倒要看看是你們兇，還是我狠！」

堂哥很失望的嘆了一口氣，欲言又止，艱難舉步，跟著我往外走——

那王老闆還不肯放過我們，在背後吆喝著：

「你們給我站住！念在王楊兩家有點子親戚關係，在你們做錯事情之前，我要再問你們一句：曉不曉得你們的校長是誰？他是我的親胞弟！只要你們對我有一星半點兒無禮，我就叫他掛牌開除了你們！……」

這個威脅，被王老闆當作回馬槍、殺手鐧一般使了出來，對我和堂哥却不發生絲毫的作用，因為這不是祕密，我們早就知道校長先生和這位王老闆是什麼關係，否則，他的洋行公司哪能一直開設到今日？倒不是怕得罪了王老闆之後，會被學校當局掛牌開除，慢說校長先生不是那種公報私仇的小人，就算他是的，他也奈何不了我們。一則，這種愛國運動正在各地風起雲湧，和罷課、遊行、鬧學潮大不相同，按不上違規犯法的罪名；二來，如果只是少數幾個人，也許他狠狠心，來一個「殺雞儆猴」，而這次行動不發起則已，一聲號令，必然是人人爭先，個個奮勇，全校的學生都有份兒，一個被開除，大家齊上路，最後，必然是不了了之，否則就會造成另一結局：學校關門，校長辭職。事實上，我們過去所以按兵不動，不是畏首畏尾，怕王老闆的惡勢力，而是「投鼠忌器」，替校長先生留點兒面子，於是才不能放手施為。王老闆不了解這些情勢，竟然還狐假虎威，拿他當校長的弟弟來壓服我們，真把我們看成無膽無識的小孩子了。

我站住腳，扭回頭，怪笑著說：

「怎麼著？你說我們校長是你的親弟弟，那你就是我們校長的親哥哥囉？哎喲，我們以前不知道，今兒才第一次聽說，不知者不怪罪，你原諒我們這一遭，好不好？往後我們再也不敢囉！」

從我這副腔調，他當然聽得出我是有恃無恐，不在乎他祭出來的法寶，這大概很出於他的意料，氣得他連連跺腳，哇哇大叫：

「反了！反了！你們這樣子，還像個學生嗎？再狠，也只是個學生，難道當校長的管不了你們？我就不信！」

我正想反脣相譏，堂哥在一旁替我助勢，聲音雖然冷冷的，措詞却嫌太客氣：

「表伯，我勸你還是信了的好。不錯，校長管教學生，哥哥管教弟弟，這都是應該的，可也得自己先做出個樣子，行要行得正，站要站得直，倘若是自己不成材，上樑不正下樑歪，那可怎麼個管教法呢？再說嘛，國家有國家的制度，社會有社會的組織，家庭有家庭的倫理，要管也是一級管著一級，大的上面還有更大的，誰也不能胡作非為，否則，總會有人處置他的。一校之長也得按照規矩行事，並不是愛開除誰就開除誰。表伯，你說我的話對不對？」

堂哥這番話說得不亢不卑，合情入理，但凡是一個聽得懂中國話的人，都應該了解我堂哥的心意，他是真想化干戈為玉帛，不和這位「表伯」傷了和氣，所以才這麼輕風細雨，委婉陳詞。可是，從王老闆那一臉不屑的神情，我看得出堂哥是在「對牛彈琴」，枉費心機。王老闆也算得是一位知識分子，讀過舊典籍，受過新教育，他當然聽得懂這番話，聽得懂而又不以為是，那就只有一種解釋：這番話中的正理不能使他信服，他所信服的是另外一套荒謬而卻能自圓其說的歪理。

一大篇金玉良言，王老闆聽得進去的大概只有兩句：「一級管著一級，大的上面還有更大的。」就是這兩句話觸動他的靈機，他本來已經有些氣餒，這時候又有了新的依恃，氣焰更冒高了幾尺：

「我再問你們一句，你們曉得不曉得，當今本縣的縣太爺是誰？」

縣長的姓名，我們當然是知道的，也聽說過有關他出身背景的一些傳聞，卻猜不透他會和王老闆有什麼關係，因為這位縣太爺不是本鄉本土的人，而且是三個月之前才剛上任，大家都還對他陌生得很。

我綽著王老闆的口氣：

「莫非他也是你的親兄弟？」

「不是親兄弟，可也差不到哪裡去！」王老闆透露了一個很驚人的消息：「我告訴你們，縣太爺快要和我結成兒女親家啦，他家的少爺要娶我家的小姐，只要我點頭答應，這件事兒是說成就成。兩姓合婚，豈不是比親兄弟更近了一層？如果你們真敢胡鬧，我就叫我親家公派人來保護我，把你們一個一個都關進了大牢！……」

對王老闆所透露的這件新聞，我絲毫不感興趣；至於他最後所作的威脅，抓人坐牢云云，我不是完全不信，可也一點兒都不驚心，如果真的發生那種事，我或許還會覺得挺好玩哪。縱然作不成「烈士」，總算有此一段經歷，將來在校刊上寫一篇「入獄記」什麼的，好好的替自己吹噓吹噓，不也很有意思？

跟王老闆耍了這一陣嘴皮子，我們說我們的，他說他的，根本說不到一塊兒去，實在是一件很沒有意思的事。話不投機，多說無益，何必站在這裡聽他的虎嘯猿啼？我懶得再費唾沫，只揮揮手，向他笑笑，就算是告辭了。

堂哥跟著我往外走了幾步，仍然像是有一樁放不下的心事，向我放低了聲音說：

「六弟，我先走，你回去問他一句話——」

我們弟兄倆，平日相處，我對他的稱呼只有一個：「五哥」，他多半是喊我「小六兒」，很少使用「六弟」這個正式的稱呼，除非是當著生人，或者是比較嚴肅的時候。所以，我聽他這麼叫我，就趕緊聳起了耳朵，靜候他的吩咐。他却忸忸怩怩的說不出口。

我催促他：

「五哥，快說呀，你叫我回去問他些什麼？」

堂哥像蜜蜂兒似的嗡嗡著：

「你，你就問他，——在他膝下，到底，到底有幾個女兒？……」

總不會就這麼簡單的一句話吧？我等著他往下說，他却很突兀的住了嘴，稍作猶豫，拔腳就走，一直走出了洋行的大門。

我也不作停留，趕緊的往外追，追到書院胡同口兒上，才和他並齊了肩膀。

五哥低頭悶聲的責備我：

「叫你去問，你怎麼不問？」

我莫名其妙的說：

「問什麼呀？你的話還沒有說完哪！」

五哥却忽然發了脾氣，狠狠的罵了我兩句：

「你是耳朵裡塞著驢毛？還是你故意的裝作聽不見？」

「你是說，只問問他有幾個女兒？就這麼一句話？」我笑起來：「咳，這不必問他，問我就行啦。那位王老闆有兩個太太，大太太不會生養，二太太也只給他生了一位姑娘，就是和你同班的那個王蘭香。她是王老闆的獨生女，除了她，再也沒有別的女兒。這件事兒，全城皆知，都在背後說，王老闆是一個老絕戶，沒有人接續他後代的香火，真不懂他還要賺這種昧心錢做什麼。剛才呀，我就想當面這樣問問他，大概是不忍心太刺傷他，話到了舌尖兒上，又被捲回去啦。和這位王老闆比，咱們是心腸太軟，臉皮子太薄，該說的話不好意思說，該做的事情不好意思做，實在是沒出息，又怎能怪惡人得勢？我看哪，咱們往後也得往臉上蒙一塊牛皮，往心裡裝一片鐵甲才行，把這些不好意思都給收起來，用惡人的法子懲治惡人，那才管用！不然的話，就什麼事情都做不成，只好當一個薄皮兒脆骨的濫好人吧！……」

這段話，我是一邊跑著一邊說的。為了跟上五哥的步伐，我跑得很急，說得也怪累。他卻似聽不聽的，自管低著頭疾走。一直走進學校的大門，他才放慢了腳步，我側目斜視，看到他臉上的神情十分怪異：兩道眉緊鎖，半片臉扭曲，還從牙縫裡絲絲的直抽氣，好像是在忍受著什麼痛苦似的。

回到自修室，我關心的問著：

「怎麼啦，五哥？你牙疼啊？」

五哥在書桌前落座，兩手捧頭，似點非點，似搖非搖。以我們當時的年歲，牙齒還沒有出齊，又加上貪吃，酸甜苦辣冷熱生硬都一概不忌，牙疼就成了最慣見的症候之一，同學們當中，常常有一隻手搗住嘴，半張臉腫得像西紅柿，說話也吸吸溜溜的，就像五哥現在這個樣子。

還好，他牙疼的毛病並不十分嚴重，只不過疼了那麼幾分鐘，就漸漸的能夠克制，正是垂頭喪氣，像一隻鬥敗了的公鷄，忽而蹶然起立，引吭長啼：

「六弟，你說得對，該做的事就要做，不能再三心兩意！現在，你就去通知自治會的幹部們，今天晚上開會，由你來報告談判破裂的經過，再看看大家的意思。要行動，最好就在這個星期日。不要再推拖！不要再猶豫！」

說罷，就精神抖擻的走了出去。

我追上去問他：

「你這是去哪裡？」

五哥心境已經轉好，大概是牙也不疼了，向我回眸一笑，眨眨眼睛說：

「我去找一位同學，要他照計行事。」

「什麼計呀？」

「調虎離山之計！」

弟兄倆就在校園裡大聲嚷嚷著，一點兒也不避諱，剛好校長就從我們身旁走過，他聽到了的，卻不知道我們是說些什麼，只是很威嚴的掃了我們一眼，就施施然走向校長辦公室去了。

五哥的調虎離山之計，果然高明得很。不過，也是事有湊巧，一個現成的機會讓五哥給利用上了。他班上一位同學的哥哥，前幾天，家裡送來幾張請帖，其中有一張是給校長的，那位同學似乎和校長之間有點兒私怨，本想把帖子扣在自己手裡，不把它送到校長室。五哥知道了這件事，就把這樁任務交給那位同學，要他以喜帖作餌，務必將校長「調」出城去。那位同學姓劉，家住離城二十五里的「旗杆劉樓」，是本縣的望族，祖墳的風水很好，出了不少人物；遠的不說，就是入了民國以後，也還有幾個在外頭當官的。那位同學的伯父，在省政府教育廳當科長，正是校長先生要竭力巴結的對象。五哥向那位同學一再叮囑：「就是要下跪哀求，也得把校長弄走！」大概用不著費多大的勁兒，校長先生就自願上鉤，坐著馬車出城去喝這杯喜酒，一來一回整整五十里路，等到他喝得醺然半醉，從鄉下趕回城裡，我們的行動應該全部完畢，他就是想替他老兄撐腰架勢，在時間上也已經來不及，五哥的調虎離山之計就達成了目的。

這次行動，雖然是倉促發起，却做得有聲有色。全校一百幾十位同學，除了幾個情形特殊的，全體都參加了。大致分作兩組，一組管宣傳，一組管「戰鬥」。管宣傳的以女同學為主，演講、貼標語、唱愛國歌曲；「戰鬥部隊」以童子軍棍為武器，是真準備給那些漢奸狗腿子一頓迎頭痛擊的。可是，到了那裡一看，王老闆所說的「打手」，原來就是他洋行和百貨公司的職員，只交手了一個回合，有的臨陣倒戈，有的抱頭鼠竄，可憐王老闆只落得一個眾叛親離的場面。他像瘋狗一般，在人群中咒罵叫喊，推拉阻攔。氣喘如牛，臉紅得像猪肝，真擔心他會得心臟病或腦充血當場死掉，雖然他罪有應得，却不是我們的本意。幸好沒有發生什麼悲劇。

最使他傷心的，就是他期盼的兩個奧援都沒有及時出現，他的親胞弟中了調虎離山之計，這是他不知道的；那位縣太爺呢，縱然聽到消息，大概也懂得眾怒難犯，不敢在這樣的場合露臉。行動臨近結束的時候，倒也來了幾個巡警，不但不抓人，反而站在一旁鼓動我們，替我們巡邊壓陣。這麼一來，我們倒不好提前收兵，而王老闆的損失自然就更加嚴重。他那兩間門面，只差著牆壁沒有被推倒，屋頂沒有被掀掉，經過兩三個小時的肆虐，也已經門窗殘破，桌椅損毀，狼藉滿地，面目全非了。

最後的一個大場面是焚燬日貨。王老闆的那家「東洋百貨公司」，幾乎所有的貨物全是「大日本製」，能摔的摔，能砸的砸，也有些砸不爛又摔不破的，就統統扔到大街上去，打算在那裡就地焚燬。一位年老的巡警急忙上前阻止，他倒不是不准我們放火，而是因為街道太窄，要燒的東西又是那麼一大堆，萬一風助火勢，延及兩側的房屋，那可就弄得不可收拾。可是，全城只有兩條大街，寬度都是一樣的，哪有個合適的地方呢？那位老巡警替我們想出了主意：「衙門口呀，那地方不是挺亮敞的嗎？場子大，兩旁又有丈把高的磚牆，就是有些火星兒迸出去，也不會燒著燙著誰。我看那地方挺合適，各位要是同意，咱們就把這些東洋貨運到那裡，再來點火不遲。」就這樣解決了問題。好在衙門口離這裡不遠，大家一齊動手搬，也誤不了多少時間。正在搬運著，王老闆手下的一位店員又來告密，說是那家洋行的後院，有幾間房子被當作倉庫，囤了不少貨物。我帶著大隊同學趕過去一瞧，喝，只見幾大間房子都填得滿滿的，比公司裡陳列出來的東西，多了好幾倍。要不是他內部的人走漏消息，這大批的日本貨豈不成了漏網之魚？同學們興高采烈，把這些「燃料」都從倉庫裡搬了出來，衙門口的那堆「營火」就燒得更熱，大家圍著它跳呀、唱呀，一直到它灰飛煙滅，變成一堆垃圾，我們才高唱凱歌，整隊回校。

這一次行動，所贏得的勝利很完整，沒有留下一點兒後遺症，首先，我們發現：這次新行動和那幾樁舊公案的最大不同之點，就是我們獲得地面上老、中、少三代的支持，老年人點頭，中年人拍手，比我們更年輕的小學生們，一群一群的聞風而至，起初圍在外頭看熱鬧，後來就索性參加了我們的隊位，我們做什麼，他們也跟著做什麼。可以說，整個的縣城裡，除了王老闆和他的幾個狗腿子，對我們的行動，沒有人不贊成。民心如此，那位被王老闆稱作「親家公」的縣太爺，也就只好裝聾作啞，任由我們在他的衙門口燒起一把大火，他也無可如何。這麼一來，不但「烈士」做不成，我那打好腹稿的「入獄記」也就胎死腹中，永遠沒機會寫了。

學校裡也很安靜，校長先生雖然受到他哥哥的勒逼，他自己上當中計，自然也很生氣，本來要找兩個領頭兒的——就是我和我五哥囉——開刀，掛牌開除是不至於，記一兩個大過在我們的名下，他是有這份兒權力的。事情發生之後的兩三天，校園裡就流傳著這樣的謠言。我和五哥也已經想好對策，表明態度，要是只記個警告什麼的，我們就頂著；如果他非記大過不可，我們絕不接受，寧可自動退學。慷慨悲壯的等了一陣子，這謠言並沒有成為事實。聽說是宋老師領頭兒堅決反對，其他老師們也都仗義執言，校長先生難違眾議，這才不了了之，而我們哥兒倆也就福星高照，安然無事。

唯一的煩惱是在五哥的心裡，那是我無意中發現的一個大祕密——

有一天，下了晚自習，我到處找不到五哥，正想一個人回宿舍去，忽然聽到在黑漆漆的教室裡，有一男一女在竊竊私語。

女的說：「事情是你領著頭兒做的，事前，我沒有阻止你，事後，我也沒有抱怨你。你還要怎麼樣呢？難道一定要我擠在人堆裡，去燒，去砸，你才滿意？不管怎麼樣，他總是我的父親呀。」

男的聲音很低，而且帶著怒氣，說的話就不太清楚，嘰哩咕嚕的，不知道他在嘟噥些什麼。

女的又說：「還說你不怪我，這幾天，你可曾看我一眼？我故意的從你面前走過，你也全當是視而不見！」

男的又嚕囌了一大篇，似乎是在開講一個新的題目，心火越燒越旺，聲音越提越高，我終於聽清了最後的兩句：

「……是你父親親口講的！難道沒有這回事？」

這聲音好熟呀，——莫非是我五哥？

女的靜默，足足有一分鐘之久，然後，她聲調平穩的說：

「你就是為這件事情恨我？不理我？那你就太傻了！也太不了解我了！不錯，是有這麼一回事，那又怎樣呢？父母之命，媒妁之言，就能夠定了我的終身？那也得看我答應不答應！」

男的——真是我五哥，聲音也比較正常了：

「我不是不了解你，而是知道你有一個唯利是圖的父親，他既不懂什麼叫做孝悌忠信，當然更不懂得什麼是愛，什麼是情，如果他一心想高攀這門子婚姻，你，蘭香，你又如何能掙扎反抗？又如何能逃得脫他的手掌心？我不是恨你，我是恨我自己！都說我足智多謀，遇到事情能拿得出主意，可是，這件事關係著我一生的幸福，我卻是一點兒主意都沒有！顛顛倒倒的，像一個白癡！」

女的軟語相慰：

「不要緊的。沒有關係。只要我們心志堅定，互相信任，誰也阻止不了我們。往後，可再也不要這麼小心眼兒，冤枉人了！」

男的卻死命的往牛角尖裡鑽：

「可是，咱們畢竟還不是大人，力量也有限得很，如果有人和咱們作對，拿父親的威權逼迫你，你又怎麼能抵抗得了呢？」

女的說：「你放心，我不會屈服的！」

男的說：「我就是怕你吃苦！令尊是個不通情理的人，和我又生了這段嫌隙，只怕他不肯放過咱們。」

女的說：「不要這麼悲觀嘛。也許，我爹受過這次打擊，人會變好了哪。」

男的說：「那恐怕很難。就拿這次行動來說吧，為了你，我真是不願意和令尊鬧翻，所以，我曾經到洋行去拜訪他，說了許多好話，可是，他一句也聽不進去！」

女的說：「如果他變不好，那也影響不了我，反正我已經拿定了主意，大不了還有一死！」

男的說：「不要說這種可怕的話！」

女的說：「真要是被逼到那裡，死也就不是什麼可怕的事了。活著受他的管轄，死了他就管不了我啦，對不對？所以，我已經有了準備，寧可一死，也不會負了你！今生不能，還有來世！……」

這段話，女的是使用一種十分溫柔的口氣，而顯示出她有著一種十分剛強的意志，我感動得幾乎流淚。那時候，對談戀愛一事，我還不通竅兒，往古現今的戀愛故事倒是讀了不少。例如，就在這個學期，我利用上「英語」課的機會，又把「紅樓夢」溫習了一次，而有著很多的心得，特別是對於書中「情中情因情感妹妹，錯裡錯以錯勸哥哥」那一類的回目，我越來越入迷，看著那些纏綿悱惻的情話，未嘗不心嚮往之。五哥和我同歲，本來以為他是跟我一樣的

「老實」，誰知道他竟然玩起這種把戲，而且還把我緊緊密密的蒙在鼓裡。細想想，這也沒有什麼奇怪，一棵樹上的花兒還有個先開後開，究竟人家是個哥哥嘛，比我大著整整一百天哪。

女的又說：「只是，我擔心你，如果我死了，你可怎麼辦呢？」

照「紅樓夢」的寫法，底下是一句很現成的話，男的應該接口說：「你死了，我當和尚。」五哥素來不看小說，所以他就不知該如何接法，悶了一陣，我聽見他咬牙切齒的低聲咆哮：

「我饒不了他！我絕對饒不了他！」

牛頭不對馬嘴，這算什麼回答？比人家大文豪曹雪芹寫出來的詞兒，可就差遠了去啦。我聽了，直生氣，恨不得衝進教室，附耳密語，教他把剛才說的話「擦」掉，重新再說一次。不過，我知道這是沒有用的，時代不同，身世各異，不管怎麼用心教，我五哥也變不成賈寶玉。而他以王老闆的獨生女作為他初戀的對手，也實在選得不合適，公私糾纏，愛恨交加，這豈不註定了的是一齣悲劇嗎？怪不得我五哥在這次行動中表現得如此軟弱，原來他惹上了這些煩惱。我雖然沒有嚐過味道，却曉得這種味道不好，不然的話，我五哥這幾天也就不會疾首蹙頞的害牙疼了。

大地震

我初中畢業，是在民國二十六年，正好趕上盧溝橋「七七事變」。

盧溝橋在河北省宛平縣，離我家鄉有七百多里路，這還說的是走直線，要是從平漢路或是津浦路那麼一繞，那就更遠了。不過，說來也怪道，近些年來的內憂外患不知有多少，以故鄉父老那種平穩厚重的性格，向來是不驚不擾，甚至連鄰近地區發生了大會戰，只要炮彈不落在自家的屋頂上，那就影響不到他們的生活，這次的反應卻不同了，他們居然對七百里外的戰爭——看不見火光，也聽不到槍炮響，——表示很大的關心，一些不識字的老人家，也常常要求年輕人向他們解說報上的新聞。這種現象，是前所未有的。唯一的解釋，就只能說這還是由於一種私心，因為當時在平津一帶和日本人折衝交手的二十九軍，軍中幾位將領和許多官兵，都是鄰近幾縣的鄉親，本縣也被「募」去了不少人，軍階最高的已經幹到少將旅長，是本縣僅有的一位將軍。因為有自己的人參加在內，所以就把這場戰爭看作是自己的。我這番解釋，今天聽起來，也許會有人替他們叫屈：幹嘛要把上一代人說得這麼沒有國家觀念、缺乏民族意識呢？在當時——四十多年以前，這却是很冷酷的事實，是我從他們的臉上看出來的，從他們的話語中聽懂了的，絕非有意誣蔑，也不存心掩飾。

持續八年的抗日戰爭，雖然最後贏得勝利，對咱們中國卻是一樁大不幸。它使得多難的中國，在歷經列強搜刮剝削之後，又飽受蹂躪，大傷元氣，生命和資源都蒙受極慘重的損失。但是，在精神方面，這場戰爭卻也並非全無好處，苦難像一帖有力的膠合劑，把幾萬萬粒散砂，粘成一個堅強的整體，從前那種「只知有家，不知有國」的自私心理，是在這八年中間才完全去除淨盡的。當抗戰初起，許多中老年人仍然被自私自利的心理所控制，儘管大家都知道，這次事變非同小可，即將發生一場空前的大災禍，他們說日本人是一群從地獄裡放出來的惡鬼，到陽世來「收人」的，可見他們對日本鬼子又恨又怕到了什麼程度。可是，當日本軍閥蹂躪我國土，到處的殺人放火，他們不去設法阻止，予侵略者以最嚴厲的懲罰，反而又自己造謠，說什麼這是一次自古以來就註定了的劫數，在這場災禍中，中國人該死多少，那數目也早就定好，該活的死不了，該死的跑不掉，這就叫做「在劫難逃」。……對他們這種「安天知命」的哲學，這種「逆來順受」的態度，年輕人是無論如何也不能接受的；不肯做國家的蟊賊，時代的叛逆，就只好成為他們眼中的不肖子弟。

在他們中間，當然也不乏憂國傷時之士，那都是些飽讀經書的老知識分子，就像我最敬愛的宋老師。在他身邊，圍繞著一小撮像他一樣的人物，都是他的詩侶酒友。在平時，他們聚在一起，舉杯賞花，飛觴醉月，過著一種大不同於流俗的生活，高雅極了，也瀟灑極了。自從盧溝橋「七七事變」之後，日本鬼子分兩路進攻，在南北戰場燃起了漫天的烽火，他們的詩酒之會也越來越多，本來是每半個月一次的，後來幾乎天天聚集。有時拿著報紙，議論時事；有時還是一樣的飲酒賦詩，只是換了題目，不再吟風弄月，而寫的是撫今懷古、悼亡惜逝一類。

因為形式是舊的，或律詩、或絕句，用的是一千多年以前就已經發育完成、停止生長了的那種老調子，雖然有新思想、新感情，也苦於裝不進去。民國二十幾年寫出來的作品，這一句像杜甫，那一句像白居易，再那麼搖頭晃腦的高聲吟哦著，更是大有「天寶」、「元和」的氣味。而全面爆發的對日抗戰，在他們的筆下，也往往被描繪成「安史之亂」、或是「吐蕃入寇」之類的故事。以這樣的作品，要想去「激勵民心」、「喚醒國魂」（如他們自己所深深期許的），顯然是不會有多大的效果。而且，他們也根本無意拆掉把自己封閉在內的那個小圈子，那是他們的「堡壘」，拆除之後，就像蝸牛失掉硬殼，更不知道該怎樣活下去了。所以，掙扎了一陣，還是把自己關在象牙塔裡，一小撮人緊緊依偎，就像一汪淺水裡幾尾半死不活的魚。（這句話聽起來很「鮮」，其實我是從一句老話「涸轍之鮒」會意出來的，我覺得，文人而生逢亂世，就正是那副樣子！）這些老知識分子，學問是好的，道德是高的，修養也夠深夠厚，唯一不健全的就是體魄太弱，一個個未老先衰，彎腰駝背，手無縛雞之力，正是咱們古老中國所特產的，那種典型的白面書生，那種標準的彬彬君子，雖然臉上有浩然正氣，心頭有無畏的壯志，表現出來的，也只是那份兒憂國傷時的情懷而已，要想讓他們掠起長衫，捲起袖口，做一番救亡圖存的工作，有很多事情，只怕他們是能說而不能行了。

看到這裡，也許有人會問我：「你當時才多大年紀，對這些老知識分子的心境，怎麼會體會得這樣清楚呢？」我告訴你，這是因為我幾乎成了他們的同類，只差著臉上少了幾道皺紋，上嘴唇和下巴頦少了幾根鬍鬚。聽了這話，你大概更疑惑了，不知道我在弄什麼玄虛。好的，我就來老老實實的告訴你。其實，你要看得夠仔細，上面我已經說過了的，從小學五六年級，我就是宋老師的得意弟子，初中三年裡，又得了他不少傳授，十幾歲的年紀，我就學會了作詩填詞，照宋老師的評語，好像還很有可觀的樣子。在那個時代，這本來也不算什麼稀奇，又出生在書香門第，自幼兒接觸最多的就是這些東西，所謂「家學淵源」，所謂「耳濡目染」，久而久之，不會也得會，沒有什麼了不起。

就因為我在這方面繼承了宋老師的衣缽，學生的成績就是老師的驕傲，你想，他怎麼肯輕易的放過了我？在學校裡，我就常常被他逼著作一些額外的作業，他有了新作，一定要我「步原韻奉和」；更有一些他不肯執筆的應酬文字，己所不欲，推之於人，硬要我這個童子代筆捉刀，當然，有毛病的地方，他會指點我重新寫過。這些額外負擔，的確使我獲益匪淺，但也耽誤了我不少玩耍的時間，對我其他方面的發育，可能是有過不良影響的。當初在他門下，自然得一切由他，他要我寫「七律」，我不敢寫「五絕」；他規定要「鷓鴣天」，我也不敢改作「菩薩蠻」。那三年間，真是被他整得好慘。不過，當時心裡還有個指望：三年期滿，你老人家總不能不讓我「出師」吧？到省城去讀高中，離開了夫子門牆，我就不必再被人看作「神童」，也就不必硬拿鴨子上架，應付這些苦差事啦。那曉得，宋老師對我早有了計劃，不會讓我輕易的甩掉了他。也是我運氣不佳，一畢業就碰上抗戰爆發，省城、府城的高級中學都紛紛南遷，由山東，而河南，而湖北，而四川……漸行漸遠，遠在天邊，而我呢，就因為差了個一歲半歲，不准加入流亡的行列，成了「失學青年」，剛好落在宋老師手裡，以他為中心的那些詩酒之會，我就被牽著鼻子參加了好幾回。到了這個時候，宋老師——或者叫他宋家表伯——也就不再把我看成小孩子，談詩論文之外，有時候也對我說到別的事，話都說得很「知己」，所以，他那滿腦子的無可奈何，和那一肚皮的不合時宜，沒有我不知道的。也就因為這個緣故，我對他敬愛有加，却又立志不走他這條路子，或許是由於我們師生之間，氣味雖相投，天性不近似吧？

以我的條件，我應該被編入第一批流亡學生的行列。「七七事變」那一大，離我的第十六個生日，不過只有兩個月的光景，而照咱們中國的算法，我可以算是十七歲的人了，許多年歲比我小的同學，也都在家長的許可之下，扛起行囊，冒著漫天烽火，向大後方流浪。照我的塊頭兒，夠高大，也夠強壯，別說到大後方去讀書了，就是謊報兩歲年紀，加入軍隊，也不會被打退票的。我之所以被留在家裡，不是父母捨不得，而是受了我五哥的連累。

當時五哥已經進了省中，他的學校，全校師生都一致行動，沒有人願意留在淪陷區。可是，五哥的情形不同，他是一個無父無母的孤兒，也是爺爺奶奶的心肝寶貝，頭一年到府城去唸省中，奶奶就十分心疼；現在聽說他要去當流亡學生，奶奶拉住五哥的手不放鬆，說什麼也不肯答應。起初，爺爺也說過勸過：「年頭兒不好，日本鬼子說到就到，把孩子留在家裡做什麼？能飛就讓他們飛吧！」任憑爺爺說得合情入理，奶奶却拿定了主意，不鬆手，不點頭。逼得緊了，她老人家就放聲大哭，懷裡摟著孫子，嘴上哭的是兒子，害得爺爺也跟著一塊兒掉眼淚。僵了幾天，爺爺下了一個非常不講理的命令：凡是年歲比五哥小的，一律留在家裡，誰也不准去。首當其衝的是我，就這樣硬生生的被「扣」下來了。

五哥的態度很奇怪，照說，他應該領著頭兒向爺爺奶奶抗議，替他自己和比他小的弟弟爭取權利，可是，他竟然一點兒表示都沒有，好像是去與不去兩可，去了是盡忠，在家是行孝，並沒有非去不可的理由。

聽我發牢騷，五哥還安慰我說：

「小六兒，你別惱，留在家裡有什麼不好？你也別怕耽誤了讀書，要讀書也不一定進學校，在家用功自修，還不是一樣嗎？」

他說的倒輕鬆，那是他不懂我的心事，我冷笑著：

「讀書？誰告訴你我要讀書來著？眼看著就要亡國，讀書還有什麼用處？告訴你吧，我早就拿定主意啦，只要離開家，我立刻投筆從戎，連軍校我都不想考，要抗戰就當二等兵！」

五哥也望著我笑，笑得很平和：

「不想讀書，那就更不必抱怨了。當兵，不就是為著跟日本人拚命嗎？要救國，也不一定非得加入軍隊不可，留在自己的家鄉，可做的事兒很多，就怕你幹不了！」

他說的話很玄妙，我也不知道我究竟聽懂了沒有。再問他，他也不肯多說。大概他說這些話的時候，自己心裡也是模模糊糊，並不確知自己究竟要做什麼。

就這樣，我落在宋老師手裡，常常被找了去，參加那幾位詩翁文豪的聚會。說真話，每次受到宋老師的寵召，我心裡並不十分樂意，可是，師恩浩蕩，師命難違，我就是想請假溜號耍賴皮，家裡的尊長也不容許，只好穿戴整齊，打起精神來去受那半天的活罪。

說是受罪，也不過是精神上有點兒舒展不開而已，一來與會的人都是長輩，在他們面前要守規矩；二來我雖然會謅得幾句詩，對這種以文會友的方式，却是十分不喜，遠不如帶著我那些夥伴們，到孔廟後跨院的「場子」裡練功夫去。那裡有我的另一位老師，刀槍劍戟，一切齊備，縱然學不到高強的武藝，最低可以淌幾身汗水，不至於把渾身筋骨坐得酸酸嬾嬾的。

不過，憑良心說，到宋老師這裡來，也並非全無好處，第一是有吃有喝，而且，事先準備好的茶點酒肴，都十分精美，因為宋老師有一位賢慧而又擅長烹調的太太，雖然家境不富，却很喜歡替丈夫招待朋友。每次見到這位師母，我就會想起蘇東坡「後赤壁賦」中的幾句話：「妾有斗酒，藏之久矣，以待子不時之需。」總覺得宋老師和蘇東坡一樣的有福氣。在小小心靈裡，也曾經暗暗的告訴自己：「將來要娶妻，就要娶像師母這個樣子的！」第二，除我之外，宋老師家裡還有一個年輕人，是宋師母的外甥女，自幼父母雙亡，寄養在姨母家裡，不知道的，還當她是宋老師的親女兒。說來慚愧，對這位童年舊侶，我竟然記不起她的姓氏。也許當時就不曾打聽過，只曉得她是農曆七月七日生的，比我大了兩歲，宋師母喊她「巧兒」，我就喊她「巧姐」，一般人喊她「巧姑娘」。有個年輕人可以說說話兒，也使我覺得不太悶氣，所以，到宋老師這裡，我的心情是很矛盾的。來的時候不想來，該回去的時候又往往賴著不走，幫著「巧姐」料理善後，洗滌盤盞，收起筆硯，顯出一副很勤快的樣子。

如果說宋老師是一位「老才子」，那麼，他的這個外甥女就是一位「小才女」，和他們相比，我實在是自慚形穢，有時候覺得自己太俗，有時候又覺得自己太粗魯，不像他們那樣高雅，更不如他們那樣細緻。聽宋老師說，這位「巧姐」是不曾讀過書的，他的意思是說「巧姐」從來沒有進過學校，完全是由姨丈一手調教，不但詩詞作得比我好，而且擅長書法繪畫，我還偶然聽過她鼓琴、吹簫、彈琵琶，宋老師的那些看家本領，簡直被她學全啦，有些項目，恐怕已經青出於藍了呢。

宋老師的詩酒之會，氣氛本來是很沉悶的，人到齊了，分題限韻，然後就各自散開，或坐或立，有人在屋裡向壁，有人就踱到外面花園裡去，對著太湖石自言自語。論作詩填詞的功力，和這幾位老先生相比，我當然是望塵莫及，不過，我也有一樁好處，是他們不如我的，那就是——速度。通常，我寫兩首絕句，或是一首七律，大概只要一刻鐘的樣子，他們還在那裡搔首踟躕，我就已經拔了頭籌，交卷而出。「巧姐」這時候多半正在忙著，或烹茶，或鏇酒，或在廚下幫助宋師母做些什麼。以我當時的年歲，對女孩子還不大會評頭論足，長大成人之後，讀「浮生六記」，看到沈三白描寫芸娘的那幾句：「其形削肩長項，瘦不露骨。眉彎目秀，顧盼神飛。唯兩齒微露，似非佳相。」忽然想起那幾句話也可以用在「巧姐」身上，而且非常合適，好像就是專為她寫的。看她的模樣兒，應該很會說話的，她卻很少開口。我受她的影響，也覺得說話太多，實在無聊，便盡量的保持靜默。有時候，她工作，我在旁邊望著她，兩個人都不說話，却像說話一樣能夠溝通思想，我能夠猜得出她在想些什麼，她應該也知道我在想些什麼。

只有一次，詩酒之會結束，我照例幫助她收拾殘局，正在洗淨硯台裡的餘墨，忽然聽見她說：

「噯，求你一件事兒，好不好？」

我急忙應著：

「好呀，你說。」

她用細細白白的手，往廊廈裡一指：

「看到那隻空鳥籠沒有？原先，我養了一隻『紅下頦』，一聽到我撫琴吹簫，牠就跟著唱歌，唱的歌好好聽喲。前些日子，不知道怎麼的，牠忽然死了，只剩下一隻空鳥籠，我看見牠就難過。……」

說著，她那對「顧盼神飛」的眼睛，就像漲霧似的，顯得有些迷迷離離。

順著她的指示，我看見那隻空鳥籠，却忽然變得遲鈍，猜不出她底下要說些什麼：莫非是要把這鳥籠送給我？只傻傻的應著：

「哦。」

她停了一下，又換用快活的聲調說：

「噯，你們男孩子都會捉鳥的，你會不會？」

我這才明白她的意思，就藉機會替自己吹噓：

「豈止是會？我是專家呢。」

她紅著臉兒說：

「我求你的，就是這件事兒——」

我搶著回答：

「沒問題的，我答應你。你打算要幾隻？」

她很爽朗的笑起來：

「嗨，又不是殺來吃，要那麼多幹嘛呀？一隻就夠啦。……唔，也許，兩隻吧，一雌一雄，要牠們成雙作對，牠大概就更快樂，更愛唱歌了。」

我也爽朗的說：

「好吧，兩隻，我答應你。」

她很性急：

「幾時呢？後天吧，好不好？」

我笑她那麼聰明伶俐，却缺乏這方面的常識：

「你說的是『紅下頦兒』，對不對？那是一種候鳥，要到秋天才從咱們這兒經過，現在是七月流火，你叫我往那兒去捉？」

她有些失望：

「秋天？要那麼久啊？」

我提議說：

「要不，就先捉兩隻別的鳥兒來養著。咱們城窪子裡，會唱歌的鳥兒很多。」

她却不肯讓步：

「不，我不要。我只要『紅下頦兒』，和從前那隻一模一樣！」

我告訴她：

「那就要等到深秋九月，重陽一過，『紅下頦兒』就成群結隊的來了，要多少就有多少。」

「好，我等著。」她很溫柔的說。又叮囑我：「到時候，你可不要忘了哦。」

我當然不會忘記，從她告訴我的那一天開始，我就一天一天的數著日子，盼望這炎熱的夏季快些過去，只等著秋風一起，我就要把多年收起不用的羅網再補綴起來，捉牠個三百五百隻，再從裡面挑兩隻最好的。

有這件事情佔住了心思，一時之間，甚至沖淡了我對時局的注意；而不久以前，為了做不成「流亡學生」所引發出來的那種懊喪的心情，這時候也似乎大為減輕，覺得五哥的話言之有理：要參加抗戰，何必離開家鄉呢？

沒事兒的時候，我冒著盛暑，常在「城窪子」裡和那座護城堤上到處轉悠，癡心妄想的盼著能看到一兩隻「紅下頦兒」，明明知道這種想法違反常識，却巴望著會有奇蹟。我是這樣想：人為萬物之靈，都難免有些心智昏迷、行為乖張的神經病，鳥兒的腦袋瓜子難道每一隻都正常？有那去年留下來忘了走的，或者是今年提前趕著上路的，不必多，只要兩隻就好，一雌一雄，我就有本事把牠們捉住，給「巧姐」送去，讓她有一次意外的驚喜。

「紅下頦兒」始終沒有出現過，看樣子，是非得等到深秋九月不可了。倒是我在「城窪子」裡轉悠了幾回，對故鄉的景色，愈來愈著迷，聽著從天邊傳來隱隱的炮聲，想想這一片大好湖山，即將淪陷在敵寇的鐵蹄之下，我就有著錐心刺肝的痛苦，每逢走到沒有人的去處，就喉頭抽緊，胸口發脹，老想放聲一哭。中國，哦，中國，你這隻「東亞睡獅」，炮聲隆隆，究竟把你震醒了沒有？你是這樣的古老，這樣的悠久，在這世界上，應該是沒有任何力量能夠把你滅亡掉；你的土地是這麼寬廣，你的子民是這麼眾多，哦，中國，你為什麼不強盛起來？你為什麼不壯大起來？醒來吧，你這隻雄獅，聳起你的剛鬃，磨利你的爪牙，怒吼吧！……我就這樣一邊踉踉蹌蹌的走著，一邊仰天悲呼。走乏啦，喊累啦，就頹然倒下，親吻著故鄉芬芳的泥土，而感覺到自己是這樣軟弱，是這樣渺小，就像泥土裡的那些蚯蚓，一輩子生活在泥土裡，却渾身上下不長一根筋骨。說什麼「下飲黃泉，上食埃土」，其實呀，稍遇到硬地就鑽不進去，稍遇到乾旱就會僵死，可以說一點兒用處都沒有，既不會蛻變出翅膀去飛，也不能長成厚甲尖牙來保護自己。連一隻「紅下頦兒」都不如！連一隻小蚱蜢都不如！

「那就是我！」我呻吟著：「我就像一條受傷的蚯蚓，躺在這泥窩裡，等著敵人從這土地上走過去，用他那帶刺的馬靴把我踩死！……」

明明知道一場大禍即將臨頭，却一點兒辦法都沒有，既不逃，又不避，更沒有一條半條的迎敵禦侮之計，就這樣挺著脖子等死，這算是怎麼一回事？大人們的心理，我實在是不懂得！老百姓把衛國保鄉的責任，完全推給軍隊，說什麼「養兵千日，用在一時」；而一些正派人又有著「好鐵不打釘，好男不當兵」的成見，把「當兵的」看成一些特殊分子，非我族類，軍和民分得清清楚楚的，老百姓只管完糧納稅，供應軍糈，別的事兒概不負責。

我不知道這種觀念是自古就有的呢？還是由於民國初年軍閥割據，軍隊變成了私人的武力，只用來爭權奪利，視人民如草芥，「二尺半」被稱為「老虎皮」，才使得老百姓畏懼猜疑，而拉長了軍與民之間的距離？如果真如那些長輩們所想的，一旦國家有事，軍人善盡衛國保鄉之責，各安其位，各守其分，那倒也沒有什麼問題，就像二十九軍的「大刀隊」，在長城南北，拚死阻敵，那麼轟轟烈烈的，以中國軍隊之多，前仆後繼，日本人又怎能以小欺大，不把漢唐舊邦放在眼裡？無奈是有些軍人在平時耀武揚威，到了國家用人之際，却自動的丟城失地，甚至於為了保存實力，而靦顏事敵，藩籬盡撤，長城自毀，中國又怎能不亡呢？當時以第三路總指揮兼任山東省主席的韓復榘，就是這樣的一個軍閥頭子，他本是西北軍馮玉祥的舊部，是在前幾年「中原會戰」靠「倒戈」起家的，「七七事變」一起，他又故技重施，採取「不抵抗主義」，日本鬼子還沒有進入山東省，第三路軍就自動撤退，把津浦路上的幾座大城，連同省會濟南市在內，都不費一兵、不折一卒的拱手讓敵，這教老百姓去倚靠誰？老百姓自身也並非全無武力，別的地方我不曉得，單說我們故鄉鄰近的幾縣，因為平時常鬧土匪，民間就自動組成制度嚴密的「聯莊會」，紅纓槍、大刀片兒之外，新式的手槍、步槍也有的是，每年冬季「亮團」，我親眼見過集合起幾萬人的那種大場面，排隊演練，也相當的壯觀，這些武力不能用來和日本鬼子拚死一戰嗎？當然是難操勝券，不過，如果每一省每一縣都團結禦侮，用血肉保衛自己的鄉土，步步為營，處處防堵，縱然不能使侵略者縮手回頭，最少也得讓它每佔領一城一鎮，必須付出相當的代價，它就會曉得中國人不好欺負，更不敢誇下海口，說什麼三個月裡頭亡我中國！可是，中國的老百姓實在太善良，太懦弱，面臨著亡國滅種的慘禍，竟然縮頭束手，但求自保，敵人尚未來到，先把武器藏好，燒的燒，窖的窖，怕的是將來被日本人發現了，追究起來，罪名不小。當然不至於人人如此怕事，可是，那些在社會上、家族中居於領導地位的長輩，却大多都是這種心理。年輕人處處受著挾制，動彈不得，也只好躲在長輩們背後，暫時收起心頭的怒火，讓熱血在體內凝結，讓眼淚凍成冰塊……

要不是五哥拉住我，也許趁著日本鬼子還沒有來到，我已經離開家鄉了。

那天，我一個人在東堤口打轉，碰到幾個從北幾縣逃亡出來的學生，由一位老者護送，在官道旁邊的茶棚裡歇腳。由於年歲相近，身分相同，就和他們一見如故的聊上了。

問了一些他們家鄉淪陷以後的情形，他們越說越悲慟，我越聽越心驚。在他們當中，有一個看上去年歲和我差不多的小伙子，很不客氣的問我：

「日本鬼子說到就到，你怎麼還不跑？捨不得離開家啊？」

我囁囁嚅嚅的解釋著：

「不是我捨不得離開家，是家捨不得離開我。爺爺、奶奶、爸爸、媽媽都不肯放手，我有什麼辦法？」

那小伙子不以為然，向我傳授著他的經驗：

「你不會哭啊？你不會鬧啊？你不會拿著草繩、切菜刀去抹脖子上吊啊？爺爺、奶奶沒有不疼孫子的，爸爸、媽媽沒有不愛兒子的，對不對？只要你自己下定決心，耍耍賴，發發狠，他們不點頭，你就來個七天不吃飯，三天不喝水，看他們是願意留下一個死的？還是寧可放走一個活的？」

他說的這些招數，我何嘗沒有想到？可是，依我的估計，就算我厚著臉皮做出來，恐怕也未必有效。我嘆了一口氣說：

「各家的情形不同，你是用這辦法把自己弄出來的，對吧？我照著你的辦法做，却不一定管用。」

那小伙子嗤嗤哼哼的冷笑：

「試都沒有試過，你怎麼知道這辦法不靈？除非你自己不打算走！當然啦，去參加抗戰總免不了要吃些苦頭，比不上留在家裡當少爺來得舒服！」

我正一肚子寃苦，他再這麼冷嘲熱諷，可真是想挨揍。如果他不是一個過客，多半他的話還沒有說完，我就已經揮出了拳頭。在自己的地頭兒上，總不能這麼沒有涵養，我用左手抓住右手，才把那勢子止住。吞了一口唾沫，我向他客客氣氣的說：

「請問，你有幾位兄弟？」

他被我問得莫名其妙，又不能不回答：

「你是問親的？一個都沒有，我是一棵獨頭蒜！」

「堂兄弟呢？」

「也沒有堂兄弟。我們家裡人口不多，從我祖父，到我，三代都是單傳，所以他們才把我當成了寶，拉著扯著的不放我走。哈，到底還是拗不過我，你瞧，我不是跑出來了嗎？」

他說著，眉飛色舞，顧盼自雄，就像是一隻醜小鴨忽然發現自己變成了天鵝，說到那句「你瞧」，還擺出了一個姿勢，竟然有幾分搔首弄姿的味道。

我向他說明我的難處：

「這就是咱們兩個人不同的地方了。你家裡人口少，每一個人都注視著你，所以他們才中了你的計；我呢？你可知道我家裡有多少人嗎？親兄弟、堂兄弟都成群結隊，有誰一天兩天不吃飯，根本沒有人注意，不吃也是白不吃，總不能真的把自己餓死！……」

各家的情形不同，家家有本難唸的經。這些話，我以為他會聽不懂；或者是，聽懂了，也不會寄予同情。那小伙子却是玲瓏剔透，絕頂聰明，而且人也還算厚道，他聽清了我的難處，倒是並不認為有機可乘，說一些輕薄話來奚落我，反而安慰我說：

「不要急，總有法子可想的。」

果然就皺起雙眉，陷於沉思，要替我折籌代謀，想一條妙計。對他的熱心相助，我十分感激，而且已經把他引為知己。古人有所謂「傾蓋論交」的故事，大概就是像我和他這個樣子。我抓住他的手說：

「算了，別替我傷腦筋了。但凡是腳底下有一條路，我就不會賴在家裡不走。你放心好了，早晚我會走的，希望將來在後方，或是在軍隊裡，咱們還有再見面的機會。」

他目光閃動，也抓住我的手猛搖，高高興興的說：

「何必等將來呢？現在，你腳底下就有一條現成的路呀！」

我不解所謂：

「你的意思——？」

他往我腳底下一指：

「我說的就是這條官道！你既然決心要走，那還猶豫什麼？顧慮太多，也許你一輩子都走不了！倒不如當機立斷，腳底板兒抹油，一，二，三，開步走，咱們一齊上路！」

「你是說——現在？」

「不把握現在，那會有將來？你總不會像老一輩的人那樣迷信，遷徙、出行，還得翻查黃曆，選一個黃道吉日吧？」

「那當然不用。可是，就這樣一走了之，對家裡怎麼說呢？」

「咳，你怎麼這樣嚕囌？就是因為說不通嘛，我才勸你出此下策。自古道，忠孝不能兩全，你又想做忠臣，又想做孝子，世界那有這麼便宜的事兒？別傻，我勸你快刀斬亂麻，根本不必回家，就這麼瀟瀟灑灑的跟我們走吧！」

真要是這樣走了，從此流浪天涯，赤條條無牽無掛，瀟灑倒是真夠瀟灑；大概在我的思想中，很久以來就存在著這樣的憧憬，過去沒有受到慫恿，所以它就靜伏不動，現在聽了這些話，我感覺到它在我的心頭左右衝擊，上下翻騰，再也控制不住它。只是為了表示自己還有些理智，我勉強按下心頭的狂喜，喃喃自語：

「能這樣做嗎？恐怕不行吧。父母在，不遠遊，遊必有方。總得向家裡說一聲兒，不然的話，他們還以為我是被土匪綁票去了哪。」

那小伙子又替我祛疑解惑：

「這也容易。茶棚子裡淨是你本鄉本土的人，不會託他們往府上帶個信兒？將來把日本鬼子趕出去，你衣錦榮歸，再回來向尊長們磕頭請罪，還怕他們不肯原諒你？」

他說的很有理。古人移孝作忠，因公忘私，一定也做過類似的事，我又有什麼不可呢？對！可以的！我用右拳擊向左掌，大聲的宣告：

「好！就這麼做！」

那小伙子也顯得非常興奮，一把抓起我，要去向同行者介紹：

「這幾位，不是我的親戚，就是我的同學，大家都會歡迎你——」

被他扯得緊緊的，向那幾個人走過去，我低頭自顧，在這時候忽然想起一件極重要的事，就拉了一個「騎馬式」，兩條腿像木樁似的，把自己釘在當地。

「不行，我不能跟你走！」

那小伙子被我這麼一掙，冷不防的，幾乎跌了一個狗吃屎。他站穩了身子，向我發脾氣：

「一會兒走，一會兒不走，你這個人有什麼毛病？」

我指指自己身上，脹紅著臉說：

「你看我渾身上下，除了這套衣服，一個蹦子都沒有，我怎麼能跟你走？」

他緩過臉色，笑得像「孟嘗君」似的：

「這根本不成問題。你沒有衣服，我有，替換著穿就是了。至於吃的，我們一人省一口，你就挨不了餓。既然志同道合，還分什麼你跟我？」

就是這一點，教我很為難。這可能是自幼養成的一種觀念，一直到老年也沒有多大改變：讓我幫助別人，只要我力量夠，總會盡力去做，而且做起來心裡很舒坦；可是，把位置顛倒過來，讓別人來幫助我，我却很難接受——不接受也就罷了，還往往措置失當，弄得雙方都困窘不堪。我知道這是一項性格上的缺點，却到老也無法改善，在十幾歲的年紀，當然更沒有這種承恩受惠的雅量，事情就僵住了。

那小伙子跳著腳罵我，說我迂，說我臭，說我絕頂自私，說我根本不拿他當朋友……正在這時候，我五哥不知道從什麼地方冒了出來，以「家長」的身分，向人家作了揖，賠了禮，把我「押」回到城裡去。

在五哥的勸說之下，我打消了偷錢開溜的念頭，決定留在家鄉陪他。至於他本人，從來就沒有過離開家鄉的想法。以我家鄉的人來說，對於日本鬼子的殘暴，他知道的比誰都多，但裝滿他心頭的，是憤怒，是仇恨，而沒有絲毫的畏怯。

他常常對我，以及我的那些夥伴們說：

「日本鬼子並不可怕，過去，是咱們自己的人太不爭氣。這場仗，只要咱們肯打，就一定能打贏的！不過，保國衞鄉，這可是人人都有份兒，誰也不能退縮，誰也不能逃避！要抗日，不一定跟著政府往後退；要拚命，不一定要加入正規的軍隊；留在家鄉，總會有很多可做的事兒！」

有什麼事兒可做呢？他也說不上來，却把主意拿得穩穩的：這是他的家鄉，他要留在這裡，就是爺爺改變了心意，准許他和我加入流亡學生的行列，他說，他也絕對不去！就因為他的意念太堅決，終於影響到我，也改變初衷，決定留在家鄉陪他。就是這一念之轉，由被迫變成自動，心情也大為不同，不再露出那麼一副含寃受屈的面孔了。

宋老師家裡的詩酒之會，我有幾次托故未去，這實在怪不得我。作詩，對我來說，只能算是一門子「功課」，本來就苦多於樂，再遇上情緒不好，心浮氣躁，還叫我咿咿哦哦，搖頭晃腦，簡直就是一種刑罰了。宋老師並不責備，只是每到會期，還照例的折柬相邀，倒弄得我很不好意思。

有一次，我故意挑了一個不是會期的日子，去探望宋老師。不巧宋老師和師母有事出門去了，只有巧姐一個人在家，一看到我就責怪說：

「你可是有一陣子不來了！」

我以為她是記掛著我答應過的「紅下頦兒」，就老老實實的向她報告：

「還沒到時候，我去找過，一隻都沒有。別的鳥兒倒是很多，你又不要。」

巧姐原是一位溫柔端莊的姑娘，從來不曾聽到她放大嗓門兒說一句話，聲音總是那麼柔柔的，細細的。今天，她似乎真的生氣了，也許是我來的時辰不對，正碰上她鬧情緒，眼前又沒有別的人，就拿我當作她發怒出氣的「靶子」：

「紅下頦兒不來，所以你也就不來了！要是牠永遠不來，你也就永遠不來了吧？」

這幾句話，聲音雖然很低，却露出一副咄咄逼人的樣子，好像她真是有意和我吵嘴。我還不至於那麼沒出息，心裡頭可有些不舒服：怎麼所有的女孩兒都是這樣小性子、不講理？我本來以為巧姐是和一般女孩兒不同的，看起來她也有潑辣刁蠻的一面，誰要是惹了她，恐怕也和別的女孩兒一樣的難纏。怪不得孔老夫子說過那樣的話：「唯女子與小人為難養也，近之則不遜，遠之則怨。」他老人家一定是有感而發。過去讀「論語」，這幾句話也曾引起我的腹誹，總覺得孔子這種一竿子打翻一船人的說法，把所有的「女子與小人」都一概而論，未免有失他聖人的身分，直到今日，對這幾句話又多了一番體會，才知道聖人果然不是白當的，所說的金言玉語，每一句都有至理。

巧姐向我發作了一頓，大概她自己也有些不好意思，又不知道該如何收場，索性轉過身子，一挑門帘兒，走回套間去，把我一個人「晾」在正廳裡。從女孩兒身上受這種待遇，這還是生平第一回。我愣在那裡，走也不是，留也不是，心裡十分無趣。愣了一會兒，想不出什麼法子，既不想跟她吵架，也沒有理由向她賠禮認罪，我覺得還是走為上策，於是就默然起立，悄悄的走了出去。

當時我是被情勢所迫，只好出之一走，心裡可並沒有賭氣鬥狠、從此不再來的念頭。可是，自從發生這件事情之後，我却發現宋老師那裡真是不好去了，每逢接到通知，也曾厚著臉皮，鼓起勇氣，權當沒有發生什麼事兒，照常的去參加聚會，一路走著，一路給自己加油，離宋老師的大門越走越近，越覺得自己臉熱心跳，而且頻率漸漸加快，溫度漸漸升高，步子也就越走越慢了。到了宋老師的大門口，我實在是拖不動腳，抬不起手，終於還是過門不入，臨時改換了目標，就那樣穿戴整齊，到孔廟跨院裡打拳劈刀去了。

說得冠冕堂皇些，我這樣做叫做「棄文就武」，從此多練筋骨，少用頭腦。打拳劈刀，對我來說，倒不算是新功課，早在六七歲的時候，我就下場子練過，只是後來升入中學之後，反而生疏了。五哥的根基不如我，但他的興趣極高，看他打起拳來那種咬牙切齒的樣子，你會說他那不是在練功夫，而是跟自己拚命來著，好像他恨不得一時三刻，就把師父的本領全部學到。有時候，在師父的指派之下，我和五哥下場子對打，起初是我讓他，後來就漸漸平手，偶爾我精神分散，用心不專，還難免會結結實實的挨他幾拳。每逢他佔了上風，竟然對我毫不留情，打得我火氣上升，也就不再禮讓，抽冷子給他幾記狠的，兩個人的身上都常常腫一塊、瘀一塊，要勞動師父推拿揉搓，替我們治傷活血。

每次他挨了我的揍，還都高高興興的誇獎我：

「對，小六兒，練功夫嘛，就得這樣子，一招一式，都不能馬虎，不然哪，你就學不到真本事了！」

我倒是有些不忍，勸他別這麼認真：

「練國術，不過是為了強健身體，別的還能有什麼用處？練得再好，也擋不住敵人的機關槍、大炮，這在義和團時代就已經證明過了。五哥，你還真想拿這個去上戰場殺鬼子啊？算了吧，不頂用呀！」

五哥不以為然，他說：

「怎麼會不頂用？練過國術的人，身體健壯，關節靈活，跑得比人快，跳得比人高，力氣比人大，方法比人多，在戰場上拚命的時候，這就大有用處！像宋老師和他那些愛作詩的朋友，學問固然不錯，身體却被學問給糟蹋了，一個個都像糟鵪鶉似的。薄皮、嫩肉、脆骨頭，一按就扁啦，一碰就散啦，你能指望著這些人去保國衞鄉嗎？要是讓他們上戰場，也不必動刀動槍，敵人在前面逃，讓他們在後面追；追的時間長了，就能把他們給活活的累死！前些日子，你常和他們混在一起，爺爺、奶奶准許，我也不好阻止，只是替你著急，瞧他們那一身酸臭迂腐的氣味，不怕薰壞了你？——往後呢？你還去是不去？」

我聳聳膀子：

「偶然的，總還得去一次。」

五哥斜著眼睛向我窺覗：

「我勸你，偶然的也不必，除非是你在打別的主意。——聽說宋老師有一個外甥女，自幼住在他家裡，宋老師的本領，這位姑娘已經得了十之六七。……有沒有這麼個人兒？」

這當然是瞞不過去，我回答得很爽利：

「不錯，是有的。」

「那麼，」五哥注視著我的臉色：「大概我猜得不錯，你常常往宋老師家裡跑，是另有所圖囉？」

瞧五哥的神情，他自以為是十拿九穩的，猜中了我的心事；殊不知，他這一猜，剛好猜到反面去。照他的猜想，我是「醉翁之意不在酒」，參加什麼詩酒之會，完全是為了宋老師的那個寶貝外甥女；五哥何曾猜想得到，我是為了她才過門不入，才棄文習武的。依我平日的脾氣，我絕對不肯受這種誣蔑，必然會大呼小叫，把真相說將出來，奇怪的是，現在我却不想否認這件事，自管把頭一低，故作神祕，不言不語。

五哥向我咧了咧嘴，又使了一個「黑虎偷心」的招式，兜胸給了我一捶，這意思是對我完全滿意，再也沒有什麼疑惑。

其後的一段日子，我和五哥往孔廟跑得很勤，幾乎每天早晨都要到那裡熬煉出一身汗水，直到近午時分，才隨著別的夥伴們一同散去。下半天，有時候被爺爺「拘」在家裡，由他老人家親自監督著讀書、寫字。遇到爺爺不在家，或者忙著別的事，我們也就給自己放上半天假，五哥自有他的去處，我呢，就找幾個小嘍囉到「城窪子」裡去轉悠，表面上過著和往常暑假裡一樣閒適的生活，只是心情不同了。

那年的夏天似乎特別長，已經到了農曆七月底，應該是「金風送爽」的季節，氣候却還沒有轉涼。

候鳥似乎來得早了些，數量却似乎比往年少了許多，而且，都顯出一副慌慌張張的樣子，就好像一群一群過境的難民似的，稍受驚擾，就撲楞楞的飛上天去，不像往年那樣容易捕捉。

甚至就連我這個捕鳥老手，成績也大打折扣。對這件怪事，我試著作了解釋：從報上看到的消息，北平、天津那兩座大城淪陷之後，以二十九軍為主力的國軍部隊，轉移到長城一帶，以劣勢武器與裝備，對抗日軍的飛機、大炮、坦克車，奮勇殺敵，戰況十分激烈；南口、忻口、古北口、居庸關、平型關、娘子關……這些古老的地名，經常在報紙上出現。據父老們傳言，候鳥秋去春來，從塞北到江南，這些關塞正是牠們必經的路線。現在，長城一帶烽火連天，鳥兒們在飽受驚嚇之後，不得不提前上路，雖然已經飛離了戰場，碎裂的心魂一時還不能平復，所以才聽到腳步聲就怕，看見人影兒就躲，不像往年那樣蹦蹦跳跳，毫無機心了。

在眾多的候鳥群中，「紅下頦兒」總是夾在中間，來得不早不晚。這種鳥兒有一個特性：清晨上樹，在枝頭大展歌喉；一過正午，牠就落下地面，在蘆葦叢，或是灌木林中鑽進鑽出，大概是在尋覓食物。所以，要捉這種鳥兒，一天之中，使用的方法不同，上午用鳥籠，掛在樹蔭濃密處，有特別裝置的機關活門，籠中放著一盂清水，和一兩串穀穗，當那些「歌星」唱累了的時候，也許牠就想進去休息休息，卻不知道這家「客棧」是許進不許出的。用這個方法捉住的「紅下頦兒」，都是些能歌善唱的優秀分子，只可惜牠氣性太大，一旦發現上了當，牠就會在籠子裡亂飛猛撞，直弄得頭破血流，羽毛憔悴，縱然僥倖不死，也得用心調養一陣子，要想牠精神抖擻的高歌一曲，那是明年的事了。另一個法子是用網捕，這要事先選妥地點，趁著正午以前，先把網羅佈好，等到鳥兒落定之後，就幾個人一路吆喝著，遠遠的趕過來，趕到網羅近處，齊著嗓子扯一聲吆哨，鳥兒受了驚嚇，朝著沒人的那一面飛逃，就一個個的在網眼裡上了吊。用這種法子捕鳥，有點兒像是「竭澤而漁」。遇到旺季，一羅能捉住幾十隻，只是品類非一，良莠不齊，也不分什麼本地土著或異鄉過客，凡是被「圈」進範圍裡頭的，都一齊落入網內，有一回，我們還捉到一隻老大老大的貓頭鷹呢。好在我和我的那些夥伴們都是行家，對各種鳥兒的特徵和習性十分熟悉，也知道該如何處理，該留的留，該放的放，幾分鐘裡，就可以處理完畢。一網捉住幾十隻，也許最後決定「收養」的，不過是三隻兩隻而已。

「紅下頦兒」原不是什麼名貴的鳥兒，——我這句話說得太現實，太功利，把鳥兒也看作商品，給牠定了身價，分了品級；事實上，在四十多年前的家鄉，純粹的農業社會，根本沒有這種思想，許多東西都不會拿來當作買賣的對象，也就是說，那些東西是「無價」的，跟金錢完全扯不上關係。既然如此，又如何去判定牠的價碼、而說牠名貴不名貴呢？四十多年以前，也不止是我的家鄉，其他那些比較偏僻、比較保守的地方，想來也必然一樣，都把蒔花養鳥看作是雅事，正因為它雅，所以就不能帶有一絲銅臭氣味，那會把花、把鳥給薰死的！故鄉沒有一家鳥店，也沒有一座以營利為目標的花園，蒔花養鳥的人倒是不少，但是，從來不曾聽說過有誰利慾薰心，硬要把花兒鳥兒訂出一個價格，拿這些大自然的靈物去換取鈔票。買賣是雙方的行為，既然沒有人肯賣，當然也就沒有人能買，這種交易怎麼能做得起來？你要是在別人的花園裡看到一株好看的花，或者在別人鳥籠裡聽到一隻會唱的鳥，因之而貪心大熾，希望能據為己有，那就只有兩條途徑可走：一條是「求」，一條是「偷」，雖然討未必能討得著，偷也不一定會賊星高照，一偷就到手。但是，除此之外，却再也沒有別的門路。你可別妄想仗著財大氣粗，硬要拿鈔票當磚頭，砸得對方屈膝討饒，也非得滿足自己的貪心不可，我告訴你，那種可能性很少，也可以說是完全沒有，因為，蒔花養鳥的人大多把花鳥看成性命，而把錢財視同身外之物，你的錢再多，其奈他不賣何？……一直到今天，我仍然擺不脫這些老觀念。

有一次，到一位養蘭名家的別墅做客，主要的是要參觀他那上千盆的蘭花。在主人殷勤招待之下，遊目四顧，應接不暇，覺得自己一身的俗骨濁氣，都被那芝蘭之香薰烝融化，而變得有幾分高雅；可是，正當我心迷神醉，忽然聽到主人向另一位貴賓介紹說：「這一盆兩萬七，那一盆三萬八……」我剛剛培養出來的那點兒情趣，就一下子被粉碎無餘，一對老花眼也像裝上愛克斯光似的，定睛再看，只覺得那些王者之香都走了樣子，蘭花是瑪瑙，蘭葉是翡翠，而且上面還纏了金絲，鑲著鑽石，那麼耀眼生輝，令人不敢逼視。名貴誠然是十分名貴，却不再是一些真實而有生命的東西。我總覺得，有些東西不能讓它有價錢，不管你把那價錢訂得多高，事實上都是一種貶抑，有了價錢的東西就再也稱不上高貴。這些老觀念，是從我小時候就裝進腦子裡，而在那裡生了根的。所以，你不能因為我偶然說錯了一句話，用錯了幾個字，而就曲解了我的意思，否則，你不但惹惱了我，也得罪了我家鄉的「紅下頦兒」，這則故事我就說不下去了。

我之所以說「紅下頦兒」不是什麼名貴的鳥兒，並非指身價說的，而是因為這種候鳥數量繁多，不來則已，一來就成群結隊，幾乎是捉不勝捉，要多少就有多少，不像傳說中的龍呀、鳳呀、麒麟呀那般珍異難得。不是有「物以稀為貴」這句話嗎？根據這個道理，「紅下頦兒」只能算是一種極尋常、極普通的鳥兒，「名貴」二字當然用不到牠的身上去。

雖然不是什麼名貴的鳥兒，却也是無價的。要是有人出錢雇我，不幹別的，專門為他捕鳥，我必然一口回絕。我捉到的鳥兒，要是有人掂斤論兩，挑肥揀瘦的出錢來買，也必然是自討沒趣，看不到我的好臉色。你大概會說我是古怪而又小器。古怪，也許有一點兒；小器，那可絕對不是。如果有人「求」我，而碰巧我心情正好，就是要個三隻五隻，我也一定會給。捕鳥的工作看起來很輕鬆，實際上却很沉重，別的不說，單說所花費的時間，一耗就是大半天，又要有經驗，還得靠耐性。農曆七月底，雖然已入秋令，後半晌的大太陽還夠「毒」的，在那蘆葦叢或是灌木林中活動，上面遮不住陽光的直射，左右前後却是密不通風，只要在那種地方待上兩個小時，必然會汗流浹背，一身水濕，還另外奉送前胸後背數不清的痱子，每天刺刺撓撓的，不到秋涼就消不下去，實在是夠辛苦、也夠勞累。儘管如此，我費心巴力捉來的鳥兒，大部分還都是養在別人的籠子裡，你怎麼能說我小器？

我答應送給巧姐一對「紅下頦兒」的，雖然有一陣子沒有到宋老師家裡去，對這份兒承諾，我並沒有忘記。事實上，以我當時的心境和年歲，我對捕鳥養鳥一事，早已經失去興趣，居然又再整舊業，重施故技，在這城窪子裡流了好幾身汗水，不為別的，就為著要捉兩隻最上等的「紅下頦兒」，給巧姐送去，她那裡正有一隻空鳥籠子在虛位以待呢。

出動了幾次，雖然這一年的鳥季不甚景氣，承蒙眾家兄弟效勞出力，每一次也都能滿載而歸。可是，挑來選去，都不合我的意。有的是當年新孵出來的小雛兒，不但唱得不成調子，下巴頦裡的那一撮紅毛，也還是那種淡淡的土黃色。把這樣的鳥兒送人，人家還當我是故意的敷衍塞責，不成敬意的。好在鳥季才剛剛開始，一批又一批的接續而至，機會還多的是，我決定不必太急，反正在這個季節結束之前，我一定會把這份禮物給巧姐送了去。

誰能想得到呢？就因為多拖了這幾日，竟造成我終生莫贖的恨事。

這是怎麼也猜想不到的。別說是我，就是那些年老智高的長者，經驗豐富如一部活歷史，對故鄉數百年的往事無所不知，可以依據他們的經驗，卜占來年旱澇，預測明朝晴雨，也是絕對猜想不到的。

在我的家鄉，那一大片黃河下游的冲積平原上，自古以來，就災難頻繁，一直到民國二十幾年，鄉民們的生活還停留在「人與天爭」的階段，生存的憑藉十分艱難。故鄉的災禍之源，就是那條永遠混濁、永遠不清澈的黃河，照史書上的記載，它曾經許多次在那塊大平原上翻身打滾，改變河道，每一次都帶來滔天巨禍。就在它比較老實、比較安分的年歲，在那高達數丈的堤頭，稍稍冲開一點兒缺口，也會使得幾萬平方里的平地變成澤國，人民流離，廬舍為墟。不鬧水災的時候，又往往久旱不雨，禾枯樹死，赤地千里，情況是和水災一樣嚴重的。只要能捱過這兩種天災，故鄉仍然算得是一片福地。從初民時期，炎黃裔胄就在這塊土地上落戶定居，經歷過這許多世代，人煙越發稠密。

那一大片平原，地脈深厚，結構嚴密，挖掘一口水井，要深入地面數十尺，挖出來的是一層又一層顏色不同的泥土，却連一粒鷄蛋大的小石子兒都沒有。有的只是些陶甕、土罐、龜甲、獸骨……幾千年前的古物，會在極偶然的機緣下大量出土。那一塊土地，就因為它夠悠久，所以它也夠堅實，不坍不陷，不動不搖，那樣厚厚重重的，安安穩穩的。在那塊土地上走路，你會覺得每一個腳印都深鐫久留；在那塊土地上建造房屋，你會相信它將世代相傳，子孫永守……。

在那塊土地上，上百歲的老人，不知道什麼叫做地震，非但不曾經歷過，而且也從來沒有聽說過。可是，就在民國二十六年的秋季，「七七事變」發生之後不到兩個月，人禍招來了天災，一場空前未有的大地震，震動了那塊安穩厚重的土地。由於鄉民們缺乏這方面的知識，又正是大敵壓境、人心虛浮之際，對這次突如其來的災禍，不知道該如何解釋，內心更是倍感恐懼，於是一時之間，謠言四起，各處傳出許多初民時期神話式的故事。有些人還只是聽聽說說而已；有些人就深信不疑，說什麼鰲魚翻身，地獄「走水」，天神失職，妖魔出世……總之，人類大禍臨頭，世界到了末日。

想起那次大地震，就在這四十多年之後，猶不免冷汗淋漓，心有餘悸。我不知道那次大地震是怎樣發生的，也不知道它在地震儀上是屬於幾等幾級；而且，災變發生之後的這幾十年來，更很少看到有關它的文字記載，可見它在中國近代史上只是一樁小事。然而，對我來說，它留給我的記憶，却是「超級」的，「最強烈」的，和我日後所經歷的那許多重災大禍相比，也並不能降低它的地位。

那次大地震，從初震到它完全過去，拖拖拉拉的，幾乎連續了兩個月。在這兩個月裡頭，夠得上「強烈」的就有七八次之多，中間還穿插著許多次強弱不等的「小震」，大概每隔三兩天，總要搖晃一陣子，搖得人心驚膽顫，頭昏眼花。

初震是發生在深夜裡，情景最為怪異，也最為滑稽，但由於根本弄不清楚是怎麼一回事，所以，雖然十分狼狽，倒是並不畏懼。我和五哥睡在學屋院裡，一排房子五大間，三明兩暗，弟兄倆各據一端。那天深夜，我正睡得好好的，忽然被人從床上掀了下來，平著身子落在方磚地上，摔得屁股好疼。我茫然四顧，不見人影。而當時睡意甚濃，也就顧不得找人打架，嘟噥了幾句，還爬回床上去睡。及至第二次又被掀下來，這時候頭腦比較清醒，我才發現原來是那張古舊的頂床在作怪，它好像日久成精，有了靈性，竟然和我開起玩笑，一邊咯咯吱吱的發著怪聲，一邊搖搖擺擺的全身抖動，就像一匹不受約束的馬駒子似的，連蹦帶跳，非得把我掀下地來不可。接連被摔了兩次，我已經沒有睡意，心頭一把無名火湧起，和身撲了上去，跟那張木床進行一場角力，它朝上甩我，我往下壓它，僵持了一陣子，感覺上它似乎平靜了些，却猛然來了個大動作，把我整個兒甩離床面，往方磚地上摔落，我才相信它真是成了精了，有了神通了，光憑我這副潑皮大膽是制不住它了，這麼想著，不由得心虛膽怯起來，頭皮一炸，兩條腿發麻，趕緊的掙扎著往外跑。大廳裡黑漆漆的也沒有個燈火，衝到正門口，剛好和一個人體撞了個滿懷，雙方的衝勁兒都不小，彼此仰面撞倒，又怕又疼，都失聲喊叫，才知道被我撞倒的是我五哥。

五哥坐在地下抖抖縮縮的問著：

「小六兒，是你嗎？」

「是我。」我應著，迫不及待的向五哥訴說：「不得了，我房子裡那張老木床成了精啦，要跟我打架，我也打不過它……」

「不是床的關係，是這房子有問題。」五哥似乎已經作過一番深思熟慮，說話的口氣却有些躲躲閃閃的：「小六兒，你也聽說過這學屋不大乾淨，對不對?好像是說，有一位老夫子死在這裡，究竟有沒有這回事兒？」

事情是有的，小時候，我還跟著那位老夫子唸了半本「論語」呢。老夫子姓周，本來也是鄰縣的一位財主，只因他天性好賭，而又每賭必輸，一份家產就漸漸的耗盡，最後又遇到「郎中」，連僅賸的一座店鋪也輸給別人，只落得「掃地出門」，無處存身。太太上了吊，兒子也離開家鄉，自謀生路去了，只留下他孤苦一個，人也變得瘋瘋癲癲的，被爺爺收留在家裡，成了我們幾個小毛頭的啟蒙老師。事實上，這位周老夫子心志衰竭，神經也不大正常，根本不能教書，是因為爺爺和他相識，同情他的際遇，所以才假教書為名，給他一個棲身之處。只過了半年的光景，他就一病不起，死在這間學屋裡。他生前就常常自言自語，唉聲嘆氣；他死後，這學屋被閒置了很久，偶然有人從院牆外走過，聽到學屋裡有些動靜，也許是風吹窗櫺，也許是階前蟲鳴，聽到的人神經過敏，硬說那是周老夫子的聲音，硬說那聲音和周老夫子生前的自言自語、唉聲嘆氣是一個樣子……這則故事，平時我是不肯相信的，五哥也和我一樣受過新知識的洗禮，對「科學」有著極堅定的信心，當然也認為這故事是荒唐無稽，否則，他就不會接受我的提議，叫人把學屋收拾出來，跟我一同住在這裡。不過，說是完全不信呢，那是在平時，那是在豔陽高照的白日；像現在這種時刻，又發生了不可解釋的怪事，我們的信心就似乎有了空隙，從裡往外一股一股的冒著冷氣，脊背上的汗水也涼颼颼的。

我喉頭乾燥，嚥了一口唾沫，問道：

「五哥，你的意思是說——有鬼？」

其實話是他先提出來的，說「這學屋不太乾淨」，不就是「鬧鬼」的意思？可是，當我這麼挑明了一問，他大概是忽然意識到自己的身分：一個受過科學教育的現代青年，怎麼能如此迷信？要想完全不承認吧，內心虛弱，又說不出硬話，就越發吞吞吐吐，支支吾吾，用的是一副「梅蘭芳」式的假嗓子：

「鬼，是不會有的。……人死如燈滅，那來的鬼呢？……只不過，今兒晚上這些動靜太怪異，不知道該怎麼樣解釋。……你別怕，小六兒，有道是邪不勝正，只要咱們光明磊落，就是有什麼邪魔鬼祟，它也奈何不了咱們，何況，這是在咱們自己的家裡，你說對不對？……來，小六兒，你就靠緊五哥，坐在這裡，儘管放大膽子，管它媽拉個巴子的是什麼東西，咱們就跟它耗下去！」

說到最後這兩句，調門兒升高，又恢復了他做哥哥的權威。反正我也想不出什麼好法子，就照著五哥吩咐，挨過去和他坐在一起。

五哥抓住我的胳臂，又小聲的叮囑我：

「小六兒，你記牢，不管發生了什麼事情，都要保持鎮靜，別哭，別叫，別跑，萬一落在別人眼裡，拿來當笑話說，咱們可受不了！」

原來五哥的想法跟我一樣：不是怕自己有凶險，怕的是在別人眼裡出洋相。兄弟同心，兩個人背靠屋門，擠得緊緊的，打定了主意不躲不避，「就跟它耗下去」。屋門是上了閂的，屋子裡一團漆黑，伸手不見五指，誰知道那一團漆黑中有些什麼東西？也弄不清當時是幾更天了，只在心底浮動著一絲希望；不管夜有多長，天總會亮；只要能熬到天亮，我們就算打贏了這一仗。

有人說：「恐懼生於無知。」可是，在某些情況下，無知也會助長了勇氣，雖然那種勇氣是憨憨的，傻傻的，照前不顧後的。我和五哥這兩個傻小子，在那個生死關頭的大地震之夜，就這樣背門而坐，根本沒有想到要往屋子外頭跑，居然也讓我們熬過來了。

怕給人家看笑話，結果却做了大傻瓜。所好的是，那天夜裡的傻瓜很多，鬧出來的笑話更是五花八門，什麼新鮮事兒都有，像我們弟兄倆的想法和作法，還算是比較「正常」的哪。

事後，總算從明白人那裡，聽清楚當天夜裡發生的是什麼事；又知道地震是一種最可怕的天災，牆倒屋坍，山崩地裂，比起「鬧鬼」更要來得厲害。就在那一夜之間，我們那座小小的縣城，就倒坍了幾百間房屋，葬送了幾十條性命。幸好我家那座學屋，雖然很陳舊，却也夠牢固，還禁得住搖擺，否則，那天夜裡我和五哥都打定了主意，要以正克邪，說什麼也不會跑出來，別說它倒啦坍啦，就是從屋頂掉下一根木條或者磚塊，砸在腦袋上，死了都不知道是怎麼死的，你說那有多寃枉？

在那寃死了的幾十條性命當中，有幾位是我家的親戚；另外也都是鄉親近鄰，叫得出姓名來的。地震過後，縣城裡有許多人家都在辦理喪事，弄得一座城慘霧愁雲，哭聲陣陣，到處流動著一種驚慌、疑懼而又哀傷的氣氛，再加上大街小巷，觸目是斷垣殘壁，倒好像是日本人已經來過了似的。

最令我震驚而不肯相信的，宋老師的外甥女巧姐——那個有才無命的女孩子，竟然也在這次災禍中喪失了生命。我在地震的第二天，就聽說了這件事，一口氣跑到宋家的大門口，隔著院牆，聽到從裡面傳出宋師母的哭聲，我還是不能信以為真。在大門外徘徊了很久，從宋家親友們口中，再三的證實了這個噩耗，我仍然告訴自己說：「這不可能！這不可能！」後來，是前來弔唁的一位太太看見我在大門口發愣，進去告訴了宋老師，我才被喊了進去。

宋老師老淚縱橫，反而一再的安慰我：

「不要難過，孩子，這是天意。」

我知道，巧姐之死，對宋老師夫婦是多麼沉重的打擊，也想說幾句表示同情的話，卻苦於笨嘴拙舌，想不出該說些什麼。

宋師母哭得嗓子都啞了，看到我，抽抽噎噎的說：

「這些日子，怎麼不見你來？昨兒個，巧兒還唸叨著，說是你答應過送她一對小鳥兒，大概你是忘了。我這個外甥女可是個死心眼兒的人，別人說過的話，她會一直記著。」

就是這件事情使我難過。宋師母寃枉了我，但凡是我答應的，不論事情大小，我總會把它做好。現在，一場意外的橫禍，誰能料想得到？卻把我變成一個輕諾寡信的人了。

宋師母看我無話可說，就吩咐我：

「傻站著做什麼？給你巧姐上一炷香吧！」

拈香在手，我更不知道該如何是好。宋師母氣沖沖的說：

「跪下呀。你巧姐比你大，難道她還受不起你一禮嗎？」

我就直挺挺的跪倒在地，上香，行禮，正待站起，却被宋老師阻止——

「有一件事情，我還是告訴你的好，過去不告訴你，是怕落了痕跡，反而使你們不自然，怕見面。現在，人已經去世，就不必再瞞著你了。你知道的，巧兒父母雙亡，由我來教養，等於是我的女兒一樣。所以，她的終身大事，我不能不張羅。我覺得，你和巧兒很相配，原有意把她許給你，巧兒自己也同意……。」

宋老師的這段話，我是跪著聽的。聽得很仔細，很清楚，一字不漏，心裡却迷迷茫茫，像作夢一樣。宋老師的話並不難懂，他使用的這些字句，我也都深知其義，不至於有什麼誤會。他說要把巧姐「許」給我，這個「許」字，就是「允婚」的意思，我懂得；可是，這總得男方先來「提親」才行，却把我蒙在鼓裡，對他老人家的這番美意一概不知，他又怎麼個「許」法呢？他又說，「巧兒自己也同意」，那就是說，不知道這件事兒的，就只有我一個人囉？我覺得自己就像一隻被人算計的笨鳥，樹上有機關，地上有網羅，又準備好一隻空鳥籠子在等著我，可是，就沒有人問問我的意思：我是不是願意進去呢？……

久知宋老師是一個特立獨行的人，他的思想，有的很舊，有的極新，舊的那一部分可以稱得上是「老頑固」，新的部分又幾乎到了驚世駭俗的地步。而他的立身處世，也自有一套哲理，往往不依照常軌，却並不因此而影響他在鄉人們心目中的地位。提起宋老師，大家都知道他是一位「才子」，而四十多年以前的那個舊社會，雖然禮教的勢力很重，對「才子」却是很優遇，也很寬容的，不像對一般世俗大眾那樣嚴厲。大概就因為這個緣故，宋老師做事一向是我行我素，只能別人配合他，他是絕對不肯「同乎流俗、合乎污世」的。過去，作為他的門人弟子，對他那些被傳揚的軼聞趣事，我都聽得津津有味，甚至興起一種「大丈夫當如是」的心理，而佩服得五體投地。可是，他對我所做的這件事情，半新半舊，不今不古，實在教人難以接受。尤其是，當巧姐活著，他把他的這番「好意」藏在心底，不向我透露一點兒消息；現在，巧姐已經離開人世，他却向我說得源源本本的，清清楚楚的，全不想我聽到這些隱祕之後，內心將是什麼滋味？該說而不說，該瞞著而不瞞著，我對宋老師不好作別的批評，只能說他是越老越糊塗了。

更糊塗的是，他只顧得一吐為快，也忘了叫我站起來，就那樣直挺挺的跪著，聽他說了又說，倒好像巧姐是因我而死，而我不知道對她做了多少忘恩負義、薄倖無情的事，生前未及補贖，直到她死後才到她靈前來長跪領責。

還有一樁最糊塗的事哪，巧姐之死，對宋老師來說，如失高弟，如喪愛女，內心自是有著一種割肉刺骨的痛苦，使他哀慟不已，甚至他還恨不得所有的人都來陪著他同聲一哭，竟然慫恿我說：

「哭吧，孩子，要哭就儘管哭吧！太上忘情，其下者不及於情，鍾情正在我輩。不必管什麼名分，不必管那些世俗之禮，要哭，你就哭個痛快吧！」

說真的，我本來是不想哭的。可是，被宋老師這麼一催，不知道怎麼的，我鼻子裡有一根筋就酸了幾酸，酸出了兩大串眼淚；我喉嚨裡有一塊肉就緊了幾緊，緊得我幾乎不能喘氣兒，如果我硬是要忍住不放出聲音，可能就會把我給憋死；就這樣，兩下裡一湊和，我真的就放聲嚎啕，哭出聲音來了。而且，不哭則已，這一哭就哭得噓噓嗬嗬的，呼天搶地，把我這一陣子憋在心裡的窩囊氣，都藉此機會，一洩無餘。

最後，還是宋老師和宋師母老公母倆合力勸住了我。臨走，宋師母又抓住我的手，很貼己的對我說：

「好，好，你這孩子果然是至性真情，這表示你老師老眼不花，沒有看錯了人，只怪巧兒那丫頭福分太薄，這也都是前生註定的。天熱，又是個姑娘家，不能停放太久，後天就把她抬出去，暫時厝在東關外水龍寺的後廟院裡。你要是能來呢，那最好，我和你老師都感激；要是你家裡人不准許，那也不必嘔氣，我們——還有巧兒，都會原諒你。」

結果我是去了。爺爺、奶奶、爸爸、媽媽似乎都知道我是去做什麼，他們不鼓勵，然而，也不阻止。

出殯的場面很簡單，簡單到不像是出殯。一來是，當時縣城裡很多人家都在辦喪事，承辦喪儀的人手不敷分配，各種祭品禮器也難求完備；二則，以故鄉的習俗，未成年而夭殤的小孩子的葬禮，是不准太鋪張的，甚至根本不該有任何儀式。巧姐虛歲十九，早已經是個大人了，可是，到了這時候，論起大小，却又不完全以年紀來分。如果是一位十九歲的少婦，而又有兒有女的，那當然是一個大人；像巧姑娘，深閨待嫁之身，就是超過二十歲，也只能算是一個小孩子。要是完全遵守古制，巧姐的葬禮應該是更簡單的，幸而她姨丈是一個有勇氣背叛那些惡風陋俗的人，以感情為重，不崇尚虛文，總算是還維持了一個簡單的場面，能讓死者瞑目，令生者心安。

我陪侍著宋老師和師母，一直到磚柩砌成，才離開水龍寺的後廟院。這中間，磚柩前燃燒著一堆熊熊的火，焚化的不是紙錢，而是宋老師特意帶來的一大箱線裝書，都是巧姐生前讀的，沾染著伊人的手澤。

宋老師一邊焚書，還一邊很周到的問我：

「要不要揀出幾本，你留著作個紀念？」

我搖搖頭，覺得自己不配擁有那些書。

宋老師又說：

「也好，那就統統燒掉。有了這些書陪她，巧兒應該不寂寞了！」

給巧姐送殯，我是空著手來的，因為我不知道應該帶些什麼才好，也沒有人指點我。現在，望著磚柩前頭的那一堆紙灰，我知道自己還有一件事情可做，而且非做不可，那是我欠巧姐的一筆債務。

巧姐安葬之後，只要一得閒空兒，我就往「城窪子」裡跑，希望能早些捉到兩隻笨鳥，把這筆債務還掉。可是，我發現，鳥兒並不笨，要比人聰明得多了，人類不知如何趨避災禍，鳥兒却知道。自從發生了地震，那些北來南去，把「城窪子」當作旅館的候鳥群，顯然減少了很多；其中有幾種，簡直就不見踪影。這種現象很怪異，不知道該怎樣解釋。我想，牠們的旅行是一種法則，絕不會停止的；那麼，就只有一個可能：為了避禍，牠們改變路線，繞道飛行。這種說法太玄妙，也似乎把鳥兒們的智慧估計得太高，可是，且看牠們的同類──那些祖居世守的烏鴉和喜鵲，每當地震發生之前的幾分鐘，都譁然而驚，一下子飛上半空，在那裡大嚷大叫，盤旋不落，好像知道災禍是從地底下來的，半空中才是最安全的場所。鴉鵲們這種表現，是我親眼看到；那些擅作飛行、見過大世面的候鳥們，智慧自然更高。人類之外，被認為比人類低了幾等的生物，似乎都有這種趨吉避凶的本能，倒是人類自己，自居為萬物之靈，却把這種本能喪失了。

那幾種繞道避禍的鳥兒，就包括「紅下頦兒」在內。本來，我已經捉到幾隻，嫌牠們不好，又從網裡放了生，原以為後面跟著來的數量極多，可以隨意挑選，要多少有多少，那想到，幾場連續的地震過後，現在想捉兩隻次貨也不可得了。我白跑了好幾個下午，都是徒勞跋涉，毫無收穫。於是我向嘍囉們下令，要他們輪班出動，非達成這樁心願不可。

嘍囉們天天空手而歸，自然在我這裡看不到好臉色。他們竟然輾轉求情，搬出五哥來挾制我。

五哥受人之託，向我殷殷勸告：

「算了，小六兒，既然那種鳥兒都嚇跑啦，你叫他們到哪裡去捉？這不是強人所難嗎？再說，什麼年頭啦，天災人禍，日本鬼子還沒有來到，人就死了不少，你那裡還有心情養鳥兒？」

我對五哥說了實話：

「不是我要養，是我答應了送人的。……人都已經死啦，你總不能要我言而無信吧？」

雖然我說的話含混不清，五哥倒是一聽就懂。他用一種悲憫的眼神看著我，好像他是一個醫生，突然發現我得了什麼怪病，而且是不治之症。

「小六兒，我知道你很難過。換了我，也是一樣的受不了。可是，人死不能復生，難過又有什麼用？我勸你要冷靜，要鎮定，不要太放縱自己的感情，像你這樣發瘋，不怕大人們擔心嗎？」

五哥用這種口氣說我，我覺得很不中聽。他把我看成了什麼？我豈是那種一跤摔倒就賴在地下不肯起來的人？他未免把這個弟弟看得太沒用了。

我扯開喉嚨向他大叫：

「這不是發瘋！這叫守信！你懂不懂？」

受到我的頂撞，五哥也不計較，反而耐著性子，用一種黏乎乎的聲音安慰我，他真是拿我當病人看待了。或許他自己也有著類似的症候，所以才這麼知疼著熱，同病相憐的吧？

不理會五哥的勸告，我依然得空兒就往「城窪子」裡跑，對我的嘍囉也催逼得急如星火。一個綽號叫「臭嘴」的夥伴，實在被我逼不過，就把他養了三年的一對「紅下頦兒」拿來充數。其實，這對鳥兒原是我三年前捉來送他的，平時又常看他把鳥籠子在手上提著，所以，我一看就認出了牠們。「臭嘴」却發著血淋淋的大誓，硬說是他當天下午才捉住的。剛捉住的鳥兒和養熟的鳥兒完全不同，他那能瞞得過我？我心裡明白，故作不知，領了他這番好意，準備第二天把牠們送到「巧姐」那裡去。

五哥又來多管閒事：

「有了鳥兒，你可怎麼送法呢？」

我早就有了主意：

「辦法是有的。聽廟裡的老和尚說，人和其他生物，死後都到了一個去處，所以我只要——」

「把這兩隻鳥宰掉？」

「嗯，把牠們帶到巧姐的靈柩前頭，就在那裡動手。」我躲避著五哥的注視，替自己辯解說：「你認為我很殘忍，是不是？這是不得已呀。」

五哥很武斷的看扁了我：

「我是說，你根本就辦不到！」

「辦不到？你說我不敢殺這兩隻小鳥兒？哈，笑話，殺生害命的事兒，我又不是沒有幹過！」我把前幾年的「英雄事蹟」都給擺了出來：「有一年夏天，我大開殺戒，光是有毒無毒的蛇，死在我手下的，就足足有二十條！……」

五哥搖搖頭說：

「那不同。」

「還有一回，我一個人到大堋堆上去打獵，碰到一隻好大的山貓，獵槍沒打響，是倒過手來用槍托子把牠砸死的！幾乎被牠咬傷了呢！……」

五哥依然搖著頭說：

「這更不同。因為，蛇和山貓都對人有害，又不像鳥兒這樣柔弱，這樣可愛，所以，你才能下得了手。鳥兒是完全不武裝的，抓在手裡，牠連一點兒掙扎反抗的力量都沒有。就因為太容易，我認為你是辦不到的！」

我咬牙切齒的給自己打氣：

「你放心，我一定辦到就是啦。不然的話，欠巧姐的這筆債務，要到那一輩子才能還得清楚？你等著瞧吧，我一定辦到就是啦！」

說出這幾句，我作了一個手勢，表示不再討論這個問題。五哥望望我，再望望籠子裡那兩隻怡然自樂的「紅下頦兒」，也不再說什麼。

在這四十多年之後，再想起這件事情，我已經沒有什麼不好意思，當時可真是羞窘交加，十分的下不來台。那天，我帶著那兩隻「紅下頦兒」，來到水龍寺的後廟院，就在巧姐的磚柩前面，準備用我所想好的方式，把牠們「傳送」到巧姐的手裡。對著那座浮厝在牆角的磚柩，我喃喃的禱告了一陣子，無非是表白「所欠之物今始奉上敬請查收」的意思；然後，我該火速下手，結束了這兩條小性命，再把牠們的屍體埋入磚柩旁邊的小土坑，就算是完成了這樁「親自送交」的工作。事情是十分簡便的，可以說不費吹灰之力；然而，事到臨頭，我才發覺硬是狠不起心來，動不下手去，越猶豫就越沒有勇氣，終於還是背信毀約，食言自肥，這件事情做得有頭無尾，被五哥把我料得準準的！

一直到今日，我仍然不願自認我是一個軟心腸的人，這是有許多事實作為憑證的，且不說後來那些動刀動槍、拚死拚活的回目，只說小時候的作為，我就屬於「性惡」的一類，雖然還不至於落下「心狠手辣」的評語，對那些可以任由己意操縱生死的小生物，該殺該赦，全憑當時的意念行事，內心可並沒有多少憐惜。譬如說，故鄉民風尚武，小孩子們耍槍弄棍，是大人們所不禁止的；從十歲左右，我就有了一桿老式的獵槍，而且操作熟練，射擊也有相當的準頭，從那之後，壞在我手下的小性命，數不在少，當我吃獾肉、啃兔子腿的時候，我可從來沒有過作惡犯罪的感覺。「紅下頦兒」這種鳥兒，體型像麻雀一般大小，生命相當脆弱，別說有意的弄死牠，就是飼養期間，照料稍有不周，牠就會隨時死亡。要想結果牠的性命，那可真是太容易了，拎起兩條小腿往地下輕輕一摔，或是用兩根手指夾住脖子輕輕一捏，就能順順當當的送牠去見閻王爺，這有什麼難呢？

可是，當牠們快快活活的在籠中木架上跳躍著，那樣的天真，那樣的毫無機心；我把手往裡一伸，牠們就自動的跳到我手上來，那樣的溫馴，那樣的依賴人；看著毛茸茸的兩隻小東西，怎麼能驟然下了毒手？我幾次嘗試，又幾次把手縮回，徒然急出了一頭一臉的汗水，就是沒有辦法把力氣用到手指上去，最後還是廢然而止，不得不承認自己是一個硬不起心腸的窩囊廢，成不了什麼大事。

巧姐地下有知，看到我這樣的耗神費力，而仍然達不成目的，大概她會原諒我的。使我為難的倒是五哥和幾個夥伴們那裡，我今天要做的事，他們全都知道，如果這兩隻準備作犧牲的「紅下頦兒」，怎麼帶來的，又怎麼帶回去，對他們可怎樣解釋？好在這廟院寂寂，沒有別人，我不如打開籠門，把兩隻鳥兒放走，空籠子還給「臭嘴」，他們一定想不到我會大慈大悲，做了這一件行善積德的好事，也免得日後受他們的譏刺。對，這是一個瞞天過海的妙計，雖然不誠實，却能保全我的面子。可是，當我把籠門打開，那兩隻「笨鳥」就是不肯出來。我把牠們丟出籠外，跺著腳，作著威嚇的手勢，要牠們遠走高飛，那兩隻笨鳥却一點兒也不知道自由的可貴，對這隻破鳥籠戀戀難捨，我走到哪裡，牠們就飛到哪裡，亦步亦趨，跟著我離開水龍寺……

一直到今日，我仍然欠著巧姐兩隻「紅下頦兒」，而地下白骨已朽，往事真如煙霧。

英雄之死

故鄉那座縣城，是在民國二十七年年底，才被日軍佔領；那就是說，當「七七事變」發生之後，我們家鄉在漫天烽火中，又過了大約一年半的「太平歲月」。

說起來，這也可以算得一種異數。在故鄉那座縣城淪陷之前的大半年，也就是抗戰史上著名的「台兒莊大捷」過後不久，不但津浦、平漢、隴海這幾條大鐵路沿線的城市，大部分都被日軍攻佔；就是我們家鄉鄰近的十幾個縣份，也都淪入敵手；唯獨我們那一縣，不知道是什麼緣故，好幾次，大隊的日軍繞道而行，過境不入。鄉人們在受了幾場虛驚之後，那些不迷信的人也焚香叩首，感謝上天庇護，菩薩保佑。

鄰縣的人也把我們這裡看作福地，不但逃來很多難民，有些流亡的縣政府和別的機構，也都暫時在我們縣城裡落腳，光是縣太爺，就來了十幾個，人口增加不少，比平時還顯得熱鬧。當然，大家也都知道，這種熱鬧是一時的，畸形的，日軍什麼時候想來爭奪，它就會在敵人的刺刀下瓦解冰消……

說故鄉的縣城是一座完全沒武裝、不設防的城市，那也不是事實。正規軍隊是沒有的，韓復榘的「第三路軍」早已經撤退，其他的國軍部隊英勇迎敵，也到不了我們這裡。

不過，以戰時的編制，一縣的武力，除了警察局，還有自衛隊，人數雖然不多，武器也破舊落伍，不值得一提，而十幾個縣份的地方武力集合在一起，人槍的數目就稍有可觀了。只是這些人都是標準的「活老百姓」，缺乏訓練，又毫無經驗，槍也許會放，却不一定會打仗。後來，不知道從什麼地方來了命令，把這些地方武力加以整頓，編成一個保安旅。番號大啦，人數可並沒有增加，號稱一旅之眾，全部官兵大概只有六七百，而且，槍支械彈，也沒有地方去請求補給，還是從前原有的那些老東西，破銅爛鐵一大堆。這個保安旅，就是戍守我們縣城的防衛部隊，城裡城外，也構築了不少的壕溝和掩體，看上去很像那麼一回事兒，誰知道管用不管用呢？

民國二十七年暮春，縣境內第一次出現敵踪，而且人數不少，還配合著幾十輛坦克車，一路耀武揚威，長驅直入，看情勢，似乎就是專為攻打我們這座縣城而來。消息傳到，縣城裡亂得像一口燒開了的雜菜鍋，有些人往裡跑，有些人往外逃，也有些人索性蹲在家裡等著，「是福不是禍，是禍躲不過」，說是這麼說，却把大門拴緊頂牢，也不想想那能擋得住什麼。保安旅守城有責，也都紛紛的進入陣地，準備用他們那點兒單薄薄弱的武力，去迎擊強敵，要和他們戍守的這座城池，共存亡，同生死。

對這些保安部隊，我實在有些看他們不起，因為前一陣子「過兵」，我見過韓復榘的「第三路」是什麼樣子。有整整的一個師，就從東堤口的官道上往南方撤退，我和幾個夥伴站在堤口上往外看，看了整整一天，一師部隊還沒有過完。以我們當時的年歲和閱歷，軍隊的好壞當然是看不出來，不過，只看他們的「賣相」，一個個人高馬大，服裝整齊，而且有人扛著的、馬馱著的、車拉著的各種各式的武器，應該是一支好部隊，卻是中看不中吃，平時挺威武的，一旦國家有事，到了該他們上陣殺敵的時候，就這樣不戰而走，真是可羞！據說，在「韓青天」的手下，像這樣的部隊有好幾個師，另外還有些更精銳的什麼「手槍旅」、「特務團」之類，難道還不足以和日本鬼子拚死一戰嗎？如果那樣軍容壯盛的正規部隊都不堪迎敵，這個保安旅不過是一群烏合之眾而已，平時看他們出操，連步伐都走不齊，腰桿兒都挺不直，要他們上陣守城，豈不是螳臂當車？

不過，對他們所能表現出來的這份兒勇氣，我還是很佩服的。大敵壓境，明明知道敵強我弱，不是對手，卻仍然不逃不退，擺下迎敵的陣勢，這和我們的省主席韓復榘相比，已經是難能可貴，天地懸隔。

發生情況的那一天，我們家裡也亂得一團糟。爺爺身為一家之長，本來是說一不二，很有主意的，那天也顯得手腳無措，不知道如何是好。

剛剛聽到消息的時候，他本是決定全家出城，回到鄉下老寨子去，這正合乎古訓「小亂住城，大亂住鄉」的道理；可是，繼而一想，又覺得不妥當，因為老寨子離城不遠，又正靠著官道，敵人在攻城之前，可能也會把那座寨子當作一個目標，恐怕還沒有城裡安全呢。於是，套好的馬車又被卸了下來，人也都退回到房子裡去。我和五哥趁著這個機會，就趕緊的往外溜，一陣風似的跑上了城頭。

城頭上，正是戰雲密佈，情況十分緊張。保安旅的六七百名官兵，大概全部都上了城牆，分散之後，兵力更顯得單薄。我和五哥往城頭上跑，也沒有受到阻擋。像我們這樣平民身分的人，似乎很不少，有的是來看熱鬧，也有的帶來自己家裡的槍械，要在這緊急關頭，大顯身手，和敵人拚一個死活。

從堞口上往外眺望，「城窪子」裡空空蕩蕩，不見一個活物，只有剛剛冒出水面的蘆葦和蒲草，漾著一湖新綠，顯得比平日更靜，更美。周圍的護城堤，仍然像一條死蟒似的僵臥在那裡，看不見敵人的影子，只隱隱約約的聽到汽車、坦克車行駛的聲音，轟轟隆隆的，從護城堤外傳過來，有一陣一陣的塵土向上湧起，半空中浮現著殺氣。

我站的位置，靠近一個年輕的兵士。他把一桿步槍架在城垛口上，槍托抵住肩膀，兩隻眼直勾勾的，向城外注視著。我估計他的年紀，縱然比我大也大不了多少。如果他是本地人，多半我會認識，大概是從鄰縣來的。

我走過去，冒冒失失的問他：

「你怕不怕？」

他扭回頭來橫了我一眼，很豪氣的說：

「怕？怕啥？既然當了兵，就是來賣命。拚一個夠本兒，拚倆就賺一個！只要不做賠錢的生意，有啥好怕的？」

說得很豪氣，像一個江湖俠客似的，其實，他自己大概是不覺得，這時候他的臉色灰白，上下兩排牙齒直打架，渾身都緊繃繃的……何止是怕？簡直怕得要死，連說話的嗓音也歪歪扭扭的走了樣子。

他說的那幾句豪語，却從此印在我的心裡。「拚一個夠本兒，拚倆就賺一個！」抗戰期間，我記不清這兩句話究竟聽了多少遍，而且是從許多不同的嘴巴，用南腔北調各種不同的口音說出來的，每一次聽到，都使我感動不已。這兩句話當然不是我那位鄉親的「創作」，不過，對我來說，却是從他這裡聽到的時間最早，當時我連連點頭，牢牢的把它記住，內心被感動的程度，不亞於讀諸葛亮的「出師表」，或是文天祥的「正氣歌」。

那天，我和那個年輕的兵士談了不少話，越談越投機，彼此都推心置腹，向對方訴說了一些生命中的「隱祕」，是連父母都不肯告訴的。

話說多了，他說話的嗓子就漸漸能夠控制，說到最後，甚至連他那灰白色的臉上也有了笑意。我不但幫助他克服了畏懼，自己的收穫更多。那是我第一次領略到戰場上的滋味，或者說，第一次嗅到死亡的氣息。我發現自己並不特別害怕這些東西，心跳氣促當然是免不了的，也只是心跳氣促而已，等到在城頭上待的時間稍稍久了些，這些症候也都漸漸消失，只覺得胸次浩然，身上也舒舒坦坦，無牽無掛的。

本來，我和五哥只想到這裡看看，了解一下情勢，就趕緊的回去，免得家裡的尊長們著急。現在，不必經過商議，我看得出來五哥已經改變了心意，決定留在這裡，能留到幾時就留到幾時，這也正合乎我的意思。我只後悔來得太匆忙，忘了把我那管打兔子的老獵槍帶在身旁，雖然那不是多麼合手的武器，不過，它既然能把兔子打死，對人一定也有相當的殺傷力，轟然一聲大響，幾十粒鐵砂子就衝了出去，能籠罩住方圓兩三尺的面積，只是有效的射程不遠，用來對付爬城牆的日本鬼子，應該是很有用的。再說，手裡有件傢伙，總比這麼赤手空拳的好。不過，也沒有關係，只要沒有誰把我們攆回去，留在這裡，待會兒縣城的保衛戰一開始，總會有我們可以出力幫忙的事，甚至於就是搬運彈藥、救護傷兵之類，我們也樂意效勞，在所不辭。

五哥一直靜默無語，我好幾回找他說話，他也沒有回答我一句半句。我知道他這時候的心情和我一樣，不怕別的，只怕自己有力氣用不上，白來了這一趟。

果然是白來了的。不知道什麼道理，那支日軍來勢洶洶，卻虎頭蛇尾，只在護城堤外頭的幾座村莊上騷擾了半日，忽然向原路折回，根本沒有排開攻城的陣勢。日軍來而復去，車聲隆隆，塵土大起，我們站在城牆上的人，還以為一場大戰就要爆發了呢，都瞪大了眼睛，聳起著耳朵，槍上膛，刀出鞘，全神戒備，不敢有絲毫的鬆弛。過了一陣，車聲遠不可聞，塵土也漸漸落定，我們又以為日軍在故弄玄虛，用的是聲東擊西之計，大概已經繞到城的另一面去。又過了一陣，堤圈外有人特意進城報信，說是日本鬼子全部撤走，危機暫告解除。我們聽到這消息，仍然是半信半疑，好像剛剛上了一個惡當，被人愚弄了一場。

以我當年的年紀，根本不知道仗是怎麼打的；後來有了這一方面的知識，也仍然想不透那支日軍臨陣退縮，不來攻城奪地，究竟是怎麼一回事兒。唯一的解釋，可能是當他們兵臨城下，忽然發生了別種情況，上級指揮官下達了新的命令，把他們給追了回去。如果那天日軍真來攻城，城是絕對守不住的，一方面是兵力不夠，在敵人的大砲和坦克車圍攻之下，只能挨打，不能還手；另一方面，我們家鄉那座縣城根本就是一處「絕地」，站在護城堤或者「城窪子」西北角的「文亭山」上，就能漫過城牆，把城裡的動靜看得清清楚楚的。

而且，離得近的地方，都在機關槍的射程之內，城牆雖厚，也擋不住大砲的轟擊；既無險可據，也沒有隱蔽，你說，像這樣的城池，可怎麼個守法呢？聽說省政府派來擔任保安旅旅長的，是一位「日本士官」出身的老軍人，對於打仗，應該很內行，明知那是一座不能守的城，却要在敵人的砲火下硬挺，我想，這位老旅長也是一位具有悲劇性格的英雄人物，「知其不可而為之」，他大概是存心要替自己找一個死處，但求轟轟烈烈，不計成敗利害。

另一位可敬的人物是我們的縣太爺，聽說在發生情況的那天，他就預先寫好了遺書，然後穿戴整齊，端端正正的坐在「大堂」上，周圍架滿了柴薪，只等著日本鬼子一進城，他就要引火自焚。後來，日本鬼子退走，縣政府的職員向他報告，他還不肯相信，只催人快些點火，免得他落在日本鬼子手裡，做不成忠臣烈士。

我們這位縣太爺姓劉，是在韓復榘手裡派下來的，好像和省主席有點兒親戚關係，是遠房的表兄弟之類。本身沒有什麼資歷，也沒有多大的學識，有人說他在自己家鄉是一家雜貨店的老闆，更有人說他連老闆都不是，是跟著人家當夥計，後來在家鄉待不下去，千里投親，找韓主席討碗飯吃，運氣不錯，剛好我們這一縣的縣長出了缺，就領了印信，走馬上任，做起「百里侯」來了。這位縣太爺年歲已經不小，也根本不是當官兒的材料，全靠著幾位「師爺」臨時調教，還經常鬧出笑話來。「師爺」們在背後給他起了外號，喊他「糊塗青天大老爺」，他的能力之差，智慧之低，也就可想而知了。這樣的一塊料兒來當縣長，要想贏得地方上的讚揚，那當然是不可能的；不過，憑良心說，他也並沒有什麼大惡，只是這一步爬得太高，有些適應不了，所以才顯得笨頭笨腦。好在他靠山硬，四十多年以前也沒有什麼縣議會跟他作對，官兒還算好做。他這一任縣長，也糊裡糊塗的做了兩年多，全靠他祖墳上的好風水了。

真想不到，這位縣太爺小事兒糊塗，却臨大節而不可奪，幾乎被他抓住機會，把自己送進了「旌忠祠」。

「旌忠祠」是蓋在縣衙門裡的一座小廟，廟宇雖小，却是奉敕建造，裡面供奉著明朝天啟年間白蓮教作亂時被殺害的一位縣太爺，廟前有一座石碑，敘述著他的生平事蹟和殉難始末，以供後之來者瞻仰憑弔。我不知道別處縣衙門裡是否也有這種廟宇，縱然有，大概也沒有多麼普及，因為，不見得每一位縣太爺都想做忠臣烈士，而想做忠臣，想做烈士的人，也不見得就有這種機會。

我家鄉的這座「旌忠祠」，在鄉人們心目中很有權威，而自明、清以至於民國，每一代新上任的縣太爺，入衙的第一件事，就是在這裡下轎歇馬，祭拜這位前輩，多少世代以來，已經成了慣例。我們的這位縣太爺原不是性情剛烈的人，他所以能大義凜然，準備著一死殉職，必然是受到這座「旌忠祠」的啟示。如果他真能死得成，少不了也要在「旌忠祠」給他設下一個牌位，從此和那位前輩比美，垂諸千秋萬世，那就不只是他祖墳的風水好，也算他本身的造化高了。

這一文一武兩位地方長官，當時都存著必死的意志，雖然態度上不夠積極，總是代表著一股子浩然正氣，值得替他們記上一筆。可惜的是他們失去這次機會，成仁取義的心願都沒有達成。那位老旅長是在這次事件過後不久，就害傷寒病死了的，像普通人一樣「壽終正寢」，而未能實現他「馬革裹屍」的壯志。至於我們那位縣太爺，這一回沒有做得成忠臣，遽然萌生去志，就在那年夏天，第二次傳來日軍犯境的謠言，他老先生竟然學起了陶淵明，「掛印辭官」

（說得難聽一點，就是「棄職潛逃」囉），要轉回家鄉，去納福養老。從前官場中有兩句話：「三年窮知縣，十萬雪花銀。」我們這位縣太爺不是一個貪官，只算他循例應得的錢財，也已經為數不少，大概就是這份兒不薄的宦囊，替他招災惹禍，就在他走出縣界不遠的地方，遇上土匪截道兒，不但錢財盡失，人也慘遭殺害，死得不明不白。……

聽了這兩個人物的結局，我想，你一定會覺得很悶氣，甚至埋怨我不該把話說得這麼仔細，講故事也要適可而止，如果每一件事都非要講到更殘漏盡油乾燈滅不可，那麼，世間也就沒有多少故事可聽了。這一點，我不是不懂，所以敢觸犯這些忌諱，是因為這兩個人物在我的故事裡根本不占地位，順筆帶出，不過浪費了兩三張稿紙而已。而且，把他們帶出場來，也並非全無用意，是要從他們的身上證明一個道理：忠臣烈士的可貴，就在於那些慷慨成仁、從容赴義的事蹟，並非人人可為，所以它才能上貫日月，彪炳史冊。

我活了這大半世，成年之後，除了在軍中服役，就是在學校教書，學校和軍隊都是大團體，生平所交接的人物，何止千百？有些人和我特別有緣，幾十年交往不斷，使我有機會看到他怎樣活，也看到他怎樣死，蓋棺論定，有資格替他打一個分數，再加上幾句評語。我發現：人，的確是有大小高低之別。正如孟子所說：「麒麟之於走獸，鳳凰之於飛鳥，泰山之於丘垤，河海之於行潦，類也。」那些從眾人之中「出乎其類、拔乎其萃」的英雄豪傑，雖然在外貌上和普通人沒有什麼兩樣，在精神上却是巍巍如泰山，蕩蕩如海洋，和那些小土堆、小水窪相比，其大小高低，簡直不能同日而語。而這種分別，跟人們在生前汲汲營營，所累積的財富，所攀援的官位……那些生不帶來、死不帶去的身外之物，是完全沒有關係的。

我給這段文字加了一個小題目：「英雄之死」，所說的「英雄」，當然不是指前面提到的那兩位，不是那位一度失意而又東山再起的老旅長，也不是我們那位「糊塗青天大老爺」，他們不配。我說的這位英雄只是一個小人物，也是我童年時期的一個「大朋友」，論身分，論地位，他是比不上前面提到的那兩位，然而，他卻是一位真正的英雄，雖然他的事蹟只為少數人所知，送不到國史館，也入不了忠烈祠，而他在我和我的夥伴們——這一小撮人的心目中，卻是地位崇高，身分尊貴，和我們從教科書裡讀到的那些忠臣烈士，是供奉在同一座心靈的神龕裡，常存永在，不朽不滅。

我在這裡鄭重的寫出他的姓名：「秦邦傑」。雖然我跟他在一起的時候，從來不提名道姓，而是另外有一個更親暱的稱呼，我喊他「大頭哥」。

他的家境清寒，身世低微，父親原是三班六房的一名衙役，後來年歲大了，就自己討了一份看守城門的差事。雖然是本鄉本土的人，卻連一座自己的房子都沒有，更別說是土地，全家人就住在東城門底下的一座「黑洞」裡，是我們縣城裡最貧苦的人家之一。他家住的那座「黑洞」，其實就是城門一側的耳房，面積倒是不小，而且渾磚到頂，方方正正，只是有門無窗，就在中午時分，從外面往裡面望，也是黑漆漆的不見人影。小時候，經過城門口，我常去找他，就是他站的地方離屋門不到三尺，我一頭幾乎撞在他的懷裡，還高聲喊著：「大頭哥在家嗎？」城門底下就夠黑的，那耳房更比城門底下黑了幾倍，根本就是一座老鼠洞嘛。大頭哥自幼就住在那裡，父子二人，相依為命，一直到他十九歲被召募去加入了西北軍，才離開那座「黑洞」。

大頭哥是民國元年出生的，比我大了整整十歲，照說是不容易玩到一塊兒去，只因為有一段時期，他被送到我們家當「小子」，派給學屋裡侍候老師，當時我剛剛啟蒙讀書，離開奶媽，什麼事兒也不會自己做，於是，照顧我拉屎撒尿、鋪紙磨墨，也都成了他的工作。大頭哥人很憨厚，却並不笨拙，凡是他會做的事兒，總能做得很好。我的一身本領，總有一大半是由他傳授的，所以，我對他真是佩服得五體投地，從來不在他面前端出小主人的架子。後來，不知道什麼緣故，他忽然辭了差事不做，而我還是經常去找他，只要他在家，總讓我作他的小尾巴兒，他到哪裡，我都跟著，他做什麼，我都很有興趣的學，真是把他當作自己的大哥哥了。

他十六七歲的時候，就長足了個子，身高足有六尺，不只是頭大，兩手兩腳，也都比別人大了一號，粗粗壯壯的，看上去已經是個成年人了。但他却有一顆純真至誠的赤子之心，和我玩在一起，一點兒也覺不出他和我年歲上有多大的距離，不像別的那些十六七歲的大孩子，喜歡裝出一副大人相，對你不理不睬的。就因為他有這個好處，我對他才會心服口服，不然的話，以我小時候那種刁鑽古怪的性情，我才不會向他低頭哪。

大頭哥不只在外面人緣兒極好，對他的父親，更是上體親心，百依百順。他父親外號叫「秦叔寶」，是一個高高大大的紅臉漢子，不喝酒的時候脾氣很好，一旦多喝了幾杯，就常常使酒鬧事，尤其是對自己的兒子，動輒又打又罵，大頭哥總是低頭領受，沒有一點兒不遜之色。有幾次，我去找他，在屋門口大叫：「大頭哥，你在家嗎？」就聽到他在黑影裡回答：「你進來吧，我出不去。」原來他正在罰跪，雖然他父親爛醉如泥，不省人事，他還是跪得直挺挺的，不改變自己的姿勢。罰跪的經驗，我也豐富得很，可並不像他這麼笨，只要大人不在跟前，總要鬆散鬆散，盡量讓自己舒服點兒，或者改跪為坐，或者趴在那裡用兩隻手撐著，聽到大人咳嗽，再改回原來的樣子，也不能算是違背親意。我曾經如此「教導」過大頭哥，無奈他腦筋很死，擀麵杖吹火——不通這一竅兒，他自己不肯學，我對他也就幫不上忙了。

他娘是在他一出世就死了的。父親四十幾歲才結婚，娶的是一個外鄉人的女兒，年紀只有他父親的三分之一，頭胎就生下一個胖胖大大的兒子，只因為產婦年紀太小，胎兒的頭又出奇的大，生產困難，接生婆又本事有限，最後總算保全了胎兒，那年輕的母親卻一病不起。老夫少妻，婚後又只得一年的相聚，丈夫對妻子的寵愛可想而知，愛妻因生產而暴斃，就把一切怨恚仇恨都推給了兒子。一直到大頭哥十六七歲的時候，我還聽到他父親酒後發瘋，很惡毒的咒罵著：「小討債鬼！一出世就把親娘剋死，會是什麼好東西！你怎麼不死？你怎麼不死？」一邊罵，一邊揮拳就打，大頭哥不閃不避，好像他天生就是一個受氣包似的。他娘死後，葬在「文亭山」背後的一處墓地裡，大頭哥常常會到他娘的墓地上待一陣子，有時候我也跟了去。墳墓旁邊有一塊小小的空地，不知道從幾時開始，他在那塊空地上種花、種樹，都長得青枝綠葉的。「文亭山」雖然四面環水，山坡上卻是又乾又硬，除了耐旱的茅草之類，別的植物很難種得活，是大頭哥有恆心也有耐性，他每次去了，都會帶著一隻木桶，老遠的從山腳下提水上來，灌溉那些花和樹。第一次陪他去那裡，我以為，看到他娘的墳墓，他會哭；到了那裡之後，只看到他向那座墳頭喊了一聲：「娘，我來啦！」然後就高高興興的做活兒，快快樂樂的玩耍。我問他：「你怎麼不哭？」他說：「哭什麼？到娘這裡來，就是讓娘看看我過得很好，娘就放心了。」

大頭哥從軍之前，我跟他相處了不短的一段時間，受到他很多的照顧，也從他那裡學到很多的本事，可惜我那時候實在太小，只知道大頭哥人很好，可也說不清楚他究竟好在何處，後來想想，這有什麼難說的？他最大的好處就是他天性純孝，雖然他沒有讀過什麼書，識不得幾個字，他對他生父亡母的那份兒順從和孺慕，比我讀過的「二十四孝故事」，也差不了什麼。

他加入軍隊，也不是出於他的本意，是他那老爹把他打著罵著給逼了去的。他十九歲那年，也就是「中原會戰」之前，我們縣裡有一位「保定學堂」出身的軍官，在馮玉祥手下升了旅長，派了一個「募兵處」回來，帶走幾百名家鄉子弟，大頭哥也在其內。他走的時候，正碰上學校放「麥假」，我跟著爺爺、奶奶回到老寨子住了幾天，回來才知道這件事，還從一個小夥伴手裡，收到一根用蘆管做成的笛子，是大頭哥留給我作紀念的。

從此，就很少得到大頭哥的消息。有時候經過東城門，遇到「秦叔寶」沒有喝醉，問起他的兒子，也只能從他嘴裡聽得個一句半句：「他還在軍隊裡，沒死！」或者是：「人還活著，從鄭州開到保定，又到了張家口，越走越遠啦！」偶爾也告訴我一宗喜訊兒：「你大頭哥幹得不錯，他剛剛升了正班長，還加了餉！」……零零碎碎的，總算沒有完全斷了線兒。遺憾的是，我很想看看大頭哥穿上軍裝是什麼樣子，不知道何年何月才有這個機會。

這個機會終於來了。那是在故鄉第一次出現敵踪之後大約兩個月的光景，鄉人們驚魂初定，又漸漸恢復了平靜。一個炎熱的下午，我和五哥還有幾個小嘍囉，正閒得無聊，熱得發燥，有的躺在東堤口的大柳樹底下睡午覺，也有的就到東堤外大石橋，脫光了衣服往「白花河」裡跳。現在想想，有些家鄉話實在夠「土」的，例如，游泳不說游泳，却叫做「洗澡」；

也沒有「蝶式」、「蛙式」那些名稱，我會的那幾種姿勢，說出來都很難聽：「自由式」叫做「打澎澎」，「潛泳」叫做「扎猛子」，還有一種姿勢怪異而最有用處的，身體直立，靠兩隻腳在水裡登來登去的向前移動，叫做「踩水」……我「踩水」的功夫就是跟大頭哥學的，後來雖然常常練習，卻始終比他差著一些火候，他「踩水」的時候，能夠在水面上露出肚臍，也就是說肚臍以上都不沾水，兩隻手還能舉著幾十斤重的東西，我最多只能露到胸口，拿的東西也不如他多，而且還不能持久，像「白花河」這幾丈寬的距離，過是過得去，但感到很吃力。那天，是我們本年度第一次下水「洗澡」，我在水裡拚命的搖著晃著，試圖把露出水面的上半身提得更高，可是，大半年不練習，技術不進反退，任憑我如何努力，想露出胸口以下的部位，卻就是辦不到，心裡感到很懊惱，不由得想起了大頭哥。

就在這時候，一輛路過的馬車在大石橋上停下來了，從車上跳下來一個人，竟然是一位穿著軍裝、拄著雙拐的傷兵，他落下地面，穩住身子，接過從車上遞下來的一捲行李，愣愣的站在那裡，向四下裡茫然顧視，看看天，看看大地，看看橋下的河水，也看看在河裡戲水的這一群半大不小的孩子。我當時的位置離大石橋總有幾十公尺，認不出他的面孔，卻覺得怦然心動：「這是誰？這是誰？不管他是誰，這個人我認識！會不會是——大頭哥呢？」這麼想著，我立即游向岸邊，來不及擦乾身子，就套上衣服，急吼吼的向橋頭跑了過去。

當我趕到橋頭，那個傷兵也正揹起行李，用雙拐拄地，一大步一大步的往堤口移動，我看到的只是一個背影。

這個背影吸引住我的眼睛，我越追越近，也看得越清楚，越仔細，我發現——他只有一條腿，另一根褲管全是空的，像一隻鬆了口兒的布袋，飄飄蕩蕩的懸在那裡……

我一陣心痛，貿然的叫了幾聲：

「大頭哥！大頭哥！是你嗎，大頭哥？」

他止住腳步，我也剛好到了他的背後，等他挪動雙拐，轉過身子，一張臉離我不到二尺，我從他的口鼻眉眼間找回了童年舊侶，再也不必擔心會認錯人了。

我一跳幾尺高，揮舞著手臂大喊大叫：

「快來喲，快來喲！大頭哥回來囉，大頭哥回來囉！」

跟我一道在河裡「洗澡」的那幾個，被我剛才發神經病似的那麼一跑，早就有了驚覺，這時候都已經穿好衣服，沿著官道追上來；在大柳樹底下睡覺的五哥，也被我從白山黑水的好夢裡驚醒了。還有在東堤口兩側茶棚底下嗑瓜子兒、吃花生的一些鄉親們，也都受到驚動，紛紛離座而起，來認認這個拄著雙拐的怪客是誰。

夥伴們沒有不認識大頭哥的，都歡呼驚叫著圍了上來。

大頭哥這時候才認出來是我，嗬嗬的大笑著：

「哦，是楊家的五少爺！你長得這麼大啦？可不是，十七八歲了哇，快跟我一樣高了！」

我故意的唬他：

「你認錯人啦，五少爺在那邊大柳樹底下納涼享福哪，我是小六兒……」

正好這時候五哥也到了跟前，我走過去和五哥站在一起，也作著同樣的表情，擺出同樣的姿勢，要考驗考驗大頭哥的眼力，看他能不能認得出誰是他的童年舊侶。

有一陣子，大頭哥被迷惑住，他倚著拐杖，向我們審視，忽然，他找到了什麼，伸出大手掌往我的臉上一晃，又發出一陣豪爽的笑聲：

「『眉裡藏珠，必定有福』……明明你就是小五兒，怎麼硬說自己是小六兒？分開了這七八年，你就以為大頭哥認不出你囉？」

所謂「眉裡藏珠」，是說我左眉頭上有一顆大痣，自幼看相算命，都說我這顆痣生得好，將來出將入相，封王封候，全要靠它了。「眉裡藏珠，必定有福」云云，那是算命先生信口開河，不知道是從那本相書上抄下來的江湖口訣，倒是合轍押韻，容易記也容易說，我自己是拿它來遮醜，在別人嘴裡，就成為嘲弄笑謔的材料。如此一來，這八字真言，倒弄得親戚朋友們人人會說，而這顆大痣也就成為我獨有的記號了。其實，這顆痣雖然像半粒黃豆那麼大小，但由於它生長在眉毛中間，又和眉毛是同一種顏色，如果不特別注意，是不容易發現它的。分別了七八年，大頭哥竟然還記得這兩句口訣，竟然還找得到我的「記號」，可見他心裡一直有我，這給我一陣熱烘烘的感覺，鼻筋一酸，幾乎要掉下眼淚來了。

我正有一肚子話要對大頭哥細說，也有一肚子問題要向大頭哥求得解答，可是，大頭哥不是我一個人的，全縣城的人幾乎有一半都認識他，剛才我那麼大聲喳呼著，驚動了茶棚裡的鄉親們，都上前相認，七嘴八舌的問個不了，又很體恤的說大頭哥站著怪累，就拉著扯著的把他架到茶棚子裡去，這一來，我就再也沒有和大頭哥說話的機會。那些鄉親們都是老頭子，非親即故，都能比我長著一輩兩輩，在他們面前，我不敢失禮，只好老老實實的坐在一旁，等機會替大頭哥解圍。

事有湊巧，一輛馬車從堤口外面嘰哩骨碌的開了過來，車把勢向五哥和我招呼著：

「五少爺，六少爺，要不要坐車回城啊？」

原來這輛馬車是老寨子派來往城裡送東西的，東西不多，車上有很多地方可以坐人。要想把大頭哥奪回，這正是一個好機會。從東堤口到城門，足足有七里路，好胳膊好腿兒的人，這點子路當然是不禁走，在茶棚子裡閒坐的那些老頭子，家都在城裡，是每天專程到這裡喝茶來的，正好藉此練練腳力，活動活動筋骨。像我的這群夥伴們，更是喜動不喜靜，如果沒有特別的緣故，寧可走路，也不肯坐在馬車上被顛得屁股疼。可是，大頭哥是一個傷兵，靠著他那一條腿和兩根拐，一步一步的挪動，七里路可就是一段漫長的路程。現在有便車可搭，那些老頭子總不能纏住大頭哥不放，硬教他一步一挪的走路吧？我想好了主意，要車把勢稍待，就理直氣壯的走進茶棚，把大頭哥給「救」了出來。

在車上，我們才有機會接續剛才的談話，他指著我五哥問道：

「這位是誰？是你的堂弟吧？」

我也就不再賣關子，簡單扼要的把五哥作了一番介紹。他倆居然一見如故，親熱的握著手，談得很投機，大概是由於兩個人都是從遠處回來的，頗有些英雄好漢惺惺相惜的意思。

他和五哥談論時局，有問必答，話說了不少。我發現，大頭哥離開家鄉這七八年，人有了很大的改變。

從前，他沉默寡言，個子雖然高大，人却有點兒靦腆，特別是在生人面前，還不如我來得潑辣呢。為了這一點，我還曾經替他擔著心事，總覺得他就是穿上軍裝，也跟一般的兵士不一樣，既欠開朗，也不夠粗獷。這次見面，才知道人真是會變的，穿什麼戲裝就像什麼角色，七八年的軍隊生活，已經把他磨練成一個「老兵油子」，氣態軒昂，笑聲響亮，再也不是從前那個挨打挨罵不吭不哈的「受氣包」了。

等到他和五哥的談話告了一個段落，我才抓住機會，問出很要緊的一句：

「大頭哥，你的腿——？」

他滿不在乎的往那條斷了的大腿根兒上用力一拍，高高興興的說：

「賣啦。在長城作戰，賣給了日本鬼子。你不用替我難過，我賣的價錢很好，不但不賠本兒，還賺了好幾個。看著挺難看，是不是？沒關係，看習慣了就好。我已經習慣了。」

五哥好像有意的把話頭引開，問道：

「你這是從哪裡回來？」

這個問題，大頭哥卻不願多談，他的臉色一暗，回答得很簡單：

「可遠了去囉，我路上走了半個月。」

看大頭哥的臉色，我知道下面這句話最好不問；可是，五哥既然問出了上一句，就像背書似的，這下一句就很自然的脫口而出，雖然我嘴裡說出來就立即後悔：

「你還回不回去？」

「回去？回哪裡？你是說軍隊？」大頭哥口氣很急，聽得出他是對提這個問題的人，內心有幾分惱恨：「你看我這副樣子，留在軍隊裡做什麼呢？要是能回去，我也就不會在這個時候回來了！」

被一股子不平之氣支使著，我又說了一句不該說的：

「大頭哥，你是說你作戰受傷，那軍隊裡就不再要你？」

他長吁了一口氣，用一種比較平和的口氣說：

「不是軍隊不要我，是我不願成為軍隊的累贅。你想，當兵是要打仗的，打仗是要跑路的，我斷了一條腿，走路都不方便，那還能再上戰場呢？」

我忍不住再火上加油，替大頭哥感到抱屈：

「你作戰受傷，是為了國家出力，就算你往後不能打仗，軍隊也該養著你，對不對？」

大頭哥勉強的笑著，伸兩根手指頭往我的鼻窪裡一摸，我才發覺自己的眼睛不爭氣，鼻窪裡濕漉漉的。

「對，你說的很對，可是，對我來說，那樣有什麼意思？我又不是有國難投，有家難歸！怎麼？難道說你不歡迎我回來嗎？」

這幾句話，大頭哥的口氣很重。我替他打抱不平，他倒衝著我喳喳呼呼的，不但不領情，還大有教訓人的意味。挨他一頓訓，我反而安了心，這表示他自己不惱不恨，無怨無尤，別人還替他發的什麼愁？我竟然激動得哭起來，也未免太孩子氣了。

大頭哥看我有些害羞，又變換著口氣說：

「放心，斷了一條腿，不會有多大影響的，從前能做的事，往後我還照樣的能做！走遍天下，還是自己的家鄉好。人在外地，不管在做什麼，一顆心總是懸在半空裡，回到家鄉，它才算落了實。你想，我怎麼能不回來呢？就是兩條腿都斷掉，爬，我也要爬回來！」

五哥問他：

「你怎麼還穿著軍裝？這一路上，就沒有經過日本鬼子佔領的地方？」

大頭哥很樂意回答這個問題：

「前幾年，我還沒有受傷的時候，本來就想回來一趟。一來是駐地離家鄉越來越遠，來回一趟要花不少錢，二來出操上課值勤務，也實在是不得閒；一拖再拖的，就拖到了今天。老早以前，我就立過一個志願：不管哪一年回家，我都要服裝整齊，全身披掛。我本來就是當兵的嘛，不穿軍裝穿什麼？回到自己的家鄉，難道還要我隱姓埋名，喬裝改扮不成？」

五哥受了他一頓搶白，倒也不生氣，依然平平靜靜的說：

「我的意思是，現在時局很亂，有些地方正在打仗，有些地方已經成了淪陷區，你穿著一身軍裝走路，萬一——不會有危險嗎？」

「大不了就是一個死！反正，我這條命已經是撿回來的，也早就夠了本兒！……」

說到這幾句，大頭哥的臉上雖然還是掛著笑，那笑容卻有些扭曲，可見他的心緒也是不寧靜的。

不過，看他那一臉青青的髫子碴兒，到底是一個成年人了。而且，這七八年的軍旅生涯，也使他比一般成年人更能克制自己。就像爺爺屋裡去年新裝的那座大火爐，厚厚實實，整個的用生鐵鑄就，點燃了炭火，就把爐門關閉，你只能感受到它的熱度，却看不見一點兒火星或煙氣，甚至你大著膽子把手按在爐子上，也只是微感溫熱而已。聽爺爺說，那是一座最新式的大火爐，製作堅固，安全第一；可是，我每次靠近它，總不禁有幾分憂慮，覺得它就像一枚大炮彈似的，萬一它內部的熱度太高，說不定它就會一下子炸掉，那可就是一場滔天大禍。我把這種憂慮向爺爺說過，却說得哼哼唧唧，辭不達意，爺爺總算聽懂了我的意思，捋著鬍鬚，哈哈大笑說：「什麼？它會炸？你這孩子真是異想天開！放心吧，它炸不了！你可知道它是什麼質料做的嗎？生鐵！你可知道它有多厚嗎？最薄的地方也有三寸！燒都燒不熱，它怎麼能炸得起來？」……我覺得，有些成年人心計深沉，喜怒不形於色，也就像那座大火爐似的。我曾經暗暗的警告自己：成年以後，可不要也變成那副樣子！原先我以為自己大概不會，現在看到大頭哥也是這樣，我的信心又打了折扣，要到十年之後，我才像大頭哥現在這個歲數，誰能料得準，十年之後的我將是何等光景？也許我會變得城府更深，爐壁更厚而爐門更緊，我就是一個不容易了解的成年人了。

大頭哥似乎就已經有了控制情緒，操縱肌肉的本事，也許他是把我們看作一群頭腦簡單的小孩子，有些問題，不是我們所能了解的，所謂「燕雀安知鴻鵠之志」，也就懶得多作解釋，又一度緩和了臉色，壓低了嗓門兒，開始向我們講說他回鄉一路的經歷。

他說，他經過的地區，是有很多縣城已經淪陷在日軍手裡，但是，日軍所能佔領的，也只是一座半空了的縣城而已，一出城關，就不是日本人的勢力範圍。他，一個傷兵，穿著一身軍服，拄著雙拐，在道路上踽踽而行，當然是很惹眼的，但他並沒有碰上什麼凶險，到處有人照顧，到處受人尊敬。僅有的一次麻煩，是發生在昨天，也正因為這一路上平安無事，離家鄉又越來越近，使他鬆弛了戒心，昨天夜裡，他在鄰縣南關的一家客棧投宿，離日本兵的崗位，不過只有二百公尺。客棧掌櫃是一位老人家，看到他那麼大模大樣的走進去，又吃驚、又佩服他這種昂然無畏的豪氣，起初是替他擔憂，勸他快走，後來却殷勤留客，只教人找出一套便服，要求他把軍裝換掉。掌櫃的一片好意，大頭哥却不肯接受，率然的說：「我就是要穿著這套軍裝回家，不到地頭兒是不脫的！你要是怕受連累，我離開這裡就是！」說著，掉頭就走。當時天色已經全黑，就這樣把一位為國負傷的戰士送上路去，大概那不合乎老人家待客的道理，於是就執手把臂，苦苦挽留。而且向他保證說，日本人向來不出城門一步，那些「二鬼子」狐假虎威，也多半是白天才敢出頭，現在天這麼晚了，要大頭哥無論如何在他客棧裡留住一宵，明天一早上路，「想來不會有什麼事故」。掌櫃的還特別解釋：自從鬼子進了城，他就把全家老少都送到鄉下，只因為他這家客棧是兩百多年的老店，而且在這縣城南關僅此一家，怕的是兵荒馬亂之際，有那投親訪友逃反避難的遠客，慕名而來，却被一把鎖擋在門外，人在難中，遇到這種情形，那就是俗話所說的「日暮途窮」，什麼事情都可能發生。就為了有這層顧慮，他才決心一個人留在這裡，另外雇了兩個老夥計，維持著這家客棧「照常營業」。事實上，像他所顧慮的那些情況，有是有的，畢竟不多，至於一般旅客，在這種荊棘滿途、豺狼當道的亂世，幾乎完全絕跡，店門每天打開，整日不見人來，也是常有的事。所以，掌櫃的說他不怕受連累，實在待不下去，他就會把店門鎖起，一走了之，到鄉下去和他的全家人團聚，在那裡，他有田、有產、有房子，關掉這座老店，並不影響生計。鄰縣相去不足百里，說起來也算鄉親。老人家那麼熱誠，大頭哥只好遵命，昨夜就住在那家客棧裡，被掌櫃的待若貴賓，不料幾乎出了事情。

大頭哥答應不走，掌櫃的十分高興，就叫夥計提前掩了店門，把這位唯一的客人邀入內室，準備了幾樣下酒菜，開了兩瓶「洞庭春」，一主一賓，舉杯對飲。

掌櫃的雖然世代經商，對於國家大事異常關心，知道這位年輕人是從二十九軍退伍下來的，就問起長城戰役的一些故事，大頭哥盡其所知，向老人家暢談不已。說者意興遄飛，聽者津津有味，連連舉杯，都有了幾分酒意。就在這時候，一群「二鬼子」忽然破門而入，要把大頭哥帶走，向日本人獻功。那「二鬼子」的頭目，是老人家的一個遠房侄子，自幼就偷鷄摸狗，不走正路，長大了之後，被送到大連去當學徒，學生意，大概是外頭又出了紕漏，抗戰前夕回到家鄉，依然是游手好閒，什麼都沒有學到，只學會了幾句半吊子的日本話，縣城淪陷，就做了日本人的爪牙。老人家向侄子苦苦哀求，求他高抬貴手，那「二鬼子」硬是不顧情份，說什麼「奉命當差，身不由己」。老人家心裡一急，破口大罵：「要抓，你就連我一塊兒抓！反正，你當了二鬼子，是連祖宗都不要了的！這位老鄉是在我客棧裡出了事兒，又落在我侄子的手裡，論理，我就該陪著他去死！……我只問你一句：你不要祖宗，難道連兒孫都不要了嗎？」據大頭哥說，就是最後這句話產生了效果，那「二鬼子」總算還有一絲良知未泯，也許是羞愧，也許是畏懼，他終於收起那副可憎的漢奸嘴臉，交代了幾句場面話，空著手從客棧裡退了出去。一宿無事，第二天天色不亮，老掌櫃的就安排了一輛順路的馬車，把大頭哥安全的送回故里。

受了一場虛驚，大頭哥反而挺高興，因為他從這件事情當中，獲得一些證明：日本人是亡不了中國的。大頭哥說，當「七七事變」以前，他們的部隊駐在北平南苑，常有一些很有學問的大官和大學教授，到營房裡向官兵們演講，一位教授先生講到「中日戰爭」，他說：日本人要想攻打中國，必須運用兩項策略，一項是「以華制華」，一項是「以戰養戰」。因為，和中國相比，日本顯得太小，也太窮，光靠它自己的力量，不足以支持它的侵略行動。所謂「以華制華」，就是扶助傀儡政權，建立漢奸部隊，用中國人來打中國人；所謂「以戰養戰」，就是從中國掠奪大量的資源，製造軍需，支應前線。這兩項策略，都不是靠日本人自己就能做好的，一定要有相當數量的中國人願意跟他們合作，也就是說，一定要有相當數量的中國人願意當漢奸，當日本人的鷹犬，它的野心才有可能實現。那位教授先生加以判斷：這種情形，根本不可能發生。因為，中國人的性格，也許不夠剛強，但卻絕非軟弱。願意跟敵人合作的，必然寥寥無幾，而且，其中絕對沒有正人君子，也必然會受到國人的唾棄，對日本人是沒有多大用處的。……「所以，」那位教授先生作了結論：「決定中國前途的，還是咱們中國人自己。只要絕大多數的中國人不當漢奸，不做順民，日本人就奈何不了咱們。中日戰爭不爆發則已，一旦發生，就是一場長期戰爭；這樣的戰爭，比的是毅力，是耐性，誰能堅持到最後，誰就會贏。這一點，中國人好過了日本人，只要拖下去，日本人一定會輸的！」大頭哥以他親身的經歷，印證了那位教授先生的偉言宏論，的確有道理。中國人絕非軟弱，淪陷區的老百姓，雖然在敵人的鐵蹄下受苦，還是一樣的挺得直脊梁骨。肯向敵人屈膝求饒的，不能說絕對沒有，畢竟是少而又少。當漢奸的被稱為「二鬼子」，沒有人看得起，甚至連自己也看不起自己，知道自己的所作所為，是辱沒了祖先，更遺羞於兒孫的。在中國人的心裡，這是一種大節大操，公是公非，沒有人能篡改，沒有人能變易。就是這種認識，使得大頭哥興奮不已，他說話的時候，眉飛色舞，神旺氣足，一席話說了七里路。馬車駛進了城門洞，也就是到了他家的屋門口，他還興猶未盡，收結不住。

跳下了馬車，他又重複著那位教授先生的話說：

「你們放心，這場仗，咱們打得贏的！只要中國人不當漢奸，不做順民，日本人就奈何不了咱們！」

我很想也跳下馬車去陪陪他，卻被五哥阻止，向我使了一個眼色，說：

「大頭哥今天剛到家，總要休息一下，咱們明天再來看他。」

我正想反駁，卻聽到大頭哥也說這種話：

「對，你們明天再來吧。反正我這次回來，不打算再出去，活要活在這裡，死也要死在這裡。往後，咱們相聚的日子有的是。」

我只好收住要一躍而下的勢子，讓這輛馬車把我載回家去。

其後一連多日，我幾乎天天都和大頭哥聚在一起。不止是我，還有五哥，和我手下的那些小嘍囉，都每天按時報到，把大頭哥的肚皮看成一座寶庫，幾個人合力挖掘，談今論古，問東問西，有問不完的問題，有聽不厭的故事。

人多，大頭哥家的那間「黑洞」擠不進去，再加上，他的老爹──「秦叔寶」本來就不好客，現在年歲越老，性情越孤僻，也越是好酒貪杯，城裡這麼多的鄉親近鄰，除了幾家賣酒的，他似乎再也認不得別人。對他遠道歸來的兒子，都沒有一般做父親的那股子熱火勁兒，對我們這群年輕的，更是冷冷落落，愛答不理。看在大頭哥的面子，我們對「秦叔寶」相當恭敬，可是，長年累月，總是拿熱氣兒換冷氣兒，也覺得不是滋味。大頭哥知道這種情勢，也不責怪我們，每天報到之後，他就帶頭兒先走，率領著我們走上城門樓子。

城門樓子就在城門洞的正上方，從他家那座「黑洞」的旁邊，有一道磚砌的階梯，拾級而升，就像上樓一樣，大頭哥笑著說：

「樓下是臥房，樓上是廳堂，那才是我家待客的地方。——不錯吧，諸位？你們誰家能比得上我家闊哇？」

故鄉的縣城雖小，那東、西、南、北八座城門樓子，卻都是建築精美的龐然大物，比起台北市上被當作古蹟保留著的這幾座城門，只論高度，就高了一倍有餘；再說它的規模之大，氣象之偉，那更是比都比不得。城門樓子上頭，真的有一前一後，寬寬大大的兩座「廳堂」，一樣的四面迴廊，一樣的落地長窗，既清爽，又敞亮，而且視野寬廣，又高高在上，正是年輕人談心說夢的好地方。

大頭哥從軍之前，我們就常常在這城門樓子上逗留。那時候，我才是一個八九歲大的小毛頭，而大頭哥已經是十七八歲的青年，長得人高馬大，四肢齊全。當我們從那道磚砌的階梯跑上來，總是我在前，他在後，很小心的照顧著我；而我就常常拍手打掌的嘲笑他，說他呆頭呆腦，說他笨手笨腳。現在，他只賸下一條腿，那磚砌的階梯迴旋而上，雖然坡度不陡，究竟比不得平地，看他划動著雙拐，一階一階的往上移，顯然是有些吃力，可是，我要上前攙扶，他卻含笑搖頭。後來，去的次數多了，看慣了他走路的姿勢，對那條空蕩蕩、虛飄飄的褲管，也就不再特別注意，和大頭哥說話的時候，心情也輕鬆些了。

在那座城門樓子上，既不必擔心騷擾了別人，也不怕別人來打攪，話是愛怎麼說就怎麼說，反正說錯了大頭哥也不會見笑。我們討論的題目很多，軍國大事，雞毛蒜皮，公的私的都有，也自以為都談出了結果，都找到了答案的。大頭哥離開家鄉的時候，斗大的字認不清幾個，現在卻會寫會算，能說能道，可以算得是一個有「學問」的人了。而且，他的「學問」是活的，是我們在書本上、或是從老師那裡學不到的。例如，他那份分析事理的能力，就連我五哥也自認不及，而五哥在我們這一群年輕人當中，原是出了名兒的「智多星」。如此看來，軍隊和學校都是可以使人成長、可以使人受教育的地方。對大頭哥來說，七八年的戎馬生涯，軍隊，不只是要了他一條腿，也確乎給了他很多東西。

每次和大頭哥相聚，我最怕他問我一個問題：「很多像你們一樣大的學生，都在向大後方逃亡，你們怎麼不去？」有一天，他果然這樣問出來。不必我作答，五哥就接住話頭，跟大頭哥侃侃而談，把前一陣子用來說服我的那些話，又對大頭哥細說了一遍。

我以為大頭哥一定聽不進這些話的，孰料他聽過之後，竟然連連點頭，拍著五哥的肩膀說：

「對，五少爺，你說的有理。抗戰，是不分什麼前線、後方、淪陷區的，什麼地方有敵人，什麼地方就是戰場。要是敵人每佔領一地，那裡的年輕人都往後方逃亡，把一些老弱婦孺丟在家鄉，俯首貼耳，任人宰割，那對日本人來說，豈不是太便宜了嗎？你說得很對，要參加抗戰，不一定到後方去，留在這裡，一樣能替國家出力！」

這些話和五哥是一個調子，可是，五哥的話只能說到這裡為止，再往下問，他也含含混混、模模糊糊的，不能說得很具體。大頭哥見多識廣，而且是在戰場上和日本人交過手的，關於「我們留在家鄉究竟能做些什麼」這個問題，希望他能明明白白的告訴我，祛除我內心的疑惑。

我指著五哥，向大頭哥訴說冤屈：

「本來，我是要溜的，被他從東堤口截住，像解差似的把我押回家去。起初家裡不讓走，也是受了他的連累。總而言之，自從我由『小五兒』變成了『小六兒』，我就沒有幾件事情能稱心如意。要我留，我就留，可是，誰能教給我留下來做些什麼？總不能整天的閃閃躲躲，和日人玩捉迷藏的遊戲吧？」

說出來之後，我自己也感到這些話太尖銳，五哥聽了，必然會覺得很刺耳。不過，心裡有牢騷，與其讓它悶久了發酵，還是拿出晾晾的好。過去我所以不說，是因為沒有人聽我，現在有了大頭哥，雖然他和五哥一見如故，說話很投合，畢竟是新交，總不能說忘了我這個「老朋友」吧？只要他把一顆心放在中央，說幾句公道話，我心裡頭的那個大疙瘩，也許就會冰消雪融了。

大頭哥竟然並不幫我，只是一本正經的回答說：

「不必別人教，只要有心做，可做的事兒真是不少。也不必限定做什麼，凡是給敵人添麻煩，使敵人不方便的，對抗戰都有貢獻。就像你所說的捉迷藏，也未嘗不可以玩，能把幾個敵人纏住不放，也就達到目的了。當然咧，更積極、更有意義的事兒，還有一大堆，都是要年輕人去做的，譬如，我回來的路上，就遇到有些地方已經組織了游擊隊，晝伏夜出，打了就走，雖然只是騷擾性質，也很夠敵人頭疼的。……」

游擊隊？這是我第一次聽到的新名詞，對它很有興趣，就要求大頭哥說一個明白。原以為大頭哥無所不知，關於游擊隊的事，他也知道得很有限，只說他遇到的那一群人，穿著便衣，帶著武器，不像軍隊，倒像土匪，大頭哥真把他們當作截道兒的，表明了自己的身分、來歷，希望那些「好漢」們也懂得江湖道義，念在他是一個遠道歸鄉的傷兵，替他留幾文錢作盤費，却被客客氣氣的請到「隊部」裡去，會見了他們的「頭目」。原來這群人是第三路軍韓復榘的舊部，領導人是某師某團的少校團附，姓劉。韓復榘也是「西北軍」的老人，「中原會戰」之後，才和馮玉祥鬧翻了臉的，所以，那位劉團附在「二十九軍」裡有很多朋友，和大頭哥的頭頂上司張營長，既是同學，還換過蘭譜。這麼一敘，劉團附如遇故交，對大頭哥披肝瀝膽，無話不說。

他說他很羡慕大頭哥，雖然斷了一條腿，到底是轟轟烈烈、痛痛快快的跟日本鬼子拚過，當兵為的是什麼？不就是等待這種機會嗎？他說他當兵多年，從學兵升上軍官，從少尉幹到少校，內戰倒是打過不少，你扯我的腿，我倒他的戈，今天你我合起來打他，明天他和你再聯手打我，那種「狗咬狗一嘴毛」的糊塗仗，打得越多，越覺得自己是混球加三級，對不起國家民族，也對不起老婆孩子。盧溝橋「七七事變」，劉團附正在山東德縣駐防，離發生事變的河北宛平，雖然隔著一個省，算路程倒也不遠，大敵當前，弟兄們都摩掌擦拳，準備著好好的表現一番，那想到「韓青天」另有打算，敵人還沒來，部隊就往後撤，動作倒是夠快。然而，這一路撤退，老百姓夾道注視，那是一種什麼樣的眼色啊！常常有人迎著臉罵上來：「老鄉，敵人在北邊兒，你們這是往哪兒開呀？是迷了路哪？還是認不清方向啊？」大官們聽不見這些話，只苦了校尉級的軍官和士兵們，被問得張口結舌，心冷臉熱，脾氣好的避不作答，性情暴躁的就跟老百姓吵嘴打架，外表兇得像老虎，內心却覺得自己連一隻老鼠都不如！——老鼠膽子小，只會鑽牆洞，可聽說過老鼠為了躲貓，就這樣千里萬里的大搬家嗎？……越想越覺得自己什麼都不是，就暗暗拿定主意，不能再這麼厚著臉皮退下去。中國雖大，也禁不住這樣退法。於是他聯絡了幾十位「同志」，決定他們撤退的行動到此為止。第二天，部隊開拔，他們留下，從此離開了「第三路軍」。就這樣，他們在那個地區展開活動，沒有番號，沒有名義，也沒有一定的任務，只為了洗刷自己的名譽，實現自己的夙志。當地的年輕人，紛紛自帶武器，加入了他們；也頗能獲得老百姓的掩護與支持。大頭哥說，這就叫做「游擊隊」，劉團附和他的手下，就這樣稱呼自己，大概是由於他們活動的地區是在敵後，同時也有別於正規部隊，但他們仍然自認是軍人，有組織，有紀律。接受劉團附的招待，大頭哥在他們隊部裡住了一宿，發現他們在沒有任務的時候，一樣的出操、上講堂，和正規部隊沒有什麼兩樣。

我發現，當大頭哥說到這批人，他臉上有著一種很奇異的神情，就像是一個被禁止活動的小孩子，隔著窗戶，看著鄰家兒童放在半空中的風箏，那樣的嚮往，那樣的動心……我問他：

「你是不是想去參加他們？」

大頭哥悠悠忽忽的說：

「那位劉團附倒是歡迎我去——」

我提醒著：

「可是，你的腿——？」

話一出口，我就在心裡咒罵著自己：該死的！你就是怕大頭哥回來了又走，不會另外找一個理由嗎？大頭哥倒是並不在意，依然是一副慢悠悠的腔調：

「是呀，就是為了這條腿，我才有些猶豫。照我的想法，打游擊是一件苦差事，必須有一副好身體，像我，等於是一個殘廢，別的不說，最少跑起路來就沒有別人俐落。害了自己不要緊，最怕的是讓大家都跟著受拖累。劉團附却說沒有關係，游擊隊不同於正規部隊，又沒有誰來點名校閱，要你矗在那裡當『人樣子』！有些任務，鬥智不鬥力，可貴的是經驗、是膽氣。這些話都是劉團附說的，他是一位好長官，有擔當，有抱負，階級雖然不高，說起話來倒像個一級上將似的。跟著這樣的長官做事，絕對的吃不了虧！……」

聽大頭哥的口氣，他對那個劉團附是十分心折的。要想說服他不去，恐怕是不容易。而且，我一時也想不出有力的說辭，因為，對劉團附所率領的那批人，我自己的內心也正在嚮往不已。

這一陣子，五哥一直沉默著，想他自己的心事。等到我和大頭哥停住了嘴，他忽然開口說：

「不必老遠的跑去參加他們，咱們自己也可以組織這樣的游擊隊。——難道不可以？」

最後一句是問大頭哥的。本來他說話的口氣慢條斯理，好像經過一番深思熟慮，可能是他從大頭哥臉上看出什麼不對，說到最後這一句，猛的提高了嗓門兒，大有興師問罪的意思。

大頭哥張了張嘴，要說的話還沒有出口，五哥又兇巴巴的釘了一句：

「為什麼不可以？」

大頭哥笑了起來：

「咳，五少爺，我看你挺穩重的，怎麼你的脾氣也跟你六弟一樣急？沒有誰說不可以呀？不過，這事情由咱們來做，很難就是啦！」

五哥和我，弟兄倆模樣兒很像，却各有各的脾氣，跟我相比，五哥就像一杯半冷不熱的溫吞水，今天不知道是受了什麼刺激，溫吞水加了蘇打粉，又冒泡兒，又吹氣兒，說話也像放爆仗似的：

「要人有人，要槍有槍，有什麼難的？人家能做的事情，為什麼咱們就不能？」

大頭哥應該知道槍不是問題，因為我們家鄉民風尚武，地面上又常鬧土匪，一些大桿子頭兒像「劉黑七」之流，拉起來就有三千五千的匪徒，鄉民們為了自衞，不能完全仰仗官府的兵力，於是就組織了「聯莊會」，早在十年之前，就有過「五十畝一桿槍」的規定，雖然沒有完全辦到，民間的槍支確實不少，像我們寨子裡——

「我知道槍不是問題，」大頭哥承認說：「外界傳言，光是你們楊家的那座老寨，長短槍就有五百支，聽說還有一挺『馬克沁』重機關槍呢，是不是真的？」

關於這些，我知道的比五哥詳細：

「說五百支，那是別人胡吹，三百支總是有的。可是這些槍支都讓我家那幾位爺爺給窖了起來，過個三年兩載，恐怕都成了廢鐵！」

原來五哥就是為了這件事情著急：

「所以，要組織游擊隊，就得趕快！等到那些槍埋在地底下生了鏽，還有什麼用處？」

我給他兜頭澆了一桶冷水：

「你要打那些槍的主意，爺爺不會准許的！」

五哥却信心十足：

「那是你不了解爺爺的性情，等到時機成熟，我自然有辦法求得他老人家答應。」

真的嗎？或許吧。五哥是爺爺的愛孫，在爺爺奶奶面前，向來是有求必應，在我是此路不通，在他是另有途徑。這麼一想，不免心裡又升起一股子酸味，於是我就故意的氣他：

「爺爺不會准許的！這可不是小來小去的事，你撒撒嬌，耍耍賴，爺爺就答應了你！」

五哥氣得想揍人：

「小六兒，你——」

大頭哥替我解圍：

「光有槍也成不了事，槍要給人用的，有了槍之後，人從哪裡來呢？」

五哥用兩手一圈，把在場的人都給圈了在內：

「這不是人嗎？要成立游擊隊，咱們幾個就是班底，然後把招兵買馬的風聲放了出去，在這個四萬萬五千萬人口的國家，你還怕沒有人嗎？」

大頭哥說得好洩氣：

「就憑咱們幾個呀，你們嘛，太小；我呢，一個殘廢！咱們號召不起來的！」

別說五哥，這話我聽著都覺得很刺耳，雖然他剛剛給我解過圍，也忍不住忘恩負義的頂了他幾句：

「小什麼呀小？是眼睛、嘴巴小？還是鼻子、耳朵小？你當年被召募入營的時候，又能比我們現在大了多少？」

大頭哥很有耐心的解釋著：

「這不同呀，兄弟。我當年入伍，是從二等兵幹起的，在整個軍隊裡階級最低，只要服從命令，接受指揮，就算是盡了責。那種職位，再小上兩歲也能幹得了的。可是，要組織游擊隊，不但要有經驗，而且要有號召力。劉團附那樣的人物，才勉強能當個頭目；你、我，統統都不合格。」

他說得這麼仔細，我總算懂了他的意思，也不得不承認他說的話很有道理，情勢確乎就是這樣的。不要說組織游擊隊，真刀真槍，出生入死；就是在太平盛世，要辦個學校、或者做點兒公益的事，也非得找幾個年高德劭的人來出面領導不可。年輕人熱心有餘，經驗不足，當然更談不上什麼聲望了，一般人常說：「嘴上無毛，辦事不牢。」心理上先看你不起，又如何能夠信得過你？在那樣的社會裡，年輕人要想做點兒什麼，的確是不容易；要再想不受栽培，不享蔭庇，但憑一己之力，那更是加倍的難為。

我腦子一轉，自以為想出了一個很高明的主意：

「這也沒有什麼困難，既然上不得台盤，咱們乾脆就站在後邊兒，找一位有聲望、有號召力的人出來，讓他當旗杆、掛招牌，等到事情辦成了，再由咱們去打頭陣、作先鋒。反正咱們要的不是虛名兒，只要能組成游擊隊，當一個二等兵又有什麼關係？列位，你們看我這主意行得行不得？」

大頭哥認為這主意很好，「山高自有洞，樹大好作窩」，能由一位呼得動風、喚得動雨的人出面領著，借他的聲光，打他的旗號，事情才比較容易成就。五哥說，這主意他也想過，只是兩層顧慮：一來人選難找，這個人不但要如大頭哥所說的，有聲望，有號召力，最重要的是他本人必須有國家觀念，有民族思想，有替國家民族効命出力的意志。否則，創業未成，他中道隱退；或者是他的所作所為，與組織游擊隊的初衷背道而馳；那不但得不到他的蔭庇，恐怕事情就敗壞在他手裡，而且，一經破碎，就再也不能重鑄。二來，老年人的心性，不一定就淡泊寧靜，也有的越老越貪求權勢，越老越留戀名位，設若遇上這種人，那是很難纏的。如果那位先生身體老邁而頭腦清楚，分得出輕重本末，忠奸善惡，還比較容易侍候；萬一再遇上個老糊塗，身心衰朽，觀念陳舊，偏又態度專横，手段跋扈，那可就更難應付。所以，五哥不同意這樣做，除非真有合適的人選。可是，他把他所知道的賢者、長者都想了一遍，就沒有幾個能符合他所列出的條件，而勉強列為「候選人」的，人家還不一定肯幹，這豈不是千難萬難？他認為，打游擊要出生入死，參加的人最好沒有家室之累，才能夠行動自如，這本來就是年輕人的事，最好不把那些尊長們牽連在內。五哥一向思路細密，說話也比我有條有理，我想出來的那個好主意，連大頭哥都表示贊同的，經過他這一番剖釋，顯然是思慮欠周，沒有採用的價值。

說來說去，這組織游擊隊的事，原來只不過是一個夢想而已，要想把這夢想變成事實，必然拿出更高的智慧，更大的勇氣，更多的耐性與毅力，把這些「美德」統統加在一起，到最後，還未必就能弄得成呢。

我長吁了一口氣：

「人家說的，『三個臭皮匠，勝過一個諸葛亮』，看起來咱們連臭皮匠都不如！」

五哥安慰我說：

「小六兒，你不必這麼自暴自棄，只要咱們有這個心意，不怕失敗，不怕碰釘子，早晚總會弄成功的！」

我覺得五哥所說的都是空話，既缺少根據，也沒有保證，可以說是毫無意義。

「早晚？究竟是多早多晚？你能不能告訴我一個確定的期限？」

他當然說不出期限，我這是故意刁難，也根本不打算從他嘴裡獲得答案。

五哥猶豫了一下，說出來仍是幾句空話：

「不會太久的，你等著就是啦。等到時機成熟，情況有了變化，現在這些難題，到時候就會自然消失，水到渠成，它就不再是什麼難事。」

這些話我就越發的聽不進去，大頭哥卻認為很有道理，向我解釋說：

「你五哥的話很對，人心是會轉變的。咱們中國的老百姓，一向是安分守己的過日子，就因為太安分守己，所以才顯得有點兒自私，有點兒怕事。遇上什麼凶險，能躲就躲，能避就避。火燒不到眉毛就不著急，不見棺材就不掉淚。這一陣子，日本鬼子侵略我們中國，前線浴血苦戰，犧牲了多少人命，離前線不遠的地方，還有些老百姓半睡半醒，似懂非懂，只曉在打仗，不知道這是一場關係著生死存亡的戰爭，竟然以為還跟從前的情況一樣，吳佩孚趕走了張作霖，張作霖又打垮了吳佩孚，誰贏了誰上台，誰輸了誰下野，老百姓只管完糧納稅，誰輸誰贏都沒有關係。眼看著就要亡國滅種，他們還以為這是改朝換代呢！……不過，人心會轉變的，當日本鬼子到了他自家的大門外，姦淫擄掠，殺人放火，他們就會清醒過來，就會知道這場戰爭跟以往不同。到了那時候，退無可退，忍無可忍，就是沒有人領導他們，他們自己也會起來反抗的。那時候再來組織游擊隊，當然就順順利利，沒有人反對，沒有人不支持。你五哥說的『時機成熟』，就是指這種情勢。——五少爺，我說的對不對？」

五哥緩緩的點頭，却流露出一臉的痛苦，聲音濁重的說：

「但願，那不會太遲。」

大頭哥也憂形於色：

「遲是不遲。我們長官說過，這場戰爭不打則已，打起來就是長期的，三年五年都結束不了，十年八年也有可能。遲是不遲，只是在這個時機到來以前，會有一段難熬的日子。……」

他們的憂苦也影響到我，心頭有一塊大石頭壓著，連話也不想說。

那天，以大頭哥為中心的一群年輕人，在城樓上高談闊論，憂國憂民，所談的話都是大而無當，既不配合我們的年齡，也不切合我們的身分。但是，我們談論得很認真，雖然談不出個結果，總算先起了「草稿」，大致知道留在家鄉該做些什麼事了。

後來，城樓上的「談話會」，又舉行過許多次，每次都有新的話題，卻總是離不開敵情和時局，自己的私事倒是很少提起。一直到大頭哥回轉家鄉三四個月，我們才漸漸知道他的情況很不好，幾乎連未來的生活問題都無法解決。本來，他當兵的這八九年，吃公糧，穿軍裝，所領的薪餉，都一文不花的寄回家鄉，那時候實行募兵制，比起抗戰時期，軍人的待遇是很優厚的，當一名二等兵，每個月也能領好幾塊現大洋，八九年過去，也應該積攢下一筆不小的數目。無奈錢到了「老秦瓊」手裡，都成了他的沽酒之資，錢少了就少喝，錢多了就多喝，一直到花光了為止。及至大頭哥受傷還鄉，他家的情況還像他離鄉之前一樣：上無片瓦，下無寸土，甚至連一點兒積蓄都沒有。大頭哥帶回來的錢不多，一部分替老爹還了酒債，剩下的用來維持生活，不消三幾個月，也就所餘無幾了。

當過幾年兵的人，對於生活都不大措意。這是因為在軍隊裡一切吃用都是現成的，而當兵自然免不了要打仗，戰場上槍林彈雨，毫厘之差就決定一個人的生死；日後我自己有過幾次這一類的經驗之後，才豁然領悟，也同時結識了許多這一型的人物，富三日，窮一月，口袋空空，意氣自若。當時年歲還小，懂不得這許多，只是從心眼兒裡替大頭哥煩惱，而又不知道該如何幫助他才好。

我的家鄉，應該是一個人情味十分濃厚的地方，如果是在太平盛世，我相信，那些地方父老們，都有著敦親睦鄰、救災恤貧的美德，像大頭哥這種情況，自然有許多人關心，替他找一個合適的職位，想來不是難事。只怪當時的局勢實在太壞，縣城雖然暫時沒有陷落，那大概只是因為日軍不把它當作一個目標，而認為佔領不佔領都無關重要，事實上它已經等於是「淪陷區」了。正由於日本鬼子要來不來，鄉人們的心情，就像害了不治之症的病人一樣，心理上存僥倖，精神上受威脅，日子就越發的難捱。在這種局勢之下，人人擔驚受怕，自顧不暇，正恨不得諸天神佛都聚集在他家，來指點他，來保護他，要他分一點兒心力去關懷別人，縱然能做得到，只怕也用心不深，出力不大。

就由於這些原因，使得大頭哥——這位百戰榮歸的壯士，千里迢迢，回轉家鄉，沒有受到他應受的待遇，雖然他還鄉之初，也曾經引起許多人的注意，執手把臂，問東問西，熱鬧了一陣子，很快的就成為過去。只剩下我們幾個人，是大頭哥真心的朋友，一直圍繞在他的四周，也最了解他的難處，可是，我們幾個人，都是半大不小的，連自己的行動也不能完全自主，又能替大頭哥做些什麼？

五哥和我曾經向爺爺求過，爺爺也一口承諾：

「好吧，他實在沒有路走，就叫他到咱們家來。雖然只剩下一條腿，我知道他人是極可靠的。咱們家裡用的人已經不少，可是，也不在乎再多添他一個。」

爺爺答應了，我却不忍心對大頭哥去說。聽爺爺的口氣，他老人家是把大頭哥和其他傭人一例相看的。不能說他老人家不對，事實上這已經是一種仁慈，一種恩惠，是看在五哥和我的面子才「賞」下來的，不然的話，誰家用人願意用一個四肢不全的殘廢？可是，我怎樣對大頭哥去說呢？一個為了保國衞民而傷殘成疾的英雄，應該讓他受這種委屈？就算他自己不覺得委屈，我也羞於啟齒。五哥嘴上說這沒有什麼關係，評定一個人的高下，是依據他的品德，而不是比照他的職位，當傭人也不見得就比誰低了一級……。話都是好話，可是，他只會在我面前嘀嘀咕咕的，一見了大頭哥，就猶猶豫豫的不能出口，好幾番鼓著勇氣去說，開頭兒說得很好，話到中途就岔了路，聽得大頭哥莫名其妙，還以為我五哥憂國傷時的弄出毛病來了。

大頭哥本人倒是並不著急，因為，「老秦瓊」看守城門的職務還在，每個月由警察局發放的那份兒薪水，雖然數目很少，只要能把酒戒掉，還足夠維持一個人的生活，這就是說，大頭哥可以免除後顧之憂，不必擔心他爹會挨餓。至於他自己的出路，他也並不發愁，而且他一直不曾斷絕到劉團附那裡去投効的念頭，游擊隊也許沒有薪餉可得，飯總有得吃的，只要能證明自己不是累贅，還能夠替國家出力，他就會快快樂樂的活下去，那還愁什麼呢？五哥最怕的就是他還存著這種念頭，說什麼也不肯放他走。大頭哥也承認打游擊還是本鄉本土的好，既得地利，又有人和。可是，大家都知道，故鄉的游擊隊是一時組織不起來的，又何必先把他「扣」在這裡？兩個人為此爭爭吵吵，幾乎吵到鼻孔冒煙，嘴唇起泡，最後，還是把大頭哥留下來了。為了解決大頭哥生活上的困窮，五哥把自己積攢三年的壓歲錢，都交到大頭哥手裡，說這是聘請他擔任游擊隊「總教習」預付的薪水，將來游擊隊成立，有關操作演練一切事宜，都委託大頭哥全權負責。要大頭哥這樣的人物接受幫助，不管如何巧立名目，都會傷害他的自尊心，我預料他一定會委婉謝絕的，五哥真有本事，不知道他編了一些什麼冠冕堂皇的理由，竟然使得大頭哥坦然領受，一句話也沒有說。

一拖過了幾個月，就到了民國二十七年的歲暮。

我記得很清楚，那天是農曆十二月八日，空氣中到處洋溢著「臘八粥」的香味，忽然傳來消息，說是日軍正在鄰縣大量集結，一二日之內，就要來攻佔我們這座縣城。消息是從保安旅司令部傳出來的，還附帶的有幾句「忠告」，要求城中住戶，最好都能出城避避風頭，離城越遠越好，千萬不要以為這一回還像上一回，敵人兵臨城下，會不戰自退。據所得的情報顯示，日軍這一回出動，是志在必得，絕無倖免之理。隨著這消息一塊兒來的，保安旅駐在城內的一些單位，已經以最快速的行動出城而去，不是迎敵，而是「轉移陣地」，自動放棄了這座城池。原先在本縣設衙辦公的各機關，也隨著保安旅一同撤退，走得乾乾淨淨的。這一來，老百姓再也沉不住氣，都紛紛的扶老攜幼，呼兒喚女，亂哄哄的合成一股人潮，順著四座城門往外流，真像是一座大森林失了火，受驚的鳥獸四處竄逃，大人們驚慌失措，小孩子又哭又叫，這場面真是悽慘極了。

五哥和我是臨時被家裡派人「抓」回來的。當時，我們幾個人正在城門樓子上頭「開會」，先討論了一些問題，又纏著大頭哥講他參加長城戰役用大刀片兒砍鬼子的故事，講的和聽的都聚精會神，又正是滴水成冰的臘月天，城頭上的北風特別有勁兒，我們把城門樓子的門窗都緊緊關閉，遺世而獨立，也就沒有聽到那滿城風雨的壞消息。及至老管家找到我們，一座城已經亂成一鍋粥，情況十分緊急。

被老管家扯住一隻手，我五哥還擰著脖子對大頭哥說：

「秦大哥，你也下鄉去避一避吧！」

大頭哥略作思索，就下了決定：

「不行，我不能走。我爹今天又喝多了酒，這會兒正在床上躺著，不到明天過午，是起不來的。我又不能扛著他走路，要是我一個人逃，撇下他，誰照顧？」

被拖到下城樓的階梯口，我也仰著臉大叫：

「這城樓子不好！……你就是不出城，也不能在這裡硬挺著，……找一個僻靜地方躲一躲！……」

大頭哥站在城門樓子內側的垛口間，向下面揮手微笑，說：

「不要緊的！……沒有關係！……你們放心！……」

他的話被北風吹得斷斷續續，能聽得清楚的，就只有這幾句。我向他叮嚀的話，也不知道他聽懂了沒有。我的意思是說，日本鬼子進城，這城門是必經之路，如果這城洞裡有人住著，那不是首當其衝殺？總得找個地方躲一躲。被老管家拖著直跑，我的話說得就不夠清楚，被北風一吹，更是脫脫落落，不知道他聽進了多少。一路疾走，我心裡就一直在記掛著這件事，唯恐大頭哥忘記了自己身在險地，不知趨避。後來轉念一想，他是一位久歷戎行的老兵，我都能想得起來的，他還有什麼不懂？這才略略的放鬆了心情。

回到家裡，爺爺也沒工夫罵我們，就被疾風迅雷的趕上了馬車。我以為是要下鄉回老寨子去，那是要經過東城門的，也許我還有機會再和大頭哥見上一面，叮嚀他幾句。那想到，馬車出了胡同口，到了大街上，就折而往西，原來爺爺早有計畫，不回老寨子，而是要到縣城西南四十五里的「九女集」，去投靠一家親戚。

逃難，是為了躲避凶險，可是，滿山虎狼，偏地鷹犬，究竟逃到什麼地方才會安全？這是要靠一家之主下判斷、拿主意的，全家幾十口人的安危禍福，都操在他的手裡，而他自己對外界的情況又幾乎一無所知，聽來的消息又未必完全確實，這判斷如何下？這主意怎麼拿呢？在馬車上，我看到爺爺那一臉憂懼惶惑的神色，就體會到這一層：生遭亂離之世，一家之主真是難為！這一次逃難，爺爺却是選對了方向的，敵人從東來，我們往西去，剛剛出了護城堤，就聽到背後傳來一陣槍聲，日本鬼子在對那座空城作試探性的攻擊，然後，槍聲歸於沉寂，大概日軍已經發現那是一座不設防的城池，就大搖大擺的開了進去，於是，城頭易幟，版圖變色。

我們在「九女集」附近的一座小村子裡，住了有半個月，從「臘八」到「祭灶」，眼看著就要過舊曆年了。這半個月裡，仗著那家親戚的庇護，倒是平平靜靜的，沒有發生什麼事故，只是氣壓太低，把五哥和我悶得要死。奉爺爺的口諭，每天關在屋子裡胡吃悶睡，除了上廁所，不准出屋門一步。五哥不知道從哪裡弄來一副骨牌，起初玩「頂牛」，後來索性就賭「牌九」，十來天的工夫，我輸給他三萬多塊現大洋，當然都是欠賬，他也知道今生今世沒有收清賭債的指望，就提議以打手心來抵債，一記手心一千元。究竟一千元是多少錢，我根本毫無概念，只曉得一塊現大洋能買到兩百五十枚雞蛋，兩百五乘一千，乖乖，那不是就堆成一座「蛋山」了嗎？一千元打一記手心，好像很合算，可是，我仔細一想，不幹，寧可欠賬。……賭博在我家是禁忌，尤其是對小孩子，沒有娶媳婦之前，別說賭，看都不准看。前兩年我還為了在路上撿到一粒骰子，被從口袋裡翻出來，當作賭博證據，挨了一頓狠的。這一次很特別，我們弟兄倆就在爺爺面前呼五喝六，幾乎為了輸贏打起架來，爺爺也不理不睬。好像是，只要我們不出門亂跑，生事惹禍，就是我把整個的家產輸掉，他老人家也不在乎了。

老管家每天被派出去探聽消息，早出晚歸，倒是帶回來不少新聞，都是他間接聽來的，也不知道可信不可信。據說，日本鬼子這次攻佔縣城，算是相當的「和平」，只在進城之前，有一戶逃難的人家出城太晚，在東堤口遇上日軍的先頭部隊，這戶人家心驚膽裂，躲在護城堤的槐樹叢裡，伸頭縮腦的，引起日本兵的注意，一陣機槍掃了過去，一家七口，五個死亡，兩個重傷。日軍繼續推進，就遇上以王老闆為首的幾個「士紳」，搖著白旗，大開城門，表示歡迎之忱。

因為王老闆會說日本話，見了日本指揮官，鞠著九十度的大躬，嘰哩哇啦了一陣，說明城內已經沒有「敵軍」，全城百姓都是「順民」，就這樣，恭恭敬敬的，把日本鬼子引進城去。王老闆被「封」為「維持會」會長，另外幾個「士紳」（其實都是王老闆手下的夥計），也分別的封官授職，在日本人的卵翼之下，都成了新貴。現在，四座城門都貼出了「安民」的佈告，要逃出來的人趕快回城，只要向「維持會」領一張「良民證」，就可以受到「大日本皇軍」的保護，過著安居樂業的生活。佈告貼出來之後，也有少數人大著膽子回去，好像也並沒有太大的麻煩，只是經過城門口日軍崗位的時候，要接受檢查，要向日本兵行禮，要口稱「太君」、「太君」……只要按著規矩行事，裝出一副很順從的樣子，日本鬼子雖然兇狠，倒也並不隨便傷人。因為快到了春節，不能長時期的逃亡在外，冒著大險回城的人就漸漸多了起來。

老管家還說，日本鬼子這一次抽調兵力，來攻打我們的縣城，原是預料會有一番激戰的，所以來的人馬不少，足足有兩個聯隊。佔領縣城之後，曾經好幾次整隊出城，向四鄉作示威性的掃蕩。在這些行動中，當然又免不了有一些中國人遭殃。所好的是，日本鬼子對這個新佔領的地區，也並非毫無疑懼。每次出城，都是繞著護城堤轉圈子，離城最遠的地方不到二十里。每到一處，都大肆暴虐，姦淫擄掠，無惡不作。中國的老百姓真像是耗子見了貓，能跑的就跑，不能跑就躲，夾壁牆、地瓜窖、柴草堆、大陰溝……都成了他們的藏身之所。有些人就用這種笨拙的法子，逃過這場劫數；那些逃不過的，就像落在貓爪子底下的老鼠，被侮辱，被戲弄，被折磨，最後還是免不了一死，——也有在敵人的槍刺下苟且活命的，當災禍已成過去，卻又用自己的手結束了自己。大管家陸陸續續聽來的消息，在日本鬼子這幾次「清鄉」、「掃蕩」的行動中，至少有一百數十個鄉親送掉了性命，這些人都是真正的善良百姓，世世代代，務農為本，從來不敢多說一句話，不敢多走一步路的，卻在自家的田地上、庭院裡，毫無罪辜的慘遭橫死！日本鬼子屠殺這些人，是毫無理由、也毫無必要的，唯一可作的解釋，就是那些日本軍人自居為屠夫，把中國的老百姓看得不如猪狗，蹂躪宰割，予取予求，亡國奴的待遇就是這樣的吧？

一連幾日，鬼子在四鄉騷擾，殺人立威，把近城負郭二十里以內的地區，弄得風聲鶴唳，路斷人稀，到處彌漫著血腥氣。我們的那座老寨子，離城只有十里路，又在官道的近側，當然也免不了受到騷擾，幸虧他們早就得到消息，在鬼子兵到達之前，都逃避到「白花河」下游的幾座下莊子去，所以，雖然受了一場大驚嚇，並沒有遭到什麼損失。

至於那座空了的老寨子，因為鬼子兵曾經在那裡休息，被糟蹋得不可收拾，連祠堂前面的一對旗桿，也被無緣無故的用武士刀砍倒；幾座古銅香爐也都不見了，簡直就是強盜。可是，這些日本兵回到城裡，似乎就比較注重紀律，不像在四鄉那樣為所欲為。這是一件很奇怪的事，不知道那些日本軍官是怎麼想的，可能是把城裡看作「基地」，把四鄉看作「敵區」。

「祭灶」的前三天，老管家又帶回來一則最新消息，說是日軍的大部隊已經撤走，縣城裡只留下四五十名鬼子兵，由一個大尉軍官率領，把縣立中學改成軍營，圍牆加高，四角添建碉堡。附近的老百姓都被攆開，十幾家毗連的民房統統拆毀，書院胡同成了禁地。這則消息，很教我難過了一陣子，誰能想得到呢？縣城裡好房子儘多，為什麼鬼子兵偏偏看上我的母校？而且，這縣立中學雖然成立不久，它的前身——「文亭書院」却是相當古老，是北宋熙寧年間奉勅建造，歷元、明、清三朝，它一直是黌舍巍峨，絃歌不輟，替家鄉造就了人才無數。入於民國，先是利用書院舊址，成立了高級小學，過幾年又讓它升了格，是我們全縣唯一的中等學校。都說縣立中學不如省立中學好，其實，別的不敢比，單就校舍來說，它比起省城裡、府城裡那些省立中學，有過之而無不及，很值得我們做學生的感到驕傲。除了講堂、膳廳、寢室……這些房舍之外，校內還有一百多間「號房」，都改成學生自修室，每人使用一間，還有餘賸下來的；現在的學校，那有這項設備？最具傳統色彩的是那座畫棟雕樑的「藏書樓」，以及樓前那兩棵幾百年的海棠樹，古色古香，真有一番高雅恢宏的氣象。像這樣的地方，竟然成了虎穴狼窩，莫非這也是它註定的劫數殺？照老管家所說：圍牆加高，四角添建碉堡，這還只是從外面看到的，它的內部，不知道被毀壞成什麼樣子！我越想越惱，心頭有一股子惡氣難消，這些倭奴實在欺人太甚了！

老管家每天回來，聽他向爺爺報告過這一天的打聽所得，我就把他拖在一邊兒，向他詢問：可有大頭哥的消息？他總是一問搖頭三不知，好像縣城裡根本沒有這個人似的。

我好幾次向老管家發牢騷：

「你是不是看不起我？我那樣鄭重拜託你，怎麼會一點兒消息都沒有呢？」

老管家却以他老年人的智慧，回答的話頗富有哲理：

「沒消息就是好消息，這表示你那大頭哥平安無事，你還有什麼不滿意？」

五哥覺得老管家的話很對，「沒消息就是好消息」，設若大頭哥有了什麼不幸的遭遇，以老管家在地面上的關係，就像長著一對千里眼、順風耳，哪有打聽不出來的？我也知道老管家的話有道理，只是心裡不落實，大頭哥究竟到哪裡去了呢？如果他和他爹還住在東城門底下的那座「黑洞」裡，以他那兩根枴和一條腿，不可能引不起日本鬼子的注意，那就會凶多吉少，教人不能不替他憂慮。

我的個性，本來就不是多愁善感胡思亂想的那一型，遇上什麼事情，雖然有時候不免稍嫌衝動，大致上還算是情緒平穩，心志堅定。唯獨對於大頭哥陷身城中的處境，一直放不下心，總覺得當時只顧自己逃命，不能也把他帶到一個安全的地方，有些對不起人。

五哥安慰我說：

「別儘往壞處想。吉人自有天相，留在城裡又不止他一家，到了情況危急的時候，總有人會照顧他。」

我跺著腳，搓著手說：

「那，豈不是更顯得咱們不夠朋友啦？」

五哥憋住一口氣，脹得滿臉通紅：

「這，又有什麼辦法？是你能做得了主？還是我能當得了家？」

是呀，說來說去，不怪別的，只怪自己出生太遲，正是不尷不尬的年紀，自以為已經算成年人，在成年人的眼裡却仍然是個孩子。逃難的那天，連自己都被人拉著拽著，好像一鬆手就會走失了似的，又怎麼有資格去當家主事？要是只有大頭哥一個，跟爺爺說，也許能在馬車上替他空出一個座位；但加上他那個爹，終日爛醉如泥，渾身冒著酒氣，幾乎到了人見人厭的地步，還得有人去抬他，縱然求得爺爺准許，底下的人也一定會推三阻四，編一個理由就搪塞過去，事情還是做不成的。這樣想著，雖然能替自己脫罪卸責，却也等於承認年紀還小，負不起責任，擔不得罪過，心裡就更不是滋味了。

臘月二十三是「祭灶」，又叫做「過小年」，長年在外的人，到了這個日子，就得趕緊收拾行李，哪怕是關山阻隔，大雪封途，也得轉回家鄉去，如非萬不得已，是沒有人願意在客地過年的。這兩天，爺爺一直為著此事坐臥不安，正好這時候從老寨子裡傳來訊息，說是鬼子兵近日沒有什麼行動，地面上尚稱安寧，過年的時節回家團聚，料來是不妨事的。於是，爺爺很迅速的做了決定，向「九女集」的那家親戚道謝告辭，率領一家老幼，男僕女婢，坐著幾輛馬車，遠遠的避開縣城，繞了幾十里路，一路平安的回到老寨子。

像我們這種大家族，平時也許嫌它人多，到了過年的時候，可就顯出了人多的好處，熙熙攘攘，熱熱鬧鬧，在這種大家族裡出生長大的孩子，就不知道什麼叫無聊，什麼叫寂寞。

那年春節，表面上看來，還是和往年一樣，除了幾個跟著流亡學校到大後方去的，幾大房的人馬，差不多全部到齊，除夕、祭祖、拜神那些節目，也都照常的進行如儀，大家磕頭行禮，還好像比往年更多了幾分誠意。春節，是一連串歡樂日子的開始，如果依照往年慣例，要從正月初一過到二月二，這個「年」才算是過完了的。在這段日子裡，最嚴肅的人也笑口常開，最勤奮的人也游手好閒，不唸書，不做事，只管吃喝玩樂，百無禁忌，很合我的脾胃。如今國難方殷，風雲正急，十里外的縣城就被一群日本鬼子盤據，雖然我們這個家族齊齊全全的，沒有人遭到不幸，總也是死裡逃生，驚魂未定，哪裡還有心情過年呢？長輩們憂心忡忡，面無笑容，年輕的縱然不知天高地厚，也總得看著大人的臉色行事，都畏畏縮縮的，不敢太放肆。最能點綴年景的焰火和鞭炮，都一概蠲免了。又因為隨時要準備逃難，小孩子的新衣新帽只給穿了兩三天，就換上了舊衣服，甚至還特意穿得破破爛爛的，說是「看起來像窮人家的孩子」，比較不受人注意。這兩件事，把孩子們過年的興奮也降到最低，大家無情無緒，年初幾就到處冷冷落落的，實在不像個過年的樣子。尤其是五哥和我，年歲半大不小的，小孩子的遊戲已經結束，成年人的娛樂還沒有開始，上不上，下不下的，更覺得過年是一件很無聊的事，心裡又煩又膩，又空虛，又亂糟糟的。

大年初七，是「火神爺」的生日，往年，在縣城裡「火神廟」的前頭，就是我們前兩年演「文明戲」的那座台子，有一連九天的酬神大戲，從初七到十六，把元宵節也給包括進去，不但城裡人歡歡樂樂的享受這段假期，四鄉的莊稼戶也都趁著這時機，到城裡親戚家住上三五日，於是城裡的人口就一下子增加了兩三倍，熙來攘往，十分熱鬧。不過，這是太平年的風光，今年情形特殊，在日本人的眼皮子下面，縱然獲得准許，也不會有那家戲班子應聘來演；縱然請到戲班子，也不會有那麼些苦中作樂的觀眾去看。對「火神廟」那地方，我本來沒有什麼好感，現在逃出城來，不知道什麼時候才能再去瞻仰「火神爺」的那張紅臉，我對祂竟似有著很深的懷念，也對去年此時在「火神廟」上演的那家戲班子，大紅臉「何十兒」、大黑臉「孫四兒」……那些角色，追想不置。懷舊憶往，撫今追昔，這不是老年人特有的心情嘛？我發現：戰亂，不但能使一個小孩子長大，也會使一個大孩子變老，過了這個春節，我覺得自己好像增加了不少歲數。

初七那天，我想了半天的心事，又睡了一場午覺，怕悶出病來，就在黃昏時分，約著五哥，到老寨子東門外，去漫步散心，遣愁解悶。

春節過後，氣溫一直很低，大概低到只有零下二十度，昨天夜裡，又吹了一夜大北風，早起看天色，只見滿空彤雲密佈，好像要下雪的樣子。樣子很像，却不一定說下就下。有時候，這樣的天氣會連續兩三日，滿空彤雲似乎都被凍住了似的。一直要到風勢稍停，氣溫略略回升，天色看上去有點兒透明，那才是要下雪的朕兆。我和五哥年歲雖然不大，對這些事情可都是老經驗了。出了東寨門，頂著北風，往官道上走，我們倆還打了一個小賭，五哥說這場雪不下則已，一下就雪深三尺，至於下雪的時候，他把它訂在明日中午；我說要不了那麼久，可能就是今夜，最遲也拖不到天亮五更頭。賭注是嶄新的五分銀幣兩大枚，折合現大洋一角，在當時說，這賭注並不算小，兩個人都信心十足，自以為是贏定了。

一邊這麼找著題目閒說話，一邊在那條古老的官道上蹓躂，兩個人不約而同，都往東堤口那個方向走。東堤口離老寨子只有幾里路，就是放慢腳步，也用不著一個鐘頭。走到中途，那條蛻了皮的大蟒，和那座橫跨「白花河」的大石橋，都已經望得很清楚。我和五哥又不約而同的停下來，站在那裡，發了一陣呆。

發了一陣呆，流了幾滴淚。看看天色，快到了吃晚飯的時刻，把眼淚抹去，向原路折回。只站了不大的一會兒，却覺得渾身乏力，又冷，又累。五哥領頭兒先走，我在後緊緊跟隨，從後面看過去，五哥走路的姿勢是很不雅觀的。他身上穿的衣服不少，裡面是棉襖棉褲，外面又加了一件毛料的大氅；腳下是長統的棉靴，頭上戴著「火車頭」式的皮帽。這套裝束，應該是不冷了，可是，看五哥的姿勢，何止是冷？簡直就冷得連人的身體都快結成了冰，肌肉僵硬，手腳也不靈活。他縮著脖頸，抖著膀子，兩隻手都插在大氅的口袋裡，又彎腰、又駝背，從後面看過去，如果不知道前面走的是誰，會估計他至少也有五十歲。我們家鄉有聰明人編的一句俏皮話，說一個人垂頭喪氣，就把他比作「打敗的鵪鶉鬥敗的鷄」，現在看到五哥這副樣子，還真是有幾分神似。看著五哥的背影，我也想到了自己：論裝束，弟兄倆是一樣的；比姿勢，兩個人大概也相差無幾。如此說來，這裡共有「鬥敗的鷄」兩隻，「打敗的鵪鶉」一對，在這條古老的官道上，他前我後，亦步亦趨，襯著官道兩旁那兩行葉落枝枯的老柳樹，真像一幅劫餘災後流民哀鴻圖。

正往回走著，忽然聽到後面有人奔跑，由遠而近，一直衝著我們跑過來了。我第一個反應，是以為有人在追我們，就想對五哥關照一聲，趕快的拔腿撒鴨子，先拉長一段距離，再來觀察形勢，思量對策，總不能在自己的家門口，被人生擒活捉了去。五哥比我鎮定，他聽到腳步聲，就知道跑過來的只有一個人，縱然不懷好意，以一對二，也讓他佔不了便宜去。

於是，在五哥的指揮之下，我們由「一路縱隊」變成並排行進，而且一左一右，都閃在官道兩側，把路的中央讓開，準備著聯手合擊，一發現來人的路數不對，就先給他個下馬威，讓他知道楊家子弟不是好欺負的。我們這裡才剛剛擺好陣勢，來人也到了近處，我拿眼角一瞟，立即就認出了那是我們的好朋友「臭嘴」，心中不禁大喜。

他老遠的從城裡往這個方向跑，不用問，當然是找我們來的。而看他那樣奮不顧身，跑得像一匹發瘋的騾子，這必然是有著極重要的事，要來給我們通風報信。我和五哥從兩側往中央一湊，想跟他打招呼，他對我們卻視若無睹，從兩個人中間一溜而過，還是歪歪斜斜的往前跑。

我追上幾十步，才把他拽住。他兩條腿一停，竟然站不住腳，搖搖欲倒。五哥也急忙趕過來，一人架一條胳臂，他才能勉強支撐，沒有倒下去。

攙住了他，我發現他一頭一臉都是大汗淋漓，連眼眶子裡面也被浸得濕濕的；嘴巴和鼻孔都往外直冒白氣，好像他肚皮裡正燒著一鍋開水。

他迷迷瞪瞪的望著我，問道：

「大叔，這前面，可就是，楊家寨？」

問得我莫名其妙，向他大喝一聲：

「臭嘴，你是怎麼啦？是眼睛有了毛病？還是得了失心瘋？」

這一聲大喝，才讓他認出了我是誰。勁頭兒一卸，人更變得軟塌塌的，膝蓋打彎兒，整個身體就癱瘓在地，架都架不起來。

五哥向我示意，把臭嘴的胳臂輕輕放開，讓他躺在地下休息。他像拉風箱似的大喘氣，渾身的筋骨皮肉都在顫動不已，看樣子，他的力氣已經全部用盡，最多只能跑到這裡，幸虧和我們不期而遇，否則，再讓他往前跑上幾百步，也許他就會倒在中途。從城裡到此處，差不多有十華里，折合成五千公尺，以他的年歲和體力，跑是跑得下來的，然而，照他剛才的跑法，幾乎是使用跑百米的速度，這是任誰都支持不住的，除非是發了瘋，除非是——

我俯下身去問他：

「臭嘴呀，你到底是怎麼啦？是犯了什麼錯？還是闖了什麼禍？不要緊的，你儘管說出來，有五哥和我在，什麼事都能替你擔待。」

這當然是胡吹亂蓋，不過，對一個犯了錯、闖了禍而前來投靠的人，不這麼吹一吹，又怎能使他安心？所以我才說大話不打草稿兒，把自己說得神通廣大，法力無邊，不管他有什麼困難，只要他向我求告，我都能替他解決，——我解決不了的，還有我五哥。

臭嘴在地下趴著，喘氣越來越粗，漸漸就變成了哭聲，一邊哭，一邊訴說：

「嗥嗥，不是我！嗥嗥，不是我！……」

五哥也對他溫言相慰：

「是不是有人寃枉了你？那也沒有關係，如果是自己人，總能解釋清楚的；不相干的人，那就根本不必解釋，你既然到了這裡，後面又沒有人追你，怕什麼呢？……你說不是你，那麼，是誰？」

臭嘴猛然一翻身坐了起來，滿臉的汗水，再加上鼻涕和眼淚，還從地下沾了不少的土，用眼淚和成了泥，把他那張本來還算端正的臉，弄得像個小丑似的。他還是邊哭邊說：

「嗥嗥，是大頭哥！嗥嗥，是大頭哥……」

一聽這事情是和大頭哥有關，五哥和我都一下子緊張起來，一邊一個，蹲在臭嘴的身旁，揪住他的肩膀猛搖，一聲疊一聲的問著：

「大頭哥？大頭哥怎麼啦？快說，快說呀！……是大頭哥出了什麼事兒嗎？他還好吧？……臭嘴，不要瞞著，要說，你就仔細的說！」

臭嘴深深的吸進一口氣，全身都哆嗦著，好容易才把哭聲止住，可是，常他一張開嘴，哭聲就和說話一塊兒往外擠，他的口齒本來就不大清楚，現在他情緒激動，舌頭和牙齒不能配合，更聽不清他在說些什麼東西。我聳著耳朵，只聽清了最後這兩句：

「……大頭哥落在日本人手裡了！……大頭哥就要被日本人砍頭了！」

我瞿然舉目，和五哥對望了一眼，從他的臉上，證明了我的耳朵沒有毛病，他聽到的和我聽到的完全一樣。

五哥一伸手揪住臭嘴胸口的衣服，把他從地面上提溜了起來，像審賊似的喝斥著：

「你嘰哩咕嚕的在胡說些什麼？這種話，不是親眼看到的，可不准你胡說！」

臭嘴掙脫身子，先往地下擤了一大把鼻涕，又把沒擤出來的嚥回到肚裡去，騰出了喉嚨，也大聲的和五哥對叫：

「誰說我沒有親眼看到？不是親眼看到的，我會來找你們嘛？你以為我在咒大頭哥？」

我埋怨他：

「是不是鬼子進城那天就出了事情？你怎麼到今天才來告訴我們？」

臭嘴很不耐煩的解釋說：

「誰說鬼子進城就出了事兒？這年前年後一個月，大頭哥和他爹一直在天主堂住著，天主堂的劉神父是德國人，鬼子也不敢進去，很多人都在堂裡避難呢！事情是今天出的。火神廟在唱戲，那『老秦瓊』喝醉了酒，又跑回城門洞去。大頭哥為了救他爹，打死日本鬼子的大狼狗，就被抓了起來！……」

這段話倒是說得很清楚，只是太簡潔，很多地方都接不上頭，聽得人糊裡糊塗。

我責備他：

「你會不會說話？就這樣連蹦帶跑的，誰能聽得懂啊？你說仔細點兒好不好？究竟是怎麼一回事兒嘛？」

臭嘴急得直跺腳：

「咳，這是什麼時候，哪有工夫跟你們說這些？我跑到這裡來，是為了——」

五哥截住他的話尾，查問著：

「剛才，你好像說過，大頭哥就要被日本人砍頭，這又是什麼時候的事情？」

「就是今天！就是現在！」臭嘴尖聲叫著，眼淚鼻涕又一齊流了出來：「我來找你們，就是要你們趕緊想個法子，咱們得去救救大頭哥啊！」

我聽得驚心動魄，咬著牙問道：

「日本人要殺大頭哥，你怎麼會知道？」

「我怎麼會知道？全城的人都知道！『維持會』在火神廟貼了佈告，是把大頭哥當作土匪來辦的。『二鬼子』還大街小巷的吆喝，要城裡的人都去看熱鬧。你說，我怎麼會不知道？」

我熱血沸騰的說：

「大頭哥遭難，咱們不能袖手不管！五哥，你想個主意吧，拚死拚活，咱們總得去救他！」

五哥仰臉望天，眼睛裡貯滿著淚水：

「你這是說傻話。日本鬼子要殺人立威，當然有了準備，咱們赤手空拳，怎麼個救法？」

臭嘴心裡早就有了主意：

「怎麼個救法？你們楊家寨不是有人有槍嗎？還有你們的『聯莊會』，外界傳聞，只要你們楊家寨一聲令下，不消半個時辰，從四方鄰村，就能聚集幾千人，這話，總不會是假的吧？那你們就趕緊的敲鑼呀，打鼓呀，放鞭炮呀，城裡只有幾十個鬼子，咱們多帶人馬，冷不防的圍上去，還怕宰不了他們？」

唉，臭嘴說的，好歹總是個主意，可惜這主意行不得。不錯，楊家寨有人有槍，卻不是我和五哥能夠指揮得動的。至於「聯莊會」，倒真是人多勢眾，有過赫赫的威名，可是，「聯莊會」的成立，本來就只是為了對付「小亂」的，如今「大亂」已起，連省主席韓復榘的第三路軍都不戰而退，這種不吃糧、不關餉的民間武力又能濟得什麼事？那些莊稼漢子又喜歡聽信謠言，嚇唬自己，唯恐家裡藏有槍枝，在敵人眼裡是罪上加罪，而鋼鑄鐵打的槍砲又不容易銷燬，為了掩蓋形跡，他們想出很多笨法子，人也失去原來的那種俠情豪氣，不必假裝，就已經是窩窩囊囊，像一群待宰的猪羊。事實上，從日本鬼子攻佔縣城的那一日，以楊家寨為首的「聯莊會」就已經解了體，縱然勉強的把他們召集起來，怕也是人齊心不齊，畏首畏尾，推三阻四，白白的亂哄一陣子，什麼事都辦不成的！……可是，把這些話告訴臭嘴，他多半不肯相信，否則，他也就想不出這個主意來了。

這時候五哥心裡想的，大概和我一樣。他慢悠悠的從天空收回目光，很艱難的向臭嘴探聽著：

「你說你知道那，那——那個地方？是不是就在鬼子的營房，——不，就在咱們的校園裡？」

我懂得五哥的意思，臭嘴也懂，他沒有回答就先紅了眼睛：

「不是在那裡，是在西關外，獄神廟前面，那座亂葬崗子的崖頭下……」

我倒抽了一口冷氣，覺得自己裡裡外外都像結了冰似的，從腦門兒涼到腳底：

「你說的那地方，不就是從前的老刑場嗎？」

臭嘴本來就不是個乾淨人兒，這陣子更把自己弄得髒兮兮的，用這隻襖袖擦鼻涕，用那隻襖袖抹眼淚：

「嗯，就是那裡。」

恨得我咬牙切齒，五哥作了個手勢，不准我插口，我只好忍住了。

「時間呢？」五哥向臭嘴查詢明白：「你剛才說，就在今天？」

問到這裡，臭嘴終於按捺不住，反正是要哭，他索性就跳著腳大聲的號啕：

「就是現在呀，就是現在呀！……大頭哥被綁在一輛半車上遊街，已經到了西關外啦！……你們還不趕快派人去救他，再遲就來不及了哇！……」

照臭嘴說的，就算我們楊家寨能派得人去，避城繞堤，從腳底下到西關外的刑場，大約足足二十里路有餘，這怎麼能來得及？怕的是劫法場的人馬還沒有趕到，大頭哥的人頭已經落地！再說，「聯莊會」組織嚴密，總也比不得軍隊，就算有人肯去，也不免拖拖拉拉的，要從日本鬼子的武士刀下搶救人命，他們那有這種本事？更何況，「聯莊會」已經解體，搶械入了土，人心更難收拾，要想重新再把它組織起來，就算有我家幾位爺爺出面，也絕不是一朝半日就能辦得到的。這怎麼能來得及？這怎麼能來得及？

五哥又恢復了他仰臉望天的姿勢，緩緩的搖著頭說：

「來不及了！這，已經來不及了！」

我也知道這是來不及的，可是，聽五哥這麼一說，就像一堆死灰上又澆了一桶冷水，死灰堆裡如果還有一點點火星兒，這下子也完全滅絕。想到大頭哥為了抗日先丟掉一條腿，成了一個肢體不全的殘廢，迢迢千里，回到家鄉，却在自己的國土上被日本鬼子斬首處死！而我們聽到消息，却只能淚眼相對，束手無策，既不能上前解救，又不能替他報仇，這算是什麼朋友？

我為自己的渺小而著惱，我為自己的懦弱而害羞，惱羞成怒，悲憤填膺，我只能放聲一哭。臭嘴本來就在號啕不休，聽到我也哭出聲來，有人幫腔，他就哭得更厲害。

只有五哥還能撐持得住，他不但不勸解，反而惡狠狠的罵將起來：

「哭！哭！哭有什麼用處？你們是兩個女人嘛？日本鬼子在中國土地上殺人，這也不是第一回！要是中國的男人只會流淚，日本鬼子還會更猖狂的！不准哭！聽到沒有？男兒有淚不輕彈，你們不會把它吞回到肚子裡去？」

我早就過了愛哭的年紀，我早就把流淚看作是可恥的事，今天情懷激盪，失去控制，不是我想哭，實在是管不了自己。被五哥這麼一罵，我感到十分的不好意思，淚眼模糊中，好像眼角裡閃過大頭哥的影子，也是一臉鄙夷不屑的神色，要我止住哭聲，擦乾眼淚。小時候，大頭哥帶領著我，裡城外郭的到處亂跑，偶然的走路摔了跤，或是打架吃了虧，我這裡一撇嘴，大頭哥就彎下腰對著我的耳朵說：「男孩子是不哭的！男孩子是不哭的！」這句「咒語」，對我，常常有效。我知道大頭哥是不喜歡看到人哭的，縱然是為他而哭，他看了也會不舒服。記得他還鄉的那一天，我就曾經在他面前出過醜。要是讓他看到我現在這副醜樣子，也許他不會像五哥一樣的喝斥我，但他必定會對我失望，嫌我不夠豪壯，不夠剛強。想到這些，我終於漸漸的能控制住自己，壓下了哭聲，調勻了呼吸，把眼淚吞回到肚裡去。

小五義

等到我和臭嘴都住聲不哭，五哥忽然很關懷的向我們問了一句：

「你們穿的衣服夠不夠？」

我不懂得他何以有此一問。在家鄉，春節前後的這段日子，屋外的氣溫總在零下十幾度。像我們現在站立的這種地方，一馬平川，毫無遮擋，大北風像刀片兒一樣「刮」在身上，不論穿多少衣服，都會感到透體冰涼。北幾省有一句歇後語，在我家鄉也是很流行的：「小伙子睡涼炕——全憑著火氣壯。」穿衣服也是一樣，要想靠衣服保暖，那就必須裡三層、外三層，把自己打扮成一隻大狗熊。可是，那麼一來，走路邁不開腿，吃飯抬不起胳臂，處處都受了限制，年輕人誰能那麼老實？寧可挨冷受凍，也要俐俐落落的。像今天，我和五哥在短襖外頭加了一件大氅，這已經算是「重裝備」，用來遮風擋寒，也只是聊勝於無而已。我們弟兄倆的衣著，所用的工料都是同色同式，穿的衣服夠不夠，他自己就應該知道，何必問我？

我反過來問他：

「五哥，你是不是冷得受不住哇？那咱們就快些回家，也到了該吃晚飯的時候啦。」

我又轉過身去向臭嘴說：

「你出城，家裡人知道不知道？要不怕家裡人牽掛，就在我們這兒住一夜吧，我正有許多事情要向你打聽打聽哪。」

臭嘴還來不及張口，就被五哥攔住：

「不回去。咱們三個人，今天誰也不能回去。只怕人手還不夠用呢！」

這時候臭嘴才說出話來：

「不行呀，剛才我只顧得往這裡跑，爹娘都不知道。自從鬼子進了城，日頭不落，城門就上了鎖。我要是被關在城外頭，明兒回去，非挨揍不可！」

五哥對臭嘴的處境毫不同情：

「挨一頓有什麼要緊？又不是從來沒挨過！為了大頭哥，別說挨揍，再重的刑罰，你也只好認啦！」

我聽出來五哥的話裡有話，急忙問他：

「你打算帶領我們兩個去做什麼？」

五哥說得很清楚：

「咱們先到東堤口，從南堤圈上繞著走，到『姜廟』那一帶，我記得那兒有一條路，可以直達西關外。」

我聽是聽懂了，心裡卻有些糊塗：

「你打算帶領我們到刑場去呀？照你說的這條路線，走到那裡，怕不得三更天？……」

五哥對我更沒有好臉色：

「三更天又有什麼關係？明天回到家裡，挨打挨罵，都有我陪你！」

我試探著說：

「半夜三更，黑漆麻烏的，就算咱們膽子大，不害怕，摸黑兒走路也不方便呀！我的意思是，要去也不必忙在這一時，明天再去不好嗎？」

五哥越發的惡聲惡氣：

「難道你甘心讓大頭哥在那野地裡躺一夜？鬼子殺人，向來是不收屍的，大頭哥無親無故，這不正該是咱們的事？」

原來他是這個意思。他不說明白，誰能想得到呢？為了替大頭哥收屍，別說是深更半夜，就是因此耗它十天半個月的，我也說不出一個「不」字。其實，要論起交情的深淺來，這事情原該由我來動議，由我來領頭兒的，只是我知識淺陋，人生的閱歷不足，根本不曾想到大頭哥死後，還有這樣的一樁急務。

臭嘴在一旁用心的聽著，臉上的迷霧由厚轉薄，也終於聽清楚是怎麼回事了。我看到他臉上有一絲為難的神色，想起來他的老爹很嚴厲，不揍人則已，一旦動了真氣，就不是臭嘴這一把瘦骨頭能夠招架得住的。從小學五年級同窗開始，我就看見他掛過兩次彩，一次打破了頭，一次是左胳臂脫臼，都是他老爹的成績。這一回他出城報信，家裡人不知他所為何事，倘若徹夜不歸，讓家裡人操心著急，他老爹焉有不生氣的道理？到時候動起家法，又不免傷筋動骨的。我很委婉的提示了幾句，希望五哥體念臭嘴的處境，趕緊放他回城。哪曉得，五哥鐵面無私，臭嘴也不領情，我算是白操了這份心。

五哥毫不通融的說：

「就咱們兩個人去？那怎麼行？一具棺材要四個人抬，加上臭嘴，還少著一個人呢！」

臭嘴也把心一橫，嘴頭子比啄木鳥還硬：

「不教我去？那怎麼行？你們和大頭哥是朋友，我就不是了嘛？別說是挨揍，就是要砍頭，我也認了！頂多只是一死吧，黃泉路上，也許我還能追得上大頭哥，那就有伴兒了！老實說，自從鬼子進了城，我就整天想找人拚命，亡國奴的滋味可真難受，誰還在乎死活？……你說人手不夠？那容易，『老鼠』正在東堤口等著我，咱們經過那裡，把他也帶了去，人不就夠了嗎？還有『二扁頭』，他家就住在西關大街，必要的時候，一喊就到。」

也是五哥的主意，他怕節外生枝，一回家就脫身不得；往家帶個信兒吧，又怕爺爺奶奶派人去追；索性就蠻幹到底，甩開大步，一陣急走，不消二十分鐘的工夫，就到了東堤口。

自從縣城落在鬼子手裡，這條官道就路斷人稀，東堤口原有十幾家茶棚飯舖，是專供過路客商打尖歇腳的，現在那還有生意？都一齊停止營業，關門閉戶，連一家貼春聯、請門神的都沒有，看上去，就像是早在幾十年以前，這裡就已經荒無人煙。

「老鼠」果然還在這裡等著，大概是等得十分焦躁，又有些心虛膽弱，躲在一家茶棚的柱子背後伸頭縮腦。看見我們到了，他一躍而出，大聲的喳呼著：

「老遠的跑去搬救兵，怎麼只來了你們兩個？手裡也沒有帶著傢伙，就這樣赤手空拳的劫法場，咳，這不是開玩笑？」

五哥沒有理他，臭嘴悄悄的對他說了些什麼，他稍稍遲疑了一下，就閉上嘴巴，乖乖的在後頭跟著。

過東堤口，往上斜走了幾步，就轉入護城堤頂上的那條「小路」。其實路並不小，因為護城堤的寬度很夠，且不說它那「大作腳」的基礎，單是那平頭的堤頂，寬度也在兩丈左右，如果全把它鋪成柏油路，可以闢作一條十輪大卡車來回奔馳的雙行道；只是堤面上種了太多的樹木，樹越長越高，路就越擠越小了。說起這些樹，原是我們家鄉縣城近郊最值得誇耀的景色之一，它長得那麼茂盛，鬱鬱蒼蒼，把一條堤粧點成一條「綠色的大蟒」；其中有若干株，還是我親手種植的呢。自從北伐成功、國民政府成立，每年的三月十二，被訂為「植樹節」，如今已是有名無實；我在小學、初中就讀的那幾年裡，「植樹節」是真要種樹的，樹苗由縣政府設立的苗圃供給，種樹的人則以學生為主力，小孩子不怕累，最喜歡挖挖掘掘栽栽種種的，我每年「植樹節」總要種它七八棵，地點就是這座護城堤。不知道是這座護城堤的土壤好，還是由於我得了種樹的訣竅，凡是經我的手種下去的，幾乎是每種必活，沒有「補植」的必要。當初種樹的時候，都是在堤面兩側，中間本來留的有路；後來樹長大了，才發現它不只是竄高，還會伸臂踢腿的往橫裡猛擠，把原先留的空間，幾乎都給封死。就由於這個緣故，那麼寬闊的堤頂，却只有一條「小路」。這條路，我們常走，對路的狀況，也都摸得很熟。如果是在夏季——夏季裡的白晝，走這條路最舒服。地勢高，不管吹的什麼風，都不會被遮著擋著；兩旁的綠蔭夾道，枝柯在頭頂相交，人在樹叢裡鑽進鑽出，不管太陽在那個角度，都照射不到，真是清涼極了。可是，夏季換成冬季，白晝換成黑夜，情景就大不相同。冬季天黑得早，又加上是個大陰天，當我們到達東堤口，才不過是黃昏時候，轉入南堤圈的這條「小路」，走了沒幾步，天就已經黑透，雖然還沒有黑到伸手不見五指那種程度，可也差不了多少，年輕人眼力好，在此時此地也佔不了多大便宜，反正是要一步一步的往前摸索，看得模模糊糊，隱隱約約，更容易製造錯覺，上面碰頭刺臉，下面絆腿摔跤，真是辛苦極了。

我們所以選定南堤圈這條路，當然是貪圖近便，却忽略了極重要的兩點，簡直是給自己找麻煩。第一點，護城堤上種植的樹木種類很多，楊、柳、桑、榆、桃、李、杏、梅……凡是故鄉常見的樹木，幾乎應有盡有；當初種樹的時候，也大致的論段分區，雖然並不十分純粹，總算各有各的特色。偏偏從東堤口轉入南堤圈的這一段，種植的樹木以「洋槐」為主，這是一種豆科的落葉喬木，不像「本地槐」那樣帶有一股子臭味，所以它又叫做「香槐」，特別是花開時節，濃香撲鼻，中人欲醉，那種又香又甜的氣息，比玫瑰還好聞呢。另一個和「本地槐」的不同之處，是它的枝條多刺，又尖又硬，春天摘槐花的時候，一不小心就會刺破手指頭，血出如珠。今天夜裡在「洋槐」樹底行走，才體會到「荊棘滿途」那句話的意義，每個人都弄得傷痕累累，衣服更是常常被「鈎」住，這邊拉、那邊拽的，不讓人好好的走路。也幸虧冬季裡衣服穿得厚，又是些禁得住拉、禁得住拽的料子，不然的話，走過這片槐樹林，只怕一身衣服都被扯成了布條兒，落得個衣不蔽體，醜態畢露，那才有得瞧呢！第二點，也是我們事先該想到的：天寒風急，除非把自己關在屋裡，還圍著個大火爐，天地間本來就沒有遮寒避風的去處；可是，地勢越高，風勁兒越厲，氣溫越低，這點子常識，我們總是有的。從城窪子那邊說，護城堤高約三丈有餘，在這種地方走路，就像是在三層樓的屋脊上飛簷走壁，大北風漫過那荒涼冷落的城窪子，斜著往上吹，真比理髮師傅手裡的剃頭刀還要鋒利，吹得人渾身生寒，遍體成冰，不只是冷，而且很疼。堤上的那些槐樹，早已經掉得一片葉子都沒有，只賸下長長的枝條，帶著怪嘯，在北風中飛舞。

這條堤離城不過三里路左右，以天空作襯底，遠遠的望過去，城門樓子就像剪紙似的，毫無立體感，却看得很清晰。這時候只是初更天氣，整座城一片死寂，沒有一點子聲響，也沒有一絲絲亮光，看在我們眼裡，覺得它陌生而又不真實。這是我們出生成長的地方啊，離開它才不過整整一個月，從臘八到年初七，只因為城裡住了幾十名日本兵，竟然使一座城變得黑漆漆的，陰森森的，恍如鬼域，不類人世。想起一個月以前，我和大頭哥還在那城門樓子上聚會，有殺敵報國的壯志，有沖霄凌雲的豪氣，我們是打算替祖國出些力、替家鄉做些事的，如今，大頭哥慘死，而我們幾個人正踉踉蹌蹌，栖栖惶惶，像小偷一樣在黑夜裡繞路疾走，趕去刑場替大頭哥收屍！這不是我們的國土嗎？這不是我們的家鄉嗎？……想著這些，我感到心頭熱血如潮，一陣一陣翻攪，也就忘記了疼痛，不在乎寒冷，在荊棘叢中，急步道行。

西關外的那座刑場，不知道是從哪個朝代開始使用的，總也相當古老就是了。更不知道有多少犯罪的人在這裡被處死，靠近刑場的一座高崖子上，就是一處「義地」，荒煙蔓草，土饅頭無數，都是受刑之後，無人收屍，由善堂施捨棺木，就地掩埋的。在縣城裡，一說到西關外的那座高崖子，膽小的人就會臉色慘白，甚至大天白日，也不敢到那地方去。眾口傳言，說那地方白天冷清，夜晚熱鬧得很，鬼影幢幢，熙來攘往，一樣的有買有賣，如同一條市街，只是那些鬼影子都一律沒有腦袋，偶爾看到有腦袋的活人，它們會大驚小怪，一下子就把人給圍了起來。……這些怪聞，我當然不信，却也從來沒有大著膽子，在夜晚，到那地方去探過險。

白天，我倒是去過不少回，那也是幾年以前的事了。記得我十一二歲的時候，渾渾噩噩，呆頭呆腦，什麼地方有熱鬧，一定要趕去瞧瞧，就常常跟著「出紅差」的人潮往這裡跑，不惜為了看熱鬧而逃學、而曠課。你要是問我：「砍頭，就那麼好看嗎？」事實上，我從來不曾看得仔細過，不當場暈倒或者失聲怪叫，已經算得上是英雄好漢了。十三歲過後，我就不再做這種無聊的事情。而這幾年地面上也比較平靖，那些該判死刑的強盜、土匪、偷牛賊、大煙鬼……，都銷聲匿跡；行刑的方式也有了改變，砍頭改作槍斃；「出紅差」的場面比從前少得多了。可是，西關外的那座刑場，依然是一個令人毫毛豎立、頭皮發炸的地方。

那天，我們到達西關外，已經接近子夜。在這個時候到這種地方來，說是不害怕，——那能不害怕呢？當我們戰戰兢兢的往刑場那個方向挪動著，我發現，四個人的間隔距離，越來越縮小，幾乎是我擠著你，你靠著我，就那樣碰碰撞撞的一步一步的往前挪。

在我的身旁有一個人，不知道是誰，——也許就是我自己，渾身像篩糠一樣，兩排牙直打架，得得得得得的好響。也幸好是在這樣一個大冷的天兒，冷和怕所引發的生理反應，幾乎完全相同，解說起來可是大不一樣的：怕得發抖，那等於承認自己是個懦夫，承認自己膽小如鼠，對一個十六七歲的男孩子，誰肯作這種招供？冷得打顫，那只是因為衣服穿得不夠多，就沒有什麼不好意思的了。

所謂「刑場」，就是西關外遠離民房的一塊平地，一邊是矮小簡陋的「獄神廟」，另一邊就是那座高崖子，中間空空蕩蕩的，連一棵樹都沒有。走進了「刑場」的地界，我們就站住了腳，用足目力，向地面上搜索著。光線實在太暗了，向高處、向遠處看，襯著那黑鉛色的天空，還能看到一些模模糊糊的影子，向地面注視，卻是白費力氣，地面上好像淹著半腰深的墨汁，黏黏稠稠的，漆黑漆黑的，看不清任何東西。

我抓住一個人的胳臂說：

「不能這麼瞎摸呀，五哥，這得有盞燈籠才行。」

五哥的聲音却從另一個方向傳過來：

「你想的倒好，燈籠？最好是手電筒！可是，這種時候，這種地方，叫我往哪裡去找？」

我抓住的那個人原來是臭嘴，他扭過頭來，對準我的脖子吹氣，說話却是一副粗粗啞啞的假嗓子。

「你說的很對。這種天兒，沒有燈籠，根本就辦不了事。你們等在這裡，我找『二扁頭』去！」

我提醒他：

「二扁頭的家離城門很近，不要緊嗎？」

臭嘴一點兒也不在意：

「不要緊的。我貼著屋簷底下溜過去，大概不會驚動了別人。二扁頭的家我很熟……」

正說著，忽然住了嘴，扯起我的手往前一指，人就幾乎嚇得昏了過去。我定神細看，只見離我們不到五尺，有一個黑影子蹶然起立，好像是一下子從地底下冒出來似的，不知道是人是鬼。

我壯著膽子，大聲喝問：

「誰？你是誰？」

那黑影子晃晃悠悠的向前走，叫著臭嘴的名字說：

「馬千里，你不是要找我嗎？我在這裡等你，已經等了好久啦，你怎麼才來呀？」

那聲音僵僵的，木木的，雖然聽上去像是個熟人，却不能肯定那究竟是誰的聲音。

我貿然的叫著：

「二扁頭，是你嗎？」

那聲音才比較正常了些：

「不是我，又是誰？」

臭嘴吁出了一口氣，把身體站直，被嚇得舊病復發，一張嘴就帶出了髒字：

「你他娘的二扁頭！這算什麼意思？幾乎把人給嚇死！他奶奶的，知道你是一個天不怕地不怕的大傻瓜，可是，你也不看看現在是什麼時辰，還這麼裝神弄鬼的嚇唬人？」

二扁頭像抽筋了似的往上長了長身子，又猛然往下一蹲，委委屈屈的說：

「誰說我要嚇唬你們？沒有人來嚇唬我就是好的！一個人守在這裡，凍也凍得要死，怕也怕得要死，你可知道我心裡是什麼滋味？算準了你們要來，可是，你們怎麼來得這樣遲呢？呃？就是救不了大頭哥，也該來看看我，看看我是死是活，你們就準知道我能活到現在嗎？……」

在我們這群夥伴當中，二扁頭素來是以膽大、心硬、性子倔出了名兒的，他自己常掛在嘴上的一句話：「怕？怕啥？除了挨餓，再也沒有我怕的事兒啦！」臭嘴罵他裝神扮鬼，也不算寃枉他，因為，過去這幾年裡頭，他就有過好幾次諸如此類的「不良紀錄」，把別人嚇出了病來，他自己卻是一臉的無辜。今天聽他用這種口氣說話，居然承認自己「怕也怕得要死」，這倒是生平頭一回。尤其是，當他說到後面那幾句，欷欷溜溜的，竟然有幾分要哭的意思，可見他那膽子也並非鐵打銅鑄；從前我對他的看法也和臭嘴一樣，以為他真是一個天不怕、地不怕的大傻瓜呢。

另一個人影兒也湊過去，蹲在二扁頭的身旁，伸一隻手臂攬住他的肩膀，像安慰又像鼓勵。我本來以為那是臭嘴，他們倆一向喜歡打打鬧鬧，——打鬧歸打鬧，感情也比別的夥伴們更好。及至那個人影兒開口說話，我才聽出來那是五哥。

「對不起，我們的確是來得太遲。真難為你，一個人守在這裡，在咱們幾個人當中，也只有你有這個膽子。其實，你不必這樣死心眼兒的，等我們到了，再去叫你，不是一樣嗎？」

二扁頭這才像在難中遇到了親人，也一把摟住五哥的脖子，抽抽答答的說：

「就是因為你們沒到，我只好在這裡守著。五哥，你不知道，這西關外的野狗很多，大頭哥死得那麼慘，他死的時候，咱們沒有力量解救；他死後，咱們也不見得就能夠替他報仇；要是再讓野狗把他的屍首給糟蹋了，五哥，你說，那咱們還算得什麼朋友？我算準了你們要來，可是，也知道你們離得遠，又做不得自己的主，想來，也不一定能來，我已經打算好在這裡守護一整夜，等天亮了，找人來幫忙，在那座高崖子上找一個地方，把大頭哥下葬，我才能離開。五哥，你們可能還不知道，大頭哥他爹也已經死了，在人世，除了咱們幾個，他再也沒有別的親人了！……」

我失聲驚呼：

「什麼？你是說『老秦瓊』也被日本人殺啦？」

二扁頭嗚咽著：

「不是被日本人殺的，是被日本人的大狼狗給咬死的！就為了救他爹，大頭哥才落在日本人手裡！……」

臭嘴尖聲的叫起來：

「你胡扯！大頭哥他爹只是被狼狗咬了一下子，流了不少血，人還是活著的，你怎麼說他死了呢？這事情又不是你一個人看見，我和老鼠也都在跟前，看得比你還清楚哪。我知道你不喜歡『老秦瓊』，到底他是大頭哥的爹呀，你也犯不上這樣咒他！」

「老鼠」也出來指證說：

「不錯，我看得很清楚，那隻大狼狗——把秦伯伯撲倒，往脖子上咬了一口，大頭哥剛好趕到，兩根拐撐地，身子就飛了過去，只一拐，就把那隻狗砸得腦袋開花，四條腿一蹬，死在當地，嘴當然就鬆開啦。大頭哥被幾個日本兵逮住，秦伯伯就自己往上爬，我還上前去攙了他一把，眼看著他兒子被日本人架走，他老人家還往前追了幾步，想喊，沒喊出聲來……他明明是活著的，你怎麼說他死了呢？」

二扁頭悶聲說：

「這不是我說的，是『尉遲恭』說的。你們不信我的話，等會兒他回來，再去問他。」

五哥對這個人不太熟，向我打聽著：

「尉遲恭？哦，就是看守西城門的那個『老敬德』，對不對？」

我點點頭，又想起來夜色如墨，這種小動作是看不見的，就揚聲回答：

「對，就是他。——人呢？」

後面這一句是問二扁頭的。二扁頭說：

「剛才他來過，又回家拿東西去了。」

五哥「哦」了一聲，問道：

「這個人我只見過幾回，好像是老得都快走不動了，他到這裡來幹什麼？也是為了大頭哥？」

二扁頭對這位老人却十分欽佩：

「人家是為了朋友的義氣！我也是今天才知道，原來他和『老秦瓊』在年輕的時候換過蘭譜，是八拜之交，雖然來往不多，交情還是很厚，『老秦瓊』和大頭哥在一日之間雙雙斃命，死得絕門絕戶，『老敬德』說，朋友遇上這種事情，他不能不出頭。剛才，他扛了一領蘆蓆，要給大頭哥收屍，來到這裡，又想起大頭哥有一包衣服寄在他家，裡面有一套軍裝，漿洗得乾乾淨淨的，可以給大頭哥穿在身上，老遠的，又跑回去一趟。比起人家來，咱們這些做朋友的，能不慚愧嗎？」

我插了一句嘴：

「蘆蓆？要蘆蓆做什麼？」

受了二扁頭一頓搶白：

「這還用問嗎？沒有棺材裝，只好用蘆蓆捲！也許大頭哥自己並不在乎，可是——」

五哥忽然鄭重其事的問我：

「這西關外街頭上第三家，是一家棺材店，老闆姓閻。六弟，你可認得？」

我想想，沒印象。又想到五哥既然有此一問，必然有使用我的地方，就大包大攬的說：

「就算我不認得他，他也一定認得我，五哥，你要我去賒棺材呀？」

「不用賒，你只要打起爺爺的旗號，讓他跟『善堂』結賬，他一定肯的。」

我答應著，正想移動腳步，往西關大街那個方向一轉頭，忽然看到有一盞燈籠緩緩的往這邊飄，我向眾人發出警告：

「噓，有人來了。」

二扁頭站起來望了一眼，說：

「那不會是別人，一定是『老敬德』張大爺。」

這位「老敬德」走路可真夠慢的，一盞白紗糊的燈籠，隨著他身體的擺動，就那麼飄呀飄呀，從西關大街頭兒上往這邊拐過來，論距離，最多也不過兩百公尺的光景，他走了總有十幾分鐘。

到了跟前，看見這裡一下子多出幾個人來，他倒是並不吃驚。也許他老眼昏花，根本沒有看清來的是些什麼人。他只是頻頻的點著頭說：

「好，好，好，該來的都來嘍。」

二扁頭從「老敬德」手裡接過包袱和燈籠，告訴他說：

「這是楊府的兩位少爺，和大頭哥都是好朋友，他們可以做主，由善堂裡出一副棺材。」

「老敬德」合掌唸佛：

「那敢情好，那敢情好。死者入棺，活人心安。現在只賸下一樁事兒要做，照規矩也是非做不可。偏偏我這雙眼睛就像瞎了一般，兩隻手又發軟、又打顫。你們幾位當中，有沒有誰會使用針線？」

五個人一齊搖頭。二扁頭問道：

「是不是要修改衣服？我可以拿回家讓我娘去做。」

「老敬德」很作難的說：

「光是會使用針線還不夠，要有那份兒膽量才行。從前，這西關大街上住著一位馮大娘，是專替人做這件事兒的，可惜她兩年前害病死啦。總不能就這樣半半咧咧的往棺材裡裝呀！」

我聽得似懂非懂，有幾分明白，可又不敢肯定。二扁頭在一旁發急：

「張大爺，你說清楚點兒好不好？究竟是什麼事情？你告訴我，也許我會做！」

「老敬德」說了出來：

「就是你大頭哥的那顆頭啊！照規矩，像你大頭哥這樣死法的，盛殮之前，要把頭和身體給他縫在一起，不然的話，到了陰曹地府，他得一直把血淋淋的人頭提在手裡，將來要托生也不容易……」

他的話，雖然我已經猜到一些影子，當他這樣清清楚楚的說了出來，我聽著，仍然目瞪口呆。其他的幾個人也都被這段話驚得憨憨傻傻的，在那昏暗搖曳的燈影裡，你望著我，我望著你。

忽然，有人自告奮勇：

「不要緊的，我會。」

聽聲音，竟然是我五哥。『老敬德』又在唸佛，却把我急得心頭發燥，喉嚨裡乾乾的。

我湊到五哥身邊，小聲的說：

「你真的會？平時，斷了鞋帶，掉了鈕扣，都沒有見你動過手。縫人頭，這可不是簡單的事情，你別逞能啊，五哥！」

五哥癡癡迷迷的說：

「不要緊的，我做過。」

倒好像他蠻有經驗似的，這不是在說夢話嗎？我還想阻止他，却被他惡狠狠的罵了幾句：

「不要再嚕囌！既然是非做不可，我不做，誰做？你也有分配給你的事，怎麼還在這裡迂迂磨磨的，不快點兒去？」

分配給我的事，大概是最容易做的。不過，一具棺材又大又重，平時看人家大出殯，往往要八個人、十六個人，甚至於卅二個人才能抬得動它，我一個人當然是不行的，得到五哥的同意，我就拉著臭嘴和老鼠同去。五哥和二扁頭，還有「老敬德」，都留在這裡，替大頭哥縫頭穿衣，他們要做的事才是最艱難的呢。

找到那家棺材舖，叫門就費了很大的工夫。而叫開門之後，向那位閻老闆說明來意，他認得我是誰，也曉得這付棺材是給誰用的，倒是答應得很爽脆，不必辦任何手續，就交給我們一具柳木做的薄皮棺，他說，這本來就是替「善堂」預備的，隨時要，隨時有。閻老闆是一個四十幾歲的胖子，雖然做的是這種不吉祥的生意，人倒是很和氣。他看我們只來了三個人，深更半夜的，又不便叫醒夥計，就自動的披上棉袍子，幫助我們把那具空棺材給抬了過去。

縫頭和穿衣的工作，都進行得極不順利。這本來就是一件令人屏息、令人髮指、令人血液凝結的事，再加上天氣、時間和地點都處處與人作對。我到棺材舖去打了一個來回，雖然沒有躭擱多少時刻，大半個小時總是有的，他們這裡的工作幾乎還沒有開始。

大頭哥的屍身躺在一張蘆蓆上，那大概就是「老敬德」帶來的。二扁頭跪在屍身的一端，用兩隻手捧住大頭哥的人頭，他一邊哭，一邊抖，總是不能保持正確的位置。五哥手指間拈著一根大號的針，是婦女們納鞋底用的那一種，針上穿著一截幾尺長的棉繩。雖然針大繩粗，五哥却好像手指僵直，有些抓它不住。他自己沒有這份兒手藝，倒拿著二扁頭出氣，嘴裡一直在叱叱喝喝的。甚至連那偌大年歲的「老敬德」也不合他的意，「老敬德」佝僂著身子，舉著那盞燈籠，高了嫌高，低了嫌低，怎麼做都不對。

我正想勸勸五哥，不要只為了自己難過，就把別人當作受氣包，今天在場的人，誰的心情也好不了。不料五哥一抬頭看見了我，就示意教二扁頭走開，向我叫著：

「小六兒，你來！」

我？說實話，我不得不承認自己有些膽怯。可是，當著眾人，我也不得不接受五哥的分派。

在這種情況之下，我知道我不能猶豫，那會使我完全喪失勇氣，甚至於，一下子突然崩潰。我走過去，像一架機器人兒似的，雙膝落地，再向前挪動兩步，佔上二扁頭的位置，把那顆冷冰冰的人頭接在手裡。

這是我生平第一次如此的接近屍體。沒有接觸到它之前，我心裡的確是充滿了恐懼，心跳加速到快要爆炸的程度，喉頭的肌肉僵硬而且扭曲，使我幾乎不能呼吸。可是，當我把那顆人頭接在手裡，却發現我還能夠控制自己，內心的恐懼並沒有消失，但已經變得不那麼尖銳，有一種更強烈的痛苦把它包裹住，一樣的椎心摧肝，一樣的砭肌刺骨，却把那種使人羞愧的恐懼給抵消了。

捧住這顆人頭，我毫不閃躲的向它注視著，只是眼睛裡的淚水正洶湧而出，一片濕霧，甚麼也看不清楚。小時候，大頭哥怕我摔跤，常常把我扛在肩膀上走路，我就像現在這樣用兩隻手捧住他的頭，頑皮起來，還會揪著他的耳朵，勾住他的下巴頦兒。他這個綽號，就是我給他叫起來的，別的孩子也跟著一塊兒叫，叫得久了，竟然成為他的特徵了。他的頭確乎不小，但由於他個子長得高，兩肩又比別人寬闊，這顆大頭長在他的身上，並沒有什麼不調和，倒顯得他人高馬大，更魁梧也更壯實了。那麼大的個子，却生就一副好脾氣，常常，他在前面走，後面就跟著一大群頑童在拍手打掌的唱：「大頭，大頭，下雨不愁，您有雨傘，俺有大頭。」他不但不生氣，有時候他心情特別好，別人唱到第三句，他還會接著唱下去呢。……就因為他長得大頭大臉，看起來不像窮人家的孩子，有一回，東城門裡來了一個「牽駱駝的」，這種人一身都是武藝，看病，賣藥（就是一般人所說的「蒙古大夫」），還外帶著相面、算命。因為來的次數太多，生意就不怎麼好，大人們都不理他，只有一群小孩子圍著看駱駝。他實在閒得無聊，就跟小孩子們閒磨牙，非要給大頭哥相相面不可，由於他說明了的是「免費奉送，不取分文」，我們就跟著起鬨，慫恿著大頭哥讓他相上一相，看他說些什麼。那「蒙古大夫」身軀矮小，他要大頭哥在他面前蹲著，用兩隻留著長指甲的手，往大頭哥的前額、後腦、頭頂、下頦兒，量了再量，摸了又摸。最後，他宣佈說，大頭哥是一副大富大貴的好相貌，「只可惜，生錯地方了！」不然的話，文至閣老武至侯，正是出將入相的人物。當時，我年歲太小，那「蒙古大夫」說話，又故意的使用了很多江湖「切口」，我聽了都不甚了了，只聽得懂大概的意思，就已經足夠我又蹦又跳，替大頭哥高興的了。……如今看來，那「牽駱駝的」竟是滿口胡說，——不，也不能說他說得不對，這忠臣、義士、節婦、孝子，不也是上天授予的一種「爵位」嗎？大頭哥為了救父、抗敵而挨了這一刀，正是大忠大孝，可以光照日月，可以帶礪山河……

捧住這顆人頭，我心跳氣促，淚眼模糊，想了許許多多。不知道費了多少時候，五哥才做好了他的工作，及至他示意我可以鬆開雙手，我發現我已經僵在那裡，不能伸腿，不能起立，甚至不能改換姿勢。在「老敬德」嗾使之下，臭嘴和老鼠兩個人把我按倒在地，敲敲打打，又是拉又是拽的，狠狠的「修理」了我一陣子，才使得全身的血脈流通，各處的關節也漸漸能夠活動，臉上和手腳長些凍瘡大概是不可免的了。

沒想到，替大頭哥更換「壽衣」，是一件根本不可能的事。在野地裡被大北風吹了這幾個時辰，大頭哥的屍體早已經變得僵硬，那條軍裝褲還可以勉強往他獨腿上套上去，兩臂不能舉起，身體也不能彎曲，試了幾次，總是沒辦法替他穿好上衣，最後只好放棄，把那件軍裝像棉被一樣蓋著他的身體。

殮屍入棺，已經是五更天。「老敬德」早就扛來了抓鎬和鐵鍬，依他的心意，就想在高崖子上的義地裡就地下葬，我覺得不妥當。那塊義地裡埋葬的，都是些依法處死而罪有應得的惡鬼，讓大頭哥這位抗日英雄和他們長眠在一起，豈不是一種褻瀆嗎？

「老敬德」也覺得我言之有理，可是，他無奈的說：

「在這西關外頭，順著這條大路，一直到護城堤，除了那塊義地，四下裡都是水，不葬在那裡，又葬在何處呢？」

我提議說：

「有一個地方最合適，你們大概也知道的，文亭山的背後，有大頭哥他娘的墳墓，大頭哥沒去當兵以前，常在那裡種花種樹，我想，如果問大頭哥本人的意思，他一定希望葬在那裡。」

「老敬德」點頭說：

「那地方，我也想到過，只是離得太遠，從這裡走過去，怕不有五六里路？你們幾位又要多辛苦囉。」

「老鼠」擠巴著眼皮，提出一個問題：

「到文亭山，遠倒不算遠，可是，只有一條路可走，要繞到城門口，現在天色已經亮透，西城門也有日本兵的崗位，咱們抬著棺材從他眼皮子底下過去，恐怕那日本兵要盤查的。」

我挖苦「老鼠」說：

「哼，說這種話，好像你是個外鄉人似的！幹嘛要繞遠路？這城窪子裡結了冰，什麼地方不能走？」

「老鼠」還在強辯：

「我知道冰層很厚，走人是沒問題的，可是，一副棺材這麼重，也能從冰上運過去？」

我拍著胸脯擔保：

「有什麼不能？城窪子的水最多只有一丈深，數九寒天，冰都凍得實實的，別說抬一付棺材，就是那幾頭牛拉的太平車，也嘰哩骨碌的照過，比陸地還平穩呢！」

這些夥伴們，都是土生土長的，每年冬季，把城窪子當作溜冰場，誰不曾在冰層上摔過幾個觔斗？有時候異想天開，要從湖面上挖一塊大冰，扛回家裡去把它「窖」起來，準備著明年暑天，有清涼的冰塊解熱。這種事情，我們每個人都做過，而且不止一回，只是都不太成功，往往暑天來到，那幾尺厚的冰就已經不見蹤影。對城窪子裡的情形，大家都跟我一樣清楚，知道我說的話有事實為證，絕非信口開河，騙死人，不償命。

我請求五哥裁決：

「五哥，你怎麼說？」

大概剛才五哥縫人頭的時候，罵人罵得很累，現在說話竟然很客氣，把責任往我一個人身上推：

「主意是你出的，你就領大家上路吧。不過，這麼一來，等咱們辦好了事情回家，只怕就到了第二天的後半晌啦。」

我知道五哥是在擔著心事，兩個人未告而出，徹夜不歸，家裡不知道亂成什麼樣子呢！記得我九歲那年的夏季，回到老寨子過暑假，有一天晚間，我一個人到寨外南園子裡摸「都了猴兒」去。「都了猴兒」就是蟬的幼蟲，我不知道牠有沒有一個正式的名稱，在我家鄉，蟬就叫做「都了」，在泥土裡產卵，要經過三年，才能孵化長大，自己從土裡鑽出來，憑著一種本能往樹幹上爬，要在那裡蛻去外殼，變成會飛會叫的蟬，然後就高踞枝頭，一整個夏天都在那裡大叫大喊。沒有蛻變之前，那幼蟲的樣子，真像個爬樹的小猴兒似的，於是就叫牠「都了猴兒」，這名字雖然不雅，却很有意思。「油炸都了猴兒」是我家鄉特有的一道美餚，外地似乎很少有人吃牠，因為不吃，所以就樂得說嘴，把這件事看成一樁很「土」也很野蠻的行為。每逢我和外鄉人說起，總會聽到他們從舌尖上彈出一連串的「嘖，嘖，嘖」，滿臉的卑夷不屑之色。其實，只要請他們吃過一回，他們自己也會在黃昏時分到樹林子裡摸「都了猴兒」去。

且說那天晚上，天色已經全黑，我一個人在南園子裡摸索著，「都了猴兒」是摸了不少，人也又睏又累，小孩子還沒有學會熬夜的本事，一陣睏勁兒上來，人就撐不下去，也不管泥裡土裡，倒頭便睡。半夜裡，照顧我的奶媽忽然發現我不在家，找遍整個的寨子，也沒有人知道我去了哪裡，還以為是被土匪綁了「票」呢，這一來可不得了啦，立刻鳴鑼燃鞭，集合鄉團，出動了人槍好幾百，往外搜索了十幾里路，鬧得天翻地覆。我在南園子裡一棵老梨樹底下正睡得香甜，這些事情都渾然不知，一大覺睡到日上三竿，我才被樹葉間搖下來的陽光給照醒，只覺得肚子好餓，爬起來就往家裡跑，跑到東寨門外，剛好就和找我沒有找到的鄉團碰上了。這件事情的結尾，自然少不了挨打、罰跪那些回目，所以，當時留下的印象深刻，七八年過後我還牢牢的記著。現在舊戲重演，又來了這一段，正當縣城淪陷、兵荒馬亂之際，家裡人看我們失蹤了兩天，多半會猜想這兩個孩子是落在日本兵手裡，或砍頭，或槍斃，早已經不在人世。等我們辦好了事情回去，這一場雷霆之怒是躲不過的，回去得越遲，家裡的人越焦急，刑罰也就越重，這都可以根據經驗推想而知，可是，事已如此，愁有何益？總不能為少挨幾下打，少罰幾小時的跪，就把替大頭哥收屍這件事，弄得虎頭蛇尾，半途而廢。

五哥那樣說過之後，大概自己也覺得那幾句話太多餘，說與不說都是一樣的，於是，他立即又把指揮權收了回去，向眾人分派著：

「臭嘴，老鼠，二扁頭，來，咱們四個人抬棺材；六弟，你在前頭帶路，要一步一步的試探著走，水上究竟比不得陸地，別大意。」

又回頭對「老敬德」說：

「張大爺，您回去歇著吧。這麼冷的天兒，一夜不眠不休，實在夠您受的。冰上太滑，您老胳膊老腿兒的，萬一有個閃失，我們也沒有辦法照顧您。您放心，大頭哥的事情，我們會盡力辦好的。」

五哥是一片好意，「老敬德」却十分固執，他臉上微微笑著，老淚縱橫的說：

「有你們這麼幾位膽量足、義氣夠的好朋友，就算我的這個大侄子沒有白活一世，我還有什麼不放心的？我跟了你們去，雖然幫不上什麼忙，可也不礙你們什麼事，老是老了，我還能照顯自己。你們的大頭哥，從小就是個好孩子，我看著他長大，今天這最後一段路，我當然要送送他。咱們是各有各的情分，各盡各的道義，你怎麼能攆我回家呢？」

他既然不接受別人的好意，也只得隨他去。把棺材抬過從西關大街延伸出來的那條官道，就走進城窪子裡。這時候天色大亮，雖然天空中彤雲密佈，沉甸甸的壓在頭頂上，視線也有些模糊，遠近的景物，大致還能看得很清楚。文亭山在城窪子的西北角，從這裡看，却是在正北方，城窪子空空蕩蕩，遠處有一座高高大大的土堌堆，目標十分顯著。

一腳還在陸地，一腳踏上冰層，「老敬德」望望天色，忽然發話說：

「咱們得快點兒走，年前年後無小雪，這雪是說下就下，那可就麻煩啦。」

怪不得天亮前後這一陣子，應該是最黑暗也最寒冷的時候，反倒覺得暗空中似乎泛著些亮光，身上也像是比較暖和。我還以為是人在黑暗裡活動得久了，瞳孔放大，視力增加；身上大概是凍過了頭，神經麻木，所以才會有一種暖和的感覺。原來這都是要下雪的朕兆，還是老年人經驗多，早就注意到了。

我扛著鐵鍬和抓鎬，在最前面領頭兒探路，聽到「老敬德」提出的警告，就趕緊加快了腳步。却又聽到臭嘴在我背後小聲兒嘀咕：

「下雪怕什麼？雪不隔人，最多弄濕了鞋襪，又不會淋透了衣服。」

也許是順風的關係，跟在棺材後面的「老敬德」，竟然眼不花，耳不聾，把臭嘴的話都聽得清清楚楚的，他聲音宏亮的解釋說：「不錯，是有這麼一句話：雪不隔人，可是，那是說的距離近，從街這邊兒到街那邊兒，從這座屋門到那座屋門，雪淋在身上，拍拍打打就乾乾淨淨的；要是路程遠，這句話就用不上去。雪固然不會淋透了衣服，却會教人迷路，尤其是雪下大了的時候，鵝毛大片，把人的眼睛都給蓋往，幾尺以外就看不見什麼，這時候走路最危險了。一般人常常說的『鬼打牆』，你們有沒有聽到過？下雪天最容易遇上，迷了路的人自以為走的路很直，其實是老在一個地方打轉，最後就會累倒在雪堆裡，把人活活的給凍死！你們這些年輕人別嫌我絮叨，記住我的話，將來用得著。……」

因為我進城出城，走東城門的時候居多，和看守西城門的「老敬德」，不常打交道，偶爾從西城門經過，總會看到他站在城門洞裡，衣著整齊，面容嚴肅，對人却彬彬有禮，和東城門「老秦瓊」那副邋邋遢遢的樣子，恰是一個對比。過去對「老敬德」的印象，也只是如此而已。今天跟他在一起待了這麼久的時候，才體會到這個老人古道熱腸，軀體已經衰殘，心地還像年輕人一樣。

「老敬德」和「老秦瓊」這兩個諢名兒，不知道是誰替他們取的，叫起來却是響噹噹的，全城無人不知。這兩個諢名兒取得很好，北幾省過年的時節請門神爺，因為咱們中國式的屋門都是左右兩扇，對開對闔，所以屋門上貼的「神禡子」都是成雙作對，而且是臉兒對臉兒的。門神爺當中，最常見的一種，是唐代的兩個開國大將「秦瓊」和「尉遲恭」。這是「西遊記」裡面的一段故事：涇河龍王，犯了天條，該由人曹官魏徵斬首，向唐太宗託夢求情，於是唐太宗宣召魏徵入宮下棋，只要誤了午時三刻的時限，那龍王就可以保全首級，魏徵在下棋打了個盹兒，就在睡夢中行刑，宮門外掉下來一顆龍頭。後來，涇河龍王向唐太宗索命，宮中夜夜鬧鬼，「秦瓊」和「尉遲恭」二人全副武裝，把守宮門，唐太宗才能安寢。如此連夜把守，十分辛苦，傳下聖旨：「召巧手丹青，傳二將真容，貼於門上。」也一樣管用。「西遊記」中有詩云：「他本是英雄豪傑舊勳臣，只落得千年稱戶尉，萬古作門神。」說的就是「秦瓊」、「尉遲恭」這兩位老將軍。我們縣城裡看守東西城門的兩位「門官」，當然不能上比古人，職務却很相近，正好其中一位姓秦，又整天有一張酒氣薰人的紅臉，所以就喊他「秦叔寶」，年歲大了，上面加一個老字，又喊「老秦瓊」；另一位並不姓「尉遲」，臉也不算太黑，只因為門神爺都是成雙作對，有了「秦叔寶」，當然就有「尉遲恭」；有了「老秦瓊」，當然就有「老敬德」；這兩個諢名兒就是如此這般叫起來的，他們也直受不辭，聲叫聲應的，沒「學問」的人還真以為這是真名實姓呢。

「老敬德」原來姓張，我是今天才知道的。他的年歲比「老秦瓊」大一些，家庭情況也比「老秦瓊」好一些，早在鬼子兵進城之前，他就辭了差事不做，靠幾畝薄田過活。他在西關大街有一座祖傳世守的小房子，和「二扁頭」家是鄰居，好像還有點兒世誼，所以「二扁頭」喊他「張大爺」，這個「大爺」也就是「伯父」的意思。看「二扁頭」對「張大爺」那份兒親熱，可以想見這位退休的「門官」人緣兒不賴，而他對我們的態度，也真像一位年高德劭的長者。

老年人經驗豐富，說什麼就有什麼，他那句「這雪說下就下」的話才說了不久，半空中就撒下鹽巴一樣的雪粒子來。這種雪粒子體積很小，却凝結得很結實，砸在臉上手上挺疼的。每場雪都是這樣開始的，然後雪花越飛越密，也越下越大，豈止像「鵝毛」？簡直就像手掌一般大小。不過，這種大雪片子倒是又輕又軟，撲在臉上也只是涼涼的，落在地下就鋪成了一牀新棉絮，走在上頭軟酥酥的，像在沙灘上走路。下了十幾分鐘的雪粒子，就漸漸沒有了聲響，大朵的雪花在半空裡飄飄揚揚，天地間幾乎被填成實體，視線也就受到限制，正前方的「文亭山」忽然失去了踪跡。

所幸在下雪以前趕了一段路，及至大雪紛飛，視線迷離，我們一行人差不多已經到了中途。好在這是大白天，「老敬德」所說的那種「鬼打牆」，大概不會發生在我們身上。倒是「老敬德」自己滑倒了好幾次，冰層上頭剛鋪了薄薄的一層雪，腳踏上去不能著實，走起路來就不免滑滑擦擦的，也幸虧是天冷，穿的衣服多，摔個四腳朝天，還不至於碰撞到什麼，也沒有扭傷筋骨，只是他自己覺得很不好意思，每一次我上前攙扶，他都嘀嘀咕咕的說了一大堆，說什麼草甕子鞋不跟腳等等的，無非是解釋他摔倒並非由於老的關係。這種心理，一直到我自己接近老年之後，才漸漸的能體會，老，的確是教人感到無可奈何，哪怕你年輕的時候會飛，老了，翅膀也就成了累贅，縮頸斂翼，低頭不鳴，再也提不得「當年勇」了。

後來，我索性攙著「老敬德」走在最前頭，每逢他腳底打滑，我就及時的拉他一把，總能不讓他倒下去。其實，這種天氣，正適合冰上運動。在我家鄉那個「土」地方，溜冰不叫溜冰，叫做「打滑溜兒」。也不必穿冰鞋，只要拿對了姿勢，一下子就溜出去幾公尺。用這種方式走路，既快而又省力，是很有趣味。今天，我當然沒有這種心情，一步一步安安穩穩的走，倒走得人好累。

忽然聽到後面有人叫：

「喂，我挺不住了！換換班，好不好？」

叫的人是「老鼠」。我正想過去接替他，臭嘴也說了話：

「咱們停下來歇歇吧，到文亭山，還有好遠的一段路哪！」

「二扁頭」却一知半解的提出了異議：

「不行呀，我看人家大出殯、抬棺材的，棺材一抬起來就不能落地，這是忌諱。」

說到這個忌諱，我倒是也模模糊糊的有些記憶，只是不懂得其中有什麼道理。故鄉的大出殯，楠棺松槨，重達幾千斤，上面還放著「罩子」，像一間屋子那樣大小，三十二個人一班，不管路途多遠，抬起來就不准落地，途中換班歇肩，都要用木頭撐著。「二扁頭」說的不錯，這個忌諱確乎是有，總也該有一個正當的理由。

我問五哥：

「你知道不知道？」

五哥一邊大喘氣，一邊指著「老敬德」：

「這種習俗上的事，還是老人家知道的多，你不會去問張大爺嗎？」

「老敬德」不等著我去請教，就湊過來說：

「不錯，是有這個規矩，裝了人的棺材，只要抬起來，就不讓它再落地，要一直抬到地頭兒去。這也沒有多大的道理，不過是因為棺材是一種凶器，一碰到泥土，就算是下了葬，凡是大出殯經過的地方，街道巷弄，都是有主兒的，棺材停在誰家的門口，對人家都是個忌諱，所以才有了這個規矩。我也是聽人說的，可不知道還有沒有別的解釋。」

臭嘴在那邊大叫：

「既然這麼說，那就沒關係了，咱們現在是走在水上，又不是陸地！」

「老鼠」也跟著幫腔：

「是呀，咱們腳底下是冰雪，這可不算沾上了泥土啊！再說，這文亭山前一大汪子水，都是縣政府的，也不會犯了誰的忌諱！」

看樣子，他們兩個人實在是撐不下去。五哥和「二扁頭」雖然還能支持，要他們一口氣抬到山後，大概也是辦不到的。我向「老敬德」喊道：

「真的是沒關係嗎？」

「老敬德」回答得十分明智：

「我想是沒關係。規矩是人訂的，要是在太平時期，自然要守規矩，現在的情況非比尋常，不守這個規矩也不算越禮。比如說吧，這移靈安葬都是大事，照規矩都要請陰陽先生看日子選時辰的，可是，像今天這種情況，怎麼能辦得到呢？所以，我看是沒關係。」

老人家這麼一說，就算是解除了禁忌。我上前幫忙，把棺材卸落在冰層上。這一陣子，五哥派給我領路的差事，體力上佔了便宜，也已經相當的疲累，他們四位支付的體力要比我加倍，辛勞的情況更可想而知。放下了棺材，休息了好大一陣子，他們才調勻了呼吸。

再準備上路的時候，我自動的把「老鼠」替換了下來。在我們五個人當中，就數他個子最小，身體也最弱，出力氣的事兒，平時本來輪不到他做，今天情況特殊，硬讓他擔當重任，他居然也扛下來了。

抬起了棺材，立即就有了難題：往四下裡眺望，一片白茫茫，文亭山在那個方向？五哥問我，我也沒有絕對的把握，只覺得棺材前端對著的那個方向大致不錯，可是，剛剛走了幾步，就被「老敬德」喊住——

「錯了！該往這邊兒走！」

他指的那個方向，和我選定的，竟然相差了有四十五度。我有點兒信不過：

「你怎麼知道？」

「老敬德」指指他腳底下，說：

「剛才停下來歇息，我就做了記號。」

所謂「記號」，就是他用他的草鞵子鞋，在雪地上劃出了一道深溝，溝的前端還帶著「箭頭」。雖然這一陣子又落了半寸厚的雪，他做的「記號」依然看得出輪廓，還不曾被埋沒。

順著「箭頭」往前走，再走了大約一個鐘頭，終於能望得見山頂的那兩棵大柏樹，有它們作路標，就再也不會迷失方向。我一邊佩服老人家心細，一邊也為自己的大意而感到羞愧，要是沒有「老敬德」跟了來，讓我一個人領路，這一回可能就出了麻煩，也許會和文亭山失之交臂，越走越遠，或是繞著文亭山打轉，那大概就是「老敬德」所說的「鬼打牆」了。

平時常嫌文亭山太矮，不夠氣派，今天抬著棺材上去，才發現它也相當的高，山路上的坡度也相當的陡，走起來很吃力，這麼寒冷的天氣，竟然累出了一身汗水。

到了後山坡，找著大頭哥他母親的那座墳墓，就在墓側偏後，選定了墓穴，開始動工挖掘。文亭山也是個土堌堆，泥土的深度和平地差不了多少，挖起來應該不困難，可是，當二扁頭揮動抓鎬，用力的往下一刨，那抓鎬竟然脫手而出，被凍結的泥土像石頭一樣堅固。五個人輪流工作，好容易才把這座墓穴挖好，足足費了三個鐘頭。

怎樣把棺材放進去，這又是一件事先完全沒有料想得到的難題，經過幾次嘗試，都不能達成目的，最後，還是靠「老敬德」想出了主意，而我們幾個笨傢伙也費盡九牛二虎之力，總算平平穩穩的讓棺材落到底。這真是「不經一事，不長一智」。我想到，這一夜半日的經歷，都是生平第一次，也是書本子裡頭讀不到的，要不是借助於「老敬德」的智慧，光靠我們幾個毛頭小伙子，滿腔熱血沸騰，全憑意氣用事，毛毛躁躁的，莽莽撞撞的，做到哪裡算哪裡，那可就不知道會把事情弄糟到什麼樣子。而且弄糟了之後，恐怕也沒有能力補救，就會落到進退維谷，不可收拾的地步。

一鍬土一鍬土的築成了墳墓，我們幾個人，也差不多把力氣放盡，幾乎站都站不穩。估計時刻，大概是在中午十二點左右。雪，依然在無聲的飄落，背風的平地上，積雪已經有一尺深了。我們把大頭哥安葬在這裡，這裡就是他今生今世的長眠之地，而我們幾個人却還要各自回去。在理論上講，回去的路和來時的路一樣長，在體力的感受上則並非如此，更何況在這種鳥不離巢、獸不出洞的壞天氣，道路上積雪沒膝，從這文亭山到我們的老寨子，若是走正路，堂堂皇皇的穿城而過，大概只有十五六里路，從護城堤上一繞，路可就遠得多了，一步一步的往回拖，這要什麼時候才能拖到家呢？而到家之後——咳，想這些幹什麼？反正不過是挨打、挨罵、罰跪、聽訓那些回目，在我都是家常便飯，修養有素，從前就肉粗皮厚，不大在乎，這一回是為了大頭哥，有絕對正當的理由，俯首領責之際，更會覺得氣壯理直，不愧不怍。只是苦了五哥，他是爺爺奶奶的心肝寶貝，挨打、挨罵的經驗當然比不上我，而今兩個人犯了同樣的過錯，爺爺奶奶的心再偏，總也不能對我重重處罰，對他輕輕發落；那就夠他受的了。

事情已經辦好，應該是分頭散去，各自回家的時候，大家却都賴在那裡不走，心裡頭空空洞洞，總覺得還有些事情該做未做，不能就這樣一了百了。然而，究竟是有些什麼事情該做未做呢？心裡却懵懵懂懂，弄不十分清楚。哦，是了，常見人家入殮、移靈、安葬、修墳的，對死者，不但要奠之以酒，供之以食物，還要有大量的紙錢在靈前焚燒……我們是樣樣皆缺，豈非太簡慢了大頭哥？繼而又想：大頭哥是一位抗敵負傷退役還鄉的戰士，在長城保衛戰中，參加大刀隊衝鋒，奮勇殺敵，視死如歸，早已經存下馬革裹屍的壯志，對身後之事，必能淡然置之，又何在乎這些瑣瑣細細的繁文縟節呢？自以為這個想法很有理，內心也就減輕了幾分歉意。

我正俯首肅立，對著那座新築的墳墓，在心裡向自己責備著，又向自己解說著，忽然聽到二扁頭發出一聲悲呼：

「大頭哥，你死得好苦！」

隨著這一聲悲呼，二扁頭整個的身體向墳前仆倒。我以為他是悲憤攻心，勞累過度，人已經暈厥，趕忙上前救護，却見他像蝦米一樣弓著身子，在雪堆裡翻滾撒潑，嘴裡不停的叫著：

「大頭哥，你死得好苦！……我都看見了！我都看見了！……你等著，大頭哥，我要替你報仇！我一定要替你報仇！……」

臭嘴和「老鼠」上前去拉他，却被他拖住，也一同倒在地下。我和五哥過去勸他，也被一邊一個緊緊拉住我們的手，像發瘋了一般仰天厲嚎：

「五哥，六弟，我正要問問你們兩個，你們不是說過，要組織游擊隊嗎？我問你們：現在日本鬼子已經進了城，咱們的大頭哥也已經被他們給一刀砍死！你們的游擊隊呢？你們的游擊隊怎麼不出來救他呢？呃？當著大頭哥，你們給我老老實實的說！……」

二扁頭這個夥伴，雖然他平日的言行舉動，都有些古怪，但由於他那副長相特別：頭扁扁的，臉扁扁的，鼻子也扁扁的，不管他說什麼或者做什麼，也不管他臉上的神情多麼嚴肅，看上去總帶著幾分滑稽。但是，現在的二扁頭却像換了一個人似的，又像是入魔中祟，被什麼鬼魂附了體，臉上青筋暴露，皮肉扭曲，連那眼珠子都是紅的，顯出一副猙獰可怖的怪樣子，越看得仔細，越認不得他是誰。

五哥蹲在他身邊，勸慰他說：

「二扁頭，你不要這樣難過，已經不吃不喝的折騰了這麼久，再這麼發瘋胡鬧，你會受不了。你不是說要給大頭哥報仇嘛？那就得愛惜自己的身體呀，要是你自己先哭死、累死，這仇可怎麼報法？」

二扁頭像是根本聽不懂這些話，他兩眼直視，眼珠子都好像要凸出來似的，抓緊五哥的胳臂，像一隻發了瘋的猿猴，那樣齜牙咧嘴：

「不用說這些廢話！我只問你一句，你成立的游擊隊在哪裡？」

在夥伴們中間，五哥一向是以足智多謀著稱的，他待人接物的本領也很高明，長久以來，就取得領袖的地位，連我在內，大家都樂於看他的眼色行事。二扁頭對五哥尤其心悅誠服，他綽著我的口氣，一口一聲的叫著「五哥」，叫得比我還熱火；五哥說「是」，他就絕對不會說「不」。今天情況特別，他突然一改常態，幾乎把五哥當作一個背信負義的人看待，這是他受的刺激太大，急怒攻心，頭腦就越發的不清楚起來。

照他那糊塗的想法，好像是認定我們家鄉沒有組織起游擊隊，全是被五哥一個人給耽誤了的；而他眼睜睜的看著大頭哥被日本鬼子一刀砍死却無人搭救，這件事情，也該由五哥一個人直接負責。這種想法真是豈有此理，我在一旁聽著，都不禁替五哥叫屈，恨不得往二扁頭的腦袋上搧他兩個大耳刮子，讓他擦乾眼淚，看清楚，想明白，別這麼不明是非，不辨賢愚。可是，我也知道對這種半瘋半傻的人是很難下手的，你打他是為他好，別人還以為你在欺負他呢。

對這種半瘋半傻的人講理，那更是白磨牙，五哥卻拿出了他的好性子，慢條斯理的解釋著：

「二扁頭，你聽我說。大頭哥死在日本人手裡，我和你一樣難過。可是，要組織游擊隊，豈是這樣容易的？大頭哥生前不也說過的嗎？他說咱們年歲還小，號召力不夠，而年歲大的人又私心太重，顧慮太多，時機不成熟，人心不振作，光是咱們著急又有什麼用呢？游擊隊是要和日本鬼子拚命的，又要有人，還要有武器，二者缺其一，都成不了事！……」五哥的涵養確實不錯，他很有耐心的說了又說，二扁頭卻沒有耐心聽下去，嘴巴像剪刀，一下子就截斷五哥的話尾：

「你們楊家寨不有的是人嗎？你們楊家寨不有的是槍嗎？」

臭嘴和二扁頭都是小門小戶的孩子，又是在城裡長大的，對我們楊家寨的事情，道聽塗說的知道一些，也都被渲染得過了頭，幾乎把楊家寨看成戲文裡頭的「天波楊府」，把我們兄弟也看作「楊家將」裡的人物，一個個武藝高強，精通兵法，令旗一擺，就調得動千軍萬馬。其實，楊家寨和別的人家相比，不過就是多了幾頃田地而已，房子住得寬敞些，衣服穿得整齊些，除此之外，也就沒有什麼特別的能耐，尤其是遇上這種亂世，一樣的逃反避難，一樣的擔驚受怕，自顧尚且不暇，那還能在保國衛鄉的神聖戰爭中，擔當什麼了不得的大角色？臭嘴和二扁頭卻把楊家寨看成藏龍臥虎之地，只要有楊家寨的人出面領導，「聯莊會」就是現成的游擊隊，有什麼難為的？他們這種想法，和事實有好大的一段距離，可是，要想使他們明白這種想法不對，幾乎和破除迷信一樣的不容易，五哥就是說破了嘴唇皮子，恐怕也去不掉他在心中的疑惑。

五哥長嘆了一聲，說：

「槍倒是有的，都被窖了起來，一年之內就會變成廢鐵。不過，窖的地方我知道，必要的時候，隨時可以挖掘。可是，光有槍又頂什麼用呢？人，才是最要緊的，游擊隊又比不得正規軍，只能志願參加，不能有一點兒強迫，難就難在這裡，人心不齊，哪來的游擊隊？」

二扁頭簡直就賴上了五哥：

「你出面組織呀，只要有你一句話，我第一個志願參加！」

臭嘴立即響應：

「我也是！」

老鼠也隨聲附和：

「還有我！」

我沒有說話，二扁頭卻不肯放過，在地下翻轉著身子，偏著頭，仰著臉，巴巴的問道：

「你呢？」

我只好表明態度：

「只要有我五哥，還怕沒有我嗎？我們弟兄倆一向是鉈不離秤，秤不離鉈。」

贏得全體的支持，五哥卻沒有一點兒高興的樣子，又長嘆了一聲，說：

「就只咱們幾個，勢力不是太單薄嗎？而且，連咱們幾個也是作不得準的，回家一說，大人們反對，從此以後被關在家裡，連大門也不准走出來一步，你們又當如何呢？」

二扁頭早就拿定公而忘私，先國後家的主意，態度十分強硬，在他心裡，根本沒有五哥所說的那種顧慮：

「那會有這種事？每個人身上都有兩條腿，家裡的院牆又不是高得跳不出去！頂多和家裡斷絕關係，那不正好使他們不受連累？告訴你們，我早就打定了主意，如果沒有人組織游擊隊，我也要自己幹我自己的，反正當亡國奴我也活不下去，跪著死不如站著死！」

臭嘴也表示他沒有問題，所持的理由是——

「我爹會同意的。好在他也不只我一個兒子，而我在他幾個兒子當中，又最不合他的意。兒子多，總不能全部給自己留著，讓他『捐』一個出來救國，我爹會同意的。」

比較困難的是「老鼠」，因為他上有寡母，又是數代單傳的獨子，他要是冒著大險參加游擊隊，整天神出鬼沒的，他那老娘豈不會急死？譬如今日，要不是他早有準備，託人往家裡帶話兒，說是他出城到楊家寨探望朋友，如果時間稍遲，為了安全，或許就住在那裡，第二天再回家，他那老娘倚閭盼兒歸，可能徹夜不寐，回去之後，倒是也不打不罵，一把摟在懷裡，口口聲聲呼喚著「嬌兒」，往他身上擦鼻涕、抹眼淚，那種場面，更教一個十七八歲的男孩子禁受不起。幾年前，剛剛和「老鼠」結識，每當他聽說我挨打罰跪，他那臉上竟會出現一種羨慕的神色，甚至說他從來不知道挨打罰跪是什麼滋味，真希望也能有機會嚐上一兩次。為了他這些混賬話，曾經引起我的誤會，把他一拳打倒在地。後來才發現，他這些話竟然是由衷而發，而他臉上那種羨慕的神色，也不是裝出來的。「家家有本難唸的經」，這句話對大人和對小孩子都一樣適用。小孩子從大人們那裡承受的，有的是「恨鐵不成鋼」的敲敲打打，有的是「心肝、寶貝、肉」的婆婆媽媽，不管是哪種方式，對小孩子都是一種約束、一種限制，也都會造成一種閃躲逃避的心理，恨不得衝破樊籠，遠走高飛。把家庭看作一座樊籠，在大人們看來，會認為有這種念頭的小孩子真是忘恩負義；在小孩子來說，到了某種年歲，這種心理幾乎是必有的，除非是你一輩子不成熟，一輩子不想獨立自主。把家庭看作一座樊籠，掙扎衝突，要破籠而出，如果這籠子是用硬材料做的，拚得頭破血流，總會有把那些木柱鐵條撞斷的時候；如果籠子的材料是用軟的繩索，哎，那可就難了。所以，「老鼠」的處境，和我們幾個人都不相同，跟五哥的情況，倒是略有相近之處，如何逃得脫如來佛的手掌心兒，就要看齊天大聖七十二般騰挪變化的真功夫了。

這些難處，「老鼠」自己當然比誰都明白，他大概也很怕別人跟他討論這個問題，就躲躲閃閃的，希望不引起別人的注意。偏偏二扁頭今天是存心跟每一個人作對，鄭重其事的叫著「老鼠」的大號，毫不含蓄的問道：

「丁大昌，你有什麼困難沒有？有，就現在說，別等到臨頭再打退堂鼓！」

「老鼠」被逼得無處可躲，就鼓足了勇氣說：

「各人管各人的事，你不必用那種眼光看我！車到山前自有路，我的困難我解決！」

這幾句話，他說得很快，也說得斬釘截鐵；不管到時候他能不能做得到，能交代出這幾句話來，也是夠教人另眼相看了。

逼過「老鼠」的「口供」，二扁頭那佈滿紅絲的眼睛，又像利刃一樣向我投射。我不等他說出難聽的話來，就拿更難聽的話堵上他的嘴：

「二扁頭，你別這麼審賊似的逼人，莫非除你之外，別人都不是真心？論朋友，我和大頭哥的交情比你深，大頭哥死在日本人手裡，這報仇的事情，大家都有份兒，誰也不會逃避！難道還要發誓賭咒，你才信得過我們？」

我這幾句話，完全是在有意的刺撓他，要他不要因為自己的頭扁，就把別人的圓頭都看成了繡毬。那曉得，他聽了我的話却觸動靈機，竟然抓住我的話尾，硬要大家跪在大頭哥的墳前盟誓，還硬說這話是我說的。我正要反駁他，却看到臭嘴和「老鼠」都已經雙膝落地，五哥不但不阻止，還向我比了個手勢，要我和他一塊兒跪下去。這真是眾意難違，我只好閉上嘴，彎下腿，也隨在眾人後面，在大頭哥墳前跪得直挺挺的。

等大家都跪好了，二扁頭又慫恿著：

「五哥，你來說幾句話吧。」

五哥也居然順著他，對著那座剛剛築成，而已經蓋上厚厚一層雪的墳墓，唸誦著一篇「誓詞」：

「大頭哥，您英靈不遠，一定能聽得見，我們五個人，都是您的朋友，今天在您的面前立誓，不管多麼困難，也要實行您的遺志，在三個月之內，組織游擊隊，不但要替您報仇，更要保國衞鄉，跟日本鬼子周旋到底，直到驅除日寇、光復國土的一日。那時候，我們再到您的墳前祭拜，替您封土立碑。……」

接下去，各人報出自己的名字，說了一個血淋淋的大誓。本來，我是不贊同這樣做的，這太老式、太俗，不像一群「洋學生」做的事；可是，輪到我發誓的時候，我却感到這並非兒戲，而是十分鄭重也極有意義的。我覺得，像大頭哥這樣的人，生而為英，死而為雄，絕不會一旦身首分離，就變成一具冰冷、僵硬、沒有生命也沒有靈性的屍體。屍體可以毀滅，魂魄應該永在，儘管無形無質，但他一定是還「活」著的，而且就「活」在人世，就活在我們附近，雖然我們看不見他，他却很可能雙目炯炯的正在注視著我們，看得到我們的面貌，也聽得見我們的聲音。我知道這種想法很不「科學」，讓這種想法進入自己的頭腦，這等於是同意了過去一直反對的鬼神之說，在我，一個所謂的「受過現代文明洗禮」的青年知識分子，要承認自己忽然有了這種想法，就等於承認自己迷信，承認自己無知，把自己從「知識分子」的寶座上推下來，而降低到和愚夫愚婦相等的地位，這種自認實在是不容易，可是，要我在此時此地再高唱什麼「無鬼論」，那也是於心不甘，於情不忍。我大聲說出我的誓言，心裡一片光明，十分充實，相信大頭哥已經聽到了我所說的，只要我盡心竭力按著誓言去做，他就在冥冥之中指點我，引導我；如果我做不到，我就會應了自己所盟的誓：亂箭攢身，五馬分屍……

這一陣子，只顧得我們幾個人癡癡迷迷、瘋瘋癲癲的，發洩自己的感情，就忘了旁邊還有一個「老敬德」，還以為他悄悄的先回去了呢。及至我們五個人盟誓完畢，從大頭哥的墳前站起來，才發現他就站在我們的後面，把我們這些舉動都看在眼裡了。

年輕人聚在一起，偶爾意氣勃發，感情衝擊，做些怪舉動，說些瘋言語，雖然不足為外人道，自己却是極認真的；老年人看了，却往往不中意，罵你胡鬧，笑你幼稚，說你「少不更事」。「老敬德」沒有多少學識，是一個簡簡單單、至情至性的老頭子，他看著我們發了這一陣瘋，反應却和別的老年人不同，不但不嘲弄我們，反而有幾分讚賞欽佩的意思，這倒是出乎意料之外的。

他激動得滿臉都是淚水，朝我們連連點頭說：

「好，好，好。你們這幾個年輕的，有骨頭，有膽量，有志氣。日木兵佔了我們的家鄉，正如你們大頭哥所說的，這不是改朝換代，這是亡國滅種。你們大頭哥被日本兵押到刑場，一路上，他都在直著嗓子喊叫：『鄉親！不要做漢奸！不要做順民！』他的意思我懂得，只要大家不做漢奸，不做順民，日本人就亡不了咱們！你們的大頭哥死在日本人手裡，——還不止是他，自從日本人侵略咱們中國，到處殺人放火，日本人的刀下不知道已經有多少寃魂屈鬼，這仇是不能不報的！只可惜，我年歲太老，提不動槍也上不去馬啦，不然的話，我也要從軍報國，跟日本人拚一個死活！你們剛才說，要組織什麼游擊隊，我不大懂這是怎麼一回事兒，所以就不敢插嘴，是不是就和『聯莊會』一樣，清鄉剿匪，保土安民？日本人本來就是海盜，騷擾咱們中國也不是一朝半日了，從前山東省出過一個戚繼光，就是專打日本人的。你們要是這個意思，那就儘管放手去做，自古英雄出少年，這亂世，也正是年輕人建功立業的機曾。好好的幹吧，各位老弟——或者我託個大，叫一聲『各位賢侄』，我老頭子入土半截，沒有什麼能耐，但凡有用得著我的去處，各位賢侄儘管吩咐，水裡火裡，死也不辭！」

以「老敬德」的年歲，和他風裡殘燭的身體，竟然一股子血氣支使著，滔滔不絕的說了這麼一大段話，實在是難為了他。最使我們感動的，這些年來的所作所為，不管是錯是對，很少落下好評語，更很少獲得老年人的支持，如今這「老敬德」却口口聲聲的對我們大加讚佩，這是從來不曾享受過的待遇，滋味兒十分甜美。「老敬德」雖然只是「看城門的」，職位低卑，可是，論他的年歲，他應該和我爺爺一輩，喊我們「各位賢侄」，那是他自己守分，不倚老賣老，佔別人的便宜。有這樣的一位老者支持我們，對我們是極大的鼓勵，這使得我們剛才說的那些「瘋話」，唸的那些「咒語」，都像是被「見證人」蓋章認可了似的，就顯得格外的真實，格外的不許任何人稍有疑慮。

五哥代表我們幾個，由衷的向「老敬德」致謝說：

「謝謝您的誇獎，張大爺，有您這幾句話，擱在我們的心裡，往後做起事來，我們會格外的有勇氣，也去除了不少的顧慮。別的再也沒有什麼麻煩張大爺的，只希望人前人後，多替我們解釋解釋，讓長輩們知道我們做的不是壞事，就是不支持，最少也別阻撓，那就感激不盡了。」

對五哥的這項請求，「老敬德」滿口應允，似乎看得太容易：

「這有什麼要解釋的？組織游擊隊，是為了保國衞鄉，抵抗日本鬼子，又不是打群架，報私仇，有誰敢說你們做得不對？真要有那種不通氣兒、沒人味兒的，那是他自己糊塗，你們自管做你們的，不理他就是！」

真要像「老敬德」所說的這個樣子，那真是謝天謝地。可是，「老敬德」雖然閱歷豐富，經驗老到，正如許多老年人常常向年輕人說的：過的橋比你們走的路多，吃的鹽比你們吃的飯多……，這一回，他却把事情給看得太簡單了。

不過，這時候不適宜討論這問題，而且，有一些話向「老敬德」說也是說不清楚的。我伸出手去，替他拂掉肩膀上的積雪，說：

「回去吧，張大爺，咱們在這兒待了很久啦。下雪天，路不好走，一整天不吃不喝的，人是又餓又乏，這趟回頭路夠咱們走的哪。」

「老敬德」很疲倦的嘆了一口氣：

「唉，真是的，死人躺在這裡，活人還得走回去，看起來，人生在世，活一天就要受一天的罪。這樣吧，兩位楊少爺，你們路遠，還是先跟著我回到西關大街，弄點兒吃的，熱熱肚子，我再找個人給你們領路，把你們兩位送到地頭兒，那才萬無一失……」

我拍著胸脯說：

「不必。木鄉本土，這城裡城外拐彎抹角的去處，誰有我摸得熟？這文亭山離北堤圈不遠，咱們就從這裡分手，我和五哥沿著護城堤走，到了東堤口，就看見我們老寨子了，又是大官道，路兩旁有那些柳樹作記號，絕對不會迷路，你放心好了。」

說罷，我和五哥向他們揮手告別，準備轉往山後。那「老敬德」走了幾步，又止步回頭說：

「這裡，你們以後不必常來，我離得近，該做的事情，我都會做。還有我那位秦兄弟，如今還在東關外水龍寺『停』著哪，等這天兒好些，我就找幾個人把他抬過來，跟他那賢慧的太太合葬，他們一家三口，就算在這裡團聚了。我那秦兄弟一生貧寒，生前連一座自家的屋子都沒有；死後，總算還有一塊土收斂他的屍骨。逢年過節，我給他多帶兩壺酒，他在地下也就有好日子過了。」

臭嘴已經跑出去一段路，老遠的衝著我們喊叫：

「你們進城不方便，過幾天，我到『楊家寨』去找你們！」

「二扁頭」也在說什麼，只是他的嗓子已經喊啞了，聲音不大，又被風雪攪得破破碎碎，聽不清他在說些什麼東西。我跑回去幾步，用手護住耳朵，才勉強聽到最後的一句，好像是說：

「……幹嘛要等三個月？」

一時也會不透他是什麼意思。我告訴了五哥，五哥倒是一聽就懂，高聲的對「二扁頭」說：

「也許不要。當然是越快越好。你耐心的等著就是了！」

這麼一問一答，我才想起來他們說的是什麼話。這「二扁頭」可真是性子急，組織游擊隊又不是小孩子扮家家酒，真刀真槍的，這是關係著個人生死和全族安危的大事，不知道要有多少座關口要我五哥連滾帶爬呢，那能這麼容易？五哥信口說了個限期：三個月以內，我都覺得他說得太冒失，欠考慮，「二扁頭」却恨不得有風就有雨，就像道士請神捉妖似的，三個頭磕下去，天兵天將就附了體，他那個扁頭裡面大概裝的是豆腐渣，當真是一點兒摺紋都沒有的！要不是離得遠，喊話太吃力，我真想現在就把其中的曲折細微，對他說一個明白，免得他又自以為聰明的胡思亂想，把別人家一匹日行千里的良馬，當成一頭只會在泥水窩裡打滾兒的懶驢子。

回家的路，走得比意料中的更加辛苦。雪仍然下個不住，那些手掌一般大的雪片兒，往人的頭上、臉上、眉毛上……輕輕的撲落；因為天和地一個顏色，那些雪片兒看上去就不像是純白，而是帶著一點點兒淺灰，這情景，倒使我想起袁子才「祭妹文」中的兩句：「紙灰飛揚，朔風野大」。把漫天風雪比作紙灰，聽起來有些不倫不類，古代的詩仙文豪，大概也從來不曾用過這個比喻，而我當時心裡確乎就是這樣想的，還自以為這比喻很貼切、很寫實呢，並且，對老天爺的這一番美意，我心裡更是充滿了感激。

腳底下，雪深沒膝，都是剛落下來的，一腳踩下去，沒有多大的阻力，一踩就踩到底。踩下去容易，拔出腳來可就得費些力氣，每移動一步，都得把腳抬高到離地面一尺半左右，就這樣一步一步的跳著走，路程又遠，還得順著護城堤窮繞，真是走得把人都要累死了。

一邊走，我一邊揉著肚子問道：

「五哥，咱們有多久沒吃東西了？」

這一問有什麼不對？却問得五哥大為生氣，悶著頭走出了有幾十公尺，才突然站定，向我厲聲喝斥著：

「小六兒，你怎麼這樣沒出息？這是什麼時辰，你還會想到了吃？年輕體壯的，就這麼不禁餓嗎？」

罵得我十分不服，反脣相譏：

「五哥，你不要唱高調，這一天一夜，別說是吃，連一口水都沒有喝，難道說你不餓？我知道，此時此地，就是眼前擺滿好吃的東西，你也吃不下去，這是情緒問題；可是，肚子裡嘰哩咕嚕的直叫，肚皮快要貼上脊梁骨兒了，別作違心之論，你能說你不餓？」

我和五哥同歲，塊頭兒也相差無幾，都正在「放下筷子就餓」的年紀。從昨天吃過午飯算起，到現在已經將近三十個小時，這麼長的時間沒有喝過一點兒湯水，肚裡是什麼滋味，他的感受應該是和我一樣的。

只有一點不同，那就是他的性情比較深沉，對於挨餓之類的苦難，大概也比我能忍。不過，所謂「能忍」，也只是不把內心的感覺對別人去說，瞞得過別人的眼睛，瞞不過自己的肚皮，翻腸攪胃，腸胃裡的蛔蟲也在到處亂鑽找東西吃，難道他還能教蛔蟲也懂得這個「忍」字訣嗎？所以，我的話等於是替他說的，他就是硬著頭皮不認賬，也沒有辦法批評我的話不對，除非他端起「長幼有序」的架子，不准人說理，否則，無論他搬出什麼古聖先賢的金玉良言，都別想駁得倒我。

果然，他在這個節骨眼兒上沒有忘記當哥哥的特權，有些惱羞成怒向我直著嗓子叫喊：

「小六兒，你閉嘴！還說是又餓又累，你淨說這些廢話做什麼？留著力氣，快快趕路！」

其實，在這種天氣裡，做什麼事兒都是受苦，只適合在掛著棉簾子的堂屋裡圍爐納福，來到這荒郊野地，走路固然是十分辛苦，連說話也格外費力，一張嘴就冷熱對流——往外而呼熱氣，往裡面吸冷風，說話說得多了，會覺得兩排牙齒都是用冰塊做的，一根舌頭也快成了冷凍肉，搬動不靈活，說話也就含含糊糊，好像聲音一出口就被凍住，枯乾而短促。既然說話如此受罪，我何不學得聰明乖巧些，順著五哥的吩咐就閉緊了嘴，而且打定了主意，他就是來對我說話，我也給他個不睬不理。

頭一天，我們弟兄們是午飯後到寨外散步而就此失蹤了的，及至我們這一天趕到東堤口，就已經到了吃晚飯的時候。好在下雪天是沒有黑夜的，地上有白雪照耀，光線比白晝稍弱，對面看人，鼻子眼睛都看得清清楚楚，往遠處看却是一片模糊，五十步以外就望不見什麼。

從東堤口，過大石橋，轉入那條筆直的官道，再走上幾里路，就到了我們的老寨子。

本來以為寨裡寨外會人潮洶湧，燈籠火把通明，為了我們兩個人的失蹤而鬧得天翻地覆，不料却到處靜悄悄的，連一個人影兒都沒有。這可就奇怪了，莫非我和五哥一天一夜不照面兒，還不曾被人發覺嗎？心裡存了僥倖，不禁周身輕鬆，便大模大樣的走進了寨門，裝作沒事人兒，也許大頭哥保佑，讓我們免打免罰，輕輕鬆鬆的過了這一關哪。

走進寨門，碰到的第一個人，是一位同族遠房的長輩，他年歲不太老而輩分極尊，在寨子裡的職務是專門看守祠堂，本人也住在祠堂裡，深居簡出，就像個「活祖宗」一樣。

五哥趕快上前請安：

「老七爺爺，您老人家還沒有安歇？」

「活祖宗」斜著眼睛向我們一瞄，不喜不笑的說：

「咳，你們這兩個娃兒，出去這一天一夜，到現在才回來？」

我一聽，就知道大事不妙，剛才撥了一陣子如意算盤，算是白用腦子了。這「老祖宗」是一位隱士，寨子裡上上下下一千多口，大概就數他最孤獨，要他背「家譜」他能背得熟極而流，當代的事却是極少入目。我和五哥「不假外出」的罪過，既然連他老人家都知道，不用說，這事情早已經成為大新聞了。

在大門外又碰見了老管家，拿出抓賊的架勢，一手揪住一個，往裡頭硬拖。

五哥不習慣這種待遇，猛力甩開老管家的手，昂然的說：

「我自己會走！」

我也學著五哥的樣子，掙脫老管家的掌握，和五哥排成一路縱隊，他在前，我殿後。反正我們早就下了决心，該殺該剮，任何刑罰都一概領受，逃不了也躲不過，有他，就有我。

穿過幾重院落，到了堂樓外頭，剛走上幾級台階，就聽見爺爺在棉簾子裡頭高聲怒喝：

「不准帶他們進屋！先領他們到外面馬棚裡，燒一桶熱水，把他們全身洗刷乾淨，再把裡裡外外的衣服統統換掉，然後再進來見我！」

挨打、罰跪、動家法之前，先給「犯人」洗澡、換衣服，這真是不錯，從前還向來沒有過，大概是怕我們衣服濕透了，身體凍壞了，先泡泡熱水，使周身血脈暢活，再來敲敲打打的就不礙事了。到底是自家的親爺爺，盛怒之下，依然替孫子們設想得這樣周到。

到了馬棚裡，在明晃晃的「馬燈」底下一照，才知道我們那副模樣兒是多麼狼狽，身上這套衣服斑斑點點的，已經到了很「恐怖」的程度，的確是非換不可。再聽老管家一解釋，原來我們這一天一夜的所作所為，爺爺這裡早就有了消息。當發現我們「失蹤」之後，寨子裡也曾有過一陣忙亂，後來有一家佃戶說是在東堤口看到過我們，正急匆匆的往南堤圈奔了過去，看神色，好像是有什麼緊要大事，也就不敢出面攔阻。過後不久，大頭哥被日本鬼子砍頭的訊息，也傳到了「楊家寨」，兩下裡拼湊起來，爺爺和老管家就大致上猜出我們的去處，天不亮就派人去西關外查探，果然從棺材店閻老闆那裡獲得證實，尋遍了高崖子上的那塊義地，找不到我們的蹤跡，也沒有人知道我們把棺材抬去了哪裡。消息是到這裡就中斷了的，派去的人回來報告，爺爺十分氣惱。這時候雪越下越大，依奶奶的意思，就想派出大隊人馬，趕快把我們找回來，爺爺不許，罵道：「隨他們去！這兩個畜生膽大包天，任性胡為，不讓他們吃些苦、受些罪，他們是不知道天高地厚的！找他們幹什麼？隨他們去！」又安慰奶奶說：「你放心，這種天氣，鬼子不會出城的。就只怕他們在雪地裡待得太久，不凍死，也會凍成了殘廢，那是他們自找的！隨他們去！」

就這樣，爺爺放鬆了手，任由我們在他的視線之外，「逍遙」了這一天一夜，他老人家大概是把這件事也當作一種「懲罰」了。至於一進門就要我們更換衣服，照老管家的解釋，好像這也是一種忌諱，就是衣服不髒，還是照樣要換的。

洗澡更衣之後，身上被熱水泡得癢癢酥酥的、懶懶散散的，肚子裡的蛔蟲也就鑽得更厲害，又想吃，又想睡，可是，兩項都不被允許，就被老管家押送著，帶進後院裡。

爺爺一聲斷喝：

「跪下！」

我和五哥就走上堂樓的台階，在兩盞紅紗燈籠的光影下面，往冷硬的青石板上直挺挺的跪了下去。

跪了一陣，才從棉簾子裡傳出訊問：

「你們這兩個畜生，真個是不怕死？在這種天氣，深更半夜裡，跑到日本鬼子佔領的城關，冒著多大的危險，去替一個外姓人收屍！這種事情，輪得到你們小孩子出頭嗎？」

我有一肚子的話要說，可是，爺爺的脾氣我知道，在他老人家盛怒之下，是不大肯聽別人說理由的，理由越多他越生氣，越生氣也就越加重了刑罰，到頭來吃虧的還是自己，何苦呢？積多年的經驗，我就學了這一點乖，每當受罰挨罵，不論自己有理或是無理，受屈還是不受屈，我都把嘴巴閉得緊緊的，「效金人三緘其口」，以免言多必失，罪上加罪。

五哥是爺爺的愛孫，受罰挨罵的經驗，連我的十分之一都沒有，當然也就不懂得這些訣竅，當爺爺再一次雷聲隆隆的逼問著：

「也不想想自己才多大年紀，這種人命關天的事，豈是你們能過問得了的？就這麼風裡雪裡跑了去，也不怕把家裡的人給急死？難道說，自家的爺爺、奶奶，還抵不上一個外姓人嗎？說！」

五哥不識風色，果然就把腰板兒一挺，神情激動的說將起來：

「爺爺，我知道這件事情會惹您生氣，可是，有些事情是非做不可的，縱然落下不孝的罪名，也不能推卸責任。大頭哥是一位抗日英雄，他落在日本人手裡，我們沒有力量救他，這已經教人很慚愧，如果連後事都不能替他料理，我們就不配做爺爺的孫子。要樂善好施，要濟人之急，爺爺平時不就是這樣教導我們的？」

平心而論，五哥的確是一個會說話的人，爺爺如果能聽得進去，他就該掀髯一笑，饒了我們。可是，我知道這是絕無可能的，照爺爺的脾氣，他能讓五哥順順利利的說了這麼一大堆，這已經是「史無前例」。換了我，一張嘴就被厲聲喝止，從來沒有真正得到過「上告」的機會。不過，單就口才來說，我的確比不上五哥，也許就是這一點上吃虧了。

五哥一口氣把話說到底，臨末了兒，還帶出反問的口氣，好像在爺爺面前將了一軍似的。爺爺豈能容得他這樣放肆？下面必有一陣迅雷暴雨，我少不得要受他的連累，也落得一身水濕。

爺爺的聲音却不似想像中的那般嚴厲：

「救人之急，那也要量力而為，遇上自己力所不能及的事，就該讓給別人去料理。城裡頭有的是大善士，這種事情該怎樣處置，善堂也都有往例，你們小孩子硬往前湊什麼呢？就不怕有心無力，反而誤了事，甚至把自己的一條小命也賠上去？這就叫做魯莽！這就叫做冒失！」

咳，罵人罵出這種調子，簡直就是吹面不寒、沾衣欲濕的輕風細雨，尤其是出自於一向位尊權重的爺爺之口，這根本不能叫做罵人，只能算一種循循善誘，而且口氣也比做老師的更加溫柔。如果這幾句話只是對我一個人說的，我會感激得流下眼淚，可是我知道，這種寬容全是為了五哥，至於我，因為剛好就在近處，「日月之明，容光必照」，所以就大公無私的把我一塊兒「照」在裡頭了。

五哥受盡了優遇，却並沒有顯出一副感激涕零的樣子，還低垂著眼皮，自管說他要說的：

「爺爺教訓的是，我和六弟都會記在心裡。如果是太平盛世，什麼事兒都有長輩們出面，小孩子只要躲在後邊，被保護，受蔭庇，就算是好孩子；可是，像今日這種時局，日本鬼子長驅直入，已經佔領了半個中國，眼看著就是一場亡國滅種的慘禍，老年人明哲保身，日本人來了，城裡不能住，就往鄉下逃，小孩子也跟在後邊躲著藏著，能躲得過嗎？能逃得了嗎？幾十個鬼子住在城裡，就把一個縣幾十萬人口看管得服服貼貼的，國家還沒亡呢，先就學會了作亡國奴的樣子！不必等到日本人來殺，自己先就嚇死了！……」

他說著這段話，起初還平平靜靜的，越說口氣越急，許多話蜂湧而出，就顯得有些語無倫次。不知道五哥是怎麼了？是餓昏了頭？還是凍壞了腦子？這些話對著爺爺說，簡直就是以下犯上，忤逆不孝，就算他是爺爺的一件至寶，恐怕這一回也闖了禍，不會輕放輕饒。他自己是罪有應得，我也跟著倒楣，也許是籐條，也許是馬鞭子，有他的，就少不了我的。

果然如我所料，他的話還沒有說完，棉簾子「啪噠」一響，爺爺出了堂樓，滿臉寒霜，身上也微微的顫抖，這都是要取家法、動大刑的徵候。

爺爺壓低了嗓子喝問：

「小五兒，你在胡說些什麼？」

奶奶也急匆匆的跟了出來，搶在爺爺前面，替五哥百般的譬解。

「孩子是病啦，嚇糊塗啦，自己也不曉得說了些什麼話，你可不能跟孩子一般見識呀！——小五兒，快跟爺爺磕頭賠禮，就說你這些話都不是出於本心的，求爺爺饒了你！……」

就算缺乏經驗，看到這種勢仗子，五哥也應該猜想得到朕兆不好，趕緊的見風轉舵，照著奶奶吩咐的話去做，有奶奶護著、攔著，或許還能少受些皮肉之苦。在平時，五哥的眼皮本來很活，今天却變得呆頭呆腦，好像他是存心跟自己——也跟我過不去，一定要招來這場狠揍，他才滿意。

「這些話，我早就要說的。從我打關外回到家，我就想對爺爺、奶奶說的。現在說，已經嫌太遲。只是，說得太早，爺爺會聽不進去。如今日本鬼子來到咱們的家鄉，太陽旗就掛在城頭上，短短的一個月，在城區和四鄉，已經有多少人死在他們手裡！你就是赤手空拳，見了他就彎腰屈膝，他還是饒不了你！越是不抵抗，越是讓敵人逞威！……爺爺，這些情形，不必我說，都是您親眼看到的，咱們楊家寨有人有槍，不能組織起來保鄉衛土嗎？為什麼要把可用的槍窖在地底下朽壞，而却眼看著自己的人被殺被宰？爺爺，我現在就請您答應這件事，把『聯莊會』改成游擊隊，像從前打土匪一樣的來對付日本鬼子。要是您不願意出面領導，那就請您把那些槍挖出來，交給我，我要實現大頭哥的遺志，在本鄉本土，和日本鬼子周旋對底。爺爺，求您不要再拿年紀作理由，阻止我們做些該做的事。在您的跟前，我們永遠都是小孩子，永遠都是長不大的，有您的蔭庇，是我們的福氣；可是，生逢亂世，在敵人的刺刀下苟延殘喘，家破人亡的慘劇隨時都會出現，古人說過，『覆巢之下，焉有完卵？』做一個小孩子也並不安全，還不如讓我們快些長大，能拚就拚，能打就打，死也要死得像個男子漢！……爺爺，儘管您不肯承認，事實上我們已經算得上成年人。許多人在我們這個年紀，早就娶妻生子，做了丈夫，做了父親，難道還不能算是一個大人嗎？……死了的大頭哥，就是在我們這個年紀，跑出去加入西北軍的，他們固守長城，用大刀片兒跟日本鬼子拚命，幹得轟轟烈烈，據大頭哥說，在他們的部隊裡，大部分的兵士都是和他一樣的年歲。還有一件事，我不說，爺爺可能永遠都不知道，是在去年夏天，要不是我剛好趕到，六弟他早已跟著別人去了大後方，不是去唸書，而是去加入軍隊，我好說歹說，才把他拉回來的。……別人家的孩子能做的事，我們楊家的孩子一樣能做，也許還做得更好！您放手吧，爺爺，反正您早晚是得放開手的，對不對？讓我們替國家出點兒力，替地方上做點兒該做的事，您不會受連累的！」

這一大段話，五哥是在一種失去控制、近乎崩潰的情況下說出來的。說這些話的時候，他的神情飛揚，聲音激昂，和他平日的模樣大不相似。

爺爺一定是被愛孫這種突發性的「癲狂」給驚呆了，以至於拘手束腳，不知道該如何是好。幾度厲聲喝斥，都不生效力，五哥自管說他的；又幾度揚手要打，舉腳要踢，也都微微作勢，半途而廢，踢不起來也打不下去，五哥的話才能像開了閘、破了堤的急流，洶湧而至，一瀉無餘。

這一陣子，最忙碌緊張的是奶奶，最輕鬆閒散的是我。奶奶擋在爺爺和五哥中間，又怕爺爺氣壞了身體，又怕愛孫受了重罰，吃了大虧，兩邊兒勸，兩邊兒哄，無奈是老的小的都不聽，鬧到最後，倒是她老人家自己撐持不住，身子晃了幾晃，索性坐在屋廊下的冷石板上，一手摟住五哥，一手掩面大哭，哭的是：「我的那嬌兒喲！……」我一聽，就知道奶奶心裡想的是誰，她是把孫子當作兒子，把我五哥當作我二大爺了。

奶奶這一陣號啕，驚動了全家上下。當我和五哥被領進來受罰，大概他們都分別隱身在暗處，從窗隙門縫中，已經偷聽偷看多時了，現在事情演變到這個樣子，他們再也不能裝瞎作聾，也不知道他們是怎樣知會的，動作倒是還挺一致，以我父親為首，從藏身之處魚貫而出，按照長幼有序，跪滿了一院子。這光景，有點兒像大年初一拜神祭祖，只是場面更加肅穆，連一些笑語謦欬的聲音都沒有，從我跪著這廊沿兒上望過去，但見熙熙攘攘，碰碰撞撞，黑壓壓的都是人頭。

爺爺在抱怨著奶奶：

「唉，你這是在做什麼？大年下，你就沒個忌諱？小五兒這孩子，生生是被你寵壞了的！他人小膽大，做出這種不顧死活的事來，我就是打他幾下，又有什麼不應該？你就這麼撒潑發賴的護著他！何況，我並沒有真的要打，倒是他做錯了事還自覺得有理，不但不認罪，又說了許多混話，他是存心替咱們楊家一族招災惹禍，為了一個什麼大頭哥，連自己的爺爺、奶奶都不要了！咱們對他的疼愛都白費了，你知道不知道，老太婆？」

說著竟也有些感傷起來。

奶奶哭了這一陣，招來了許多人，而且都是自己的兒孫，不言不語的跪了一地，她老人家自己知道這事情是因何而起，也似乎有些不好意思，本來是已經漸漸不哭了的，被爺爺這麼一逗，又不禁悲從中來。

她一邊哭哭啼啼，一邊跟爺爺講理：

「要打，你儘管打呀，誰還能不讓你打？不打人怎麼顯得出你是一家之主哇？三十年前的那頓馬鞭子，把個兒子打得離家離戶，無踪無影，我可哭過鬧過沒有？兒子在外地成家立業，多少次帶信兒回來，你不理不睬，到最後害得兒子死在外地，連屍骨都不能運回故里，你可知道我這做娘的心裡是什麼滋味？死了一個兒子，回來一個孫子，這是上天慈悲，也是這孩子自己有志氣，回來才得幾，怎麼又不合了你的心意？這孩子平時知書明禮，在你我面前百依百順，還不夠乖、夠好的？今天他多說了幾句話，你聽著可像他平時說話的口氣？告訴你，他這是得了病、中了祟！你不想想看，他才幾歲年紀，就這樣深更半夜，頂著風，冒著雪，跑到西關外那種地方去，替他的大頭哥收屍，他能不冷嗎？他能不累嗎？他能不害怕嗎？那些孤魂野鬼，最喜歡找上這麼大的孩子，他這是被鬼魂附了體！你聽聽他說的那些話，可像他平時說話的口氣？那不是他說的，那是他大頭哥說的！……」

遇邪中祟，這在我家鄉是常有的事。小孩子跑到不該去的地方玩耍，古廟咧，大塋地咧，成了精的大柳樹咧，或者就是像西關外老刑場那樣的地方，回到家裡，頭疼發熱，昏昏迷迷的說胡話，那就是被妖魔鬼怪附了體啦，要請來會捉妖、會趕鬼的道士或者「師婆」，跟那些妖怪鬥法，總得又唱又跳的熱鬧上大半夜，才能威脅利誘的談好條件，鬼怪離了體，那害病的孩子也被折騰得奄奄一息。前幾年，我頑心正熾，在各種花樣都玩膩了之後，還挺羨慕那些得邪病的孩子，很想也有機會「玩」上那麼一回，為了實現這個心願，我曾經故意到那些容易得邪病的地方轉悠幾趟，結果都大失所望。向一位專以捉妖趕鬼為業的道爺請教，他說：「你呀，想都甭想！你福大命大，腦門兒上有三尺高的靈光，又加上身體棒，陽氣壯，那些鬼怪遇上了你，躲避都唯恐來不及，那還敢附你的體？」當時，那狗頭道士這幾句拍馬屁的話，並不使我感到高興，反倒像是被人剝奪了一項什麼特權似的，為之怏怏不樂者數日。不止是我，我們楊家的孩子似乎都和鬼怪無緣，對這類的邪病完全免疫，我想，這和家人們的知識程度大概有些關係。

奶奶說五哥是中了祟，倒使我內心興奮不已，好容易的，眾家兄弟總算有一個人開了先例。我斜著眼睛向五哥身上仔細打量，嗨，是有些像。尤其是他那對眼睛，本來又大又亮，現在卻顯得迷迷茫茫，看上去就像死人的眼睛一樣。他臉上的表情，——不，根本沒有表情，癡癡呆呆，迷迷瞪瞪，臉皮是灰白色，肌肉都好像結了冰，看上去也像死人的面孔。這些徵候，和我前幾年見過的那些病人，恰是一個樣子，這不是中祟又是什麼？

可惜我正在罰跪，沒有說話的資格，否則，我一定向爺爺稟告，趕快把五哥扶到屋裡躺著，再火速派人到白花河龍王廟請來那個會捉妖會趕鬼的老道婆，只有她能看得出纏身附體的何方妖魔，先弄清楚來歷，才有辦法處置。……當然，一場刑罰提前結束，那倒是值得感激，暫且「迷信」一下也不妨事。

我正想鼓足勇氣，向爺爺、奶奶說出我的看法，卻聽到五哥那裡又發了話：

「不只是一個大頭哥，除了他——」

奶奶慌忙摟著：

「別說啦，乖。別說啦，寶寶。你現在說的這些話，自己也都不清楚，對不對？那就別說啦，別嚇唬爺爺、奶奶啦。」

五哥用力的從奶奶懷裡掙脫，依然直挺挺的跪著，昂起頭，望著爺爺的臉說：

「爺爺，我告訴您一件事，您聽了也不用難過，因為事情已經過去好幾年了。您知道我爹是怎樣死的嘛？他無緣無故的被日本鬼子抓走，幾家店舖都被沒收，最後給按上一個『通匪』的罪名，五花大綁，押到刑場，被一個日本兵用武士刀砍了頭！……」

二大爺死在日本人手裡，這是大家早就知道了的，至於怎麼死法，却沒有人追查，反正大家心裡有數，一定死得很悽慘就是了，問了也於事無補，徒然在哀慟之外，更增加痛苦。所以，二大爺之死，是一樁大家都不敢觸及的隱祕，深藏在五哥心底，別人怕問，他也從來不提。現在他把這隱祕揭開，原來二大爺不但客死異地，還在日本人的武士刀下做了斷頭之鬼。這樣的慘劇，其實是在大家意料之中的，而當五哥這樣直截了當的說將出來，聽的人仍然不免大受震驚，庭院中跪著那麼多人，本來是鴉雀無聲，這時候人群裡也起了一陣騷動。

爺爺瞪大了眼睛，向五哥逼近一步，喝道：「什麼？小五兒，你在說些什麼？」

五哥啞著嗓子喊叫：

「我是說，您的親兒子——我的親爹也是這樣死在日本人手裡的，和大頭哥一樣，也是被日本人砍了頭的！也是我縫的頭，也是我收斂了屍體！當時在場的中國人那麼多，只有極少數的幾個人敢出面幫助我，大家都怕麻煩，都怕惹禍，日本鬼子就更猖狂、更兇狠了！爺爺，這就是我要告訴您的，不是日本人強大，是咱們自己太弱小！強盜進了城，大家都關門閉戶有什麼用？總要有人出來打呀！不管打不打得過，總要有人出來打呀！」

這一段話，用盡了他全身的氣力。說到最後這幾句，聲音由高而低，像斷了絃似的戛然而止，上身往前一撲，就昏死了過去。

奶奶來不及救護，也撲在五哥身上，放聲大哭：

「我的那嬌兒喲！我的那嬌兒喲！……」

事情鬧成這個樣子，爺爺大概也覺得很無趣，看誰都不順眼，首先就把跪在台階下的我父親訓了一頓。

「還矗在那裡做什麼？趕緊把人抬到屋裡去，煮薑湯，請醫生，這還要我來吩咐你們？」

回頭又看到跪在台階上的我，心裡就更有氣：

「都是你！都是你！你五哥本來是一個老實孩子，都是你帶壞了的！今天沒有工夫懲治你，以後再這麼挑唆著你五哥胡鬧，看我不揭了你的皮！起去！」

真是一位不偏不倚的好爺爺，說的話多公正呀，要是五哥這一次昏迷清醒不過來，大概我還得替他償命吧？好在我已經習慣了這些，也知道五哥只是疲累過度，飢寒交迫，一時虛弱，沒有什麼大不了，所以，儘管爺爺的口氣很惡，我也不在乎，只要他不忘記叫我「起去」就好，我也累得、餓得快要支持不住了。

父親奉命在堂樓照料五哥，沒有爺爺的吩咐就不能離開；母親和幾個嬸子都在奶奶身邊服侍，大概一時下不來。這種情況，對我倒是十分有利，免得受過爺爺的責罰之後，還有父親、母親的輪番「疲勞轟炸」，更教人頭皮發麻。現在得到這個機會，我趕快溜回到自己房裡去，先叫廚房給我送來一些吃的：半砂鍋羊肉湯，一大盤熱饅頭，吃飽喝足，然後就呼呼大睡，這一覺，直睡到第二天的正午。

懲兇

五哥一病多日，不是中祟，是真的害了一場大病。

病中，他仍然念念不忘組織游擊隊，多少次在病榻上向爺爺陳情說理。爺爺有爺爺的難處，他老人家顧慮很多，總以為把游擊隊成立起來之後，等於是打出旗號，公然的和日本人作對，會替全族人招來大禍，任憑五哥如何苦說軟求，爺爺就是不鬆口，就是不點頭。

在五哥臥病的這段日子，臭嘴和老鼠都來過不少次，來了就打聽組織游擊隊的消息，從我這裡聽了去的，當然不會使他們滿意。二扁頭只來過一次，因為他家住在西關大街，要到城東方的楊家寨來，走正路要穿城而過，東西兩座城門都設有日軍崗哨，中國人從那裡走，要鞠大躬，要口稱「太君」，要檢查「良民證」……以二扁頭那種脾氣，那種對日本鬼子仇恨的心理，他那能受得了呢？那次他來楊家寨，是從護城堤繞過來的，路遠了一倍還不止。他來了，可不是像臭嘴和老鼠那樣好打發的，簡直是存心找碴兒，任怎麼解釋都不對，甚至連我五哥害病這件事也半信半疑，說出來的話字字帶刺。起初，我念在他遠來是客，處處的包容他，最後還是按捺不下，兩個人狠狠的吵了一架。

送他到寨門外，臨分手的時候，他還像扔手榴彈似的丟過來一句：

「別忘嘍，你們可都是在大頭哥墳前發過誓的！」

把這些事情說與五哥知道，他聽了之後，當然就更為焦躁，恨不得向什麼地方討來仙丹靈藥，要他的病立刻就好。可是，病好了又能如何？他用那種激烈的方式向爺爺「勒索」，又加上害病多日的「軟磨功」，都不能使爺爺點頭答應，可見這事情對爺爺來說，的確是非同小可，現在得不到他老人家的允諾，將來也就別指望了。

五哥的病幾乎拖了兩個月才好。其實他真正害病的時間並沒有這麼久，只因為他在奶奶的心裡太寶貴了，丫鬟僕女的侍候著，奶奶本人也一天來看望他三五遭，病好得不俐落，硬是連屋門都不准出。後來病體大癒，一張臉搗得紅紅白白的，奶奶還是說他病後體弱，不能到處亂跑，上茅房都有人在屁股後頭跟著。愛，像一根繩索，把他牢牢的拴住，幾乎一點兒行動的自由都沒有。偏偏五哥天生是當「孝子賢孫」的材料，他在外頭，能說會道，主意又多，是我們這一小撮人的首腦；回到家裡，尤其是在奶奶面前，簡直就溫馴得像個女孩子，奶奶說什麼就是什麼，縱然不是心甘情願，却從來不曾口出怨言，風度之佳，修養之厚，我除了佩服，實在無話可說。正因為這個緣故，他「坐牢」的日子就特別長久，這場病如果生在我身上，最長也不過十天八天，我就能完全復元，他却纏綿床褥，差幾天就滿了兩個月。

五哥是正月初八得的病，當時正是大雪封路，滴水成冰；兩個月過後，就到了「清明」。雖在亂世，節季的轉換依然照常進行，寨外的南園子，早就出現一片大好春景，李花白，桃花紅。奶奶就選在「清明」的第二天，讓大病初癒的五哥「出監」，派我做隨身扈從，到南園子賞景散心。

這使我們弟兄倆有了一次深談的機會，我一直在替五哥發愁：

「怎麼辦呢，五哥？昨天臭嘴和老鼠又來過，老鼠還隨身帶了個小包裹，打算住在咱們寨子裡等著，不再回城去了。是我好說歹說，才把他們送走。已經過去了兩個多月，眼看著限期就到，過幾天他們再來，你打算怎麼交代？」

五哥也顯出很為難的樣子，鬱鬱不樂的說：

「真要是做不到，我也只好準備應誓了！」

我忍不住埋怨他說：

「都是你把話說得太滿了！幹嘛要說三個月？把期限定得長一點兒不好？當初你那麼說，我心裡就嘀咕著，看你口氣那樣肯定，又好像挺有把握！」

五哥心裡煩，也沒有好臉色對我：

「小六兒，你住嘴！我生平最痛恨的，就是有人專喜歡放馬後炮！你以為我那些話是隨口一說，沒有經過大腦？告訴你，我是考慮了再考慮，才定出那個期限來的。你沒有看二扁頭他們的神色？三個月，他們還嫌太遲了呢！」

我又忍不住多嘴：

「那是因為他們不瞭解其中的情勢，好朋友應該推心置腹，把你的難處給他們解釋清楚，又不是你不肯做，而是你沒有這麼大的權力，他們會明白。」

五哥連這種話也聽不進去，依然怒冲冲的說：

「明白了又待如何？成立游擊隊，是我自己的主意，又不是做給別人看的！你以為，如果他們肯原諒我，我就可以罷手不做？」

今天我的職務是一個照料病人的護士，護士不能跟病人吵架，於是我忍氣吞聲，表演我最佳的耐性：

「當然不能。不過，期限長著點兒，做起來不是從容些？」

五哥却完全失去他平日的穩定和冷靜，說話也有些顧不住身分，而兇巴巴的口出惡聲：

「從容個屁！這種事情比救火還急，早一天都是好的！你說把期限定得長一點兒，長到什麼時候呢？日本鬼子是去年臘月就進了城的，抓人、殺人的事情幾乎每天都有，組織游擊隊的時機難道還沒有成熟？如果三個月做不到，再拖上三年也是白熬！爺爺的心理，我實在是不明白，他老人家的學問道德都教人欽佩，為什麼就是去不掉這種『只知有家，不知有國』的自私！我恨透了這種自私！中國要亡，就亡在這兩個字上！……你不必張嘴，我知道你要說什麼，『爺爺總會醒悟的！』就是這句話，對不對？我看那比移山填海還難！要想讓他老人家下定決心，鼓起勇氣，除非是——」

說到這裡，他忽然閉目不語，下面的話必然是極難聽的，我逼著他說下去：

「怎麼樣呢？」

「除非是讓他老人家再受一次更大的刺激，我，或者是你，落在鬼子的手裡，當著爺爺的面，被武士刀斬下首級，就像大頭哥那個樣子，也許爺爺才會明白，反正當亡國奴就是任憑宰割的，與其自己綁住了兩隻手，不如把它握成拳頭，何況咱們有的是人，有的是武器！」

本來我以為那可能是一句詛咒，逼著他說出口，可能就會構成對爺爺「大不敬」的罪名，却逼出這樣的幾句話來，又輪到我憂疑不安的替他擔心事了。

我向他臉上搜索：

「五哥，你心裡究竟在想些什麼？」

他搖頭苦笑：

「你放心，我不會用『屍諫』的方式，來犧牲自己的生命，那種行為太偉大，也太愚蠢！把這條命留著，我還有很多事情要做。」

我趕緊說幾句鼓勵的話：

「對，五哥，人可以不怕死，但總要死得有意義、有價值。古人做過的那些愚忠、愚孝，對咱們可並不適合。再說，要上吊也不一定非得認準一棵樹不可，必要的時候，咱們還另有一條路好走，雖然不在家鄉近處，也一樣的殺敵報國，對二扁頭他們也算是有了交代，你認為如何？」

五哥竟然一聽就知道我說的是什麼，不容我賣關子，便一語道破：

「你是說，咱們去投奔大頭哥說過的那個劉團附？好是好，只是不能在本鄉本土了。再說，咱們也比不得大頭哥，既年輕，又缺乏戰鬥經驗，赤手空拳的，人家劉團附未必會歡迎咱們。」

我向五哥補充說：

「幹嘛赤手空拳？要去，當然得帶著傢伙。你不是說那窖槍的地方你知道？咱們找個機會，挖出來幾支，多帶些彈藥，送給劉團附，這不是『紅粉贈佳人』嗎？有了這份兒禮物，還怕他不歡迎我們？當然咧，挖槍這件事兒，得偷偷摸摸的去做，千萬不能讓爺爺知道，否則，走不了你也跑不了我。五哥，我知道你是個正人君子，可是，成大事不拘小節，你總不至於正人君子到把這件事情看作是偷竊、看作是一種犯罪吧？」

說這些話的時候，兩個人在南園子一棵大梨樹底下坐著，這些梨樹都是百年以上的舊物，却依然枝繁葉茂，每到春來，粧點著一樹花朵，那麼高大，又那麼生機蓬勃。坐在樹底下，望著那千朵萬朵的白花，覺得它不只是象徵著一種美，甚至會使人從心底滋生出一種莊嚴神聖的感覺。五哥聽完我的話，不置可否，只緩緩的搖了搖頭，就把兩眼一閉，往那落花堆裡倒了下去。

這就是我的五哥，常常說話正說得好好的，忽然失去說話的興趣，給你一個不睬不理。別人都說他性情深沉，氣度安穩，從他十三歲打關東回到家鄉的那一年，看上去就像一個「小大人兒」，不像別的小孩子——大概就是指我說的吧？——那樣毛毛躁躁，其實，這些「諛詞」都似是而非，依我看來，五哥多少帶點兒神經質，體溫忽冷忽熱，情緒忽高忽低，在別人眼裡，就顯出那麼一副莫測高深的怪樣子。跟他相處久了，對他這些怪毛病，我早就見怪不怪，只是有時候覺得他太過分，令人不耐煩而已。就譬如現在，我對他說了那麼一大堆，無論他同意不同意，總該有個明確的表示，就那樣緩緩的搖了搖頭，誰能猜得懂他是什麼意思？是表示他認為挖掘自家的槍枝不構成偷竊罪呢？還是他認為這件事情很本就行不得？只有一點意思我能弄得明白，他那樣把兩眼一閉，就是不准你再繼續問下去，問了他也會相應不理，這次的談話就到此為止。

我很識趣，也學著他的樣子，闔眼，閉嘴，只留下兩個鼻孔呼吸，往地下一躺，把四肢伸得舒舒展展的，任由落花把我埋葬，唔，這氣味還真好聞呢。

躺了一陣子，被溫柔的春風吹得朦朦朧朧，似睡似醒，忽然聽到五哥那邊又有了聲音：

「也許會有轉機的！」

我折身而起，却發現他還是躺下去的那個老姿勢，面色平靜，呼吸均勻，好像已經睡熟了似的。

我試探的問道：

「五哥，是你在說話嗎？」

他似乎是在表演腹語，口唇動也不動，聲音却很清晰：

「是我。我是說，不要絕望，也不要胡思亂想，事情會有轉機的。」

我很感興趣：

「何以見得？是你這一陣沉思默想，產生了什麼靈機？還是剛才你打了個瞌睡，在南柯夢裡，受到那位過往神靈的指示？說說看嘛，五哥，別儘讓我這麼悶著，我最怕你這一手了！」

五哥使了一個「鯉魚打挺」的招式，雖然動作不甚俐落，總算沒有摔倒，就那樣手和肘不碰地，只憑兩條腿的力量，勉勉強強的使自己站起來了。

大病兩個月，平時練過的那些功夫早就擱下了，今天還能突然的露了這一手，這已經相當不錯，可是，我知道五哥的脾氣，他對自己的表現一定是極不滿意，也許會因此之故而再度陷於沉默。幸而沒有，他這一會兒的心情顯然很好，對自己的小瑕疵也不太在乎了。

他站穩了身子，收住了架勢，用左手的大拇指往自己的胸口一比，這才回答我剛才的問題：

「不是靈機，也不是什麼神明的指示，而是信心。我相信像中國這樣的國家不會亡，我也相信我們身邊這許多人都不會做亡國奴——要做也做不像！你等著好了，總有一天他們會懂得先有國後有家的道理，到那時候，他們就會揭竿而起，你總聽說過『八月十五殺韃子』的故事吧？那就是一個先例。」

這種信心，我早就有的，可是——

「要等多久呢？」

五哥拿出一派預言家的口吻：

「也許很快，也許要稍稍延後一些時日，總之，不會太久的。」

我擔心的是，三個月的限期轉瞬即至，到時候臭嘴、老鼠、二扁頭連袂而來，總得對他們有一個交代，就是往後延遲，也該有一個確定的日期，否則，那三張嘴巴不知道會說出什麼難聽的話，五哥，你總不能再躺回到床上去裝病吧？

五哥窺破我的心事，把一付千斤重擔毅然挑起：

「不要緊的。等臭嘴他們來了，我向他們解釋。二扁頭只來過那一回？」

想起二扁頭，我就心裡有氣：

「你倒還挺想他的！這傢伙平時就古怪，自從大頭哥死後，他就變得更可惡！……」

五哥打斷我的話：

「不許你這樣說他！二扁頭有血性，重義氣，是一位值得結交的朋友。」

我悻悻然的說：

「這還用說嗎？如果他真是壞蛋一個，我也不會跟他來往了！可是，他自己有血性、有義氣，就把別人都看成食言背信的小人，這是不是太過分了呢？下次他來，倘若他還是胡說八道的刺撓我，我非得教訓他一頓不可！」

五哥擺擺手，儼然一副領袖的派頭：

「不可以鬧意氣，二扁頭脾氣倔，性子急，這是要大家包容他的。——他以後沒有再來過？不知道他悶在家裡做些什麼，有機會，真想看看他去。」

看起來二扁頭還真是有些魅力，害得五哥這樣牽腸掛肚的。我告訴五哥：

「臭嘴說了，二扁頭在家裡什麼事兒都不做，每天把自己關在後院裡練飛刀。說是他家的一棵梧桐樹，被他當作靶子，天天受他的折磨，到現在『清明』前後，還不發芽兒，不抽葉兒，眼見得是被他弄死了！」

我是把這些「新聞」當作笑話說給五哥聽的，要他知道他心裡惦著記著的那塊寶，其實是一塊冥頑不靈的石頭。什麼事兒不好做？天天躲在後院裡用刀子扎樹！一個十七八歲的大男人做這種事情，這有多幼稚，多無聊！

哪曉得，五哥聽了，却大驚小怪起來：

「練飛刀？他哪來的什麼飛刀？」

我哈哈大笑：

「就是他平日插在腰帶上的那把小刀子呀！也不知道是從哪裡弄到的，他已經帶了好幾年啦。有一次他還吹牛，說他那把刀是削鐵如泥的寶刀。你怎麼不記得了？」

說起二扁頭的那把「飛刀」，的確讓人感到好笑。那把刀的式樣很古怪，鏢不像鏢，匕首不像匕首，當作裁紙刀或是水果刀用吧，又嫌它太重也太厚，可以說一無是處。二扁頭敝帚自珍，常常向夥伴們炫耀，把它叫做「一把寶刀」，我說他名字取得不好，應該改成「半斤廢鐵」，氣得他哇哇呀呀的怪叫。總而言之，那只是一件「玩具」；而所謂的「練飛刀」，也只是一宗「遊戲」而已。

五哥却為此而憂形於色，悶悶的說：

「他整天玩刀子做什麼呢？可見他等得多焦躁！我真想到西關大街去看看他，去勸勸他。一個人離群索居，有時候會越來越糊塗，也越來越孤僻。可是，今天到南園子來這一趟，奶奶已經不放心；要是我走這趟遠路，她老人家一定不准。」

這些話，完全是自言自語，我根本不必插嘴，甚至連聽都不必聽的。停了一陣，五哥忽然不恥下問：

「你說是不是呢，六弟？」

我點頭稱是。他說話這麼客氣，我知道必有下文，等著他都說出來，再回答他也還不遲。

「所以，你好不好替我跑一趟？好言好語的安慰他，可不要一見面就吵架。」

這主意不高明，簡直是在耍我嘛。他只曉得他的行動受限制，好像我就沒有拘束似的。溜出去容易，要想在外頭浪蕩大半日而不被察覺，那可就難了。上一回有五哥在前頭擋著，他那場病也來得正是時候，雖然罰了跪，總算沒有挨揍；這一次要是我自己開溜，回來被爺爺逮住，絕不會輕饒我，只怕把上一回記了賬的，也連本帶利一齊算清，我可就慘了。再說，五哥對二扁頭這麼關懷，也使我感到不舒服，自家兄弟竟然比不上外姓朋友，還想攛掇著我跑這趟遠路，又沒有什麼非去不可的理由，只不過是替他說幾句安慰的話，這不是小題大作，把我這個弟弟看得太容易驅遣了嗎？碰巧兒我今天有了自己的主意，不大願意接受指揮，五哥也無可如何，只好算了。

我輕輕淡淡的說：

「又沒有什麼急事，何必窮吼吼的趕了去？就是二扁頭懶得往咱們這兒跑，臭嘴和老鼠總會來的，有什麼話，託他們轉達，還不是一樣嗎？」

五哥瞪了我一眼，不再說什麼。從南園子繞東寨門回家，也有老遠的一段路，他一直保持沉默，我幾次拿話逗他，也沒有辦法使他開口，可見他為了這件小事，簡直把我惱透了。其實，他惱，我也惱，只為了我不肯跑去看二扁頭，就這麼故意的冷落我，也未免太不分親疏了。

不但當天如此，以後一連多日，五哥好像要對我實施精神封鎖似的，一直是愛答不理的。我也跟他較上了勁兒，你不理我不是？好，咱們就來個「啞巴比賽」，默然相對，免得說話太多，傷了元氣。

當五哥臥病的那段日子，臭嘴和老鼠都跑得很勤快，每隔三五日必來，來的時候滿懷熱望，走的時候無精打彩，這一回，卻一等就等了十多日，盼不到他們的影子，難道真的是心灰意冷，不再來探聽消息？

該來的不來，倒來了一個不該來的。那天，我在家裡悶得發慌，鼓動著兩個小兄弟練習摔跤，一強一弱，兩三下就見了分曉，贏了的挺胸凸肚，倒在地下的那個就哇哇大哭，一點兒英雄氣概都沒有。我正感到無聊，想出去走走，忽然看見老管家領了一個客人進來，長得獐頭鼠目，却穿著一身滑溜皮子，窮人乍富，不倫不類。冷眼乍見，我根本不認識，他却十分客氣，一見面就喊我「六少爺」，又打躬、又作揖的。怪，這是誰呢？等他擦肩而過，跟著老管家走進客廳院裡去，我才抓住他的影子，找出他的來歷，却引起我滿腹狐疑，很想一下子就打聽明白，再也沒有出去走走的興致。

在客廳院的月門旁邊等了一陣，才堵住老管家，把他拉到一旁，問他：

「剛才進來的，那不是城裡王家洋行管事的嗎？他大概也跟著他老闆一塊兒下水，幹了二鬼子，來咱們楊家寨做什麼呢？」

老管家一臉鄙夷不屑之色，閉著嘴，用鼻孔兒出氣：

「哼，夜貓子進門——那還會有什麼好事兒？這傢伙本來就是城裡的一個地痞，在衙門口混飯吃的，後來投靠了王老闆，等於是替日本人做事，前兩年，不是還被你們學生揍了一頓嗎？現在小人得勢，真的成了漢奸狗腿子，他自己還人五人六，自以為成氣候了哪！哼！」

我責怪老管家：

「你這是什麼意思？既然知道他不是善類，來了就沒有好事兒，就該把他轟得遠遠的，怎麼還拿他當作貴賓，往咱們客廳帶呢？」

老管家又露出一臉的無奈，唉聲嘆氣的說：

「這有什麼法子？碰上這種亂世，不管他是人是鬼，咱們都不敢得罪。越是這種不要臉的下三濫，越是得罪不起。六少爺，你不是很想早日長成大人嗎？光是個子長得高大，這不算數呀，什麼時候你能懂得這些道理，你才能算是個大人哪！」

照老管家的「理論」，我大概是一輩子都沒有長大成人。就是在四十年之後的今日，他所說的這套「不得罪惡人」的道理，我還是懂得不徹底；或者說，不是不懂得，而是能知不能行，和不懂得是一樣的。這四十年來，我曾經許多次和「惡人」作對，有時候敗得慘兮兮，有時候勉強贏得勝利，也總落得皮開肉綻，焦頭爛額，嚐不到多少勝利的滋味。儘管如此，我卻是秉性難移。老管家如果還在人世，會認為我白白活了六十歲，到現在還只能算個「小孩子」。

當時，老管家的這套「亂世哲理」，我當然更聽不進去，越聽就越有氣。

這個「客人」，竟然是由爺爺親自接待的。而且，並不是三言兩語就端茶送客，一談就談了有大半個時辰。我很想溜進客廳院裡，躲在屏風後面偷聽幾句，看這傢伙究竟是何來意。可是，我知道爺爺有一條禁令，凡是他老人家接見生客的時候，小孩子絕對不准往客廳院裡跑，更不准遮遮掩掩，鬼鬼祟祟。我站在月門外頭，仔細忖度了一陣，覺得實在鼓不起勇氣，而又忍不住強烈的好奇心，在腦子裡千迴百折，試圖想出一個合情入理的答案來。我這個腦袋，說笨不笨，（笨，怎麼能考第一名呢？）說聰明也實在算不得聰明，遇上這類事情，就一點兒不管用，想得腦袋發疼，仍然是一團迷霧，連一點兒線索都沒有。要是換了五哥，這個謎團可能一敲就破，我不得不承認，這一方面的才幹，五哥的確比我高明得多。事有輕重緩急，我看我這個「啞吧」是做不成了，還是趕快去找五哥，求他來掐指一算吧。

匆匆忙忙的走向後院，忽然，腦子裡起了一陣閃電，把原先不曾撈摸到的角隅，照得毫髮畢現，我從五哥身上得來靈感，終於找到了答案。

對，一定是這麼回事兒，剛才我怎麼沒有想到呢？瞧那傢伙一副脅肩諂笑的樣子，雖然是「夜貓子進門」，却裝扮得像一隻喜鵲似的，不像有什麼惡意。非凶即吉，這傢伙帶來的可能是一樁喜事，特別是對於五哥，他聽了之後，必然會高興得睡不著，睡著了也面帶微笑。

在他臥房裡找到了五哥，正仰面八叉的在床上躺著，臉上沒有笑容，而是一副「兩地相思」的神情。

我走近床前，嘻皮笑臉：

「恭喜你啦，五哥。」

他把兩眼一瞪，真個是「亞賽銅鈴」：

「你得了神經病？」

「我得了好消息，專程來向你道喜，怎麼不問個青紅皂白，一見面就罵人呢？」我故意嘔他：「好吧，你既然不愛聽，我也懶得說，就讓你悶會兒吧。也免得你知道了之後，高興過度，又犯了老毛病。」

真不能不佩服五哥的鎮靜，我說得這麼動聽，他竟然毫不驚動。我等了一陣，他問都不問，倒把我自己憋得不能喘氣兒，怪難受的。

「真的不想聽啊？算啦，我還是告訴你吧。」我向他鄭重其事的宣佈說：「城裡王家派人提親來啦，只要爺爺一點頭，再經過下聘、換柬那些回目，你就算『名花有主』，還不該向你道喜嗎？」

五哥漸漸的沉不住氣：

「胡說八道！哪會有這種事？」

我向他打哈哈兒：

「怎麼會沒有呢？自從周公制禮，這種事已經行了有三千年啦！」

五哥翻身坐起，對著我聳毛發威：

「小六兒，你皮癢了不是？再這麼跟我胡扯，當心我真的揍你！」

我趕緊說明事實：

「不是胡扯，城裡王家真的派了人來，正在大客廳裡陪著爺爺說話哪。兩家雖是親戚，素來沒有交往，忽然派來個管事的，你說吧，不是提親，還會有別的理由嗎？」

五哥將信將疑，却又兇巴巴的迸出來一句：

「根本是不可能的事！」

「你是怕爺爺不答應？」

「我是說我自己！」五哥咬牙切齒：「怎麼可能呢？我爹死在日本人手裡，這個仇是不共戴天的，我怎麼可能娶一個漢奸的女兒？」

「這麼說，你和王蘭香是恩斷義絕囉？鬼子進城以前，你們不是還有來往嗎？」

五哥黯然的低下頭去：

「那是從前了。現在的情勢已經不同，鬼子進了城，她爹真的做了漢奸狗腿子！……我告訴你，這是絕對不可能的事！」

看五哥的神色，他是已經下了決心的，揮慧劍，斬情絲。可是，無論這事情是怎樣的不可能，付出去的感情能收得回來嗎？這份兒刻骨銘心的痛苦，恐怕將要伴隨他一生一世。

至於那另一位，才真是可憐人呢。她父親有罪，她却是無辜的。我記起兩年前的一段舊事，那正是我們攻擊洋行、焚燒日貨的幾天之後，有一天晚上，我無意中聽到一男一女在黑漆漆的教室裡竊竊私語，由於好奇，繼續聽下去，才第一次發覺五哥和王蘭香之間的隱祕。當時的王老闆，甘心做日本人經濟侵略的工具，已經是一個漢奸胚子，而他的女兒却深明大義，對五哥更是深情款款，堅定不移。自從偶然發現五哥和王蘭香的隱祕之後，我就同時被賦予兩樁義務：一是替他們守密，二是在必要的時候，替五哥作掩護。中學時期談過戀愛的年輕人，都會知道這種「叛逆行動」幾乎是天地不容。只有人破壞，沒有人同情。在父母、師長甚至同學的眼中，都被看成辱沒門楣、敗壞校風的亂臣賊子，人人可得而誅之。不敢明目張膽，只好偷偷摸摸，好像自己也承認一身是罪，見不得天日似的。五哥和王蘭香就正是這種情況，所以他們需要有人作盾牌、作橋樑，我就剛好被派上了用場。因此之故，他們的事情都瞞不了我，偏偏我對這一類的故事並不很感興趣，雖然參預其內，也只是懵懵懂懂，一知半解的。儘管如此，我對王蘭香還是有了一些認識，知道她的確是一個值得愛、值得追求的女孩子，她不但人長得漂亮，而且是品學兼優；從外表看，她的性情很溫柔，對五哥百依百順，真個是「柔情似水」，實際上她的心志是很剛烈的，那天在教室裡她向五哥剖明心跡，就曾經說過這樣的話：「反正我已經拿定了主意，大不了還有一死！」又說：「寧可一死，也不會負了你，今生不能，還有來世！」站在旁觀者的立場，以一種讀小說的心情，記憶著、默誦著這些言語，都是可圈可點、可歌可泣的。這樣的一個女孩子，偏偏有那樣的一個父親，而又有這樣的一個愛人，她將如何自處？直到了心願已成灰，連一點兒火星都沒有的時候，我懷疑，她怎麼能活得下去？怪只怪她的父親要當漢奸，好像聽大頭哥說過這樣的話：「一個當漢奸的人，既不要祖宗，也不要兒孫！」父親之於兒女，縱然不能像一棵大樹，像一座堅固的房屋，最少，也要像一把雨傘，讓兒女受些保護，得些蔭庇；而一個漢奸的女兒，手裡是沒有雨傘的，或者說，那把雨傘是掉了傘骨、脫了傘布的，拿在手裡，不但不能遮風避雨，反而是一項負擔，是一種累贅。對王蘭香的處境，我十分同情，可是，光是同情有什麼用？人世間的各種感情之中，就是這種浮泛的同情最廉價，也最沒有用處了。

世人雖多，英雄也不計其數，而對王蘭香來說，能夠救她的人卻只有一個，那就是我五哥。這唯一的英雄，却在這種緊要關頭，擺出這樣的一副面孔，不但使那待救的美人陷於困境，就連我這個配角，也覺得這齣戲不應該這樣寫法，不論是喜劇或者是悲劇，總得讓它有個結局呀。而最好的結局當然應該是這個樣子：美人逃出魔窟，英雄冒險救護，大壞蛋自食惡果，有情人終成眷屬。……常常聽到有人說這句話：「人生如戲。」事實上，在現實人生中搬演的戲劇，往往比舞台上、或銀幕上的更不合情理，手法拙劣，常有敗筆。所以，人生才充滿了許多無可奈何的事，也就是五哥所說的：「根本不可能的事！」弄得收結不住，到最後只好不了了之，留下一個無法收拾的殘局，情天難補，終生莫贖。

我又忍不住向五哥獻策：

「你們的事，也不見得就絕對的不可能。路子是有的，只要你們二人同心，攜手並進，一樣會有光明的前途。譬如，你們何不暗中通信，約定一個日期，讓王蘭香女扮男裝，一塊兒逃亡到大後方去？到了那裡，你們要結婚，也不必再經過爺爺的批准，更沒有人知道她是漢奸的女兒……」

這計策雖然算不得十分高明，行是一定能行得通的，卻被五哥一口否決，他很粗魯的說：

「我知道！瞞得過別人，瞞不過自己！……我告訴你，你不必再替我出這些餿主意，這是絕對不可能的事！」

說來說去，又歸結到這一句，可見他曾經深思熟慮，把這道算式，翻來覆去的演算過無數次，最後證明它是錯誤的，沒有答案的。我替他想的這條「妙計」，他自己一定也想到過，可能他想的比我更多，把一切可能的發展與後果都考慮到了，所以他才會一口回絕。他把這條「妙計」稱之為「餿主意」，看來他說得不錯，縱然還沒有發餿，最低是不新鮮了。

本意是「道喜」來的，卻招了一場沒趣，好，算我多事。我家鄉有兩句專對兇人說的話：「惹不起你，我總躲得起你！」看五哥的神氣，我如果再不識風色，和他糾纏下去，不只是被他迸了一臉的口水，恐怕挨上幾捶也是大有可能的，我還是趁早撤退，少惹是非。

哪曉得，五哥的興致正高，不容我臨陣脫逃，我這裡才剛剛移動一隻腳，就被他厲聲喝止：

「小六兒，你站住！有些話，我今天要一次對你說明白，省得你以後再來絮叨我，你可要給我聽仔細了！我已經拿定主意，不管時局演變成什麼樣子，我絕不會離開故鄉的土地。是日本人把我從關外趕回來的，從我回到家鄉的第一天，我就向自己發過誓，不管發生什麼事，我絕不會再讓人把我從這裡趕出去！活，就在這裡活；死，也在這裡死！——我要說的就是這些，以後不會再說！你，聽清楚了沒有？」

嗓子那麼大，話又說得那麼絕，一句句斬釘截鐵，爽爽脆脆的往我耳膜上敲，我哪能聽不清楚？其實，他就是不說這些狠話，我也早已經懂得他的心事，只是不知道他固執到這種地步而已。一個人拿定了主意，如果連愛情的魔力都不能使他稍有轉移，這表示他真是鐵了心的，別人的勸告，當然更是多餘，今天算我自找倒楣，往後再也不做這種傻事。

等五哥發完了威，我向他畢恭畢敬的說：

「好啦，五哥，今天聽了您這些話，我算是完全懂了您的意思。您這樣提得起，放得下，坦坦蕩蕩，無牽無掛，正是男子漢、大丈夫的作風，兄弟我十分佩服。您放心，往後，我再也不會拿這件事來絮叨您。」

說罷，我還恭恭敬敬的向他鞠了一躬，然後從他的臥室退出，回到前頭去。

回到前頭，在通往大門的甬道上碰見老管家，他行色匆急，一副「憂天之將墜」的樣子。我攔住他，向他打聽消息：

「那位客人呢？走啦？」

老管家連聲咒罵：

「什麼客人呀？他也配！我是不敢替主人家惹事，不然的話，他奶奶的，管他的背後是誰，我饒了他的狗命，也得敲斷他的狗腿，叫他一路爬回去！」

我調侃他：

「剛才還聽你說哪，這種小人，咱們得罪不起，又說我什麼時候懂得這個道理，才能算是成年人。一會兒不見面，怎麼你自己也成了小孩子？」

老管家有些不好意思：

「咳，可不是，我是被那王八羔子氣糊塗啦，才這麼顛顛倒倒的。這件事輪不到我生氣，該怎麼處理，主人家自然會拿主意。不過，我倒是該提醒你一句，今天，當著主人家的面兒，你可要守規矩，他老人家現在正難為著哪，要是這個節骨眼兒上犯在他手裡，處罰起來可能比平時要加重幾倍，那時候，誰也救不了你！」

豈有此理，這老管家生就一張烏鴉嘴，好像他料定了爺爺一生氣就準有人倒楣，而那倒楣的人又一定是我似的！我往地下虛虛的畫了個十字，又呸呸呸連吐了幾口口水，再把左腳踩上去，右手掐著中指，嘴裡唸著咒語：

「童言無忌，大吉大利。」

老管家哭笑不得，「嗐」了一聲說：

「多大了呀，六少爺？還玩這種小孩子的把戲！年頭兒不對，小孩子最吃虧，我勸你還是快些長大吧，該幹什麼就幹什麼，該到哪裡去就到哪裡去。」

說罷，他掉頭要走，我打了一個箭步，擋住他的去路。

「慢著走，我還有一句話問你。剛才那個傢伙，是不是來提親的？」

老管家被我問得一楞，又恍然失笑說：

「提親？給誰提親？哦，六少爺，敢情你是想娶媳婦了哇？」

這一來，就輪到我發愣了：

「不是來提親的？那，爺爺幹嘛要生氣？」

老管家脫身不得，只好向我露了一點消息，還千囑咐，萬叮嚀的：

「好，我告訴你，你可別到處嚷嚷去。那隻夜貓子是城裡『維持會』派來的，說他們要成立『警備隊』，來向咱們楊家寨買槍，最少三百枝。六少爺，你也許不懂得，這可是一場天大的禍事，主人家正在客廳裡發愁呢！」

這件事情的嚴重性，我當然一聽就懂。第一個念頭是：萬一爺爺把這些槍「賣」了出去，拿什麼成立游擊隊？我心裡一急，說話又顯出了「幼稚」：

「他不是說要買嗎？咱們不賣就是囉。有錢難買不賣的，他們有什麼法子？」

老管家苦笑著說：

「咳，我的六少爺，你怎麼淨說孩子話呢？買，那只不過是一種說法而已，你只要承認有槍，他們什麼手段都用得出來，還在乎你賣不賣？」

我又不經思考的迸出來一句：

「那咱們不承認就是囉！」

「楊家寨的威名，遠近皆知，這那是瞞得住的？外界傳說，只有說多，沒有說少，我就聽人說過，楊家寨的武器，足足可以裝備一團軍隊，這不是太離譜兒了嗎？偏偏就有人信以為真。城裡那些二鬼子，大部分都是本鄉本土的人，對地面兒上的情況，知道得清清楚楚，要是像你想的這麼容易應付，那也就不用發愁了！」

經老管家這麼一說，似乎是這筆生意非做不可，連一點兒騰挪閃躲的餘地都沒有。弄清楚這些情形，我才知道，這件事情比我想像中的更為嚴重。

被我糾纏著，老管家耽誤了不少工夫。這時候，一個專門在客廳院整理打掃的僕人出來找他，說是爺爺要他快去，有什麼緊要的事情吩咐他去做，他就匆匆忙忙的走了。我心裡一下子變得亂糟糟，心驚肉跳，六神無主。老管家不准我「到處去嚷嚷」，那簡直就會悶殺了我。首先，我想這件事兒應該去向五哥報告，等他知道了這個壞消息，一定會比我更著急：沒有了武器，哪來的游擊隊？

就算人不怕死，也不能赤手空拳，拿著紅纓槍、白蠟竿子去和日本人拚命呀？那不成了「義和團」了嗎？幾十年前，「義和團」就成不了事，何況現在？……我知道把這個壞消息告訴五哥，告訴了也是白告訴，他一向被認為足智多謀，其實，真正碰上棘手的事兒，還不照樣束手無策！不過，把這消息告訴他，對我總有好處，由他把我的心事分過一半去，我心裡就比較輕鬆些，這叫做「二人愁強於一人愁」。

當我再度站在五哥面前，以一種「報導失實，謹此更正」的姿勢，向他說出這整個事件的真相，我的口氣十分沉重，幾乎就像是在宣讀一篇祭文。而五哥的反應卻很奇特，他起初是躺在床上動也不動，甚至作出一副很厭惡的神情，掩耳而不願聽；然後，他漸漸聽清了內容，也不免悚然一驚，我抓住機會，再加上幾句，他的表情卻越來越輕鬆。那張面孔，原先就像一座平平板板的小水坑，雪壓冰封，清清冷冷；如今被春風解凍，冰消雪融，到最後，竟然出現一抹很可愛的笑容。

他從床上一躍而起，捉住我的手臂，又是搖、又是掐的，瘋瘋癲癲的說：

「謝謝你，六弟，謝謝你告訴我這個好消息！」

五哥一向穩重，像這樣又蹦、又跳、又喊、又叫，高興得到了「忘形」的地步，以往似乎還不曾有過，我幾乎被他嚇傻了。

「五哥，你在高興些什麼？」我試探的問著：「是你的耳朵有毛病？還是我說話不清楚？」

他哈哈大笑，摟住我的肩膀，親親熱熱的說：

「我，聽覺良好；你，口才不錯。咱們楊家兄弟，一個個稟賦優異，只要咱們想做，沒有咱們做不到的，對不對？這一點，你還有什麼懷疑？」

「可是，我告訴你的，明明是一件壞事兒，你怎麼偏說是好消息？」

「本來就是好消息，是你自己有眼不識金鑲玉，還以為它是一塊石頭砸了你的腳呢！」五哥高興得竟然貧嘴薄舌，說起俏皮話來：「我告訴你，這不是壞事，這是轉機！你應該還記得，我早就說過的，這是我預料中必然會發生的轉機，原怕它來得太遲，哪想到別人比我還性急，也算助了咱們一臂之力。——咦，六弟，我已經給你說得這麼清楚，是福不是禍，是喜不是憂，你怎麼還是這樣悶悶不樂的？」

我呀，我實在樂不起來。而且，我也看不出這件事情有什麼值得樂的。明明是——如老管家所說，是「一場天大的禍事」，五哥卻能另有意會，說它是一個好消息，是一個「轉機」，真不知道他這個卦是怎麼算的，也不知道他的「慧眼」長在哪裡。

我請求五哥解釋一下，他卻笑而不答。看他的笑臉那麼明亮，的確是由衷而發，不帶有半絲兒虛假。他笑著不說話，我急得直跳腳。

「行啦，五哥，你智慧高，別這麼儘自捉弄人，好不好？既然是好消息，獨樂樂不如眾樂樂，有我看不到的你就該指點指點我，我懂了，再陪著你一塊兒笑，那才是我的好哥哥。你這樣故弄玄虛，萬一把你這寶貝弟弟悶壞了，你不心疼嗎？」

五哥一改平日的脾氣，好容易的求著他張了嘴，却沒有一句正經的：

「不懂啊？那你就多悶會兒啦。燜久了，吃起來才有滋味，也比較好消化。」

軟求無效，我就改用激將法：

「說你智慧高，其實，又能高得了多少？俗話說得好，『智者千慮，必有一失。』你就準知道你所猜想的都對嗎？那可不一定喲。說給我聽聽，也許我就能聽得出毛病。你不敢說，那一定是沒把握！」

五哥硬是一點兒口風不露，只笑吟吟的說：

「有把握，有把握，你等著瞧就是了。」

當時，我也不知道他要我等著瞧些什麼。不過，也沒有等了多久，我終於「瞧」出些門道，而不得不佩服五哥的目光如炬，洞見幽微，這件事情果然如他所料，「是福不是禍」，原先以為是死胡同一條，忽然峯迴路轉，死胡同變成了陽關大道。

事情是這個樣子的：「維持會」派來的那個狗腿子，仗著日本人的勢力，在爺爺面前，居然大模大樣的說了許多混話，勸爺爺「識時務者為俊傑」，接受他的安排，把所有的槍械都交出來，由「維持會」估價收買，從此安安分分，在「皇軍」治下做一個「良民」，這「私藏槍械」的罪名，也就「姑置不論」。又說，依照「皇軍」的意思，這件事情本來不是這樣做法的，是「王會長」念在和楊家多少世代老親戚的份兒上，所以才「法外開恩」，派他老遠的跑這一趟，如果爺爺不識抬舉，辜負了「王會長」的美意，由「皇軍」親自出面料理這件事，那對楊家全族幾百口人可就大大的不利，到那時候，「王會長」再想出力維護，也就愛莫能助。那個狗腿子小人得勢，完全是一副「奉旨交辦」的派頭，雖然滿臉堆笑，說話的口氣却十分歹毒。在平時，像那個狗腿子一號人物，來到楊家寨，大概連客廳的月門也進不去，如今時勢變易，爺爺顧念全族的安危，不得不捺住性子，任由那個狗腿子撒騷放屁，真不知他老人家是怎麼忍下來的。說到槍枝，爺爺承認是有一些，而外界捕風捉影，說楊家寨的槍有三百枝、五百枝，那都是傳聞失實，不過是用來看家護院，那會有這許多呢？而且，年代既久，，這些槍大部份都已經損壞，有的斷了撞針，有的掉了槍托子，實際上只是一堆廢銅爛鐵。「維持會」要買，楊家寨不敢不賣，不過呢，這些槍都是「公產」，如何處置，必須由全族公議，他一個人是做不了主的。爺爺甚至陪著笑臉，請那個狗腿子回去多作美言，「王會長」既然知道兩家有親戚關係，也就請看在這份兒情誼，多寬限幾天，只等著楊氏一族在祠堂裡開過大會，爺爺就派人和「王會長」聯絡。好說歹說的，才把狗腿子打發回去。

送走那個惡客，爺爺老弟兄五位在客廳裡聚齊，還把族中旁支的一些尊長也給請來，商議這件關係著全族生死禍福的大事。起初，主張「繳槍免災」的人超過大半數，就有人提出一個問題：「把三百枝槍繳上去，如果那些漢奸意猶未足，再來要第二次呢？？按著葫蘆摳子兒，不摳到乾乾淨淨，一粒子兒不賸，他們是不會善自罷休的！甚至於，把全部的槍械都繳清，他們也不一定就相信，要是還有第三次、第四次，又該怎麼應付？只怕到最後弄到傾家蕩產，不但免不了災，反而會惹下更大的禍害！」此語一出，在座的尊長們都面面相覷，知道這些話言之有理，而又沒有人想得出一個妥善的主意，一時就僵在那裡。

其實，開會只是一個形式，好處在集思廣益，既然大家都獻不出安國定邦的大計妙策，最後的決定，還是由長門本支的爺爺五兄弟來拿主意的。經過深思熟慮，爺爺說出一篇道理：

「這件事情，既然找上楊家寨，咱們就推不掉，擋不開。人為刀俎，我為魚肉，照著他們畫出來的道兒走，勢必受人擺佈，走到最後，還是一條死路。而且，把楊家寨的槍繳給那些二鬼子，讓他們去為虎作倀，欺壓善良，這筆賬，縱然沒有人算在楊家寨的頭上，也沒有人會忘記那是楊家寨的槍；只要提到這一點，咱們就愧對鄉親，也辱沒了祖先！生在亂世，為了苟全性命，不得不忍氣吞聲，可是，這也有個極限。做不成忠臣義士，也絕不能拿武器去幫助漢奸二鬼子！如何應付這件事，我眼前的打算是這樣子，不知道各位叔伯、各位兄長同意不同意？第一步，咱們先拖下去，拖到幾時算幾時，實在拖不下去了，咱們也得有個準備；第二步，這楊家寨是咱們祖傳世守，從一世祖到這裡落戶定居，到今日已經有四百年左右，過去經歷過多少次大反小亂，都不曾離開過，現在可說不得了，必要的時候，我主張全族都搬到下莊子『柳河口』去住，那莊子遠在兩縣交界，除非是日本鬼子大量集結，他們的勢力，一時還伸不到那裡去。只要一聽到風聲不對，咱們就不能留戀老窩，我看鬼子的氣運不會長久，能回來的時候咱們就回來。槍，也一塊兒帶走，將來有人組織游擊隊，就把這些武器提供出去，殺敵報國，也算盡了咱們一份兒心力。……」

我猜，這一席話是爺爺早就想好了的。聽老管家說，當那個狗腿子走後，爺爺一個人在客廳院子裡，繞著太湖石疾走，大概走了有個把鐘頭，那緊鎖的眉頭才漸漸舒開。大概就在那時候，他已經決定了如何做，現在才正式宣佈。在座的眾人紛紛點頭，這個「提案」就算是「無異議通過」。

當天晚上，爺爺就叫人把窖藏的槍械都給挖掘了出來，趁著深夜安全的時刻，擦鏽、上油，做了一些保養工作，以免這些武器真的變成一堆廢鐵。

這些槍，我當然不是第一次看到；可是，前幾年年歲小，又以住城的日子居多，偶然看到這些「玩具」，儘管對它們極有興趣，卻是不准摸、不准碰的。這天晚上，才算是正式的開了眼界。

以我日後所得軍械方面的知識，回想當天所見的那些槍枝，實在算不得什麼寶貝，當時卻驚嘆不止；又想到自己也是這批「玩具」的主人之一，更覺得十分神氣。長短槍一共三百枝有餘，短槍占了約二分之一，這當然是因為短槍便於攜帶，也便於藏匿，而看家護院這樁任務，也根本用不上大傢伙。傳說中的機關槍，不過是一挺圓盤手提的衝鋒式，聽說是從韓復榘部下吳化文手槍旅的一個逃兵手裡買來的，在當時已經算是很犀利的武器。短槍之中，又有二分之一是德國製的「自來得」，也就是一般人所說「二把盒子」、「三把盒子」，有十發的，有二十發的。這批槍枝，是自從前些年鬧土匪成立「聯莊會」以來，零零碎碎的購置，幾乎哪一國的廠牌都有；最老式的已經老掉了牙，最新的卻像是才開封啟用不久，雖然在地底下窖了一段時候，槍身的烤漆都還完完整整的，沒有一點兒土蝕汗漬的痕跡。

我說自己也是這批「玩具」的主人之一，說說過癮而已，及至它們被一批一批的挖將出來，才知道每一枝槍上都有記號，也就是說，各有各的持用人，我和五哥都分配不到。以我們的年歲，應該是已經有份兒了的，只因為這兩年情況不對，小亂變大亂，土匪銷聲匿跡，却來了日本鬼子，「聯莊會」等於解體，這些槍也都從持用人手中收回，一齊入了土，現在重見天日，當然也不會重新分配，於是，我和五哥都被列入「徒手隊」，對那些「玩具」眼熱手癢，可望而不可即。

槍擦好之後，仍然交由原持用人保管，只是被再三叮囑，要把它放在一個隱祕而又容易拿到的去處。照爺爺的估計，和「維持會」談生意，拖個十天半月是不難的。既然有此一說，就是把這些槍放在顯眼的地方，讓城裡來的二鬼子看在眼裡，也不妨事。

而在這十天半月之內，一邊派人到二十五里以外的「柳河口」去拾掇房子，一邊把需要的東西先運過去，人也分批的走，先送老弱婦孺，當家理事和年輕力壯的人都留在最後，到了非走不可的時候，騎馬的騎馬，坐車的坐車，走路的走路，不消半個時辰，就走得一個人不留。經爺爺分派，那先走的幾批人當中，竟然沒有五哥也沒有我，這表示爺爺已經把我們當作「大人」看待了。

上次來過的那個狗腿子，這一陣子跑得很勤快，幾乎是三天兩頭的來，來的時候，還往往替他的主子——就是從前的「王老闆」，現在的「王會長」——帶來一大堆禮物，吃的用的全有，都是些東洋貨。他帶禮物來，爺爺含笑接待，禮物也照單全收，等那個狗腿子走後，再叫人原封不動，一股腦兒丟進了大糞坑。

那個狗腿子也是本地土著，若祖若父好幾代，都是在縣城裡衙門口混飯吃的，替人寫寫狀詞，轉轉賄賂，幹的淨是些缺德無品的事兒。這種人最勢利，也最會裝腔作勢，遇到一般鄉愚村夫，真能把人給哄死騙死，還作出一副高高在上、自尊自大的樣子，讓被騙的人心服口服。可是，就因為他是這種出身，在爺爺面前，總不免有種胎裡帶來的自卑感，爺爺愈是拿他當貴賓招待，他坐在那裡，愈是拘手束腳，渾身不自在。第一次到楊家寨，他是硬著頭皮橫了心來的，正由於有幾分膽怯，才給自己裝上一副硬殼子，「反正你不拿我當人，我索性就扮成惡鬼。」大概就是這種心理，他才能大模大樣，擺來擺去。沒想到，爺爺竟然答應合作，願意和他做這筆買賣，這下子，就把他從半空雲裡給拉了下來，那副硬殼子再也裝不上去，露出一副奴才嘴臉，小人架勢，渾身上下軟答答的，把那些帶刺的毛都拔得一根不賸。爺爺故意給他出了些難題，都是他當不了家、做不了主的，每一個小題目，都得趕回城裡向他的主子請示，就這樣罰他兩下裡跑腿，一拖就拖了十餘日。

就在拖到幾乎無法再拖的時候，又增添了一種新的情況，也是對我們楊家寨十分不利的：原先一直龜縮在城裡的日本鬼子，不知道是什麼用意，忽然在東堤口設立了一處崗哨，把他們的勢力範圍，從城牆，推展到護城堤。

東堤口離楊家寨只有三四里路，還貫通著一條又平又直的大官道，中間毫無阻隔，站在北寨牆的堡樓上，可以望得見穿著黃軍裝、戴著王八帽的鬼影子，在大石橋上晃來晃去，甚至能看得到刺刀在陽光下閃閃發亮。這麼近的距離，真可謂舉步即至。寨子裡的人，很為此緊張了一陣子。後來却發現那些鬼子對護城堤外這一大片廣漠而陌生的土地，雖然在心理上可能認為是被他們占領了的，畢竟還有著幾分疑懼，他們的活動也只到那座大石橋為止，而且一到傍晚時分，仍然撤回到城裡去。

儘管看起來似乎沒有多大威脅，寨子裡的人也不敢稍有鬆懈，每天派幾撥人站崗，在北寨牆上輪番守望，把東堤口那群鬼子釘得死死的，一舉一動都看在眼裡。

照爺爺的吩咐，擔任守望的人不准帶槍，以免遇上不必要的情況，一時魯莽，處置失當，替全族的人惹來大禍。可是，據我所知，這項規定執行得並不徹底，老成些的還按照命令行事，年輕好事的就陽奉陰違。反正槍是由他們自己保管的，隨時可取。暮春三月的天氣，身上還穿著小棉襖呢，那些短傢伙往褲腰裡一塞，外面根本就看不出行跡。知道底細的人也都彼此保密，瞞上不瞞下，免得那些長輩們生氣。

老年人謹慎，怕年輕人不知輕重，妄逞一時之勇，這也是應該有的顧慮；然而，年輕人的想法也不能說是不對，我就聽到一個佃戶的兒子發牢騷：

「有槍不准帶，這就和有褲子不准穿一樣，赤身露體，站都站不直，你說那有多窩囊！實在窮得沒褲子穿，那也沒什麼抱怨，有了褲子還硬叫人光屁股，這不是故意的折騰人嗎？」

話雖然說得粗魯了些，他的意思却很容易了解。我把槍說成「玩具」，他把槍比作褲子，可見我還是童心不退，人家才真是拿它當作「必需品」呢。

也有的年輕人，的確是不安分，我族中遠房的一位堂哥，人都三十多歲啦，還說過這樣的話：

「既然決心捨了寨子不要，還淨在鬼子眼皮兒底下蘑菇什麼？人老了沒有別的壞處，就是這個迂迂磨磨，絮絮叨叨，教人受不了！他們不准人帶槍，說是怕闖禍，亡國滅種的大禍已經從天而降，還用得著去闖？有機會，我真想瞄準日本鬼子的腦袋開幾槍，反正這楊家寨是住不下去啦，幹嘛不在臨走之前，痛痛快快的把東堤口的那幾個鬼子宰掉？也不用怕他們報復，人落不到他手裡，最多他放火燒房子，那正好，咱們楊家寨這些房子都住了幾百年囉，早就該拆掉重造，一把火燒光，將來非蓋新房子不可，等咱們把日本鬼子趕跑，天下太平，五穀豐登，還怕蓋不起房子嗎？」

他們這些話肯當著我說，自然是因為我的年歲比他們更小，是「維新派」，不是「保皇黨」，也知道我絕對不會向長輩們告密。事實上，我不但是和他們一心一德，甚至於比他們更積極，更不怕事，正巴不得像我這位族兄所說的，抓住機會，宰幾個鬼子，出一口鳥氣，造成一種騎虎難下的形勢，也免得長輩們畏首畏尾，三心兩意。

如此又僵持了數日，竟然平靜無事。而長輩們只顧得爭取時間，一大車一大車的往「柳河口」運東西，甚至連祠堂裡的祖宗牌位，也都學請神賽會的樣子，用綠呢大轎給抬了去。我和五哥游手好閒，無事可幹，就天天蹲在北寨牆的堡樓上，做義務的守望員。

遠遠望去，在東堤口活動的那幾個鬼子，實在是很孤單、很可憐的。對這些佔我國土、殺我同胞的敵人，也許不應該有這種感情；可是，當我望著他們，心中固然有怒有恨，但同時也充滿著悲憫。這些人，在他們被徵召入伍，派來中國之前，不過是日本三島的一些平民；有的，也許是就像我這樣身分，是一個在校肄業的學生，突然接到徵召令，走出教室，進入軍營，被一些嚴厲的命令和冷酷的教條，訓練成一批劊子手，攻城、掠地、殺人、放火，當他們被驅使著進行這些罪惡，可能他們是麻木的、是半瘋狂的。而當他們閒了下來，就像現在，荷槍實彈的在那大石橋上蹓來蹓去，他們心裡在想些什麼？是覺得自己很威武？很厲害？還是在他們內心的深處，對自己的作為有一絲絲羞惡？有一絲絲愧疚？……說到威武，他們實在一點兒也不，首先是，身軀矮小，又生就一副猥瑣鄙陋的相貌，任他們如何發狠，也只能顯出一副窮兇惡極的樣子，威武是完全談不上的；再加以，他們身上那套東洋式的軍裝，也實在設計得不好，尤其是頭頂上的軍帽，沒角沒稜，可著個腦袋那麼大小，那樣式，很像中國人慣用的「尿鱉子」，帽子後頭又常常拖著兩片尿布似的東西，看上去更顯得粗俗，不像士兵，倒像一群在車站、碼頭打雜運貨的小工。儘管他們兩手是血，惡名彰著，善良的中國老百姓在刺刀下瑟縮顫抖，內心可並不畏服。總覺得，日本兵最多只像蝎子、蜈蚣一類的毒物，雖然毒性很重，畢竟不是什麼大蟲，如果有機會跟他來個單打獨鬥，這些「羅圈腿」實在不是對手。也許就是因為大部分中國人都存有這種「輕敵」的心理，有時候不免形諸顏色，就使得這些日本兵由自卑而多疑，因此有更多的中國人被凌虐、被殘殺，他們妄想藉此立威，所得的效果卻恰好相反，仇恨抵銷了恐懼，中國人對日本兵更加輕視，都知道，像這樣的一群妖魔，亡不了我中國，只能帶來一場災禍而已，而中國就會在這場災禍中壯大起來。

在寨牆上守望的其他人等，也沒有誰把日本鬼子看在眼裡。要不是怕招來報復，累及無辜，真想糾合幾個年輕膽大不怕事的，到東堤口把那幾個日本兵收拾掉，也省得他們在那裡耀武揚威，擺來擺去，磨人的眼珠子。這種事情，我斷定早晚會發生，讓日本人知道，中國有的是俠客，有的是英雄。

真好像被我料準了似的，有一天，大石橋果然就發生了事情。

我的眼睛一直盯住大石橋，幾乎就沒有移開過，可是，這件事情究竟是怎樣發生的，我卻並沒有看清楚。其他擔任守望的人，情況也和我差不多。

當我們發現那邊的情形有異，而提高了警覺，事實上，那最精彩的一場已經成為過去。我們所看到的，只是一個中國人從大石橋一躍入水，緊接著就聽到一排密集的槍聲，幾個日本人伏在橋欄上向河水開槍，大概是沒有打中，又慌慌忙忙的衝過橋頭，順著河堤追趕下去，一邊追，一邊射擊，槍口向下，子彈射入河水，聲音悶悶的。

「白花河」是故鄉最大的河流，從西北，向東南，流過整個的縣境。過東堤口的這一段，右邊是護城堤，左邊是官道，河水被夾在中間，形成三條並列的平行線。河水的流向，本來是正衝著楊家寨的北寨牆，流到離寨牆約半里路的地方，忽然朝西一偏，來了個大轉彎，和那條官道分道揚鑣，官道從東寨門外伸展，河水打西寨門外流過。護寨壕裡一兩丈深的水，也是從「白花河」引進來的。地理師看風水，說是楊家寨的家業之所以幾百年不敗，就全靠著這條「白花河」。風水什麼的，我一竅不通，而從小時候就對「白花河」有著極深的感情。尤其是大石橋附近，河床低陷，流速緩慢，滙成一泓深潭，每到夏季，那裡就成了我們的游泳池。家鄉的小孩子，年紀和我差不多的，幾乎人人都有一套水裡的本事，你是「翻江鼠」，我是「浪裡白條」，就是在那裡練出來的。所以，一說到「白花河」，我心裡就充滿著童年時期許多歡樂的回憶，也充滿著感激。

而現在，只不過是幾個日本兵往那大石橋上一站，竟然把一向安寧清靜的「白花河」，弄得陰風陣陣，如同鬼域，看在我眼裡，是特別難以忍受的。今天又發生了這種事，雖然不知道那被追殺的是誰，——不論是誰，一群日本兵追殺一個中國的老百姓，這件事情，讓中國人看了，都會血管怒張，心脈狂跳，恨不得衝上前去，和那些鬼子拚一個死活！……眼看著那幾個鬼子一邊沿著河堤奔跑，越來越近，離寨牆不過只有三四百公尺，那種陣勢，倒像是專為攻打我們楊家寨來的。如果我手裡有槍，不管三七二十一，我一定會對那些鬼子迎頭痛擊，教他知道中國老百姓不是好欺負的。倘若那樣做，當然會闖下一場滔天大禍，可是，又有什麼不得了？反正我們楊氏一族已經有了準備，這老寨子遲早是要放棄，那鬼子再厲害，他倉促之間也集結不起多少人來，給他一個措手不及，然後我們就從容撤退，想來也不至於吃了什麼大虧。闖禍之後，免不了要受爺爺的責備，那也沒有關係，只要我能宰掉一個鬼子，就算替大頭哥報了仇，替被欺侮、被蹂躪的同胞出了氣，就是爺爺治我死罪，也算值得。

手裡沒槍，想也是白想。當時堡樓上一共有四個人，除了我和五哥，另外兩個都是有槍的。一個比較年長，是我遠房的族叔，向他借槍，門兒也沒有；另一個是我家的佃戶，年歲也比我大不了多少，半逼半求，或許能弄到手。

我叫著那個佃戶的綽號，客客氣氣的說：

「禿子哥，跟你商量件事兒好不好？」

他還來不及回答我，忽然看到我那位族叔掣槍在手，一長身子，就從垛口上往外甩了一梭子子彈，二把盒子帶著加長的彈夾，一梭子是廿發，噠，噠，噠，噠……聽起來像機關槍似的，聲音好聽極啦。

我那位族叔的年紀已經四十出頭兒，人又是出了名兒的老實，真沒想到在這緊要關頭，居然敢作敢當，露了這麼一手兒，真教人佩服。

一梭子子彈甩出去，他脹得面紅耳赤，一邊上彈夾，一邊高聲的叫罵：

「我操你奶奶！就這麼幾個人，你也敢來動我們楊家寨？我教你知道厲害！有種的，你過來！」

罵著，人索性就站了起來，大半身子露出垛口以外，兩手叉腰，擺出一副叫陣的架勢。

這時候，河堤上那幾個日本兵忽然不見蹤跡，仔細查視，原來他們是被這突如其來的槍聲嚇破了膽子，都張皇失措的就地臥倒，在小樹叢背後尋求掩蔽。

我們居高臨下，把鬼子們那種驚慌失據的狼狽相，都看得清清楚楚的。還以為他們是銅頭鐵臂，刀槍不入，一個人有幾條命呢，原來這些鬼子也是一樣的怕死，被我堂叔一梭子子彈甩過去，就嚇成那個樣子，沒有一個敢像我堂叔這樣昂然直立，都一齊仆倒在地，連滾帶爬的，盡量的尋找掩蔽物來保護自己。有一個鬼子，不知道是驚嚇過度，還是動作笨拙，竟然不小心掉進河裡，當我的目光搜索到他，正在那裡四條腿並用的往上掙扎，活像一隻入水不能游、上岸不會爬的小鼈羔子，顯得那麼可憐而又可笑。

一梭子子彈，就把幾個兇神惡煞般的鬼子，給治得服服貼貼的，我族叔在堡樓的垛口上又蹦又跳，像小孩子放了個大炮仗一樣的快活。這位族叔有個綽號叫「萬事鬆」，是從他胞兄「萬事通」演繹下來的，意思非常明顯，兄弟二人，老大太能幹，就顯得老二有點兒窩囊，人前人後，被哥哥襯托得一無是處，結婚成家，分爨另住，偏偏娶了個老婆——我應該叫「嬸娘」囉，——又兇悍似虎，處處壓得他不能抬頭，於是他就更「老實」了。可以說，我這位族叔，從出生到四十歲，一直是窩窩囊囊的活著，忍氣吞聲的日子甚多，揚眉吐氣的時候極少。今天，算是他的時運到了。

歡樂的情緒會傳染，眼看著我族叔那麼高興，我也忍不住的要跳上垛口，跟他一起喊，跟他一起蹦，根本沒想到這樣做會有什麼危險。可是，就在我剛剛長起身子，在垛口上露出胸口來的時候，突然，吱呦——，吱呦——，兩顆子彈擦著頭皮飛過去，我趕緊降低了姿勢。說是「擦著頭皮」，可能是形容過甚，不過甚的說法，我猜，那兩顆子彈離頭皮也只有幾尺，不然的話，聲音不會那麼怪異，連子彈在空氣中激盪而起的微風都能感覺得到似的。

五哥扯住我族叔的後腿：

「快下來吧，二叔，日本鬼子的槍法都打得很準，別教他傷了你！」

「萬事鬆」叔叔正殺得興起，對我五哥的警告完全不予理會。人在過度興奮的時刻，很像是喝酒喝到醺然大醉，連說話都帶著幾分酒氣：

「什麼？你說他們的槍法準？準個屁！你休要滅自己的威風，長他人的志氣！告訴你，二叔的槍法也不低，今兒就露一手兒讓你們兩個晚輩見識見識！」

說著，右臂一揮，一梭子二十發子彈，又噠、噠、噠、噠的甩了出去。在三百公尺以外的河堤上，子彈鑽進泥土，像冒烟似的迸起一股一股的塵霧，把彈著點標誌得清清楚楚，每一槍的距離約在三尺左右，剛好都落在那幾個日本兵的前方，力量稍嫌不夠，可是，雖然沒有打中，也足以讓那些鬼子飽受驚嚇，知道他們這一回遇上了強勁的對手。

我正要替我族叔喝采助威，忽然，他像是被人往臉上推了一把似的，在垛口上立足不牢，一個仰面摔，就直挺挺的往後倒了下來。我還以為他只是失足摔倒，急忙上前攙扶，才發現他已經中槍氣絕，兩眉中間，有一個小小的彈孔，看上去，就像是黏了半片瓜子皮，却使他仆地不起，而他的臉上還是笑著的……

我和五哥相顧失色，不敢相信一個大活人竟然如此的容易死去。呆了有一兩分鐘，我想起來去撿我族叔緊握著的那把手槍，因為位置不對，被五哥捷足先得。不知道他是什麼時候學會了使用這種手槍的，很熟練的換上彈夾，拉開槍機，把連發改成點放，從垛口裡向外還擊。

那個佃戶嚇得糊裡糊塗，抱著一枝步槍，不知道該做些什麼。我推了他一把，說：

「你要是不會放，就把那枝槍給我。」

他這才如夢初醒，急急忙忙推子彈上膛，從垛口上往外瞄了半天，才射出他的第一槍。

就隨著這一槍，我們左右兩翼，忽然爆起一陣緊密的槍聲。我往外一看，原來寨牆上已經站滿了人，而且，除我之外，人人手裡都有武器，長的，短的，從寨牆的「槍眼」裡伸出去，灑下一片彈雨。

那幾個鬼子倒也識相，一看情勢不對，就迅速的撤離，一個個拐動著羅圈腿，跑起來倒是也挺不慢的，像幾隻受驚的兔子。

爺爺也到了堡樓上，看見五哥和我都在場，臉色就格外難看，特別向我多瞪了兩眼，他老人家大概又認定這場大禍與我有關。還多虧了那個綽號「禿子」的佃戶，這時候的神志已經完全恢復，把這件事的始末，向爺爺作了一番詳細的報告，才替我洗清了嫌疑。又加上當時要做的事情太多，也就顧不得處分我。

一邊派人把我那位族叔的屍體抬了下去，一邊把守寨子的人馬重新佈置，不但出動楊家寨全部的武力，甚至把多年不用的幾尊土炮——「大老抬」，也給搬運出來，裝足火藥，填上鐵砂子，在堡樓上架好。就這樣弓上絃，刀出鞘，嚴陣以待，等了有兩三個小時，大石橋那邊卻不見動靜。爺爺特別選派了幾位「高手」，出西寨門，過「白花河」，繞一個大圈子，向大石橋一帶哨探，却發現鬼子已經撤回城裡，這一陣子是白等了的。爺爺照這種情況加以判斷，認為今天不會有事，縣城裡只有幾十名日本鬼子，要想對楊家寨採取行動，必須由附近抽調兵力，最快也得明天，也許還會更遲，有這段時間，我們的人早就走得光光的，只留下一座空寨子。「柳河口」遠在二十幾里路以外，又是兩縣交界，除非是日本鬼子大量集結，出動「掃蕩」，否則，那裡應該是一處比較安全的地方。

時值非常，我那位族叔的遺體被草草下葬。爺爺把自己準備多年的一口壽材讓了給他，也算是給這位為抗敵保鄉而死的勇士一份兒獎賞。另外，依照「聯莊會」所訂的章程，凡是為了公眾事務而死傷的人，會裡另有撫卹，現金若干元，良田若干畝。

把這件事情料理完畢，爺爺才下令從寨子撤出。因為是早就計畫好了的，從容行事，倒比上一回逃難還來得有秩序，不慌不忙，不驚不懼。

只有一件事教人放不下：剛才在大石橋那邊究竟是怎麼回事兒？其實，我和五哥都已經看清楚了的，然而，會不會是我們看花了眼呢？也許日本鬼子只是在演習，不然的話，這靜靜流動的「白花河」上，就應該漂浮著一具屍體。從老寨子往「柳河口」去，道路就是河堤，一邊走路，一邊向河面搜索注視，只見河水洋洋，毫無異樣，依舊是那般寧靜，那般秀媚，剛才在這裡發生過什麼事，河水似乎已經完全不記得。

雖然說是有計畫的行動，該走的早就去了「柳河口」，這是最後的一批，也仍然有數百人之眾，又是牛、又是馬的，迤迤邐邐的拉開了有幾里路。爺爺騎著一匹走騾，走在隊伍的後頭，簇擁在他左右的，都是些「精銳」，有的甚至還佩掛著一長一短兩件武器，好像都挺威武的樣子。我和五哥不敢僭越，也跟這些人走在一起，放眼四顧，那麼多的英雄人物，只有我和五哥——不，只有我一個人是徒手，五哥自從在堡樓上撿到那把「自來得」，也成了「有槍階級」。爺爺明明是看見了的，却並不曾要他繳回，真是咄咄怪事。

已經走出去幾里路，後面有人跟上來，是剛才派人到東堤口哨探的時候，留下一個人往東關大街去打聽消息，現在才趕來歸隊。這一趟倒不是白跑的，他把今天在大石橋上發生的事情，打聽得清清楚楚。

據說，有一個不要命的傢伙，經過東堤口日軍的崗哨，正在接受檢查，他突然把身子一撤，往那個鬼子兵前胸扎了一刀，然後拔腿就跑，跑上大石橋，就往「白花河」裡跳，人沉下去就沒影子了。幾個日本兵沿著河堤追，往河裡亂開槍，連個影子都沒撈到，不知道那傢伙是借「水遁」走了，還是水性特別好，一個「猛子」扎下去，人在水底下能換氣兒，所以才藝高人膽大，能在大白天裡下手行刺，日本鬼子也奈何他不得。

把他打聽來的消息說了一遍，最後還加著評語：

「不知道哪來的個渾小子，沒事兒找事兒，無緣無故的，闖下這麼一場大禍，連咱們楊家寨也給扯在裡頭了！」

爺爺沉著嗓音說：

「血海深仇，怎麼能夠說是無緣無故？這個人的做法是有些冒失，他的膽量可教人不能不佩服！」

又有人問道：

「那個鬼子呢？到底死了沒有？」

打聽消息的人脫去毡帽，抓著頭皮說：

「就是這件事兒沒有打聽出來。有人說死啦，有人說沒死。可靠的是，那被刺的鬼子是被抬回城裡去的，看情形，傷勢很重，不死也得脫層皮！」

更有人關心：

「還是行刺的人那條命才要緊，是死是活，也沒有個確訊兒嘛？」

打聽消息的人抓過頭皮，又戴上毡帽：

「這個呀，嘿嘿，也沒有地方打聽去。剛才，我沿著河堤一路過來，到處都仔細看了的，那有一點兒影子？不被打死，多半也會淹死在水底。那淹死的人，不是有的要三天五天，屍首才會浮起來殺？也真是可惜，聽說那渾小子還挺年輕的，看上去不過十七八歲——」

五哥一直聽得很專心，聽到這裡，他渾身一震，失聲驚呼：

「二扁頭！」

我一心二用，沒有聽清楚他在叫些什麼，只隱隱約約的聽著好像是這三個字。

「五哥，你說是誰？二扁頭？」

明明是他說的，卻偏偏不認賬：

「沒有，我什麼話都沒有說。」

爺爺若有所聞，回過頭來問我們：

「是你們認識的人？」

五哥的頭搖得像貨郎鼓，一臉冷漠的說：

「根本不知道是誰，怎麼曉得認識不認識。」

一邊回話，一邊向我使眼色，那意思是不准我開口。正好這時候又有人向爺爺稟事，也就蒙混了過去。

趁著爺爺不注意，五哥扯扯我的衣角，要我落後幾步，急急切切的說：

「小六兒，都是你！上一回叫你跑跑腿，你不去，這一回可再也不能置之不理！」

聽五哥的口氣，好像我身上背著一條人命似的。我知道這不是抬槓的時候，只問他：

「你確定真是二扁頭嗎？」

五哥對自己的猜測很有把握：

「除了他，還有誰？早先聽說他天天在練飛刀，我就擔心他會做出這種事，果不其然的，他想做就做，根本不把鬼子放在眼裡。他有決心！他有勇氣！他是個血性漢子！小六兒，不管你喜不喜歡他，在這位朋友面前，我，和你，都應該感到慚愧！那天我要你去勸勸他，你不但不去，反而說了他一些壞話，你總該還記得吧？」

哎呀，我的好五哥，事情已經做錯，又不能重新來過，還淨說這些陳芝蔴爛穀子的做什麼？如果這件英雄事業真是二扁頭所為，那，沒說的，我願意向他磕頭賠禮，只要他還活在人世。可是，照我們看到的情況和聽到的消息加以研判，只怕這又是一樁終生莫贖的遺憾！二扁頭游泳的技術不錯，但比我強不了多少，從大石橋跳進了「白花河」，日本兵幾桿槍瞄住他打，就算是他潛在水底，又能躲得了幾時？傳說中有人能伏在水底三天三夜不換氣，那只是傳說而已。人到底不是魚，——是魚也擋不住日本兵的槍子兒，那一陣盲目射擊，又怎麼能躲得過去？如此看來，只怕二扁頭已經凶多吉少，我就是願意向他磕頭，他大概也沒有福氣承受，人死不能復生，賣這些後悔藥，又有什麼用？

我向五哥求饒：

「好啦，五哥，別再算這些舊賬啦。你只說咱們現在能替他做些什麼吧，赴湯蹈火，我跟著你就是了！」

五哥果然有他的一套計畫，吩咐我：

「趁著別人不注意，你先溜，到西寨門外等著。」

寨子裡已經走得一個人不贘，讓我到西寨門外去等誰？好吧，去就去。我順便問了一句：

「你呢？」

「我隨後就到。一個一個的走，目標比較小。你放心，就是爺爺盯牢我，我也一定要去，最多向爺爺說明這件事，也許還可以多帶幾個人呢。」

他說得那麼肯定，可見他是下了很大的決心。然而，我實在想不出在這種情況下還有什麼事情好做，無人可救，也無屍可收，要說替二扁頭報仇，這也不是時候，暫時記著，將來連本帶利一總兒追討，也就是了，又何必現在多事，惹得爺爺生氣？

本來不想問的，却忍不住又張開了嘴：

「五哥，你能不能告訴我，咱們現在去了，究竟能做些什麼？」

這一問問得不好，竟然勾起五哥的滿腹牢騷：

「還能做些什麼？像咱們這種膽小鬼，窩囊廢，自己做不成英雄，最多也只能替英雄收屍，替英雄料理後事。二扁頭是咱們的朋友，不管是死是活，總得把他找到。他今天做出這種事，你不覺得咱們要負一部分責任嗎？也許他還沒有死，正在什麼地方躲著，找到他，也就能減輕咱們的罪過。你難道認為跑這一趟不值得嗎？」

他說得這麼沉痛，一個字一個字的，像小石子兒一樣往我的臉上砸，砸得人臉皮生疼，心頭冰冷。

我不再多說什麼，暗暗的拿定主意：今天跟著五哥行動，不管他怎麼樣的折磨我，我都按照他的命令行事，吃苦受累，全當是向二扁頭贖罪。

落在最後頭，最方便開溜，正好這一帶河堤上種了一些小柳樹，都長得枝葉茂密，是很好的掩蔽，我只要裝作小解什麼的，往那樹叢裡一閃，就離開了眾人的視線。然後，等眾人漸行漸遠，我就開始走回頭路，快馬加鞭，二十分鐘就回到寨門口。

五哥的動作也相當迅速，我才到不久，他也跟蹤而至，一點兒不耽誤。

到了寨門口，他急匆匆的說：

「你在這裡等著，我進去找一樣東西。」

在寨門口默然而立，東張張西望望，內心竟有一種很怪異的感覺，甚而可以說，有幾分恐懼。聽起來是很可笑的，站在自家的寨門口，熟悉這裡的一草一木，何恐懼之有呢？而且，在眾家兄弟中間，我原是出了名兒的潑皮大膽，做過不少別人不敢做的事，走過不少別人不敢走的路，心驚肉跳的時候也有，感受上卻並不深刻，所以，如果要我描述恐懼究竟是什麼味道，大概我都不能說得很清楚。可是，那天在寨門口站著，從我內心浮現的，的確就是恐懼，或者是一種類似的情緒。我發現，使人感到畏懼的東西，往往因人而異，不一定就和危險、死亡這一類的事物連在一起，所以，有人怕蟑螂，有人怕耗子。至於我，一般人認為危險的，我的反應卻比較遲鈍，這大概就是我被認為膽大的原因。其實，我那裡是膽大呢？偶然遇上一些不正常的情況，儘管沒有什麼危險，我卻會內心憂惑，惶惶然不能自已。現在就是這個樣子，楊家寨是我的出生地，我對它的感情，自然不是其他任何地方所能相比，在這裡，不管是白天或是黑夜，不管是春夏秋冬任何一個季節，也不管是發生了什麼事故，感情應該是沒有變化的，總維持著一定的熱度和濃度，然而，就是現在，它在我的眼睛裡卻突然變得陌生起來。

其實，我從這寨門走出去，才不過一個多小時，並非它在這一個小時裡頭變了樣子，一切都安然如故，只有一點兒不同，那就是，從西寨門望進去，一直望到東寨門，也有一里路的距離，而長街寂寂，看不見一個人影子，聽不到一聲笑語或是嘆息……不論多好的房子，一旦被人遺棄，它就會在剎那之間，變成一座廢墟，好像長久以來就沒有人住過似的。就是這種情況，使我感到不正常，感到心裡發慌，甚至有一絲寒意從腳底升起，我發現自己的身體竟然有些抖抖索索的，如果不承認這是恐懼，卻又該怎樣解釋？

五哥去了好大一會兒，才從裡邊走出來，肩膀上扛著幾大盤繩子，大概是整理得不得法兒，在他背後漓漓拉拉的拖了一地，看上去就像是他被那些繩子纏住不讓走似的，模樣兒很狼狽。

我迎上去想幫幫他：

「五哥，你找來這些繩子做什麼？」

他懶得多作解釋，只說：

「當然有用處。走！」

我只好在後面跟著，像牽紗似的替他扯著那些繩頭兒，亦步亦趨，一直跟著他上了大石橋。

到了橋上，他才說明了他的用意：

「小六兒，你的朋友都說你水性好，該不是假的吧？今天正好用得著。你知道的，我是一個『旱鴨子』，不然的話，我會自己下去，用不著求你！」

我才弄明白他是要我下水去撈摸二扁頭的屍體。既然這事情非做不可，我當然不會推拖。

因為五哥小的時候和我生長的環境不一樣，如他所說，他是一隻不敢下水的「旱鴨子」，這差事也的確非我莫屬。唯一使我猶豫的，就是節季不對，一個月之前，「白花河」上還浮著一層薄冰呢，現在雖然是春水融融，溫度還是很低，人到了水裡，凍是凍不死的，可也得受一場大罪。如果真能把二扁頭找到，受多大的罪都值得，只怕是下了水之後，肌肉僵直，關節生鏽，動作不太靈活，潛也潛不深，游也游不好，就算二扁頭正在水底躺著，也未必能找得到，這場罪豈不是白受了？

五哥嫌我答應得不爽利，說話更帶出了火氣：

「你是不敢？還是不願意？」

我向他婉轉陳詞：

「怎麼會不願意呢？不過，五哥，你不會游泳，所以也不懂得水性，像現在這種天氣，人在水裡泡久了，是會抽筋的，有再高的本事也使不出來，有再大的力氣也用不上去，那情形危險得很。你不會游泳，這附近又沒有別人，萬一發生了那種事——」

五哥把他扛來的那幾盤繩子往地下一摔，表示他已經早有準備：

「所以我才帶了這些東西來！把這幾根繩子接在一塊兒，足足有四、五十丈那麼長，一端繫在你的腰裡，一端綁在這橋欄的石柱子上，綁得牢牢的，這對你，不就是一種保障？我在岸上隨時注意，萬一發生了問題，縱然不能下水救你，就用這根繩子把你拉上來，總還辦得到的。我想的這法子，可算是萬無一失，你還怕什麼萬一？快些下去吧，六弟，就算是我求你好了，待會兒天一黑，事情就更難辦，而事情又非辦不可，你往後拖延，無非是給自己增添更多的麻煩！」

我點點頭，開始脫衣服。反正在五哥的心裡，一個堂兄弟比不上一個外姓朋友，這種情勢由來已久，也沒有讓他改變的必要；而我，今天跟著他來，早就打好了主意，一切按照他的意旨行事，赴湯蹈火，在所不辭，他現在不過是要求我跳河而已，這有什麼好拖延的？他說他想的法子「萬無一失」，也許是的，只不過，照他的辦法來做，我覺得自己可就更像一個被人牽著線兒胡擺弄的木偶人兒了。

脫光衣服，把繩子頭兒繫在腰裡。五哥急不可待，就想教我學二扁頭，從橋上往下跳；他那個餿主意，我可不敢聽他的。熱身子，冰涼的河水，要是就這樣跳下去，就算運氣好，不抽筋，也一定會激出病來的。不理會五哥的催促，我光著身子，一步一步的繞過橋頭，先讓冷風吹襲，把我的體溫降低；走下河堤，再用兩隻手舀起河水，往前胸後背拍打了一陣子，然後，我才撲通一聲，潛入水底。

在水底下巡游著，我的心情複雜極了，又想快些找到，又想還是不要找到的好。找不到二扁頭的屍體，雖然並不能就證明他還活著，那一絲的希望總是沒有斷絕；而且，我也真怕再觸摸到死屍，儘管這已經不是第一次。水底下睜不開眼睛，就是睜開了，也只能看見一片黃澄澄、灰濛濛，什麼都看不清；我一邊到處摸索著，一邊在心裡禱告，千萬不要讓我摸到什麼，一隻手，或是一隻腳……

每過兩三分鐘，我都要浮到水面換氣，作一次深呼吸，再一個「猛子」鑽下去。在水底下待得久了，漸漸的就不感到水冷，甚至還有些暖暖的，而渾身的肌肉已經麻痺。幸虧這兩年常常學拳腳、練武藝，身體夠結實，這點子小刑罰，我還能禁得起……

有一次浮上水面，正好面對著大石橋，順便往橋上瞥了一眼，怪咧，怎麼橋上頭有好幾個人影子？當時不暇多想，又趕緊潛入水底，還以為是自己的眼睛出了問題，下一次再浮上來，特別在水面多停了一會兒，把眼睛擦乾，仔細再看，才看清在五哥的一左一右，果然多了兩個人。

雖然光線黯淡，看不清面孔，只憑身形，我也認得出那是誰，左邊是臭嘴，右邊是老鼠。

不知道這兩個傢伙是什麼時候到的，正在那裡比手畫腳，和五哥在說著什麼。有他們兩個人在場，我的膽量更壯，這一次再潛下去，我就游向遠處，把大石橋附近的這一汪子深潭，做更徹底的搜索……

游到潭的西南隅，忽然感覺到水底有一股很強的吸力，幾乎把我捲進一個大漩渦裡去。我及時警覺，想起來這裡是一處險地，急忙回頭，還幸虧腰裡繫著一根繩子，而繩子的長度也恰好到此處為止，總算有驚無險，安然的浮上水面。

每一個到這裡來游水的孩子，都曾經被「前輩」們再三告誡：西南角上有「妖怪」，什麼地方都可以去，就是不准到這裡來，而且要盡量離它遠著些。所謂「妖怪」，指的就是大漩渦，這個地方確乎是十分險惡。說書的人形容這類所在，慣用「秤鉈不墜，鵝毛下沉」這八個字，上一句也許是誇張，下一句却是絕對的寫實，我們曾經試驗過不止一次，不管多麼輕的東西，丟到這漩渦裡，它都能一口吞噬，轉眼之際，不見踪跡。

為什麼會有這個大漩渦呢？這對我們並不是一個難解的謎，謎底是早就發現了的。在護城堤的內側，有一泓泉水，從地底洶湧而出，水量大的時候，那根直徑三尺的水柱，能從湖面再往上冒起半丈高，氣象雄偉，滔滔不絕，也是「城窪子」裡的一處好景致。有人在泉水近處築泥為台，上面還建了一座小亭子，亭上的匾額，鐫有「靈泉」二字。那「靈泉」和這個大漩渦的關係，但凡是稍有聯想力的人，都會很容易的把它們拉扯在一起，這邊進，那邊出，地底下有一條天然的「排水管」，不過是中間隔著一座護城堤。這種解釋，合情入理，可是，老一輩的人却硬是把這一說列為禁忌。在他們眼裡，這大漩渦是一處險地，那「靈泉」則是一處神蹟，一善一惡，一聖一愚，根本就扯不到一塊兒去。小孩子如果膽敢說這種胡話，他老人家就會拿大耳刮子打你的嘴。打你，是替你消災氣，否則，神靈降罪，那可就更夠你受的。所以，在長輩們面前，聰明的孩子不會自討苦吃，私下裡我們卻做了許多次試驗，都證明我們的推測是百分之百的對。最大的一次惡作劇，是把一隻呷呷叫的鴨子趕到大漩渦裡，眼看著牠驚慌失據的在水面上打轉，越轉越急，最後就一下子被「吸」了進去，好像那漩渦裡有一條大蟒蛇，或者是諸如此類的「妖怪」，張開血盆大嘴，把一切靠近它的東西都吞進肚裡，一隻鴨子，大概還不夠它塞牙縫的呢。當那隻鴨子被「吃」掉之後，我們一大群小孩子，毫無惻隱之心的歡呼奔走，越過護城堤，跑到「靈泉」附近集合，大約過了有十來分鐘的工夫，那隻鴨子被「吐」出來了，仍然是完整的，只是已經斷了氣……

想起那隻死鴨子，我不禁機伶伶的打了一個寒顫。

「大概就是這樣子的！」我向自己喊叫：「一定就是這樣子的！」

到此時為止，我在這冰涼的河水裡，已經泡了有足足的兩個小時。大石橋下的這一汪深潭，也已經被我用兩隻手翻攪了一遍，到處抓，到處摸，卻什麼都沒有抓摸到。怎麼會抓摸得到呢？二扁頭已經被水底下的那個「妖怪」給一口吃掉！一定就是這樣子的！一定是！一定是！我還像個傻瓜一樣東抓西摸，白白的吃足苦頭，一點兒用處都沒有！剛才，要不是腰裡拴的這根繩索救了我，大概我也會被「妖怪」吞掉，那倒可以在「妖怪」的肚裡找到二扁頭，如果他也像那隻死鴨子一樣幸運，或許他能夠落一具完整的屍首……

我快速的向岸邊游去，五哥他們也都跑下橋來接我。

老鼠抽抽答答的問道：

「什麼都沒有找著嗎？一隻鞋子都沒有嗎？」

三個人一齊往這邊跑，却沒有誰記得給我把衣服帶著，就讓我在眾目睽睽之下，赤裸裸的上岸，又光溜溜的跑上大石橋，你說這教人惱火不惱火？好在這時候天色已經暗了下來，夜影兒可以替我遮羞，我也沒時間跟他們計較，快手快腳的把衣服穿好，一邊打哆嗦，一邊把我的發現向五哥報告。

正說著，忽然看到河堤那邊，又晃晃悠悠的鑽出一個人來。

五哥的警覺性很高，掏出他的「自來得」，卡的一聲上了頂門火，大聲喝問著：

「誰？」

那個人趕緊的打招呼：

「五少爺，是我。老主人家派我來找你們的！」

哎呀！不妙，原來是老管家到了。不必多問，這一定是奉爺爺的旨意，要來押我們回去。

我趕緊的向五哥搧火：

「無論如何，咱們現在可不能被他們押走，我已經知道二扁頭是在哪裡，要是現在就跟他回去，弄得半途而廢，功虧一簣，我這兩個小時的罪算是白受了！」

老管家年歲不小，耳朵很好，我對五哥說的話，他聽得清清楚楚的：

「沒有誰要押你們回去呀，老主人家只是派我來看看你們在做什麼。救人，這是好事兒嘛，我不會攔著你們的。六少爺，你著的什麼急？」

這幾句話，平平常常的，卻把我感動得幾乎要流下了眼淚。話雖然平常，而有著不平常的意義，這表示爺爺真的不再把我們看成小孩子，而認為我們是已經長了翅膀的，在他畫定的一個大圈子之內，可以由著自己的意志去飛，去做自己認為應該做的事。這是爺爺對我們的抬舉，他老人家用這種方式替他的兩個孫兒行了加冠禮。

我大模大樣的對老管家說：

「既然如此，你就跟我們一塊兒去。」

老管家也對我服服貼貼的：

「好，好，我就跟著，做兩位少爺的保鏢——你們的朋友，找到了沒有？」

我感到詫異：

「你怎麼知道是我們的朋友？」

老管家往爺爺身上推：

「我哪裡知道？是老主人家告訴我的，說今天向日本兵耍刀子的那個小伙兒，名字叫二扁頭，是兩位少爺的好朋友。而且，當你們一開溜，老主人家就猜到你們是來了大石橋，果然不錯。」

五哥也感到奇怪：

「爺爺又是怎麼知道的呢？」

老管家嘻嘻一笑：

「大概是未卜先知。不然的話，就是你們露出了馬腳，剛好落在老主人家的眼裡。」

我正想阻止他們說這些閒話，一張嘴，忽然鼻子發癢，打了個大噴嚏。

老管家伸手一摸，說：

「六少爺，你的頭髮怎麼是濕的？莫非是在這種天氣你下了水？哪，我這裡有萬應靈藥，百病皆治，你趕緊的灌兩口下去，祛祛寒氣。」

說著，從腰帶上解下一隻葫蘆，遞在我手裡。我知道那是酒，心理上早有準備，却不知道老管家的酒竟然這麼難喝，只喝了一口，就嗆得我直咳嗽。老管家存心整我，非逼著我多喝幾口不可。我只好認了，喝就喝，不過是半葫蘆「辣椒水」而已，最多也只是喉嚨難過，就是通通灌下去，它又能其奈我何。才灌了三四口，却又被老管家一把擄住，把酒葫蘆的封口塞好，又掖回到他的腰帶上去了。

幾口「辣椒水」下肚，肚子裡有一團火在燃燒，膽氣似乎就越發的壯了，我向大家宣佈說：

「快跑！靈泉那邊集合！去看看二扁頭的屍首吐出來了沒有！」

剛才已經向五哥說了不少，他聽了仍然有些莫名其妙，甚至於連「靈泉」在什麼地方都不知道。這是因為：第一，他到底不是在家鄉土生土長的，這處名勝又比較隱祕，四周是水，除非是特別去查訪，否則，就是走在護城堤上，也只能看到那座孤零零的小亭子，不會引起他的注意；第二，他又天性不愛游泳，連「白花河」裡那座大漩渦都沒有接近過，自然就想不起告訴他「妖怪」的故事，那一堤之隔的「靈泉」，也就沒有誰指點給他看。所以，雖然他回鄉已經好幾年，這「靈泉」對他來說，却是一個很新鮮的地方，今天正好去瞻仰瞻仰。

這時天已全黑。天空中餘留的一抹彩霞也已經熄滅。西天有一彎如鉤的新月，倒是開始在放出光輝，可惜它太小，又懸得太高，雖然心腸很好，只是光度微弱，照不清人的面目，也照不清腳底下的道路，正由於頭頂上有那一點點「星星之火」，反而把四野給襯得更黑了。也不是那種「潑下一瓶墨汁伸手不見五指」的黑，這種黑是半透明的，就像兩眼蒙上一層黑色的玻璃紙，從玻璃紙後面望出去，一切東西都成了扁扁平平的影子，而且擠壓在一起，分不清遠近的距離。在這種光線下走路，高一腳低一腳的，比「全瞎」更難走，越是用盡目力，越容易發生錯誤，看上去明明是一個坑，一腳踩下，却是一座高起來的小土堆，不是碰痛了腳趾頭，就是幾乎歪斷了腳脖子。尤其是過護城堤的時候，滑滑擦擦，連滾帶爬，就連走了幾十年路的老管家算上，也像剛學會走路的嬰兒那樣趺趺撞撞，一旦跌倒，就賴在地上不肯走，手腳還遠不如年輕人來得俐落。

幾乎費了二十分鐘的工夫，才來到「靈泉」。到了岸邊，我毫不猶豫的領頭兒淌進水裡，他們幾位也都在我背後跟著，魚貫而入。

春季裡河水較淺，這座「靈泉」的水柱，不像夏秋之間那樣聲勢浩大，從水面向上湧出，也有三尺多高，汩汩之聲，盈耳不絕。

「靈泉」附近的湖水，只有半尺多深，湖底的土質却和別處不同，是一種黏土不像黏土、石頭不像石頭的硬地，雖然常年泡在水裡，也不會軟化為泥，所以這裡的湖水就特別清澈，不帶有一點兒雜質，或許這就是它被稱為「靈泉」的由來。因為地硬，寸草不生，真是晶瑩明淨，如果是在白天，十步外水底下有一枚古銅錢，都能一眼就看得見；即或是夜晚，在這裡找點兒什麼東西，也比別處容易，何況是一具百來斤重的屍體？可是，當我們幾個人肩並肩的把那徑丈之地踏了一遍，却毫無發現，正如老鼠所說的，「連一隻鞋子都沒有找到」。如此看來，大概我設想的不對，或許是那「妖怪」太貪吃，連人帶衣服都消化在肚裡，教我們往那裡找去？

老管家已經曉得到這裡來是為了什麼，也承認我的推想有很充分的理由，他說，在他小的時候（那是五十年以前的事了），這樣的情況就曾經發生過，一個小孩在「白花河」游泳失蹤，遍尋無著，經過一位算命瞎子的指點，要他們到「靈泉」這裡來看看，果然就在這裡找到，只是隔的時間太久，屍體都變黑了。雖然有這一類的實例為證，老一輩的人仍然不相信這「靈泉」就是那大漩渦的出口，至於說，在「白花河」溺死的人為什麼要到「靈泉」來找，沒有別的解釋，只能說那是菩薩保佑，顯了靈跡，少不得要在「靈泉」岸邊感謝神恩，又燒香、又磕頭的。

像老管家這種年紀，而能夠有他這種見識，敢承認「靈泉」和「白花河」是通連著的，還認為我的設想有理，這已經有資格被接受是「維新分子」，往後我對他倒應該刮目相待，不再看作一般流俗。

推想有理，而查無實據，這究竟是怎麼一回事兒呢？老管家也作了合情的解釋：

「護城堤底下有一道天生的洞穴，把這『靈泉』和那『白花河』連接著，這事兒一定可靠，絕無可疑。照這泉水的氣勢，那道洞穴也一定不怎麼窄小，只不過，天然生成比不得人工挖掘，粗是夠粗，直可不一定夠直，中間必然是彎彎曲曲，繞來繞去，有很多的阻隔。兩位少爺的那位好朋友，想來也是和你們一樣的年紀，高矮粗細都和大人差不離，這麼大的個子，又穿著一身衣服，藉著水力，從那座洞穴通過，恐怕就不會多麼順利喲，也許什麼地方給掛著、擋著，也許大洞還套著小洞，要是沖到小洞裡去，水沖得越急，它就塞得越緊——」

老管家說得那麼恐怖，別人聽了，都還能挺得住，只有「老鼠」膽小，又禁不住放聲大哭。

「你是說，二扁頭就永遠出不來了嗎？」

把人都給嚇哭啦，老管家又說出不負責任的話：

「誰知道呢？對這地底下的情況，咱們是一點兒都不了解。剛才說的這些話，都是瞎胡猜。」

雖然是胡猜，倒很能夠使人信服，看起來，二扁頭之死，要比大頭哥更為悽慘些。大頭哥死在日本鬼子的武士刀下，身首異處，總還有一具屍體可收；二扁頭卻可能從此在人世消失，沒有屍體為證，這叫做「生死不明」，我們幾個跟他好朋友一場，要想也像對大頭哥那樣，替他料理身後，修個墳、造個墓……唉，都不可能！

既然不可能，留此也無用，是我帶著他們淌進這水裡來的，還是我先帶頭兒走出去。我背後是老鼠，一直在哭哭啼啼，哭得如癡如迷，上氣不接下氣。

五哥走在老鼠的後面，忽然向老鼠厲聲喝止：

「住口！不准哭！」

老鼠的哭聲，哼哼嗤嗤，聲音又尖又細，像個女孩子，的確是很刺耳；可是，五哥以這種態度對待人家，也未免太霸道了吧？我很想藉此機會數說五哥幾句，要他以後對朋友，或是對自家兄弟，都應該平等待遇，不能厚彼，也不能薄此。當我止步回頭，却發現五哥正轉過身子往回走，走走停停，側耳傾聽，好像他聽到了什麼特別的動靜。

老管家在旁邊問他：

「五少爺，你聽見什麼啦？」

五哥擺擺手，要大家保持靜默，不准說話，也不准走動，一副神經兮兮的樣子。我也屏聲止氣，凝神靜聽，卻什麼聲息都聽不到，不知道他在緊張些什麼。我正想開口問他，他卻首先打破沉寂，唏哩嘩唧的，在水裡邁著急步，向二十尺以外的那座小亭子跑了過去。

大家一齊跟進。五哥在亭子裡大叫：

「快來呀，二扁頭在這裡哪！」

一聽這個喜訊，幾個人爭先恐後，目標——小亭子——快跑！你擠我，我撞你，有人在水裡摔倒，那一身衣服就不必說了；沒有摔倒的，也被彼此腳下濺起的水花，弄得一身水濕。好啦，現在要感冒的話，大家都有份兒，再也不是我一個人專有獨享的權利。

跑進小亭子，果然看到亭子裡匍匐著一個人，——不，一具屍體，這麼多人亂鬨鬨的，「他」一點兒感應都沒有，趴在那裡，哼也不哼，動也不動，人明明是死了的。

奇怪的是，要死，他應該死在「妖怪」的肚裡，被「吐」出來的時候，人不可能還活著，那麼，他的屍體就應該躲在出水口的附近才對，是誰把他搬到這裡？莫非這「靈泉」真是神蹟，有各路神靈在此護持？是天兵天將？還是本方土地？

老鼠最後才跑進來，一身濕淋淋的，往那裡一站，就漓漓拉拉的滴了一地水，原來剛才就是他摔倒在水裡。

進來得最遲，心卻比誰都急，也不管他那一身水浸的衣服有多討人厭，還從人縫裡往前硬擠。實在擠不進去，他就可憐巴巴的在圈子外頭打聽著：

「是二扁頭嗎？是二扁頭嗎？」

五哥剛才罵了他，大概是心裡有幾分歉意，現在就對他格外客氣，輕聲細語的回答：

「不錯，是他。雖然光線太暗，看不清楚，可是，我摸過他的臉、他的頭……除了他，再也不會是別個。」

老鼠又怯怯的問道：

「他是不是還活著？呃？他沒有死吧？」

這話問得很傻，不需要回答他。他愣了一下，也就想明白啦，於是，把那隻要傷風的鼻子用力一吸，又哼哼嗤嗤的哭了起來。

老管家蹲在二扁頭身旁，從懷裡取出火鏈、火石和火紙，咔嚓了幾聲，冒出幾點火星，把火紙煤子點燃，再放在嘴邊一吹，一團熊熊的火燄就在他手裡出現。

用那團火照著，把二扁頭上上下下的檢查了一遍，老管家竟作了一個很驚人的宣告：

「好啦，好啦，別哭啦，人沒有死，還留著一口氣兒。他挨了日本鬼子一槍，傷口在屁股上，不是致命的地方。不過，這個傷口很怪，只有進口，沒有出口，子彈到了哪裡，這可看不出來。」

一聽二扁頭還留著活命，真教人又喜又驚，更有密密麻麻的許多問題，不知道該怎樣解釋的，只要二扁頭不死，他一定能把這許多問題解釋得清清楚楚，明明白白，只要他不死！而現在最要緊的事是怎樣救他，留住他一條命，留住他一張會說話的嘴巴……

我想起來老管家本人就練過武功，而且兼通醫術，是一位專治跌打損傷的外科大夫，過去「聯莊會」有了受傷掛彩的人，往往由他出手診治，而都能著手回春。這可真是菩薩保佑，上天作了這麼奇妙的安排，二扁頭受傷不死，爺爺也剛好派了老管家來，這不正是二扁頭命不該絕，也正該著讓老管家一顯身手嗎？

五哥也知道老管家有這個本事，他催促著：

「那你就快給他治呀，又不是跑江湖、賣膏藥，光說不練，也救不了他的命！」

老管家發出一聲苦笑，說：

「五少爺，你太高看我囉！我那點子莊稼把式，比跑江湖、賣膏藥的也強不了多少，這麼沉重的傷勢，我那能治得了？」

他這樣耍滑頭，一推六二五，完全不管二扁頭的死活，真教人又氣又惱。這幾句話一說出口，簡直就像捅了馬蜂窩，我、五哥、臭嘴和老鼠，都一齊向老管家展開圍攻，有的勸，有的求，有的哭，有的罵……老管家就是再多長一張嘴巴，他也難以招架。在黑影裡，他先是蹲在地下，支撒著兩隻大手，遮擋著四面迸濺的口水；實在招架不住，他索性站了起來，又是打躬，又是作揖，那架勢，可真像一個跑江湖、賣膏藥的。

「好啦，好啦，列位小爺，你們就饒了我的耳朵吧！有道是，救人一命，勝造七級浮屠，這是天大的功德，真要是有這個本事，我哪會往外推？可是，這救命的事情，不是開玩笑的，我也不敢瞎逞能。老實說，像你們的好朋友這種傷勢，人只剩了一口氣兒，子彈頭兒還留在肚裡，別說是我，別的那些掛牌行醫的外科大夫，恐怕也都治不了。要想治得好他呀，想來想去，全縣裡只有一個人有這種本事，只可惜——」

老管家說話的時候，我們幾個人本來已經漸漸靜下來的，聽他說到「那些掛牌行醫的外科大夫也都治不好二扁頭」，又立時亂成了一鍋開水，又鼓泡兒，又冒氣兒，他最後說的那幾句話，也就沒有聽進耳朵裡去。還幸虧幾個人當中有一個人比較沉穩，不用說你也知道，那當然是我五哥，只有他把老管家最後說的幾句話聽清楚了。

當一陣亂鬨過去，五哥盤問老管家：

「你說有一個人治得好二扁頭，那是誰呢？」

老管家說出了這個人：

「城裡天主堂，有一位德國神父，姓劉，你們應該都知道吧？」

何止是知道？那位劉神父是我們的老朋友。所謂「老」，這有兩個解說：一是我們相識的時間久，大概從我們穿開襠褲子的時候，就已經認識了這個會說中國話的「洋老頭兒」；二是說他的年歲老，早在義和團燒教堂、殺洋人以前，他就來到了本縣，而本縣隸屬曹州府管轄，正是義和團的發源地，這個「洋老頭兒」是怎樣躲過那一劫的，我可就說不清楚了。

總之，他沒死，城裡的天主堂也沒有燒掉，那股子怒火燒過之後，他還照樣的騎著腳踏車到四鄉傳教，只是他原先的黃鬍子，漸漸變成白鬍子了。縣城裡的天主堂設在南門大街，佔地寬廣，從南門裡一直到十字街口，大街西側，幾乎都是天主堂和附屬機構的範圍。天主堂設有一座醫院，這我是知道的；劉神父同時也是一位醫師，醫院裡就由他一個人唱獨腳戲，只有幾位修女做護士，這，我也知道的。可是，光是知道這些有什麼用呢？天主堂在城裡，城裡又是被日本鬼子占領了的，這深更半夜，怎樣去請劉神父出來？受傷的二扁頭，和唯一能救他活命那個「洋老頭兒」，一城之隔，恍如上天下地，兩個人根本就到不了一起，豈不是教人乾著急？

我罵老管家：

「你這說的淨是廢話，還不如不說哪！」

老管家也束手無策：

「是呀，所以我才說『可惜』嘛。」

人多，主意也多，正在眾人感到無計可施的時候，一向不大有主意的老鼠，忽然慢悠悠的說：

「劉神父出不來，咱們不會把二扁頭給他送去？」

他說得倒容易，好像這是太平盛世，哪怕深更半夜，城門一叫就開。今日何世，哪會有這種方便呢？我也聽說駐在城裡的幾十個日本鬼子，白日裡耀武揚威，一到傍晚就把四門緊閉，城門交給「二鬼子」把守，他們自己都縮回到我們學校裡去，高牆深壘，大圈子裡頭另有小圈子，是不敢輕易出來活動的。儘管如此，那些「二鬼子」狗仗人勢，見了日本人就搖頭擺尾，見了中國人就齜牙咧嘴，比真鬼子更令人厭恨，要想跟他們打交道，把我們大開城門迎接進去，那是絕無可能的；更或許他們會把我們看成一筆「財氣」，是一次向主子邀功求賞的好機會，我們豈不是自找倒楣？

我正想罵老鼠幾句，却被臭嘴佔了先機：

「吃個燈草灰，放個輕巧屁，這主意你是怎麼想出來的？難道那些二鬼子都是你的叔伯？就算是，也不頂用呀，他們是連祖宗都不要了的，還認得你這個大侄子？」

老鼠不緊不慢的說：

「有一條通路很隱祕，不會驚動那些二鬼子。」

我嗤之以鼻：

「莫非你要我們越城而過？沒有人受傷，也許能辦得到，現在二扁頭是這種情形，還禁得住折騰嗎？」

老鼠的聲音像唸經：

「不必爬城，只要鑽洞。你們這些人，怎麼這樣笨？那條通路，咱們小時候常常經過，這才不幾年的工夫，你們怎麼都忘了？」

他說著，我心裡漸漸有些光亮。臭嘴大概也和我一樣，兩個人幾乎是同時脫口而出：

「哦，你說的是水——西——門！」

老鼠稍稍有些得意：

「是呀，就是那裡。從水西門進去，沿著城牆根兒往東走，不多遠就到了天主堂的後門，挺近便的。你們看，這主意可行得行不得？」

當然是行得的。這是一條「暗渡陳倉」的妙計。老鼠的那個腦袋奇小無比，卻能想出這麼高明的主意，真教我們長了一顆大腦袋的人感到慚愧。

五哥對這條隱祕的通路一無所知，向我諮詢著：

「這條路，真的能走？」

我對五哥說明情況：

「水西門是在城的西南角，城裡孔廟月牙河有一汪子泉水，就和這裡的『靈泉』一樣，是從地底下湧出來的，在城裡流成一條河，然後就從這個水西門流到城窪子裡去。……城裡當然看不到河囉，街道上都鋪著石板，有時候經過人家的庭院，上面還蓋著房屋，底下是一道暗溝。……水西門其實不是一座門，是一道水閘，造在城牆底下，很多人都不注意它。城裡是街道，城外是護城壕，你從它旁邊走過，都可能看不到。」

五哥滿懷疑慮：

「水閘，那不是裝有鐵柵條的嗎？」

「有哇。每一根都像大腿那麼粗，而且一橫一直，焊成一個一個的方格子，可牢靠著哪。」

「那怎麼能過得去？」

「五哥有所不知，這些鐵柵條原先是很牢固的，可是它年代太久，又從來沒有修補過，水面以上還好好兒的，水面以下都已經爛掉，那個大窟窿啊，嘿嘿，不要說是人，牛也過得去！」

話說清楚啦，再無任何疑慮，於是就由五哥下令，間始啟程。剛好這小亭子附近，就繫著幾隻小船，是附近人家準備採蓮、捕魚用的，現在正可作為我們的交通工具。連二扁頭在內，一共六個人，分坐兩隻船，先把二扁頭抬在第一隻船上，由五哥和老管家負責照料，其他的人都上了第二隻船。船槳都是現成的，對划船也不算很外行，就這樣，順順當當的上了路。

從暮春到初夏，原是城窪子最有朝氣的節季，到處一片嫩綠，充滿生機，襯得那湖水也是綠色的。新生的蘆葦和蒲草，都才只有三四尺高，一根根綠得像翡翠，沒有一片敗葉，沒有一根枯枝，不像盛夏那樣擁擠，也不像深秋那樣蕭瑟。現在雖然是黑夜，看不見它們的風姿，却嗅得到它們的氣味，而這氣味是我一向聞慣了的，如今雖在亂世，它的清新仍如往昔。

為了安全起見，我們的兩隻船繞了遠路，沿著護城堤——也就是城窪子的外圍行走，轉了一個大圈子，然後再取直線奔水西門而去。

一路上，船在蒲葦叢中行進，蒲草是軟東西，船來了就往兩旁仆倒，還不會受到大傷害；蘆葦就不同了，新生的莖幹還不夠堅硬，輕輕一碰，就會斷掉。雙槳起落，只聽得一串串脆響，不知道斷掉了多少。這對蘆葦來說，實在是一場意外的災禍，只好說抱歉了。

接近城垣，本來還有些提心吊膽，怕被城牆上的二鬼子發覺，結果却安然無事，大概那些二鬼子也都心懷鬼胎，躲在城門樓子裡不敢出來。

護城壕和城窪子之間，本來並不相連；水西門是一道小河的出口，只有這條急流，是一直漫過護城壕，流進城窪子裡去。我們逆流而上，直入水西門城牆下的那條「隧道」。說是外面黑，其實這裡才是真正的「地獄」，何止是伸手不見五指？就是面對面的對望著，也是你看不見我的眼，我看不見你的鼻子。好在「隧道」裡建造得很整齊，三面磚壁，就像一座平頂房屋似的，倒不怕碰到什麼古怪東西。

船頭碰觸到那道鐵柵，老管家又亮出了他的隨身法寶——火紙煤子，就靠著那一點微弱的光亮，認清了方向位置，我們幾個人都毫不遲疑的滑下水去，費了好大的氣力，盡量的不把二扁頭的身體弄濕，終於讓他貼著水面，擦著鐵柵條，鑽過了那道閘門。

城裡，一片死寂。不但沒有遇到真鬼子和假鬼子，也沒有遇到打更守夜的，甚至於連一聲狗叫都沒有。這真是怪事，被敵人占領的城池，好像是比太平盛世還寧靜呢！這種寧靜，卻似乎是有重量的，壓在人的頭頂上，讓人不敢咳嗽，不敢說話，不敢大聲喘氣兒。

不多遠，就到了天主堂的後門。我們都知道，天主堂前後兩座門戶，晝夜二十四個小時永不關閉，這是劉神父訂的規矩。原先還擔心著時局不對，天主堂也改了規矩，到了門口，發現那門也只是虛掩著，我們就推門而入，一直到了劉神父的臥室。

把劉神父吵醒之後，他看見我們這副狼狽的樣子，也嚇了一大跳。這幾個人，他倒是都認識，一個一個的叫出我們的名字。一看受傷的是二扁頭，他更是關心，原來二扁頭全家，除了他本人，都是虔誠的教徒。就連二扁頭也是在這教堂受洗的，大概是洗得不太乾淨，所以他一身粗筋硬骨頭，對敵人固然兇悍，對朋友也很彆扭，橫看豎看，都不像一個受上帝眷顧的教徒。

聽清了二扁頭受傷的由來，劉神父連聲讚嘆：

「我聽說，東關外，大石橋，有一個日本人被殺，原來，就是他幹的呀。英雄！好漢！有種！有膽！這樣的孩子了不起！這樣的孩子我喜歡！」

在劉神父的安排之下，二扁頭很快的被抬進了病房，做了一番仔細的檢查，又採取了一些急救措施，認為傷勢並無大礙，子彈頭兒穿過屁股上的一層厚肉，就嵌在大腿骨上，等明天動一次「小手術」，再休養個三天五日，「他就會下來走路」。

得到劉神父的保證，大家都很高興。本來想就把二扁頭留在這裡，由住在城裡的臭嘴和老鼠來輪班侍候，我們三個住在城外的，還趁著夜幕，走原路出去，過幾天再想辦法聯絡，打聽二扁頭治療的結果。

劉神父掏出他那隻小燒餅一般大的懷錶，打開錶殼一瞧，已經是黎明快五點鐘了，怕我們一出城牆就已經天亮，來不及走出城窪子，就要我們留在天主堂裡，趕明天再回去。又看到我們每個人都是一身水濕，就叫人找來幾套向人募捐準備救濟貧民的衣服，要我們趕快換上，免得著涼生病。這些衣服雖然破舊，穿在身上倒還暖和，只是衣服裡頭什麼玩意兒都有，有的忽律忽律的爬，有的窮兇極惡的咬，可把我們幾個給折騰慘了。

第二天一早，臭嘴和老鼠分別回家，我們三個只好在天主堂醫院裡窩著，一方面陪伴二扁頭，另一方面也是因為受到劉神父的警告，他說昨天那幾個日本兵從大石橋退回城裡，城裡就沸沸揚揚的傳開了消息，說是楊家寨全族起而抗日，「聯莊會」改作游擊隊，甚至連大石橋上刺進日本鬼子胸口的那一把刀，也說成了是楊家寨的。這些謠言，倒是很替我們楊家寨裝臉，只是害得我們三個不能在城裡露面。老管家很想回到城裡老宅子裡去拾掇些東西，也被劉神父攔住。這倒好，在自家本鄉本土，卻像是通緝犯住進了租界似的，心裡頭好彆扭。

吃過早飯，劉神父就把二扁頭推進了手術室。動手術要輸血，剛好我們兄弟倆的血型和二扁頭一樣，都是O型的，兩個人輪流躺在手術台的旁邊，一直到手術完畢。劉神父說是「小手術」，果然費時不久，因為動手術的時候，二扁頭還不甚清醒，麻醉藥用量過少，劉神父洗淨他屁股上的傷口，就開始往外夾子彈頭，二扁頭疼得一聲大叫，人就這樣清醒過來了。

從手術室送回病房，二扁頭蹶著屁股，趴在床上，就像夏天怕熱的癩皮狗一樣。我和五哥蹲在床前頭，逗著他說話，也不知道他是經此一場大難，是真的嚇傻啦，還是故意的裝迷糊，一問搖頭三不知，什麼事情都記不清楚。最急人的是，問他是怎麼樣從大漩渦「吃」進去，又從「靈泉」那邊「吐」出來的，他好像根本不記得有這麼一回事兒，還恨不得別人給他說一個詳細呢！看他身上、臉上，只不過略略的有些擦傷，劉神父給他抹了些紅藥水和紫藥水，紅一塊、紫一塊的，看上去不折不扣，活像一隻擦了藥的癩皮狗。

中午，臭嘴和老鼠都跑了來，又帶來一些消息，說是城裡新來一兩百個鬼子，是從鄰近幾縣抽調來的，還有數量更多的漢奸部隊，正準備對楊家寨展開攻擊。好，攻就由他攻去，不過是一大片幾百年的老房子，房子可以燒淨，土地總抬不回日本，將來抗戰勝利，我們會蓋得更講究、更整齊。

下午，就聽見東南方傳來一陣槍炮聲，挺劇烈的。奇怪，寨子裡已經沒有人，還打什麼呢？只響了幾分鐘，槍炮聲就歸於寂靜，哦，原來這是試探性的攻擊，不知道他們攻下一座空寨子，是不是也耀武揚威，表現一下他們的「武士道」精神？

這麼一來，使得劉神父對我們更不放心，挽留我們兩兄弟在他這裡多住幾日，只要我們不亂跑、不惹事，在教堂的範圍之內，他保證我們安全無慮。這種情況，我們也聽說過的，鬼子進城的時候，劉神父派人四處傳告，天主堂成了臨時的庇護所。因為劉神父是德國人，一夫當關，日本鬼子不敢進入騷擾。大頭哥和他的父親「老秦瓊」，也曾經在這裡住過，要不是「老秦瓊」好酒貪杯，從天主堂跑了出去，也就不會惹下那場滅門大禍，父子二人，在一日之間，死得絕門絕戶。大多數的逃難者，都靠劉神父的保護，躲過這一劫，等到局勢穩定下來，才各自回家，從此安安分分的做了「良民」。

老管家是爺爺派來找我們的，我們被牽絆在這裡，他總得回去報個信兒，不然的話，三個人一齊失踪，又明知道是身陷險地，爺爺和家中人等豈不焦慮？劉神父了解這種情況，於是不再攔阻，只一再的反覆叮囑，要「這位大哥」多加小心，老管家向劉神父拱手謝過，然後拍拍腰板兒，哈哈大笑，豪情萬丈的說：

「這沒有什麼大不了，真要是遇上鬼子，我就學學兩位少爺的好朋友二扁頭，先痛痛快快的殺他幾個，就是落在他們手裡，被開膛破肚，也算是一死報國，這沒有什麼大不了！」

我們這位老管家，可能是由於年歲，也由於他的身分，平時聽他說話，總是有些暮氣沈沈，今天才顯露了他的真性情，原來也是這樣一個不怕事的人。

劉神父被感動得熱淚直流，豎著大拇指，連聲讚嘆說：

「好，好，年輕的有二扁頭，年老的有這位老哥，日本人就亡不了中國！」

當天夜裡，老管家還從水西門溜了出去。攻打楊家寨的日軍增援部隊，傍晚時分才撤回城裡，大概是因為部隊是從各地抽調來的，指揮權不統一，也就顯得更沒有紀律，又加上剛剛打了一場「大勝仗」，需要有些「獎勵」，鬼子兵三三兩兩的在城裡各處盪來盪去，猪皮靴帶著鐵釘子，在青石板大街上橐橐的響，從初更，一直響到天亮。

這一夜，風聲鶴唳，縣城裡不知道發生了多少椿慘事。自從老管家走後，我和五哥就一直替他提心吊膽的，聳著耳朵聽，倒是沒有聽到南城窪子那邊傳來槍聲，以老管家的身手和機智，大概還不至於落在鬼子或者二鬼子的手裡，現在已經一路平安，到了「柳河口」。

老管家臨上路的時候，曾經和我們約定，三日之後，他來這裡接我們，要我們答應，在這三天當中，要像「豆芽菜」一樣「孵」在這天主堂裡，絕對不能輕舉妄動。儘管我們連連點頭，作出一副唯命是聽的樣子，他還是不放心，臨走，又一再的向劉神父拱手作揖，拜託他看住我們，還向劉神父交頭接耳，說我們兩兄弟外貌厚實，其實很不穩重，是楊家的兩個「惹禍精」。劉神父久居中國，有時候甚至會忘記自己的大鼻子、藍眼睛，自稱是中國人，他說我們的家鄉話，幾乎像任何土著一樣好，不過，「惹禍精」這樣的詞彙，我仍然懷疑他是否能聽得懂，劉神父却點頭如儀，還很滑稽的向我們眨眨眼皮，表示他一切心領神會，肚裡明白。

除奸

就是沒有劉神父看住我們，起初，我們也並不打算出去鬧事。一來是人單勢孤，想鬧也鬧不出什麼。二來，我和五哥天性「和平」，人不犯我，我不犯人，老管家綽著爺爺的口氣，硬說我們兩個是「惹禍精」，實在是冤枉了我們。

儘管我們接連的被捲入漩渦，不得大人們的准許，身陷險地，做出一些大人們所不喜的事，可是，憑良心說，我們招了誰、惹了誰呢？五哥曾經咬牙切齒的，把自己說成「膽小鬼」、「窩囊廢」，說我們「自己永遠做不成英雄，最多只能替英雄收屍」，話固然是賭著氣說的，卻不得不承認它是百分之百的真實。自從日本鬼子進了城，短短幾個月的時間，其他的血賬一概不算，單說我們的朋友，六個人當中，就有了一死一傷，而我們所能做的，不過替他們「料理後事」而已。上一次把大頭哥埋葬，這一回總算救回來一個活的。像這些行動，都是不得已而為之，悽悽慘慘的，栖栖惶惶的，大人們縱然不同情，又怎麼能說我們是「惹禍精」呢？

不過，生在那個年代，只要你不瞎不聾，自然有許多的所見所聞，會教你心脈怒張，熱血沸騰，要想不「惹禍」，也實在不是一件容易的事情。就拿那天晚上來說，我和五哥被安排在二扁頭住的那間病房裡睡覺，病房的窗外就是街道，好在天主堂這一帶地勢較高，從街道那邊看過來，平房就像是二層樓，窗子又小，看是看不見什麼；可是，街道上的動靜，在房子裡面聽却聽得很清楚。

這一夜間，獸奔鳥竄，鬼哭神嚎，天主堂以外的這座城市，一下子落在魔鬼手裡，那些被害者的驚呼慘叫，和鬼子兵的獰笑，都聲聲入耳，這在受到保護、置身事外的人聽來，是多大的刺激！二扁頭趴在床上裝睡，却一直把兩排牙咬得咯崩崩的響；五哥在病房內幾尺見方的空地上走來走去，神情也是猙獰可怖，像一隻關在柵籠裡的野獸；我坐著，因為我既不想躺下去，也不敢站起來，躺下去我會覺得那是屈服，站起來又怕這座屋門擋我不住，我會奪門而出，去「惹禍」，去送死！

那一夜，使我對亡國奴的滋味，有著最深刻、最尖銳的感受；也使我了解孟子所說「所欲有甚於生，所惡有甚於死」的道理。生命誠然可貴，要看在什麼樣的環境中活下去；死亡誠然可怕，却有很多遭遇比死亡更可怕到十倍、百倍，做亡國奴就是其中之一。人畢竟不是牛馬，不是豬狗，不是那些蠢蠢然不知生死、不知羞恥的低等動物，活要活得自由自在，不屈不辱，死要死得莊嚴……

劉神父受人之託，也是由於很喜歡我們的緣故，那一夜，他竟然整夜不睡，接連到病房來過好幾回，給我們講了許多中國人信奉的大道理，要「逆來順受」，要「好漢打脫牙和血吞」，要「忍」。我發覺，這個「洋老頭兒」在中國住得實在太久了，雖然他長著一副典型的北歐人相貌，又穿著一襲天主教神父的「道袍」，他的思想却已經十分中國，他說的這番話，很像一位歷盡滄桑、飽經風霜的中國老者，一樣的世故，一樣的圓滑。這些話我們是聽不進去的，也知道這未必就是他的本意，不過是盡他之所知，隨處拾掇著俗話古語，用來安撫我們這幾個飛揚浮躁的年輕人而已。

這一夜，是我生命中最長的一夜，而它終於成為過去。外面天翻地覆，我們幾個人躲在天主堂裡，躲在一面德國旗的庇護之下，安然無事，不傷毫髮。至於這一夜留在我心底的聲音影像，那是永遠不會消失、不會隱褪的，並非我有意留住它們，而是因為這些刻畫太深，在心底留下永不痊癒的疤痕，一生一世，與我同存。我懂得，任何疤痕都是醜陋的，那是一種痛苦，或是羞辱的標誌。誰願意留下這種醜陋的疤痕呢？不管是在臉上？或是在心裡？可是，有人重重的傷害了你，你能夠從那場痛苦、羞辱中活過來，已經是不容易，再想稍過一些時日，就裝得若無其事，那是不可能的！除非，你不是人，而是一塊沒有生命、沒有感覺的頑石！

第二天，第三天，鬼子兵都是一早整隊出城，傍晚時分又回到城裡，只是比較有了紀律，回城之後就鑽進營房——也就是我們的學校，很少有散兵在街頭遊蕩。

照這種情況看來，他們上一夜的暴行，是得到准許的，而不是失去控制，可見在日本軍官的心裡，把淪陷區的中國老百姓看成了什麼，更可見那些日本鬼子也並非毫無理性，他們是故意放縱，有心作惡、殺人、放火、搶劫、強暴……在他們來說，都只是一種娛樂。瞭解了日本「皇軍」的這種心理，更點燃了我心頭的怒火，如果我們在飽受蹂躪之後，只輕描淡寫的把他們說成「野獸」、說成「惡魔」，而就「逆來順受」，而就「既往不究」，那不叫做寬大仁厚，而是我們太「文明」也太軟弱了！

第四天，鬼子兵又整隊出了城，這一次却是出去的多，回來的少，調來增防的日軍部隊已經離去，回到城裡來的還是原先那幾十個鬼子。這表示一次所謂的「掃蕩行動」已經結束，又恢復了「占領區」的常態。

第五天，老管家仍然遲遲不來。我們這兩棵被「孵」在這裡的「豆芽菜」，因為悶得太久，缺少陽光雨露，都快到了要炸裂、要發狂的程度。幸而臭嘴和老鼠每天都來報到，也順便把外面的情況，以及真的假的消息一大堆，都倒進我們的耳朵裡，聽得我們更著急、更焦慮。

二扁頭倒是復元得很快，流了那麼多的血，泡了那麼久的水，又被那「怪物」吸進呼出的，等於是到酆都城打了一個來回，換了別人，就像俗話所說的，「不死也得脫層皮」，二扁頭却有一種驚人的抗力，再加上劉神父悉心診治，中西藥兼施，把那顆子彈頭兒取出來之後，上的藥却是「紅白珍珠散」之類，是劉神父不惜重貲，委託「天宮廟」老道士虔誠配製的。才不過四五天的工夫，他屁股上的那個大窟窿就收了口，好像也已經不甚疼痛，三番五次的向劉神父吵鬧，要查問清楚他究竟還得幾天才能下床走路？他說他從會走路以來就沒有在床上躺這麼久過，一身骨頭都快躺散了。

劉神父被他糾纏不休，就順口應諾著：

「一兩天就好，一兩天就好。要是有一根楞杖給你，現在下來活動活動也不礙事。」

事情偏就有那麼巧，那天下午老鼠來看他的時候，竟然帶來一根楞杖，送給二扁頭作禮物。那楞杖看著眼熟，原來是大頭哥的，不知道是什麼緣故，落在老鼠手裡。那楞杖本是一對，另一根不曉得流落何處。睹物思人，大家心裡不免有些酸酸的，却又覺得大頭哥的英靈並未遠去，而感到在那一陣酸冷過後，又從心底浮起一絲暖意。

有了枴杖，二扁頭就再也躺不住，也不讓人攙扶，兩條腿變成三條腿，一瘸一瘸的到處行走，真像是個剛剛學步的奶娃子，幾步路走得搖搖擺擺，歪歪斜斜，他自己還挺得意的哪。

我們幾個人在後面跟隨著他，他竟然還有心情開自己的玩笑，癡癡的笑著：

「往後，你們不要喊我二扁頭，應該改改稱呼，叫我『二瘸子』好啦。」

走了幾步，他又歪著頭，很陶醉的說：

「你們有沒有覺得，我越來越像大頭哥了！」

看我們不答腔，他還一個一個的逼著問：

「像不像？呃？你說像不像？」

像是一點兒都不像，二扁頭和大頭哥，兩個人的相貌和體魄都相差得太多，一隻癩皮狗，一匹大駱駝，怎麼能像得了？可是，要說是一點兒不像嘛，在相貌體魄之外，又好像有些地方讓人產生聯想，而覺得二扁頭雖然不太像大頭哥，總也是具體而微，相差不多。

我湊過去，幾乎用一種拍馬屁的腔調說：

「唔，何止是像？你簡直和大頭哥一模一樣。」

在平時，我當然不會這樣說，——如果有人這樣說了，那必定會在人群中引起一場鬨堂式的大笑，笑得人喘不過氣兒，笑得人伸不直腰。今天，用這種腔調說話的竟然是我，而且，大家聽了之後，也沒有誰想笑，都很嚴肅的點頭認可，一致通過。由此可見，由於二扁頭表演了一手飛刀，他的地位在朋友們中間確乎是提高了不少。

至於被刺殺的那個日本鬼子到底死了沒有？這不只是二扁頭關心，從他清醒過來以後，就一再的查問，別的人也都很想知道一個確實的消息。可是，這個消息恐怕是永遠打聽不出來的，日本鬼子對這類事件一定是封鎖嚴密，就是跟在他們屁股後面的那些二鬼子，也只是胡亂猜測，沒有人真正的知道謎底。二扁頭堅持他自己的信念，認定那鬼子就是向大頭哥行兇的劊子手，而被他刺中的恰是心臟部位，一把刀深入半尺，那鬼子焉得不死？大家也都心同此理，相信二扁頭這一次行動是完全成功了的，這是大頭哥英靈護佑，讓二扁頭一擊而中，替他報了仇。

二扁頭露了這一手兒，使他在朋友們中間成了英雄人物。不過，憑良心說，他這一手兒也並不能算是多麼高明，暴虎馮河，完全仗著一股子血氣之勇。他的遭遇，真可算是九死一生，逛了一趟酆都城，從判官老爺手中討回了性命；如果不相信諸天神佛一齊下凡打救……一類的「神話」，那就只有兩個字可以解釋：僥倖。也正因為如此，才覺得他大難不死，格外可喜。而且，他的傷勢不算不重，卻能復元得這麼快，連經驗豐富的劉神父都嘖嘖稱奇，說二扁頭是「一個特別受天主眷顧的孩子」。以我對二扁頭的了解，劉神父的這種說法也並不貼切。瞧二扁頭那副長相，和他天性中的那份兒狂野，以及他過去十餘年來的種種「劣跡」，像他這樣的孩子，正如家鄉長輩們常說的：「姥姥不疼，舅舅不愛」。上帝和他又沒有什麼親戚關係，怎麼會特別的「眷顧」他呢？

他之所以大難不死，依我看，完全是靠著他自己，皮粗、肉硬，禁得住跌打碰撞，再加上求生的慾望強烈，就像蚯蚓一類低級動物似的，有一種神奇的再生能力，別說只是屁股上挨了一槍，就是砍下他的腦袋，我猜，他大概也會很快的再長出一顆來。我這樣說他，可一點兒也沒有菲薄他的意思，事實上，我對他是既羨且妬，羨慕他那楞頭楞腦，照前不顧後的好膽量，嫉妬他福大命大，涉險而不傷。

在這幾天裡頭，我和五哥被「禁閉」在天主堂裡，真是心急如焚，度日如年，也只有二扁頭的復元，是唯一可喜的事。除此之外，從臭嘴和老鼠那裡聽來的，全都是壞消息，哭也能把人哭死！氣也能把人氣死！

最令人氣惱的，是那些為虎作倀的漢奸狗腿子，他們的所作所為，何止是不忠不義？簡直是寡廉鮮恥，根本算不得人類！怪不得古人說過「亂臣賊子人人得而誅之」的話，這些人的確是罪不容恕，讓他們披著人皮，在光天化日下擺來擺去，實在是國家民族的羞辱！

聽臭嘴說，「維持會」那幫人，自從鬼子進城，對他們封官授職之後，那些劣紳、奸商、地痞、流氓，都得意忘形，就像是收房的丫頭扶了正，擺出一副自尊自大的面孔，氣焰越來越盛。起初，對自家的鄉親說話，還半真半假，半瞞半哄，說什麼「他們日本人怎樣，咱們中國人如何」，口氣中總算還記得自己的祖墳埋在哪裡；漸漸的，說話就改了口氣，雖然還不敢公然的以「日本人」自居，却把「中國人」分作兩類：識時務的和不識時務的，識時務的升官發財，不識時務的就註定了倒楣。這幫人本來全是些尖頭銳面、厚顏無恥的東西，過去為非作歹，還不免受到輿論的攻擊，或是國法的制裁，見了正人君子，自己就覺得矮人一截，可以說是一直都不甚如意；如今小人得勢，正是他們撈本兒報仇的機會，那副可憎的嘴臉，自然可想而知。如果他們欺心作惡，是在日本人逼迫之下，出於無奈，那倒是還有一二分值得原諒、可以饒恕之處，事實上並非如此，他們所做的，遠遠超過日本人的要求，甚至把日本人也給蒙在鼓裡，而上下其手，作威作福，把鄉親們都看成俎上的魚肉，這就萬惡不赦，毫無可恕了。

據臭嘴和老鼠打聽來的消息，「維持會」那幫人作的惡、造的孽實在太多太多了，幾乎每一樁日本人的罪行，都是這些漢奸狗腿子在挑唆，在慫恿，在出主意，在做幫兇。就像日本鬼子在大石橋設立崗哨這一件事兒，據說，就是「維持會」的「王會長」向日本鬼子建議的，造成一種兵臨城下、泰山壓頂的態勢，對楊家寨施加壓力，目的當然是在那批槍枝。

沒想到弄巧成拙，楊家寨的人本來是想忍氣吞聲做「順民」的，被「王會長」藉買槍為名這麼一逼，「聯莊會」變成了抗日的武力，這對城裡那些真鬼子和假鬼子都大有不利，非他們始料所及。不過，這在我們楊家寨來說，也是一樁從天而降的大禍，雖然全族老幼早已經安全撤走，被日軍大舉「掃蕩」的只是一座空寨，正因為撲了空，越發的惱羞成怒，寨子裡望衡接宇的幾百座房屋，一把火給燒得光光的。臭嘴說，那把火直燒了一夜，他躲在他家的屋脊上，一直到天色快亮，還看得見東南角上的半天紅光，那正是楊家寨的方向。日本鬼子放火燒寨，這倒也並不出乎意外，可是，那究竟是我們楊家幾百年來歷代祖先慘澹經營的基業，就這樣付之一炬，也不能說一點兒不心疼。這筆債，一半記在日本人身上，另一半要由那些漢奸狗腿子負責。

臭嘴又說，那天夜裡，日本鬼子回城之後，「維持會」準備了大批酒肉，奉獻給「皇軍」表示慰勞，那些鬼子灌足了黃湯，向「維持會」要若干名「花姑娘」，「王會長」應付不了，這才造成那一夜的驚擾，鬼子兵三五成群，到處橫行，把一座縣城變成了地獄。「維持會」的人無力阻止，這是情有可原的；却不該在這種時候使出了狠招，竟然派人給鬼子兵帶路，凡是平時不大瞧得起他們的人家，這一夜都飽受荼毒。做得出這種事情的人，真是畜生不如，所造的罪孽，也不是一死就能夠抵補。臭嘴說著這些，咬牙切齒，眼眥欲裂，一再的發誓賭咒，只要機會到來，他就要大開殺戒，把那些漢奸狗腿子統統處死，一個不留！……

臭嘴又說：

「這幾天，藉著鬼子的勢力，『維持會』抓了不少人，有的就關在縣衙門裡的老監獄，有的還給送到日本的司令部去，恐怕一去就是一個死！」

我很關心的打聽著：

「可有咱們的熟人？」

臭嘴的眼睛冒出火焰：

「怎麼會沒有？咱們這座縣城，總共才多少人口？本鄉本土，非親即故，那個不是熟人呢？其中就包括教咱們國文的宋老師。」

我大吃一驚：

「宋老師不是已經逃出城了嗎？怎麼會又落在他們的手裡？」

臭嘴的消息很靈通：

「是前天鬼子兵出城『掃蕩』，『維持會』也派人跟了去，不知道在鄉下什麼地方碰見了宋老師，把他老人家順便給『請』回來的。」

我聽出來臭嘴的口氣很怪異，就要求他說一個明白：

「抓人就說抓人，幹嘛還要用個『請』字？」

臭嘴皺著眉頭，扭曲著一臉肉，說：

「是『維持會』的人這麼講的。他們對待宋老師很特別，沒關進老監獄，也沒送到日本司令部去，就軟禁在『維持會』的後院裡，有吃有喝的，一點兒罪都不受，你說怪不怪呢？可是，天底下那有這種好事兒？就是有，那些漢奸狗腿子也不會這麼大仁大義，你說對不對？」

我知道他話裡有話，卻這樣拖泥帶水的淨繞彎子，故意的逗人著急，就換來了我一頓臭罵：

「有話快說，有屁快放！你以為自己伶牙俐齒，口才很好，是不是？我知道你現在有一肚子鬼，事關宋老師一生的清名美譽，可不許你望風捕影的瞎猜疑！」

臭嘴把一臉扭曲了的皮肉放鬆，板得平平整整，用一種很嚴肅的腔調說：

「我是有一句，說一句，沒有講宋老師的壞話呀，你生的什麼氣？告訴你，宋老師不是你一個人的宋老師，我雖然不被他喜愛，也一樣關心他的！正因為關心他，敬重他，才怕他糊裡糊塗的做錯了事！我說宋老師人有點兒糊塗，是一個書呆子，這該不會得罪你吧？像他這種人，最容易受騙上當啦。不信？你等著瞧就是了！」

對宋老師，我當然是十分了解的。眾所周知，他是一位「不拘小節」的才士，讀書、作詩之外，對其他一般俗務，似乎全不措意；其實，他為人處世自有他的一套原則，所以我認為他也是一位「臨大節而不可奪」的君子。不過，話也很難說，像宋老師這種人，一派真情至性，遇事率意而行，常常會做出一些出人意表的舉動，依據他自訂的原則，未嘗不是持之有故，言之成理，看在別人眼中，却不免驚世駭俗，令人瞠目而視。「維持會」的那幫漢奸狗腿子，把宋老師從鄉下「請」了來，而又處處的優容厚待，這自然是居心叵測，想拖宋老師下水。以常情而論，宋老師的聰明才智，不知道要超過那幫人多少倍，應該是不會受騙上當的，怕的是宋老師本人忽發奇想，起了一個「割肉飼虎」的念頭，「我不下地獄，誰下地獄？」為著感化愚頑，減輕全縣百姓的痛苦，而犧牲了自己，也並非毫無可能的事。那麼一來，宋老師呀宋老師，你一經淌了混水，今生今世，可再也不能恢復你的清白！……心裡這麼想著，嘴上可不肯直說，而且，我竟然對宋老師有了這種懷疑，不免有些惱恨自己，於是就劈哩啪啦的落下一陣雹子，堵住那張臭嘴，免得他再說出什麼不好聽的。「胡說！造謠！有心破壞宋老師的名譽！從前在學校裡，宋老師打過你幾次，你到現在還記恨著他，是不是？所以你才巴不得宋老師上當吃虧，落點兒把柄在你手裡，告訴你，這種機會你等不到的！宋老師是何等樣人？他飽讀詩書，滿腹經綸，品學兼修，才德俱備，像他這樣的人物，雖然不能夠名標青史，最低，咱們縣志上總會記他一筆。你說他糊塗？才不呢！他那是裝出來的！你要我等著瞧，好哇，咱們就瞧它一個花謝子成，水落石出，到時候要是不像你所想的那個樣子，我可饒不了你！」

臭嘴被我「砸」得招架不及，縮頭縮腦，只賸下一張嘴巴還不服輸，硬梆梆的說：

「好，那咱們就打個賭。只要宋老師不跟那幫人混在一起，我向他老人家磕一百個響頭賠禮，到時候，就由你在旁邊記數，有一個頭磕得不響，你就狠狠的踢我一腳！」

其實，臭嘴的心事，我何嘗不明白？他也是由於很敬愛宋老師，唯恐自己的焦慮變成事實，才這麼口不擇言，而憂形於色。他跟我打賭，也無非是以此壯壯自己的膽子，事實上，他是寧可輸了的，寧可向宋老師磕那一百個響頭的，問題是，宋老師可有這份兒福氣？

我黯然的說：

「要是宋老師被那幫狗腿子逼死，——以宋老師的脾氣，這是大有可能的！——你就是真心的想向他磕頭賠禮，只怕也沒有這個機會！」

臭嘴的神情越發惶急：

「所以，咱們得想個法子救他呀！」

我聳聳肩膀，表示無能為力：

「怎麼個救法？又不是他老人家沒有飯吃，咱們給他送兩斗米去；又不是他老人家掉在水裡，咱們提他一把，就上了乾地。如今的城裡可比不得往日，那些城狐社鼠，都成了精怪，宋老師被軟禁在『維持會』，他老人家出不來，咱們進不去，你說吧，這可怎麼個救法？」

臭嘴還真是認真的思索過這個問題，而且也已經想出了一條計策，只是說話的時候吞吞吐吐的，好像有些羞於啟齒的樣子：

「辦法是有的，只不過——」

我以為他所謂的「辦法」，又是一廂情願，異想天開，能說而不能行的，反正說出來了也不過是一大堆廢話，所以也就不再逼他，還安慰他說：

「算啦，臭嘴，咱們既不是劉伯溫能掐會算，又不是楊香武飛簷走壁，事情的艱難，超出咱們的能力，這叫做沒法子，慢慢的等著吧，機會總會來的。」

臭嘴急得面紅耳赤，結結巴巴的說：

「不是的呀，我想的這個辦法，一定能行得通的，只不過——」

我被他氣得笑起來：

「咳，臭嘴，你一向口若懸河，想到了就說，不必打腹稿的，今天是怎麼啦？既然想出了錦囊妙計，你就快點兒說出來，咱們好照計行事，怎麼又有這許多的『只不過』呢？」

說這些話的時候，五個人都在病房裡，却分成了兩組，老鼠和五哥在那邊陪著二扁頭，臭嘴故意的把我拉開，跟我嘀嘀咕咕的咬耳朵。有話先對我說，這當然是表示他信得過我，說錯了也不見笑。既然是這種心理，那就應該沒有什麼難說的，却這麼哼哼唧唧，欲說又止，好像他所要說的是一件見不得人的醜事！——有什麼見不得人呢？學生要搭救老師，而且是從那幫漢奸狗腿子的手裡，這種行動裡頭，忠孝節義都有，是最冠冕堂皇、最光明磊落的了，縱然事情辦不成，說起來總是名正言順，他却是如此的欲語還「羞」，難以啟口，到底難在何處？我真是弄不懂。

他這樣艱難困苦，倒勾起了我的好奇心，就一再的追問，要看看在他的舌頭底下，究竟壓著什麼難說而好聽的話兒。我越是問他，他越是猶豫，好幾次話到唇邊，又打了一個寒顫，硬生生的給嚥了回去。一而再，再而三，實在教人不勝其煩，而感到興味索然，他就是現在要說，我也沒有勁頭兒聽了。

可是，我拉開架勢要走，他却又緊緊的把我攥住，反過頭向我哀求：

「好，好，我說，我說。不過，你聽了之後，可不准笑我。」

越說越怪了。無論他想出來的主意好還是不好，只要動機純善，目標正確，有什麼好笑？我做出一臉凝重的表情，向他開導著：

「咱們年歲不大，也算是老朋友了。在你的印象中，我可是那種輕薄浮滑的人嗎？你要說，就得信賴我，否則，我寧可你不說。」

不說大概也很難過，他怕我走掉，再不敢多躭擱，作了一次深呼吸，就一鼓作氣的把話說出來了：

「我有個主意，可以把『維持會』那個姓王的給逮著，神不知鬼不覺的，趁著夜裡，把他從水西門弄出城去，然後再跟『維持會』談條件，要他們放了宋老師，還有其他那些被他們抓來的人。姓王的是『維持會』的會長，這叫做『擒賊擒王』。你瞧，這辦法好不好？」

何止是好？好得把我嚇了一大跳。我伸手摸摸臭嘴的前額，溫度稍高，那是由於他太興奮的緣故，也還沒有到「發燒」的程度，怎麼會瞪著眼睛說夢話呢？我問他：

「你沒有什麼毛病吧？」

「沒有哇。哦，你是聽我說得太容易，以為我說話沒有經過大腦，對不對？這件事情我可以打包票，包你們是甕中捉鱉，手到擒來，絕對不會失敗！」

這幾句話，他說得斬釘截鐵，鏗鏘有力，似乎他對這件事情真是有著十成十的把握，絕非信口開河，否則，他縱然敢使用這樣的語句，內心虛餒，也表達不出這樣的口氣。

我感到極大的興趣，先給他一頂高帽子：

「這麼說，你是已經有了很周密的設計，好，咱們就聽候差遣，照計行事。如果能捉住這隻鱉，除了這一害，把宋老師平平安安的救出來，你就算立了一大功。」

聽了這些奉承的話，臭嘴的臉上却又出現一抹陰影：

「只不過，辦這件事情，我只能替你們帶路，可不能叫我出面兒啦。」

照他的脾性，參加這一類的行動，應該是爭先恐後，怎麼忽然謙讓起來？我覺得很奇怪：

「這又是為什麼？」

臭嘴滿臉通紅，體溫上升：

「你就別問啦，行不行？我有我的難處！」

我也很爽快的答應了：

「好，我就不問。可是，主意是你出的，計策是你定的，也就是說，你是這次行動的軍師爺，究竟是怎樣一個安排，你總得有個交代呀？」

臭嘴點了點頭，清了清嗓子，又很用力的猛抽了幾口氣，看得出來他是在努力穩定著情緒，想把他的錦囊妙計，源源本本的從頭說起。可是，他那張臭嘴却像是不大聽使喚似的，說話脫脫落落，斷斷續續，還得我旁敲側擊，幫助他把要說的話順下去，才能勉強聽出一些眉目，而拼湊出來的故事，却是我聞所未聞的。

過去，只曉得「維持會」的王會長，是一個毫無國家民族觀念的奸商，他之所以甘為爪牙，認賊作父，也無非就是為了有利可圖。沒想到，這個老傢伙還挺風流，家有一妻一妾，仍然感到不滿足，在外面又軋了一個姘頭，從前還偷偷摸摸，自從當了會長之後，更是明目張膽的，三天兩頭的停眠整宿。臭嘴所定的「甕中捉鱉」之計，就是看準了這個機會。

臭嘴還說，被王會長霸佔住的那個女人，就住在挨著南城牆根的一條小巷子裡，離天主堂的後門很近，從這裡出發，幾分鐘就可以抵達。而且，穿過那條小巷子，拐一個彎兒就到了水西門。把王會長從那個女人家裡提溜出來，很快的弄出城去，如果沒有意外，一定是順順利利，神不知，鬼不覺的。

我也認為這個機會難得，而這次也必然是十分有趣，倘若不能照計實施，錯過了這個機會，那實在是很可惜——

「可惜我們不能在城裡久等。老管家本來說好昨天就接我們出城，不知道是什麼事耽誤了的。今天不來，明天準到，恐怕是來不及了。」

臭嘴比我更焦急：

「不可以今天夜裡就動手嗎？你們的老管家來不來都沒有關係，就憑咱們幾個人，一樣能辦得成，只怕五哥不答應。」

我倒沒有想到這一層。照五哥的性情，以他近日來的言行，他應該會同意的。不過，話也難說，這要向他試探過才能知道。如果他心裡頭還被王蘭香的影子盤據著，也許他會設詞推托，事情就辦不成了。

我問臭嘴：

「你知道今天晚上一定有機會？」

臭嘴對那個王會長的行踪，似乎弄得一清二楚，都在掌握之中：

「一定。待會兒黑了天，我再過去看看，只要看到那個保鏢在大門外放哨，就表示那傢伙進去了。」

「那傢伙還帶著保鏢哇？」

臭嘴連那個保鏢也摸得清清楚楚的：

「也是個本城的人，和大頭哥一樣，在外面當過兵的。不同的是，這個人好像跟日本人沒有什麼仇恨，回來的時候，已經在鬼子進城以後，『維持會』認為他形跡可疑，就把他抓了進去，不知道是怎麼回事兒，似乎跟那幫人很投機，搖身一變，做了王會長的衛士。依我看，這個人也不難對付，當過兵、吃過糧的人，還分不清忠奸正邪，明擺著的，這是個貪生怕死之輩，用槍口指著，叫他做什麼，他就做什麼。」

一個老兵油子，又一點兒國家民族的觀念都沒有，這種人隨波逐流，但求自保，也必然有他的一套，倒是不能把他看得太簡單了。

我打聽著：

「這個人姓什麼？叫什麼？」

臭嘴哼哼哈哈的說：

「姓錢，趙錢孫李的錢。名字不知道，拍馬屁的人都叫他『錢副官』。」

這就夠了。我再釘上一句：

「別的呢？還有沒有什麼該對我說的？」

臭嘴搖搖頭：

「別的事兒，將來你會知道。——你認為，五哥會答應嗎？」

五對五，我只有一半的把握：

「那要看他心裡怎麼想了。——呃，對啦，你住在城裡，看到過王蘭香沒有？」

「看是看到過，不過她看到人就躲，好像不大願意見到這些老同學。」

我冷笑：

「哼哼，那是當然的了！前幾年，她那個爹趨炎附勢，說是要把她嫁給當時本縣縣太爺的大少爺，後來不知道什麼原因，沒有攀上這門子高親。現在，她那塊爹自己做了『維持會』的會長，在他們自己心裡，大概會這樣想：會長也跟縣長一樣大吧？那她就是縣太爺的千金小姐啦，見了老同學不理不睬，這也沒有什麼不應該。」

我這樣說，是替臭嘴消氣。臭嘴聽了，却滿臉詫異的神色，好像我說錯了人似的。

「你以為王蘭香是勢利眼？不對！我看她是很煩惱的，她是為了自己的父親而感到羞愧，可並沒有看不起人的意思。」

其實，我對王蘭香的印象一向也挺好的，也知道「有其父必有其女」一類的話是偏激之論，一竿子打下去，會屈死很多人。可是，不管你多麼公正，要說對一個人的印象絕對不受她家人的影響，濁者自濁，清者自清，那也很不容易做到。我已經很久沒有看到王蘭香了，而這段時間正發生了天坍地陷、國破家亡的劇變，誰知道現在的王蘭香還是不是從前的那個王蘭香？人是會變的，有時候，僅僅是由於一念之差，就會使一個忠臣做了貳臣，使一位淑女成了妓女。當然，這種轉變中間可能有著許多艱難，許多無奈，許多委屈，可是，那也改變不了事實，該詛咒的，不會有人向他祝福；該受罰的，也不會得到饒恕。……如果真像臭嘴所說，王蘭香還像從前一樣，污水坑裡開出一朵白蓮花，她也真算得是一位奇女子了。

臭嘴又說：

「有一回，她還拐彎抹角的託了別人，向我打聽你們楊家的信息，看樣子，她對五哥是一往情深，受得住考驗的。五哥呢？他對王蘭香怎麼樣？」

我平時是不常嘆氣的，總認為唉聲嘆氣是女孩子或者老年人的事，要是一個大男人也那麼哼哼唧唧，一張嘴，先嘆氣，那實在是沒出息！可是，今天被臭嘴這麼一問，我卻有些情不自禁，未曾開言，先是一聲長嘆：

「唉！——這件事情，你問我，我怎麼知道？五哥的脾氣你曉得的，他雖然跟咱們一般大的年歲，性情可是大不相同，咱們是高興了就笑，難過了就哭，人家是喜怒不形於色，什麼事兒都要你連想帶猜，還不一定能猜得出來。他和王蘭香的事情，更是門上加門，鎖上加鎖，還貼著裡裡外外幾十道封條，……你問我，我怎麼知道？」

嘆氣這種毛病，也像傷風、感冒、打噴嚏一樣會傳染，臭嘴聽我說著，連聲的嗟嘆不已，一對癡男怨女，也不知道他同情的是誰。

我向他提出警告：

「剛才說的這些話，你可不能向我五哥洩露一個字，否則，他投鼠忌器，可能就會臨陣退縮，下不了手，就白白的把一個好機會給耽誤了。——走，咱們現在就對他去說，看他是什麼態度。」

如果是我，遇上這種情勢，公私糾纏，愛恨交織，不知道我會怎樣處理，——可能是，怎樣處理都不對，怎樣處理都會後悔，而又有人當面逼著催著，非得在極短時間之內作出一個決定來不可，哎，這真能把人給難死！五哥的確比我高明得多，把這樣一隻燙手的熱紅薯丟給他，他接在手裡，面不改色，只是稍作思慮，頂多也只有一分鐘吧，就做出了決定：機會難逢，值得一試，幹！

那天晚上，臭嘴和老鼠都沒有回家，準備著把這隻「甕中之鱉」捉住之後，就跟我們一道兒出城；二扁頭耐不住病房中的寂寞，也想跟我們一塊兒走，向劉神父苦苦哀求，甚至答應從明天開始，每天做一次禱告，恭恭敬敬的和上帝打交道，絕不偷懶！絕不「逃學」！……說了一大堆的軟話，劉神父却硬是不肯點頭示可，一老一少，吵得不可開交。

吵到最後，二扁頭的那點子教養完全耗光，就露出了本來面目，惡狠狠的叫著：

「你知道我這次出城是要做什麼嗎？我要抗日！我要參加游擊隊！我要跟他們一塊兒去打鬼子！這是關係著我們國家民族生死存亡的事，你一個洋老頭兒夾在中間攔著擋著不許去，究竟是什麼意思？」

人家剛剛治好他的傷，他就對著人家大叫大嚷，而且叫嚷出來的話又這樣傷人，真是不識好歹，忘恩負義，慢說回報答謝，簡直就不知道什麼叫感激！這個二扁頭實在太過分了。

不只是我，五哥看他是塊寶，這時候也聽不下去，就向他吆喝著：

「二扁頭，你這是什麼態度？劉神父是你——是咱們大家夥兒的恩人，感謝都來不及，怎麼可以對一位長者這樣無禮？你趕快向劉神父道歉，否則，就是劉神父准你去，我也不許！」

劉神父的脾氣真好，修養真厚，二扁頭那樣大喊大叫的，他竟然一點兒都不介意，仍然是慢條斯理、和顏悅色、笑嘻嘻的說：

「不要緊的，不要緊的。沒有關係，沒有關係。我知道他心裡很急，這叫做什麼來？哦，報國心切，對不對？他的傷已經好了八、九分，最好能多休養幾日，他要是一定想去，也沒有什麼大關係，將來可能會落下一點點殘疾，走路一拐一拐的，也可能不會。——好的，二扁頭，我答應你離開這裡，你也要答應我做一個好教徒，多多的接近主，祂會指引你，祂會保護你。」

得到劉神父的批准，二扁頭的滿腔怒氣頓然消失，對剛才的失態，自己也感到很不好意思，向前一撲，單膝落地，捧著劉神父那隻戴戒指的手，又是親、又是吻的，嘴裡還喃喃有辭，不知道唸的是什麼咒語。

劉神父對二扁頭真是格外關懷，決定了放他走，就跑進藥庫裡去，把膠布、綳帶、消炎粉、紅藥水之類的，滿滿的裝了一大袋，要二扁頭在離開他之後，隨時注意傷口的情況，不要太大意了。另外，又回到他自己的臥房，把他自己吃的餅乾、奶粉、巧克力糖，也裝了一大袋出來，說是給二扁頭「補充營養」。

老鼠看在眼裡，連聲讚嘆說：

「這洋老頭兒還真不壞哎。——二扁頭，你往後要把你那脾氣改一改，別這麼不識好歹，要有恩報恩，有仇報仇，恩怨分明，那才是好漢哪！」

二扁頭好像裝了滿肚皮的炸藥，一張口就從喉嚨裡往外冒火苗兒，大聲喳呼著：

「你少管！我說他不好了嗎？呃？我說他不好了嗎？我，我，我——」

後面這三個「我」字，竟是哽咽不能出聲，不知道有什麼東西卡在他喉嚨裡，眼眶裡就像把他吐出來的那座「靈泉」似的，汩嘟汩嘟直冒水，氾濫得滿臉都是。大家都知道二扁頭的性子，這時候他是一隻發了瘋的癩皮狗，誰勸他，他咬誰，還是避開他為妙。彼此交換了一個眼色，都藉故走開，留下他一個人摩挲著那兩隻大紙袋，斜靠在病床上發呆。

初更過後，臭嘴溜出去查探了一趟，回來報告說，那隻「鱉」已經入了甕。五哥毫不猶豫的下達命令，準備在三更天左右，照預定的計畫採取行動。

預定的計畫是這個樣子，五個人當中，臭嘴事先已經聲明，這次行動他不能出面兒，只能隱居幕後當軍師爺，什麼理由？他始終沒有說清楚，只是一再強調他有他的難處。我和五哥揣想著，他的難處大概就是由於他家住在城裡，怕的是在這次行動中，和那些漢奸狗腿子照了面兒，露了行跡，對他的家人們不利；這種顧慮，當然是應該有的。

人生在世，最重要的大節大德，不過就是忠孝二字。有時候兩者不能兼顧，只好移孝作忠，雖然說起來冠冕堂皇，到底是有虧了孝道的。歷史上有許多人物，你只能說他是忠臣，却不能說他是孝子。這中間自然也有著許多的不得已，權衡取捨之際，當事人所感受的痛苦，必然是斷腸摧肝、椎心刺骨。我們這幾個後生小子，思想行事，當然不能和古人相比，但由於我們也讀過一些古書，也記得一些古事，也總有幾個古人的影子在眼前腦後晃來晃去，平日裡犯點兒小過錯、小禁忌，他們倒是不大過問的，一遇上那種大關鍵、大回目，這些古人就挺身而出，或鼓勵，或阻止，疾言厲色，使你不敢不俯首貼耳。正因為他們的影像是從自己心底放映出來的，不但聲光良好，畫面清晰，而且招之即來，揮之不去。這樣說話，好像帶著幾分抱怨的口氣，實則也沒有什麼好抱怨的，當初把他們供奉在心靈的神龕裡，並非出於強迫，事實上是心甘情願，虔誠無比，還唯恐「請」不到呢！心裡有這些偶像盤據，一切思慮云為都多少受他們的支配，縱然不能超越，也總得勉力追隨。所以，小小年紀，有些地方也許還不脫稚氣，在這一方面却有些「食古不化」的樣子。不只是把忠孝二字看作兩種美德而已，而認為人與禽獸的分野也就在此，如果被人套上不忠不孝的惡名，或者是自己承認了這兩項大罪，那多半會活不下去的。最好是二者兼得，倘若不能，也總得設法使被丟下的一方受害最輕，萬一因為自己的魯莽行動，讓不知情的家人受了連累，那可真是終生莫贖的憾事，死了也不會原諒自己。人同此心，心同此理，所以，我和五哥對臭嘴的難處都很諒解，不但不勉強他，還故意說了一些寬慰譬解的話，臭嘴聽了却面紅耳赤的，好像我們那些話另有含意，對他是一種諷刺。

老鼠的家也住在城裡，情況和臭嘴相似，基於同樣的顧慮，五哥決定取消他的資格。老鼠本人倒是毫不退縮，一直吵著鬧著，非去不可。

鬧了一陣也沒有結果，他哭喪著臉說：

「都這麼瞧不起我！就是不派我上場，讓我在場邊上兒做個預備員也好！……讓我遠遠的瞧瞧熱鬧也好！哼，就因為我個子小，都這麼瞧不起我！」

我往他頭上敲了一記，罵道：

「有什麼熱鬧好瞧？你以為這是在打球嗎？不讓你去，是為你好，寡母孤兒的，你就不替家裡人想想，讓那些漢奸狗腿子照了相，這往後你怎麼回家呢？你大可遠走高飛，那些壞人也許奈何不了你，可是，你這個不孝之子，就不怕你那老娘受連累嗎？」

這才把他的吵鬧壓服了下去，還一直噘著嘴，哼哼唧唧的，反來覆去就只是那幾句：

「哼，都這麼瞧不起我！……個子小怎麼的？我看到過好幾個日本兵，都還長得沒有我高！……哼，都這麼瞧不起我！」

二扁頭在一旁插嘴說：

「別理他！這傢伙是屬年糕的，越熱越粘手，把他放在旁邊『涼』一會兒，他就好啦！」

話說得很滑稽，可也正說對了老鼠的脾氣，五哥向我使了個眼色，讓我離開老鼠遠遠的，由著他在一旁嘀咕去。

二扁頭這一回倒是通情達理，他知道自己重傷初癒，兩條腿變成三條腿，去了反而添一個累贅，自動表示：

「這齣戲不是我唱的，我是眼見旌旗起，耳聽好消息，祝你們甕中捉鱉，手到擒來，一切順利！」

算來算去，能夠擔當這樁重責大任的，就只有我們兩兄弟。這也好，正如二扁頭所說，就算它是唱戲，總不能老是跑龍套、演配角，也該我們弟兄倆正式出場，露一手兒給他們瞧瞧了。反正這種「甕中捉鱉」的事兒，人多了也用不上力氣，兩個人，一枝槍，再加上老天爺幫忙，使好人得勢，使壞人遭殃，也許我們就能順風順水，立下大功一場。

決定在三更天左右動手，一來，那時候夜深人靜，鳥入巢，獸歸洞，行動起來，不會橫生枝節；二來，老管家可能在今夜進城，要來的話，最遲不過三更。雖然我們已經下了決定，老管家來與不來，都並不影響我們的行動，也就是說，我們不需要老管家這支援兵；不過，有一個老人在背後撐腰，總會有鎮定神經、壯壯膽量的作用，萬一發生了什麼我們應付不下來的事情，他也好替我們遮雨擋風，以免捉鱉不著反而被鱉咬到，弱了我們楊家寨的威名。

等到三更天，老管家沒有出現，五哥決定不再遲延，按照商量好的計畫進行。

首先，我提著事先找來的一盞燈籠，把蠟燭插好，火柴盒揣在口袋裡。然後，由臭嘴帶路，出天主堂的後門，往右轉，拐了一個彎兒，就到了那條橫街。

三個人躲在街角上一堵高牆下的黑影裡，臭嘴伸手一指，有一座向裡凹入的門戶，就是我們的目的地。我打量了一下，覺得這地方有些眼熟。這當然沒有什麼奇怪，本鄉本土的，又不是那種十里洋場的大城市，城裡城外的大街小巷，大概我都走到過，只是有些街道常來常往，一天就跑它好幾趟；有些地方到的次數比較少，也總會有個印象。

因為那家的門戶向裡凹進去，和別戶人家的門牆不整齊，大門前面就有一小片空地，從正面接近它，一定會被發現的。事先聽臭嘴說過這裡的形勢，所以五哥就想了這個主意，乾脆由我打著燈籠上場，以小丑的身分，演一齣開鑼戲。

我躲在暗影裡，先劃著火柴，把蠟燭點亮，然後，我就大模大樣的拐過街角，向那塊空地上走過去。

剛走了幾步，那門樓子底下就有人大聲的喳呼：

「什麼人？站住！」

如果是在平時，對待像王會長的保鏢這號人物，我是理都不理的，今天說不得，也只好捺下性子，往嘴上濃濃的抹了一大把蜂蜜，把說話的腔調也化了粧，黏呼呼又甜膩膩的：

「錢副官，是我呀，自己人，你可別開槍哪。」

這幾句「台詞」是五哥教給我的。他還要我盡量的裝成小孩子，最好說話帶著點兒「童音」，這可不容易，我十三歲那年就變了嗓子，說起話來黃鐘大律，那能讓時光倒流，再回到十二歲以前去？我盡量的把嗓子逼窄搓細，可也製造不出「童音」的趣味。

好在那聲「錢副官」喊得夠甜也夠軟，而姓錢的傢伙大概也最愛聽這個頭銜，對我手裡這盞漸漸向他接近的紅燈籠，就開始有了幾分好感，只是還帶著一些疑惑：

「你是哪一位？怎麼知道我在這裡？」

我一邊往前湊，一邊拿言語跟他套近乎：

「怎麼會不知道呢？你錢副官是王會長駕前的大紅人兒，他到了哪裡，那裡就少不了你。我和王會長又是親戚，說起來都是自己人——」

越走越近，再有幾步就到了他的面前。可是，這個老兵油子的確不簡單，雖然我說的話他很愛聽，却也並不因為幾句甜言蜜語而鬆弛戒備，燈光已經照到他身上，我看見一個黑漆漆的東西正拎在他手裡，而且把槍口向我對得準準的，看他那陣勢，大概我的動作稍有可疑，他就會先下手為強，給我一下子。

「好啦，老弟台，就站在那兒吧。這個距離，說話正合適。我的耳朵有毛病，太近囉，聽不清。」

他那聲音也熱騰騰的，就像剛出爐的烤紅薯，可是，任誰都能聽得出來，這塊紅薯不好吃，有毒。臭嘴老說這傢伙好對付，我和五哥都不敢冒失，把他看作一隻老狐狸，却沒有想到這隻狐狸是已經老得成了精的，要想把他制住，恐怕還真得費一些工夫呢。

在他的槍口底下，我不能不聽話，而且還裝出一副驚嚇過度的樣子，讓手裡的燈籠顫抖不已，搖搖欲墜。

「哎喲，錢副官，你這是幹嘛？別這麼拿手槍對著人，好不好？我，我，我害怕！」

這種場面，大概那傢伙看得多了，絲毫不動心的說：

「怕什麼？槍子兒是長著眼睛，認得清你是好人還是壞人！——我問你，深更半夜的，你放著大頭覺不睡，跑到這裡來有什麼事？」

我戰戰兢兢的說：

「找您呀，錢副官，我是專誠找你來的！」

那傢伙信不過，哼哼的冷笑著說：

「找我？你不好在大白天到『維持會』裡去找？偏偏選在這種時刻？」

我繼續哆嗦著，向他哀哀上告：

「大白天，不方便呀。什麼時刻做什麼事兒，這是一定的，對不對？『維持會』人多，我去找您，讓別人瞧著了，對你也不好。事情緊急，只好找到這裡，在我，這是不得已；在您，您大人大量，別跟我一般兒見識。」

這樣閃閃躲躲的，不把話說明白，反倒更能引起他的興趣：

「你一個小孩子，會有什麼緊急的大事？」

我裝得老氣橫秋的：

「小孩子一樣辦大事兒！我是受人之託，來跟你談一筆生意，要是談得成呢，當然，我也有好處，你吃大魚大肉，我跟著啃點兒骨頭。」

那傢伙果然就上了鈎：

「哦？原來你人小鬼大，想來行使賄賂啊？好，那你就說說看，也許我真能幫得上忙兒，你這塊骨頭就有得啃了！」

我向他提出請求：

「錢副官，你讓我走近點兒好不好？這種事情，總不能大喊大叫，要提防著隔牆有耳，別教旁人聽了去，對您對我都不利。」

我的請求很合理，那傢伙却猶豫不決，又財迷心竅，不肯讓這筆送上門的財帛溜掉，竟然問出一句很可笑的話來：

「你身上——是不是帶著傢伙？」

「傢伙？什麼傢伙？」我先裝糊塗，然後才恍然大悟：「哦，你是怕我帶著手槍啊？我又不跟人當保鏢，要那玩意兒幹什麼？」

那傢伙把臉往下一抹，說：

「對不起，我得搜搜你。」

這正合我心意，要搜身，總不能讓我站得遠遠的，於是我高舉著燈籠，向他的面前走去，還忍不住諷刺了他一句：

「你口口聲聲說我是個小孩子，對一個小孩子也這樣不放心嗎？」

說出來我就後悔。何必要這種嘴皮子？以我平日的脾氣，對這種人原是不屑置理的，今天是為了實行臭嘴所說的「甕中捉鱉」之計，才不得不降尊紆貴，聽從五哥的差遣，扮演這小丑的角色。既然如此，就應該演什麼像什麼，不能再好勇鬥狠，任性而為。否則，小不忍則亂大謀，弄得功虧一簣，白花氣力，甚至於弄巧成拙，一敗塗地，使五哥根本沒有上場的機會，我到底是所為何來呢？這麼一想，心裡就格外加了幾分戒懼，再也不敢胡言亂語，服服貼貼的站在那裡，任由那傢伙上下其手，亂抓亂摸的，把我搜了一個仔細。

搜完了，證明我身無寸鐵，對他沒有絲毫的威脅，那傢伙才變過臉色，鬆了戒備，而擺出一副做買賣、談交易的神氣，把手槍塞進他屁股後頭的那隻木盒子裡，和和氣氣的說：

「老弟台，別見怪，這是例行的手續，受人差遣，概不由己，不是我信不過你，是為了裡面的那一位。好啦，現在手續辦完，我盡了責任，你除掉嫌疑，再談咱們的正經事兒。有什麼話，你儘管說吧，只要條件合適，又是我能夠辦得到的，我是無不盡力。」

於是，我開始向他敘述一個早就編好了的「故事」。這方面的能力，我是從小時候就培養出來的。說故事，家鄉話叫做「拉聒兒」。我不知道這兩個字該怎樣寫法，這一類的家鄉話流傳不廣，本來就是有音無字的，勉強把它寫下來，就是寫得對，也已經失去了那種韻味。我說過的，家鄉純粹是一個農業社會，每逢農閒季節，許多人無處可去，就聚在一起閒聊，在那些莊稼漢當中，總有一兩個會「拉聒兒」的，口才雖然不是很好，肚子裡卻有真材實料，陳芝蔴、爛穀子，東家的葫蘆西家的瓢，一大串一大串的往外掏，因為都是些本鄉本土的事，有名有姓的人，聽起來比那些花錢雇的「說書的」還過癮。漸漸聽得多了，自己也就有了編故事的本領，在同伴們中間，儘有人對我的故事著迷，被我唬得一楞一楞的。給姓錢的講的這則故事，我是拿著宋老師為題，宋家的事兒我知道得不少，剛才在天主堂裡和五哥設計，又預定有這一齣戲，早就把這則故事打好了腹稿，說起來更是頭頭是道，無懈可擊，如果寫成文章，讓宋老師本人給打評語，必然是「結構緊密、內容充實」八個大字。

一邊講著，我一邊蹦蹦跳跳，兩隻腳在台階上不停的移動著。這樣做，有兩個目的，第一是要佔據有利的位置，兩個人面對面的說話，你不斷的轉移，對方也會不自覺的在配合你，你轉向東，他就轉向西，第二是故意弄出一些聲響，把另外一個輕微的聲音給壓下去，才便於五哥行事。

故事說得差不多，我也已經把位置佔好，恰恰和那傢伙掉了一個過兒，現在他是背對著巷口，而我幾乎靠上那兩扇虛掩著的大門了。

一直到這時候，那傢伙才察覺到我的蹦蹦跳跳，很詫異的問道：

「怎麼啦，你的腳？不好好的站著，老這樣胡蹦亂跳做什麼？」

我解釋說：

「年後那場大雪，把我兩隻腳都給凍壞了。剛才走了一段路，運開了血脈，這會子又癢又疼，活動著點兒還好，站穩了更難過。您長過凍瘡沒有？」

他挖苦我：

「年紀輕輕的，怪毛病倒不少！──噯，你剛才是怎麼說的？那姓宋的真有這麼些油水？」

我說得很謙虛：

「油水不算多，只是個書呆子嘛，自己不會賺錢，祖上遺留的產業，也被他禍敗囉。不過，他太太的娘家倒是富戶，當年的賠嫁很不少。這位宋師母說，只要能把宋老師放回去，她願意把她所有的首飾都送給您，兩對鐲子，四隻戒指，三串項鍊還外帶一條『小黃魚』，加在一起，約莫是十兩重的樣子……」

那傢伙嚥了一口唾沫：

「十兩？都是純金的？」

我向他保證：

「足赤，是府城裡『老天霞』的出品，有保單為憑，成色絕對沒有問題。東西不多，是宋師母的一片心意，無論如何，得請您從中幫忙，把宋老師放回。明天我就出城一趟，先把那點子東西取到，交在您手裡。」

那傢伙倒端起了架子：

「慢著，不必急，事情還沒有眉目，怎麼收人家的重禮？第一步，你先聽我的消息，也許你那個宋老師他自己不願意回去呢，我可也沒法子。」

我以為他是說反話的，趕緊的陪上笑臉：

「那怎麼會？這件事兒，完全要仰仗錢副官您的大力。」

那傢伙露了一點兒口氣：

「你以為我在推辭？不是！你那位宋老師是我們王會長從鄉下特意『請』回來的，王會長也是奉皇軍的指示，『維持會』要改成縣政府，他正在張羅班底，宋老師已經內定是教育科的科長，只要一點頭，馬上就有官兒當。這種機會，別人求之不得，現在表現得很倔強，也許過幾天就改了主意。」

從那傢伙的肩膀頭兒上望過去，我看見一個模模糊糊的黑影子，距離只有兩三尺。這時候，我就懶得再跟他扯皮，臨末了兒來兩句狠的，也出出我這一肚皮的鳥氣：

「那不會！我宋老師堂堂正正，頂天立地，絕不會答應當這種漢奸狗腿子！」

我說話的腔調轉變得太急，那傢伙一時的會不過意，只是迭聲的追問著：

「什麼？什麼？你說什麼？」

五哥在他的背後發了話：

「我說，舉手！你當過兵的人，總不會不識貨，這不是跟你開玩笑！我們的目標不是你，只要你乖乖的，包你沒事兒；你要不合作，我就先把你幹掉！」

有一點倒是被臭嘴說對了的，姓錢的這傢伙果然是貪生怕死之輩，他被五哥一下子制住，腰眼裡頂住個硬東西，立即就顯出一副驚慌失措的樣子，兩手高舉，呆若木雞。

我一伸手把他的手槍掏了過來，再叫他自己解下他腰裡的子彈帶。從此我也成了「有槍階級」，不再是「徒手隊」。

兩管槍比住他的前胸和後背，那傢伙更是服服貼貼，軟得像一把鼻涕：

「饒命啊，兩位，我當漢奸是不得已，落在他們手裡有什麼法子？不順從，他們就會把我處死！」

我真想踢他幾腳，再吐他一臉口水：

「當過兵的人，還這麼怕死啊？」

那傢伙膝蓋一軟，竟然跪了下去：

「不是我怕死，是因為我家裡還有一個七十多歲的老娘，我死了，誰奉養？」

也許是實話，不過，剛好這時候我想起來小說書和戲文中的一些情節，每逢一個壞人被好人逮住，跪地求饒，總少不了這樣的詞兒：「小人一死，不足為惜，只是家有老母，無人服侍……」等等，好人一聽，動了惻隱之心，也照例饒他一命。想著這些，我不禁笑出聲來。

「這麼說，你還是個孝子囉？真難得！」

那傢伙聽出來我的口氣不善，越發急得涕淚交流，罰誓賭咒：

「是真的！是真的！我要有半句虛言，就教我天打雷劈，不得好死！」

五哥一聲斷喝，也不知道他是在罵那傢伙，還是在罵我：

「少嚕囌！——剛才我說過，你不是我們的目標，只要你肯合作，你就死不了！」

那傢伙沒口子的承諾著：

「我合作！我合作！你們叫我做什麼，我就做什麼，只要你們不殺我！」

真是天地之大，無奇不有。一樣米養百樣人，人何止分作三六九等？都是當過兵的，從大頭哥到這個「錢副官」，竟然會有如此的不同！大頭哥的壯烈，和這個「錢副官」的貪生怕死，都教我感到震驚。也許就是從那個時候開始，我有了一個認識：一樣的圓顱方趾，一樣的五官四肢，然而，人確乎是有貴賤之分的，不在乎學問，不在乎財富，也不在乎權勢與地位，只看他窮通生死之際，是怎樣處置自己，你就能認得出，那些是聖賢神佛，那些是凡庸愚劣，這中間，不知道要區分多少個等級！——而不管分作多少等級，這個「錢副官」都應該是在最下面墊底兒的，生命的價值最低，微末如草芥，卑賤如螻蟻，偏偏這種人又最最貪戀人世，真是可笑而又可悲！……

五哥命令他說：

「你起來！我們有一件事情要你幫忙，只要能把事情辦妥，就不會動你一根汗毛，你儘管放心就是了！」

那傢伙唯唯諾諾，顫抖著兩條腿，掙扎了好大一陣子，才勉強的把身體站直，還竟然鼓起勇氣，打聽我們的來歷：

「二位是——從哪裡來的？」

我以為他不懷好意，就向他低聲喝斥：

「你在打什麼主意？想摸清我們的底細，好借著日本鬼子的勢力來向我們報復，是不是？」

五哥卻毫不隱諱：

「不必瞞你，我們是楊家寨的。從前是老百姓，現在是游擊隊。今天來這裡，是要把你們的王會長『請』出去，我們不希望打草驚蛇，使更多的人受到連累，所以，要怎麼做才能叫王會長乖乖的跟我們走，還得你替我們出一個主意。」

姓錢的那傢伙倒真是一個識時務的俊傑，他隨風轉舵，見機而作，毫不為難的說：

「好，我願意効勞。要想把王會長騙出來，只有一個法子，那就是打著日本人的旗號。——就來了你們兩位嗎？」

我冷笑著：

「兩位還不夠你招架的？告訴你，人多得很，你少打歪主意！你做錯一件事，我就先斃了你！」

也許我這番威嚇是不必要的，瞧那傢伙一副畏畏縮縮的樣子，他大概懂得「光棍不吃眼前虧」的道理，兩管槍比著他，他根本沒有掙扎反抗的意思。不過，對付這個老狐狸，可也不敢有絲毫的粗心大意，我把燈籠交在五哥手裡，叫那傢伙兩手抱頭，在前帶路，我緊緊的貼上去，用槍口頂住他的後背，只要他走錯一步，說錯半句，我就會扣動扳機。

大門虛掩著，推門而入，是一座小小的院落，兩側沒有東西廂，正面的主房也只有一明兩暗，房子雖小，却建造得挺考究，院子裡方磚鋪地，屋簷底下有一道長長的廊廈。靠西邊的一間，大概是臥房，窗紗上還亮著燈光。

「錢副官」在我的脅持之下，走上廊廈，用手指輕敲著窗櫺，壓低了嗓子喊著：

「會長！會長！您出來一下！」

裡面答腔的却是一個女人：

「幹嘛呀？這麼鷄貓子喊叫的？會長剛睡著，你吵醒他，會挨罵！」

「錢副官」果然照他所說的編了一套謊話：

「有緊急的事情，沒辦法呀。會裡來了人，說是山本大尉打過電話，要會長趕緊去一趟。這可是遲不得的，你趕快把會長喊醒吧。」

那女人不再作聲。過了一會兒，就聽到王會長被從好夢中喚醒，說話帶著濃重的鼻音：

「真是山本大尉來過電話？沒有說什麼事嗎？」

「錢副官」戰戰兢兢的說：

「沒有。這時候來電話，又要您立即趕去，想必那事情是十萬火急。會長，您還是快點兒去吧，鬼子的脾氣您是知道的，咱們惹不起。」

那王會長不敢耽擱，過了兩三分鐘，屋門就「吱呦」一聲開了。

五哥放下燈籠，一個箭步就衝了進去，將那個披頭散髮、敞襟露胸的女人一把推開，從臥室裡把王會長揪了出來。

王會長倒也識得風色，一看五哥手裡有槍，又是一副初生之犢不畏虎的樣子，他曉得年輕人辦事不會省力氣，往往會做過頭的，既然落在我們手裡，那就只好認輸，否則，疑慮一起，雷霆立至，他可就吃了大虧。所以，他暫時把他「會長」的威風給收了起來，又換回從前做買賣的那副嘴臉，跟我們拉關係、套交情，希望能挽回頹勢，死裡求生。

「哦嗬，我當是誰吶，原來是楊府的兩位少爺。好久沒見面兒啦，貴府上上下下，人都好吧？」

五哥根本不理會他，向那女人要了一根粗蔴繩，往我手裡一塞，很威武的下達命令：

「六弟，去把他綑上！」

綑人？哎呀，我哪裡會嘛？可是，在這個節骨眼兒上，就是不會，也不能洩自己的氣，只得先把手槍交在五哥手裡，由他在一旁監視，我就理了理繩子，向王會長走過去。

王會長這時候才著了急，支撒著兩隻手，又打躬、又作揖：

「有話好商量，有話好商量。不必這樣，不必這樣。兩位大侄子，你們不要忘記，咱們王楊兩家是老親戚，那有表侄這樣對待表伯的？再說，再說——」

我知道他「再說」會說些什麼，也知道他那些話說出來之後，五哥的意志也絕不會有絲毫動搖，不過，還是不讓他說的好，於是我上前兩步，扭住他的膀子，做出一臉兇相說：

「什麼事兒都有頭一回，慢慢就會習慣的！要說是老親戚，你就不該帶著日本兵去燒了我們的寨子，今天就是找你算這筆賬來的！我勸你還是老老實實，再這麼亂嚷嚷，可別怪我對你不客氣！」

說著，手底下狠狠的加了一把勁兒，疼得他齜牙咧嘴，霍霍的直吹氣，那已經推到唇邊的言語，也就給擋了回去。綑人，我不會，可是，我這幾年的拳術不是白練的，整人的招數倒有一大堆，他要是不閉嘴，我就一招一招的餵給他吃，讓他嚐嚐這些推揉擒拿的滋味。

當漢奸的人大概都是一種料子，只是心黑皮厚，身上卻不長骨頭。我一招都沒有用足，只不過稍稍使用幾分蠻力，就把王會長整得心服口服，知道我下面還有煞手，他嘴上哎哎喲喲，一句硬話也不敢說，自動的把兩手伸到背後，任憑我擺佈。

綑人，實在不是一件簡單的事情，雖然王會長肯合作，我也沒有把握做得很好，只得把它看成一次試驗，一邊研究著，一邊盡量往牢靠處做，該繞一道的我繞兩道，打結的時候更不敢大意，都用力抽得死死的，這一來，王會長可就受了大罪，像一隻待宰的猪那樣哼哼不絕。我總算把他綑起來了。

五哥用手槍指著那個「錢副官」，說：

「繩子夠長嗎？把這個傢伙也給綑好。」

那「錢副官」又撲通一聲雙膝落地：

「兩位楊少爺，咱們說好的呀，我幫著你們把事情辦妥，你們就會放了我，怎麼還要把我綑起來？」

王會長咬牙切齒：

「好哇，原來是你吃裡扒外，和他們勾結，我養你，還不如養一隻狗呢！只要我王某人今天不死，你看我會怎麼樣懲治你！」

我故意的對那個「錢副官」說悄悄話：

「你聽見了吧？就是要放你，現在也不是機會，既然把他綑上了，你總也得裝裝樣子，對不對？」

「錢副官」俯首無語，也乖乖的束手就綁。一次生，兩次熟，這一次綑人就比較得心應手。那個女人一直在旁邊打哆嗦，人都快嚇昏了。我把兩個人綁好，正不知道該怎樣處置她，那女人忽然昂起頭來，很勇敢的說了話：

「被這個人佔住身子，是我自己沒有主意。可是，我也是好人家的女兒，好人家的媳婦，你們要是也把我綑出去，我就只有一根繩子吊死！」

剛才一進來，就覺得這地方有些眼熟，因為燈光昏暗，又不肯對一位婦道人家細看，也就沒有認出她是誰；現在她仰起了臉，我才看清她真是我認識的人，也才知道臭嘴今天晚上不肯露面的原因。

原來這個女人正是臭嘴的嬸嬸，是前幾年才和他二叔結了婚。臭嘴的二叔一向在外鄉做事，回家娶了這房媳婦，住了不到一個月，人又離開家鄉，好像以後就沒有回來過，也不知道是什麼緣故。因為年輕人愛熱鬧，又和臭嘴是好朋友，他二叔娶親的那幾天，我幾乎天天往這裡跑，這個女人當時還是羞羞答答的新娘子，見了我們，就趕緊的拿「喜果」給我們吃。我對她本來沒有見過幾次面，只記得她的臉很白，眉毛却是又粗又黑，兩個顴骨高高的，鼻窪兒裡長了一顆紅紅的痣，有些怪模怪樣，所以還能留下些印象。怪不得臭嘴說起這件事的時候，那樣的欲語還休，難以啟口，原來這是他們的「家醜」。

也沒有徵求五哥的許可，我向那女人說：

「二嬸子，你大概不認識我了，我可還記得你。你儘管放心，我們不會把你帶走的。不過，你自己可也得放明白點兒，我們離開這裡以後，三個鐘頭以內，可不准你走漏消息，否則，不但這兩個人是死定了的，就是你，逃過這一回，可逃不過下一回！」

那女人一邊聽著，一邊不停的點頭。等我和五哥押著兩個漢奸往外走，她就關門闔戶，在她臥房裡抽抽答答的哭起來了。

到了院子裡，五哥忽然想起來一件事，要他們兩人站住，從口袋裡摸出一些膠布，縱一道，橫一道，把他們兩個人的嘴巴給封住。看起來，他是早有準備，膠布大概是向劉神父討來的，也可能是不告而取。今天晚上這次「甕中捉鱉」的行動，曾經做過很周密的設計，每一個細節，五哥都和我研究過，就是這一手，他沒有對我說，我也完全沒有想到。從這些小事情，可以看得出哥哥到底是哥哥，他的心思比我細密得多，我不能不佩服。

走出那個院落，五哥對那兩個傢伙宣佈說：

「聽著，你們兩個，我和弟弟年歲還輕，經驗不夠，做這種事兒還是生平第一遭，不瞞你們說，心裡有點兒緊張，所以，你們一定要走好，要是因為天黑，看不見路，腳底下稍微有點兒滑滑擦擦的，我心裡一慌，可能就會開了槍，萬一有個誤傷，那怪我魯莽，也只好請你們多原諒。所以，二位請注意，為了你們的安全著想，可千萬別出什麼花樣！」

我覺得，五哥這是故意的出難題，簡直就是不可能的。這時候，約莫著是四更天左右，月亮早已隱沒，我提來的那盞燈籠，蠟燭也已燒盡，從燈影裡走出來，就像是兩眼罩著一塊黑布，什麼都看不清楚；尤其是這小巷子裡頭，到處是牆壁，到處是房屋，家家瞎燈滅火，一點兒光線都沒有，每一步都得摸索著往前走，而路又不是很平坦，這裡一片瓦，那裡一塊磚，要想每一步都把兩腳站穩，不打一個閃失，那可不是容易的事。更何況，這兩個傢伙雙手倒背，上半身讓我綑得像個粽子似的，兩隻胳臂不能擺動，身體就更難保持平衡，腳底打滑，就會摔倒在地下，往前扒是狗吃屎，往後翻是鱉抓沙，沒有兩隻手撐著，恐怕爬都爬不起來，要是五哥就這樣毫不留情的開了槍，那簡直就是存心整他們寃枉，還不如一見面就把他們斃了呢，省了多少手續！

不過，五哥說是這麼說，可是沒有按著所說的話去做。只是巷子裡頭這一段路，兩個傢伙輪流摔跤，就有兩三次之多，而且是一倒都倒，還得我扯著繩頭兒往上猛拽，才能把他們提溜起來。嘴被膠布封牢，連呼痛的聲音都在喉嚨裡悶著，聽上去不像是人發出來的，後面還帶出一大串的哼哼唔唔，雖然聽不清一個字，却聽得出那聲音裡充滿著恐懼，大概是在向五哥解釋什麼，也是在祈求饒恕。看起來這兩個傢伙真是一丘之貉，都是一樣的外強中乾，膽小如鼠，五哥的那幾句話，把他們的膽囊嚇破，拿我們兄弟倆當作生死判官了。生命可貴，一個人怕死是可以諒解的，可是，怕死怕到這種程度，卻不止是可憐，簡直就教人可惱，人的尊嚴被他們糟蹋淨盡了！

出了那條小巷子，就聽到老管家的聲音：

「五少爺，你們兄弟倆去捉鱉，捉住了沒有？」

我情不自禁的喊著：

「那還用說？甕中捉鱉，手到擒來，還附帶的抓了一隻小螃蟹！」

老管家向我「噓」了一聲，老成持重的說：

「別這麼大喊大叫的！雖然說那些二鬼子都不成料兒，在這縣城裡，究竟是他們的人多，咱們的人少，等出了城之後，那就是咱們的天下了！」

臭嘴和老鼠也都等在這裡，不必再繞回天主堂去，貼著城牆根走了兩三分鐘，就到了水西門。

聽從老管家的建議，把兩件「貨」分開裝運，第一條船是五哥帶著臭嘴和二扁頭，負責看守那個「錢副官」；第二條船是老管家、老鼠和我，船艙裡躺著王會長。

裝「貨」上船的時候，大概他們自知一旦離開了縣城，不論生死，都沒有他們的好日子，又扭又挺的，很讓我們費了一些力氣。後來，還是老管家出手，往那兩個傢伙頭上擂了幾捶，也不知道是敲昏了呢，或者是他們看清情勢，掙扎無益，才一下子變得安安靜靜的。

船駛過護城壕，進入城窪子，一切順順利利。要是老管家肯聽我的，走直線到南堤圈，然後棄船上陸，那就一點兒麻煩都沒有，偏偏他太守規矩，說什麼「用人之物，理當歸還原處」，主張還是走老路，把船放回原來的地方，然後出東堤口，過白花河，那條路走起來也比較順當。

老管家說得振振有詞：

「做人有做人的道理，不能因為自己方便，就亂用人家的東西，用完了也不送回去，那樣的話，好人和壞人還有什麼差別呢？」

就因為他的道理太正，教人不敢不聽，於是就掉頭向東，朝著「靈泉」那個方向划了過去。不料，老管家這一回出錯了主意，幾乎把我們這幾條英雄好漢，都困死在這城窪子裡……

也怪我們太大意，太不把城牆上那些三鬼子放在眼裡，貪圖走近路，過護城壕不久就掉過了船頭，離城牆不過只有一百多公尺。

兩條船一先一後，在蘆葦叢裡航過，不可能一點兒聲音都沒有，竟然把南城門樓子上的守衛給驚動了，正走著，就聽到那上頭傳過來一聲吆喝：

「什麼人？」

老管家的反應出人意料，他不但不保持靜肅，反而昂起了脖子，用足丹田之力，像敲鑼似的罵回去：

「游擊隊！你他奶奶的當了二鬼子有什麼神氣？還敢這麼喳喳呼呼的！惹惱了大爺，我就飛上城去，拔掉你的白囟毛，擠出你的蛋黃子！」

平時，老管家循規蹈矩，彬彬有禮，從來沒有聽到他扯起嗓子罵人過，想不到他罵起人來還這麼熱鬧，我都聽得愣住了。

「不用怕，這些二鬼子都是些縮頭龜，越是這樣罵他，他越是不敢招架！上一次我獨自出城，也驚動了他們，問我是誰？我說是游擊隊，嚇得這些二鬼子都變成啞巴，沒有人敢說第二句話！……」

想想，老管家做得也對。這些二鬼子傷天害理，都是些欺軟怕硬的東西，欺的是善良老百姓，怕的是游擊隊。既然被他們發覺，如果不敢開腔，也許他們就逞兇發威，把老百姓當作兔子打；明明白白告訴他來者是游擊隊，大概就真如老管家所說，反倒使他們聽了就怕，「不敢再說第二句話」。到底薑是老的辣，像老管家這種膽大心細的做法，正是知己知彼，料事如神，而且，這種做法最合我的口味，堂堂正正的，轟轟烈烈的。

我一時嘴癢，也跟著罵上了：

「王八蛋！龜孫子！你個雜種什麼事兒不好幹？偏偏認賊作父，當了漢奸，就不怕辱沒了你的祖先？告訴你，我們今天是偷營劫寨來的，你們的王會長，已經落在我們手裡，這就是當漢奸的下場頭！我勸你改邪歸正，棄暗投明，咱們攏起手來，一塊兒打鬼子，不然的話，王會長就是榜樣，下一回就輪到了你！」

小時候受的教養，是不准罵人、也不准說粗話的，所以，我雖然天性頑劣，對罵人一道却不內行，今天是受到老管家的鼓勵，才葷的素的罵了幾句，我發現，這樣大聲叫罵，確乎是很消氣的、也很過癮的，尤其是那被罵的一方情屈理虧，不敢還嘴，就更顯出大氣磅礴、雷霆萬鈞之勢。

老管家對我的罵法很欣賞，嗬嗬的笑著說：

「罵得好！罵得好！有你這幾句話，那些兔崽子就更不敢露頭了！」

可是，這一次老管家的估計却完全錯誤，也許在城門樓子上守衛的，是一個冒失鬼；也許他正抱著槍打瞌睡，猛然驚醒，一時神志昏迷，忘了自己的身分和地位；當大管家這幾句嘉勉的話才剛剛說完，城頭上竟然有人開槍向我們射擊，是那種「套筒子」之類的老式步槍，砰砰兩響，彈著點就在我們兩條船附近，能聽得熱子彈頭兒淬入冷水的聲音。

這兩槍，使老管家火冒三丈，一長身子人就站了起來，弄得一條船搖搖晃晃，幾乎把我給翻下水去，他自己也立足不牢，一跤摔倒在船艙裡，正好砸在王會長的身上，聽聲音是相當的著實，那王會長悶聲的呻吟著，好像很痛苦的樣子，我還以為他睡著了呢。

老管家一邊掙扎著往上爬，一邊叫著五哥：

「五少爺，你不是也帶著槍嗎？往城門上甩它兩梭子！這些王八蛋吃了熊心豹子膽，跟咱們玩起真的來啦，不給他點兒顏色看看，他還當是咱們怕了他！還有你，六少爺，你沒有槍，把我的槍拿了去，讓他們瞧瞧，咱們『天波楊府』，人人都是高手，你『楊六郎』威鎮三關，尤其是不含糊！哪。」

一直到這時候，我才聽出來老管家是喝多了酒。一身的酒味，這不稀奇，他隨身就帶著酒葫蘆兒，喝酒像喝水，有名兒的「千杯不醉」；滿嘴的酒言酒語，這倒是很少聽到的，不知道他進城之前，灌了多少黃湯呢！怪不得他今天的行事，大不同於往日，往日他的鄭重謹細，常常會教人著急，教人生氣，今天他說話做事都有些冒冒失失，雖然很合乎我的脾胃，却把我們兩條船、六個人陷入了險地。

五哥一向冷靜，不至於受了老管家的慫恿，就不加考慮的輕舉妄動；事實上，這城窪子裡毫無掩蔽，二鬼子高踞城頭，有那些垜口遮護，又佔了居高臨下的優勢，真要是打起來，自然是我們吃虧，而且時間也對我們不利，眼看著東方的天空漸漸透明，一會兒夜幕揭去，我們如果戀戰不退，豈不是自討苦吃？為今之計，只有迅速脫離，爭強賭狠，都不必忙在一時，要想收拾這些二鬼子，將來有的是機會。

我正想把船稍稍靠近一些，向五哥說明我的意思，却聽到五哥那條船有人出聲喊話，聲音斷斷續續，忽高忽低，原來是那個姓錢的：

「城頭上……站崗……是哪一位？……我是錢副官，還有……王會長，都落在……船上，千萬……別開槍！……聽到了沒有？……開槍……會傷到自己人。……城頭上……是哪一位……站崗？……」

反反覆覆的喊了兩三遍，好像還真是有了效果，城頭寂寂，再沒有任何聲息。嘻，五哥還真能想出一些高明的主意，這一來，二鬼子曉得我們手上有了人質，而且是他們的頭目，就是到了大天白日，諒他們也束手無策，奈何我們不得，大可搖搖擺擺的走出這片城窪子。

趁著那「錢副官」喊話的時候，五哥那條船忽然靠近，向我喊道：

「六弟，手底下加把勁兒，快走！這天說亮就亮，要是天亮之前還走不出去，咱們可就被陷在這裡。老管家大概是喝多啦，他那些餿主意聽不得！」

奇怪呀，五哥說的，也正是我要告訴他的話，這真是手足情深，兄弟同心，大概我們不只是外貌相似，內心的構造必定也有一部分很接近，否則，兩個人未經商議，怎麼會有一樣的想法？

我一邊加速划船，一邊打趣著老管家：

「你不是有名的千杯不醉嗎？今天是怎麼搞的？日本鬼子燒了咱們的楊家寨，你的酒量也被那把火燒小了哇？」

老管家的酒勁兒已經過去，對自己剛才顯露出來的「孩子氣」，大概是覺得很不好意思，一時又找不到台階，只是俯著身子，用兩隻手掬起冰涼的湖水，又洗臉，又沖腦袋，要把自己弄得清醒些。

嘴裡還是不肯認輸，老管家解釋說：

「醉是沒醉，稍微喝多了一點兒，倒是真的。就因為今天下午經過老寨子，牆倒屋塌，到處被燒成瓦礫堆，幾百年的基業，就這樣毀在日本鬼子手裡，我心裡好恨！我心裡好氣！到東關大街落了腳，正好遇到一位熟朋友，他請我喝酒，借酒澆愁，我就多喝了幾杯。醉是沒醉，身子骨兒可不如從前啦，歲月不饒人哪！自古英雄出少年，往後這些大風大浪，大災大難，可全靠你們年輕人囉！好在你們——你和五少爺也都是棟樑之材，今天露的這一手『甕中捉鱉』，可算得膽大心細，智勇兼備，很教我替你們喝采！咳，有道是，長江後浪推前浪，一代新人換舊人，想當年——」

這可不是聽他「想當年」的時候，我趕緊把他的話頭兒打斷：

「得啦，這些吹牛拍馬的話，以後得了閒再聽你『拉聒兒』吧。幾天不見，我知道你又老了不少，這船還能划得動嘛？……那就成，你手底下就有船槳，請你抖擻抖擻老精神，咱們得快馬加鞭，別讓五哥他們撇下太遠。要是天亮以前，出不了堤圈，那可是個大麻煩！」

老管家連聲應諾，手底下也就忙碌了起來。

小船輕載，兩個人齊心協力，雙槳翻飛，速度已經夠快的，可是，我們這條船一口氣趕上了二里路，却看不見另一條船的影子，也聽不見聲息。

這水上到底比不得陸地，大方向是錯不了的，却沒有一定的道路途徑，小小的迂迴彎曲，當然是很難避免，兩條船可能岔到兩下裡去。不過，這也沒有關係，反正剛才已經說妥，目的地就是「靈泉」附近那座小亭子，在那裡棄船上陸，出東堤口，過大石橋，就算是到達安全地界了。

可是，那天夜裡，自從出了水西門，進入城窪子，好像就一切都不順利。所謂「一著錯，全盤輸」，大概就是指這種情況說的。當我和老管家加快速度，趕到「靈泉」附近的那座小亭子，夜幕漸漸褪盡，黎明已經來臨，如果那時候就毫不延誤，捨船登陸，幾步路就到了東堤口，依然能脫離險地，不會節外生枝；而當我們趕到那裡，却發現意外的得了個第一，五哥那條船竟然人船俱失，不見踪跡。依當時的情勢，我們勢必在那裡等下去，雖然明知道這樣做是很危險的，也不能不顧兄弟間的親情，和朋友夥兒的義氣。

這一等，也許只等了二、三十分鐘，在感覺上却像有幾個小時那麼久，等得人又急又躁，又祈禱、又詛咒。

好不容易把他們等來了，船上却只有三個人：五哥、臭嘴和二扁頭，一個不缺，獨獨缺了那個姓錢的。

我一邊幫他們繫船，一邊不帶絲毫惡意的向他們詢問：

「咦，那姓錢的呢？你們把他放啦？」

五哥對我吹鬍子瞪眼的：

「還說哪？都是你！——」

罵得我一頭霧水，這礙我什麼事？我猜，他是自己知道做得不對，做過了又後悔，所以才這麼先下手為強，找一個什麼理由堵住我的嘴，免得我說話刺撓他。唔，一定就是這個樣子。可是，他卻不想想，我這張嘴豈是容易堵得住的？事情做錯了，好歹總得有個解釋。

「人是你放的，怎麼倒怪我頭上來？那姓錢的可不是什麼好東西，你這麼縱虎歸山，他往後不知道又要造多少孽，害多少人呢！」

臭嘴向我說了真相：

「不是放他，是他自己逃走的。那傢伙真是滑溜得很，陰險狡詐，咱們鬥不過他。剛才不是要他喊話嗎？就把他嘴上的膠布揭下來啦，也讓他半躺半坐，喊話的聲音比較大，喊完了話，他說他要撒尿，就讓他在船邊上站著，那曉得，他撒尿是假的，一個倒栽葱，人就下了水。起初，五哥還以為他是不小心摔下去的，怕他在水裡淹死，我們還在那一帶打撈了一陣子，所以才來得這麼遲。後來，天色放亮，看見船艙裡留下這一大截繩子，才知道他早就動了手腳，以撒尿為由，借水遁開溜。我看哪，年歲大的人都是老奸巨滑，咱們到底是年輕，自覺著也有不少的壞招，比起這些老傢伙，可就差遠了去嘍！」

這麼說過之後，才察覺到在場的還有一個「老傢伙」，很尷尬的向老管家舉了舉手，伸了伸舌頭，那意思是表示「對不住」。

二扁頭逮住這個機會，也補充了幾句：

「後來，我們看到那個傢伙，一身水濕，連滾帶爬的，往南城門那邊跑過去，一邊跑，一邊叫：『我是錢副官，不要開槍哦！』我要是手裡有槍——不，我是說，我要是手裡有槍也會開槍的話，我就饒不了他，劈哩啪啦，把那傢伙當兔子打，實在太可惡啦！」

我接住話尾，向五哥質問：

「是呀，你怎麼不打？」

五哥低著頭，囁囁嚅嚅的說：

「那麼個小嘍囉，又不是大奸巨惡，我認為，不值得。」

這是胡說，替自己飾非掩過。我正想多說他幾句，忽然注意到五哥臉紅紅的，似乎是一種羞愧難當的樣子。這種神情，在我們弟兄的臉上都很陌生，我是臉皮厚，他是骨頭硬。發現到這一點，我對他就不忍深責，內心還是很不以為然的。

臭嘴也在替五哥說好話：

「五哥本來是要開槍的，我看見他把手槍舉起來，架在胳臂上，瞄了很久，大概是沒把握，怕惹事，又把槍給收了回去。」

我這才瞭解五哥是為什麼赧然不安的，他不是不想開槍，只是扣不下扳機。捫心自問，我能不能做得到呢？也許能，也許不能，要有過這種經驗才敢確定。這不是膽量大小的問題，而是要看你心夠不夠硬，手夠不夠狠。大頭哥生前曾經向我們說過他第一次開槍打人的心情，瞄準、擊發，射中了一百多公尺以外的日本兵，大致是打在腿上，只是負傷，不至於要命，在那裡掙扎翻滾。大頭哥說他幾乎要跳出戰壕，去擔任救護的工作，費了好大的力氣，才終於忍住，沒做出那椿傻事。我們聽了，都在笑，說大頭哥是假惺惺，上戰場就是要殺敵人的，怕的是開槍打不準，既然一擊而中，幹嘛還想去救他呢？後來才慢慢懂得，大頭哥不是在說笑話。而且，在戰場上是對打，敵人殘暴，你自然就仁慈不得，像五哥遭遇的這種情況，和戰場上完全不一樣，不管那個人多麼可恨可鄙，多麼陰險狡詐，究竟那是一個活生生的人呀，他在前面逃跑，你用槍口瞄準他的後背，要想扣動扳機，那的確需要有一股子狠勁兒。

五哥和我脾氣不相似，到底是一樹同根的自家兄弟，總有些地方是一樣的，儘管平時都是潑皮大膽不怕事，臨到讓自己扮演判官的角色，手指一動就決定人的生死，我連自己能否做得到都不敢說，對五哥的難處就應該可以體諒了。

不過，這一念之慈，縱虎歸山，恐怕會給我們帶來一些麻煩，不能不早作打算。

老管家也想到了這一點，跟五哥商量著：

「那姓錢的跑回城去，為了立功抵罪，他少不了要有一些說辭，這一來，咱們可就露了形跡，不但知道咱們姓甚名誰，甚至也會猜到咱們的去路。對這些二鬼子，怕是不怕的，可是咱們還帶著這麼個東西，殺不能殺，放不能放，看他那樣子，又不像是個能跑路的，豈不是個累贅？聽說城裡的二鬼子還成立了馬隊，要是咱們順著原路走，五里路以內，一定會落在他們的手裡。照這個情勢，五少爺，我看只有繞圈兒走遠路了，他猜咱們往南，咱們偏偏往北，只要能離城十里，這些兔崽子們就不敢再往下追。這個辦法，你同意不同意？」

五哥大概也別無良策，點點頭，又擺擺手，要老管家領頭兒先走，那意思是以後的路線就由老管家做主，他怎麼帶路，我們就怎麼跟著。

王會長還是由我押解，我把繩子頭兒牽在手裡，像趕驢似的發著號令。這個人雖然壞事做盡，在今日之前大概還從來沒有吃過苦頭，從「王老闆」到「王會長」，一直是高高在上，養尊處優，長了一身細皮白肉，平時可能連路也很少走，走了幾步，就兩腿抖顫，氣喘如牛。他哼哼唧唧的似乎要說些什麼，臉色也顯得十分痛苦，我以為他是在演戲，就給他一個相應不理，他發賴，我就給他些苦頭吃，不輕不重的，足夠讓他振作起精神，踉踉蹌蹌的走下去。

到了東堤口，老管家快走幾步，就漫過那條進城下鄉的官道，又鑽進那另一段護城堤的樹叢裡去了，我們幾個人也緊緊跟隨著。看老管家的心意，他是打算以護城堤作掩護，從東堤口到北堤口，然後再下堤上路。照這個走法，可真是繞了大圈子，不知道什麼時刻，才能繞到正路上去。這樣也好，在天主堂悶了這幾日，正需要活動活動筋骨，從清晨走到天黑，我也不在乎。教人擔心的是二扁頭，雖然他拄著一根拐杖走得挺起勁兒，一步也不肯落後，時間久了，就是人撐得住，只怕對他的身體也有些不利，他却一直說「沒關係」，要我們各人管自己的事，不要老是把眼睛盯住他的那條傷腿，「那條腿沒有什麼好看的！」說話的口氣很歹毒，好像把別人的關懷都看作是侮辱。這真是「江山易改，本性難移」，經歷了一次生死，還是改不掉他這副人人憎厭的怪脾氣。

從東堤口到北堤口的這一段護城堤，種的都是菓樹，桃、李、杏、梅之類，雖然這時候已經過了花季，而那新抽的枝條，在春風中輕柔的舞動著，嫩葉離離，結實纍纍，依然是一片醉人的好景致。如果是在太平歲月，閒暇無事，這裡正是郊遊踏青的好去處；可惜現在心情不對，看到它們青青綠綠、茂茂密密的，反而教人心裡有氣，樹木到底是些無情無知的東西，只曉得節季，不曉得時局，在這種亂世，還這樣費心巴力的粧扮著自己，粧扮起來給誰看呢？……

走了約莫有一里路，那王會長又來了花樣。起初，他全身顫抖，頭也不停的搖，脊背像蝦子似的弓著，走路也好像抬不起腿，邁不開腳，一拖一拉的往前挪。後來，他索性走不動了，我推了他一把，不料他一推就倒，倒在地下磕頭撒潑，兩眼緊閉，口吐白沫，看上去似乎是得了急病，眼看著就活不成。

臭嘴和老鼠都跟我走在一道兒，看到這般光景，也都頗為吃驚。臭嘴說：

「看樣子，這個人犯了『羊角瘋』，我有個遠房的姐姐就得過這種病，死是死不了，發起病來總得兩三個鐘頭才好，這可麻煩！」

老鼠更是一副悲天憫人的腔調：

「不，這不是『癲癇』，是『盲腸炎』。你看他臉色蒼白，直冒冷汗，又是鼻涕、又是眼淚的，一定是疼得很厲害。這種病會要命的，時間久了，能把人活活的疼死，救都來不及！」

我冷笑著：

「算了吧，你們這兩個蒙古大夫，自己不內行，還是免開尊口。什麼『羊角瘋』、『盲腸炎』呀，這傢伙是沒病裝病，故意的給咱們添麻煩。你們等著瞧，這種病我會治，不用針灸，也不用吃藥，只要我在他耳邊兒上唸幾句咒語，管保他的病霍然而癒，靈驗無比！——」

說罷，我就彎下腰去，對著王會長的耳朵眼兒吹氣，低低竊竊地說：

「王家表伯，我有話，你聽著，快起來好好的走路，別這麼耍死狗，好不好？惹惱了我，我的壞招很多，一招一招的用出來，那可夠你受的！萬一把你弄成殘廢，少條胳臂斷條腿，雖然我不是故意，你受罪可是真的！所以，你還是快點兒爬起來，免得我冒冒失失的得罪了你！我數一二三，你就趕快往上爬，不然的話，我可就要下手啦！」

說罷，我就像拳擊裁判一樣的大聲計數。依我所料，這方法應該有效，因為我知道這王會長是受不了「刑」的，他也知道我的手勁兒很重，不管使出那一招，都能整得他喊「救命」。可是，我從「一二三」數到了「七八九」，這傢伙竟然把心一橫，不理不睬，有心叫我下不了台。

騎虎難下，想不動「刑法」也不行啦，我擄擄褉袖，正要動手，忽然有人在後面掣肘：

「手下留情，六少爺，他這不是裝病，是真的犯了大煙癮。」

原來是老管家的聲音，他在前面等不到我們，特地趕回來接應，倒做了王會長的救星。

我撟舌不下，大感驚訝：

「你看準啦？犯煙癮，就是這麼一副德行啊？我的天！你看他還能活得成嗎？」

老管家很冷漠的說：

「放心，他死不了！千年王八萬年龜，越是這種人越能活！不過，他活著跟死掉也差不了多少，要他自己趕路是不可能的了！」

那可真是痲煩，難道還得教我們抬著他嗎？

五哥和二扁頭也趕了回來，問明了情形，也急得直搔頭，直搓手，不知道如何是好。

想了一陣，五哥忽然異想天開的說：

「能有個地方把他藏起來就好了。」

真想不到五哥也會說出這種傻話。「把他藏起來」，說的多輕鬆，好像那王會長是個不吃、不喝、不喊、不叫的死物似的，往那兒一擱，他就老老實實的待著。一個大活人呀，藏？怎麼個藏法？這叫做說話不經過大腦，說出來之後，大概自己聽著也覺得好笑。

二扁頭心直口敞，我在心裡嘀咕，他在嘴上嚷嚷：

「藏？怎麼藏？倒是有一個好辦法，只怕你們不同意。要是你們肯聽我的，就在這裡把他一槍幹掉，連棺材都不必要，把屍首擺在東堤口，二鬼子一瞧人都死了，那還追什麼？咱們就可以大搖大擺的上路，也不必繞圈子了。主意是我出的，我提議交付表決，贊成的舉手！」

這也是胡說八道，說著挺痛快，稍微理性些，就不會費這些唾沫。我們把這個王會長弄出城來，目的是要拿他換回宋老師，也營救那些被二鬼子拘押囚禁的鄰里親友；如果只是要把他弄死，那倒是很容易，就這樣馬攢四蹄，丟到護城壕裡去，連一顆子彈都不必浪費，又何須一路運送，費了這九牛二虎之力？就是因為殺不得，所以才成了個累贅。

五哥正起臉色，教訓著二扁頭：

「殺了他，怎麼樣搭救宋老師？再說，咱們是什麼身分，也沒有執法殺人的權力！以後說話的時候，先自己想明白，不該說的，就把它嚥回去！」

二扁頭不服氣：

「我說的有什麼不對？亂臣賊子，人人得而誅之，誰說咱們沒有權力把他處死？你們膽子小，不敢做，還有我。也不必開槍，用大頭哥的這根拐杖，我也能結果他的性命，就像大頭哥砸死那隻狼狗一樣！」

說著，他真的就擺出一副「迎頭痛擊」的架勢。那王會長正犯癮得要死，原來也並不是毫無知覺的，他聽清了二扁頭的話，呻吟之聲立止，滿臉都是驚慌恐怖的神色。五哥把身子一橫，擋在二扁頭的面前，以免他輕舉妄動，壞了大事。

兩個人正僵持著，老鼠忽然慢悠悠的說：

「有一個地方，倒是可以暫時把他放一放。」

等大家的目光都集中在他身上，他却又意興索然的住了嘴。

我拍著他的肩膀：

「有話，就快講啊，瞧你這個慢勁兒！」

臭嘴嘲笑他說：

「真有這種地方，還怕他不會講？又不是啞巴！我看他是胡思亂想，剛才想起來，現在又忘啦，對吧？」

老鼠有些扭扭捏捏：

「不，地方是有的，也許你們會嫌它太恐怖，不吉利，覺得它不合適。所以，我還是不說的好。」

臭嘴却逼著他非說不可：

「說！我就不相信你的頭腦比別人靈活，記得一個『水西門』，你就自封為神童了！」

老鼠被迫無奈，很不好意思的伸手往護城堤內城窪子裡一指，正要說話，被老管家搖頭阻止，要大家保持靜默，只聽到一片「他、他、他」馬蹄的聲響，從縣城那個方向響過來，出東堤口而去。

這大概就是老管家所說的二鬼子的馬隊。聽動靜，最多也只有十幾匹。不管人數多少，這表示老管家猜得不錯，那姓錢的逃回城裡，果然洩了我們的底，大概連我們出城以後的去向，也可以推想而知，又知道我們來的人數不多，而且是徒步行走，所以才派出馬隊追擊，妄想從我們手裡，把他們的王會長救回去。幸虧老管家料到了這一步，那些二鬼子一追數里，找不到我們的蹤跡，不曉得會怎樣疑神疑鬼呢。

等馬隊過去，老管家急急的說：

「追不到我們，也許那些兔崽子會回頭搜索的，咱們得快點兒離開這裡。——你說的到底是什麼所在？能把這個累贅給安頓下來，咱們的活動也方便些。」

後面這幾句話是對老鼠說的。我伸手往老鼠頭上擂了一捶，罵道：

「你怎麼越長越像個女娃兒啦？情況緊急，容不得你起承轉合的作文章，真要有這種地方，你就快講！」

老鼠再一次指著護城堤下的城窪子，用一種不自在的腔調說：

「我說的就是那地方嘛。」

城窪子裡空空蕩蕩，到處是水，到處是荷葉、蒲草和蘆葦，那地方，就算是能藏得住人，也得把人給泡在水裡，這犯煙癮的王會長，怎麼能禁得住這樣擺弄呢？老鼠的這個主意，不止是餿，簡直是臭，怪不得他哼哼唧唧，自己也覺得說了還不如不說的好。

五哥走過去，跟老鼠站在一起，彎著腰，低著頭，像掛線似的順著他的手臂往外瞧，竟然瞧出些門道來了。

「你說的是——那個大堌堆？」

「是呀，就是那裡。大堌堆的肚皮是空的，三五百人，都能夠裝得下。」

大堌堆，五哥一定是到過的，却未必知道大堌堆的祕密。我當然知道，也曾經許多次到它肚皮裡去周遊過，那都是好幾年以前的事了。這幾年間，一來是年歲漸長，興趣轉移，覺得在那大黑洞裡弄得一身的土，滿臉的灰，實在沒有什麼意思；二來是那地方早已經被封閉，因為有些膽小的孩子（老鼠也是其中之一），偶然的去一次，回家就會頭疼發熱的，說是中了鬼祟，於是把那地方列為禁地。原先盜寶的人挖了一個大洞穴，由善堂出資，糾工庀材的把它封了起來，從此大堌堆變成渾然一體，無隙可入。老鼠能想起那個地方，這證明他的頭腦確實是很靈光。真要是有辦法把王會長「藏」在那裡，那就像下了地獄一樣。除非有人向二鬼子通風報信，邀功求賞，否則，他們要想救出王會長，那除非是閻君開恩，判官幫忙。

五哥向我遞了一個詢問的眼色，我向他證實著：

「地方倒是很適合，不過，洞口早已經被封死，怎麼能進得去？」

老鼠却有最新的消息：

「早就通開了呀，只不過洞口比從前小了些，也就顯得更隱密。」

我有些不相信：

「誰去通開它？我已經有好幾年沒有下過那個大黑洞啦！莫非你這麼一大把年紀，還在做這種調皮搗蛋的事兒？」

老鼠像女孩子一樣捂住嘴巴笑：

「咱們長大啦，還有別的孩子呀。咱們當年做過的事兒，難道就不准別的孩子去做？鬼子進城的時節，你們出城得早，有些事情不知道，那大黑洞救了好幾家人呢！他們躲在洞裡，一直到局勢平穩才出來的，還有人許了願，等到太平年，要在大堌堆上搭台子唱戲呢。」

這麼說，想必是真的了。既然有這個現成的地方，剛好替我們解決問題，於是就由五哥指揮著，四個人抓住王會長的兩腿兩臂，像抬死人似的把他抬下了護城堤。

大堌堆離堤很近，本來有一條田埂似的小路，可以連蹦帶跳的走過去，抬著人却不好走，還是從淺水裡趟過去的，又漓漓拉拉的弄得一身泥水，就越發覺得這個王會長死有餘辜，罪不容贖。

果然如老鼠所說，那封閉的洞口又被人通開了，外面有一些野生的灌木遮蔽著，不用心查看，就很難找得到。洞口小，人要像蛇一樣扁著身子爬行，才能夠進得去，那王會長不知道到了什麼所在，也許以為是我們要把他活埋，渾身就顫抖得更厲害，一臉驚慌恐懼的神情，教人看了，也竟然有幾分不忍。我一再的提醒自己：對惡人不能姑息，要把慈悲心一概收起，這才替自己裝上一付硬殼子。前面拉，後面推，費了好大力氣，才把王會長「填」進洞裡去。

照王會長的情況，如果沒有人來救他，大概他自己是跑不掉的，但也不能毫無防備，於是我把綁在他身上的蔴繩解開，變換方式，像綑猪一樣把他綑了個結實。

又牽掛著宋老師的安危，我揭開王會長嘴上的膠布，問了他幾句話：

「你把我們的宋老師怎麼樣啦？要對我實話實說，不然哪，你就別打算著離開這裡了！」

洞裡漆黑，看不見王會長臉上的表情，但可感覺得到他身體的顫動，像是有人在抽他的筋。過了一陣，他才能發出聲音：

「宋老師？他很好哇。我把他請到維持會，像貴賓一樣待承他，每頓飯都有酒有肉，他一點兒也不受苦啊。」

我怒斥著：

「假仁假義，你還不是想拖他下水？」

他居然厚顏無恥的說出一套歪理：

「日本鬼子如狼似虎，要是沒有人出面維持，不知道要死多少人呢！渾水，總得有人趟啊！漢奸，總得有人當啊！……」

這些驢鳴狗吠，我沒有心情聽他的，只問他最要緊的一句：

「你看，宋老師會不會答應你？」

他呻吟著：

「不會。這姓宋的是個老頑固，死腦筋，他在我會裡住了這幾日，每天只是寫字兒，我對他好言好語，他聽都不聽，理都不理。」

我對旁邊的人影說：

「你聽到了沒有？這就是咱們的宋老師，有節操、有骨氣！你那一百個響頭是磕定了的！」

那人影果然是臭嘴，他本來不該出聲兒說話的，却也忍不下去，向王會長查詢著：

「你說我們宋老師每天只是寫字兒？請問，他寫些什麼呢？」

王會長唉唉喲喲的說：

「唉，他呀，他寫的是，岳飛的『滿江紅』，文天祥的『正氣歌』。我知道他是在損我，可是，我也沒有把他怎麼著。……哎喲，你們放了我吧，不就是為著你們宋老師嗎？我回去立刻就放他。你們在這裡等著也行，我派人把他送到東堤口，交給你們驗收，這總行了吧？我知道，在你們眼裡，我是個漢奸狗腿子，可是，我這個人也有些長處，說話算話，從來不玩弄虛假。凡是我答應了的事，再也沒有辦不到的。請你們相信我這一回，趕緊把我放回去，不然的話呀，哎喲，就是你們不殺我，這個大煙癮也能把我害死，我熬不住的！……」

從王會長嘴裡，打聽到宋老師的消息，這消息一定確實。早知道宋老師特立獨行，大節無虧，那些三鬼子是奈何不了他的。他被軟禁在「維持會」，每日以寫字自娛，寫的是「滿江紅」和「正氣歌」，這真是妙極了，也正與宋老師的個性相合，或許他寫字之餘，還改不掉教書先生的積習，引經據典的，對那些三鬼子解釋字句，發揮義理，就像從前他在教室裡講書那個樣子。果真如此，那可真有意思。

我把兩手一拍，高興得跳了起來。

「妙極了！我就知道宋老師坦坦蕩蕩，頂天立地，豈是你們這幫人能奈何得了的？宋老師唯一的缺點是太天真，他寫那些詩詞給你們看，是想要感化你們，可是，你們那裡懂呢？這叫做對牛彈琴！」

王會長竟然受不了我的侮辱，一邊呻吟著，一邊含含混混的抗議說：

「我也是唸過大學的，論學問，可也不見得比你們的宋老師低！……」

這一次用不著我開口，臭嘴早已經準備了滿嘴的口水，劈頭蓋臉的噴灑下去：

「呸！你也配跟宋老師比？相差著一天一地！你說你也唸過大學，我倒要問問你，書是怎麼唸的？莫非都唸到狗肚裡去？不忠、不孝、不仁、不義，還外加上寡廉鮮恥，你身上哪有一點點兒書的氣味？像你這種敗類，實在不配偷生人世！你要是稍有血氣，縱然我們不殺你，你也該想辦法結果了自己！」

從天亮之後，臭嘴跟王會長照面兒不止一次，對這個惡人似乎毫無顧忌，可見他不肯參加「甕中捉鱉」的行動，並非怕王會長認出是他，而是替他嬸子留臉。其實，王會長在他嬸子那裡停眠整宿，外人豈有不知道之理？就是這一對姦夫淫婦，也早已經豁了出去，明目張膽，肆無忌憚，哪還會在乎外人的議論呢？記得臭嘴的嬸子曾經威脅我們說：「我也是好人家的媳婦，被這個人佔住身子，是我自己失了主意，要是你們也讓我拋頭露面的，我只有一根繩子吊死！」那些話，也只是假惺惺作態而已。壞人做壞事，自有他一套歪理，縱然不足以迷惑人心，最少也能夠安慰自己，所以才會把壞事一直做了下去。如果做一次壞事就受一次良心的責備，久而久之，他如何能受得了呢？可見他隨身帶有一套自製的防護設備，一般的輿論和道德標準是傷不了他的！倒是好人的臉皮子太薄，心腸太軟弱，不但在壞人身上濫用了同情，而且見了壞人就替他害羞，替他慚愧，甚至於替他迴護，替他掩飾，事實上，這也正是一種姑息，而使得壞人昂然自若，為所欲為。我想，歷史上和社會上的許多是是非非，紛紛擾擾，總是顯得好人氣短，壞人猖獗，原因都在這裡了。

洞裡的光線實在太暗，剛進入的時候，從明處乍到暗處，兩眼好像被人蒙住，根本就看不見什麼，全靠著以前到這裡來過不少趟，是一個熟地方，洞裡的形勢方位，大致還有個印象，這才能摸索著行動，而不至於撞得頭破血流。在洞裡待了這麼大一陣子，眼睛還是不能適應，臭嘴幾乎和我貼身而立，我聽得到他的呼吸，卻看不見他臉上的神情，不過，從他的聲氣裡，可以想像他必然是咬牙切齒，直眉豎眼的，恨不得掐住王會長的脖子，把這個恬不知恥的惡人置於死地。在我們幾個夥伴當中，臭嘴的性情算是比較「和平」的，可是，人畢竟還太年輕，修養不夠而容易衝動。他這時熱血沸騰，滿腔的怨毒，已經到了深惡痛絕、誓不兩立的程度，絕不是搉幾捶、踢幾腳就能發洩得了的，我真怕他越罵越惱，一時的失去控制，而做出過火的動作。臭嘴的體型本來瘦弱，這幾年練功很勤，身子骨兒也健壯了許多，而且手勁兒不小，單掌劈磚，一掌下去能切開四塊，像王會長這種廢料，怎麼能吃得消？為王會長的安全著想，我還是早點兒把臭嘴拖出去為妙。

我拖著臭嘴往外走，那王會長卻有些捨不得，在背後哭哭啼啼的挽留：

「求求你們，不要把我扔在這裡，我會死！」

臭嘴惡狠狠的說：

「你還不該死嗎？悄悄的死在這裡，免得將來被砍頭，被槍斃，被分屍！這不正便宜了你？」

我對王會長說正經的：

「放心，你死不了，我們老管家說得好，你的壽命很長，還有得活呢！再說嘛，這裡是漢朝一位王爺的陵寢，你就是想死在這裡，只怕也沒有這份福氣！」

說罷，我就推著臭嘴的後背，讓他走在頭裡，免得再節外生枝。王會長在後面慘嗥悲啼，我們給他個相應不理，過一會兒，他自己會靜下來的。

這地穴相當的大，而且方方正正的，像一座埋在地底的大房子。那唯一的出路，是一條磚砌的甬道，長度大約有二十公尺，寬度也有三公尺左右，應該是很亮敞的，只有出口處被封閉，裡層砌磚，外面又掩蓋著泥土，靠近洞口已經長出幾尺高的小樹，更把它遮擋得嚴嚴密密，風雨不透。被小孩子推開的洞口，只容得一個人蛇行而入，光線和空氣都是從那裡來的，不但光線幽暗，而且很憋氣，還有一股子怪味道，也說不上來它像什麼，只知道在外面從來不曾聞到過，是這裡特有的就是了。奇怪的是，洞裡並不潮濕，連地面上幾寸厚的浮土，都是乾爽爽、鬆鬆軟軟的，不曉得該怎樣解釋。關於這件事，一般鄉愚把它傳說得很神奇，那些話當然都毫無根據，我也曾向宋老師請教過，他是說這和殉葬物大有關係，那地面上的浮土，宋老師懷疑是一種特別的物質，可能是胡椒粉和生石灰混合起來的，也許還有其他的東西，淵博如宋老師，也只是略知一二，說不仔細，可見這座地穴是何等神祕。

我推著臭嘴，剛走到那條甬道的中途，忽然眼前一暗，那洞口被完全堵住。我大吃一驚，仔細再看，原來是正有人往裡鑽，而且接二連三，一共鑽進來有四個人之多，那就是說，在那邊等候的五哥、老鼠、二扁頭和老管家，全部都鑽入這地穴來了。

我迎上去問道：

「怎麼回事兒？我們正要上去呢，你們怎麼也下來了？不是急著要趕路嘛？」

五哥很鎮定的說：

「恐怕一時走不了。外面，二鬼子在到處搜索，咱們要在這裡耗一些時候了。」

我心裡可有些焦躁：

「你是說，咱們被堵在這裡啦？那就衝出去呀！咱們有人有槍，總不能悶在這裡等死！」

老管家的酒勁兒已經完全過去，說起話來，又恢復了他平時的溫吞水：

「六少爺，你別急。到了該拚命的時候，當然是要拚；該忍的時候也得忍。那些二鬼子並不曉得咱們藏在這裡，大概是馬隊撲了個空兒，不敢往遠處追，才回到這城窪子裡耀武揚威。對他們說，這是『公事』，會長被人綁了去，不這麼亂鬨一陣子，可怎麼向鬼子交代呢？我看這些人也不是在找咱們，是在找他們王會長的屍體，不然的話，既然曉得咱們手裡有槍，那還敢這麼大模大樣，吆吆喝喝的？所以我猜想是這個樣子。這些人都是些地痞、流氓、小混混兒，當漢奸是因為他別無生計，平時就游手好閒，辦公事自然更不會認真，忙亂上一陣子，就會撤到城裡去。依我估量著，最遲也不過耗到天黑，咱們正好在這『地窖子』裡休息休息，有什麼關係？」

「什麼？耗到天黑？那咱們吃什麼呢？喝什麼呢？就算一頓兩頓餓不死人，可是，萬一被那些二鬼子發現了踪跡，把咱們堵在這裡，只要他們派人守著洞口，咱們就出不去，那又要耗到幾時？與其在這裡挨餓受渴，不如衝出去跟他們拚一個死活！殺一個夠本兒，殺倆就賺一個！」

最後這兩句話，我還記得是縣城第一次告警的時候，聽一個守城的保安隊員這樣說過，當時覺得這兩句非詩非詞的話很夠味道，就把它記在心裡了。現在從我嘴裡振齒而出，更覺得它鏗鏘有力，像兩句從茅山道士那裡學來的咒語，且不管它用來降魔捉妖，有沒有特效，自己聽著，先就信心十足，勇氣百倍。

若不是老管家一伸胳臂把我擋住，多半我就會說到做到，一衝而出。我實在沒有把那些二鬼子看在眼裡，因為我知道他們是什麼東西變的，正如老管家所說，不過是地方上的地痞、流氓、小混混兒，別看我年歲小，過去太平盛世，他們在街上遇到我，那一個不是垂手哈腰打躬作揖的，我還不肯拿正眼瞧他們呢！如今小人得勢，都跟著王老闆一塊兒當了二鬼子，仗著日本人的蔭庇，也都有槍有馬的，——有槍有馬又怎樣呢？這就像窮人乍富，越擺譜兒呀越是露出他那一身賤骨頭，拿槍像拖著要飯棍，騎馬嘛像馬背上插著一根蠟燭！……就憑這些廢料，我就不相信他們能把我攔得住！

老管家知道該怎樣安撫我，他很用力的抓緊我的胳臂，嘴裡却溫溫柔柔的說：

「犯不著哇，六少爺，好鞋不踩臭狗屎，拍蒼蠅也會弄得一手髒哪！咱們已經捉到一隻大魚，何必再挖那些小泥鰍呢？聽我的勸，還是安下心來在這裡鬆散鬆散。你放心，那些二鬼子找不到這裡來的，就是懷疑洞裡有人，也不敢下來查看，絕對不敢！再說嘛，咱們六個人，只有兩管槍——」

「三管！」我往自己腰間重重一拍，很驕傲的說：「從今天往後，我再也不是徒手隊了！是和你一樣的德國造二把盒子，除了壓膛的，還外帶著十梭子子彈！」

老管家用一種很誇張的口氣，把他的驚異放大了十倍：

「哦？怪不得我看到你腰裡凸凸出出的，原來你不但捉到了鱉，還把『鱉寶』也給挖了出來！第一次身上帶槍，就像小老虎長了翅膀，這滋味兒很美，對不對？那你就更應該替沒有槍的人設想，別人衝鋒陷陣，自家躲躲藏藏，就算動作敏捷，毫髮無傷，究竟是有腿沒胳臂，只能挨揍，不能還手，那滋味兒可並不好受！……對，我說的就是你這三位朋友。咱們在前面開路，讓人家在後頭跟著，他們不會覺得自己是一個累贅嗎？更何況——」

說到這裡，他把嗓門兒壓低，向我附耳密語：

「更何況，你三位朋友當中，還有一位是受傷未癒，我知道他是條漢子，不怕苦，不怕累，可是，三條腿究竟比不得兩條腿，萬一有個差池，咱們救援不及，那豈不是一件恨事？所以，今天這個局面，只宜鬥智，不宜鬥力，正好有這麼個隱祕的所在讓咱們躲避一時，安安穩穩的，鬆鬆散散的，這有什麼不好呢？」

一邊說著，一邊拖著，就把我拖離那條通往洞口的甬道，而重又回到「大廳」裡。老管家又拿出他的法寶：火鏈、火石、火紙煤子，咔嚓幾聲，火星飛濺，再放在嘴邊一吹，手裡就有了一團光亮。往四下裡照了一照，找到一處磚砌的台階，要大家坐下來。

就這樣，我們一行六人——當然不算那個王會長——在那地穴裡困了十來個小時，從清晨到黃昏。

這十來個小時真是難熬。並不是這地穴裡有什麼不舒服，也不是內心憂懼，怕這個、怕那個的。更不是由於飢渴，二扁頭背包裡有一大堆吃的東西，都是劉神父犒賞他的，他一點兒不自私，都拿出來分而食之。東西不少，巧克力、餅乾之類，也都很擋餓。

由於老管家說了一句：「只有砍頭的罪，沒有挨餓的罪。」連那個王會長也分到一份兒，可是，他那大煙癮正犯得要死不能活，怎麼吃得下去？給了他，也是白白的浪費。

我也吃不下東西。一來是自幼養成的拙毛病，凡是外國來的洋玩意兒，一概不吃；七八歲剛上學的時候，不記得是受了誰的影響，經常往天主堂跑，和劉神父混得熟極了，他大概準備許多吃的東西專來「哄」孩子，都是些歐洲貨，他給我，為了禮貌，我接著，一轉身就送給別的孩子了。二來，我根本不餓，只覺得腸胃膨脹，憋著一肚皮的氣，什麼東西也不想吃。

因為要保持靜肅，都盡量的少說話兒，事實上，也根本沒有說話的慾望，各人都默默無語，算自己的賬，想自己的心事。奇怪的是，每逢這樣的時機，腦子似乎就格外靈活，最適合演算數學，能給自己出不少的難題，而每一則題目都能順利解決，除非它是沒有答案的。那天，在大堌堆那座古墓裡，我想了好多好多，有一些問題，過去曾百思而不得其解，現在却一步兩步就求出答案來，有一些言語——古人對後人說的，老年人對年輕人說的，——從前看過聽過之後，都把它當作春風過耳，正因為那些言語標的太高，涵義太深，反而在接受的時候產生了抗力，聽都聽不進去，現在却一行一行的排隊而至，我發現原來它們已經刻在我心版上，也發現它們所蘊含的道理也並不難懂，揭開薄薄的一層紙，那些言語都呈現出新的意義，淺顯而清晰。我不知道佛家所說的「頓悟」是否就是這個樣子，只曉得悶在大堌堆古墓穴的那十來個小時，是我在心智方面很重要的一次發育期，由大疑大惑，而大徹大悟，於是，我更接近了成熟。

那天黃昏時分，二鬼子都撤回到城裡去。情況是完全被老管家料中了的，那些二鬼子在護城堤以內擾攘了這大半日，純粹是在應付公事，敷衍塞責，點到為止。太陽離地面還有幾尺高，他們就吹了集合號，把分散在堤口和城窪子裡的隊伍召回，匆匆撤退，大概是心裡頭不踏實，怕天一落黑，那堤上的樹木和湖裡的蘆葦，都變成了游擊隊。

我們很從容的離開那座古墓，只把王會長暫時寄放在那裡。

照五哥的意思，是這樣安排的：回到柳河口，就立即派人和二鬼子聯繫，要他們先放出宋老師，再告訴他們地址，就近把王會長接回去。預計這不過是一兩天就可以辦好的事，王會長頂多也只是受這一兩天的罪，正可以在這「地下室」裡捫心思過，縱然不能從此痛改前非，最少也能恢復他一點點兒「平旦之氣」，那對他是大有好處的。

臨走之前，由老管家出面兒，向王會長說明我們對他的安排，原以為他會感激涕零，千恩萬謝，殊不料他得寸進尺，竟然向我們提出一個很荒唐的要求：

「一兩天？把我放在這地方，我哪能活得了一兩天？拜託你們各位鄉親，哪一位辛苦一趟，去把我的煙燈、煙槍拿來，多帶些煙膏。這樣嘛，也許我還能熬得過。不然的話，等他們找到我，恐怕我早已經不在人世了！」

對待一個漢奸，不打、不殺、不審判、不監禁，我們實在夠寬大的，甚至於還怕他餓出毛病來，決定把二扁頭背包裡賸下的「糧食」，統統的留給他。不管怎樣寬大，他到底是落在我們手裡一個犯人呀，從滿清到民國，你可聽說過犯人還可以抽大煙的？這真是異想天開，也真虧他老臉厚皮，居然能說得出來！

我本來想罵他幾句，既而一想，何必？反正這個人是頭頂上長瘡，腳底板兒流膿，已經壞透了的，罵他，他也不會感到羞愧，倒教罵他的人白費了力氣。

「對不起，王老闆，你明明知道這是辦不到的。抽大煙可不是什麼好事兒，輕則灰心喪志，曠時廢事；重則傾家蕩產，連你的一條老命也給賠了進去！你是幾時染上了這宗惡習？現在正是機會，要是能幫助你把煙癮戒掉，在我們，也算是立了一樁功德。」

王會長裝出奄奄一息的樣子：

「我是戒不掉的。戒掉了，我會死！……」

老管家也被他糾纏得不耐煩，說：

「死活都由你，這要看你的造化了。」

扔下這兩句，對王會長就不再理睬。五哥却好像真的擔著幾分心事，問老管家：

「你看他，死不了吧？」

臭嘴在一旁搶著答話：

「他死了倒好，是他的造化。剛才老管家伯伯不是說了嗎？千年的王八萬年的龜，越是這種惡人，才越有得活呢！——姓王的，我告訴你，這一回是為了宋老師，才沒有按國法治你，你要是回城之後，還是惡性不改，照常的胡作非為，有一天你還會落在我們手裡，到那時候，哼哼，可就沒有現在這份兒便宜！」

後面這幾句話，是專為警告王會長的。那王會長像蚊子一樣哼哼著，聽不清他在說些什麼，大概是不死心，還在那裡低聲下氣的求告。

離開大堌堆，走上護城堤，夜幕已經漸漸籠罩下來，郊野寂寂，沒有碰見一個鬼影子。經東堤口，過大石橋，然後就上了正路，順著白花河一直走，一路上順順當當的，三更天左右，就到了柳河口。

爺爺已經睡了，聽說我們回來，還特別把五哥和我叫到床前頭，只看了我們一眼，沒有罵，也沒有多問什麼，就擺擺手，叫我們退下來了。

第二天，五哥和我才向爺爺作了一個詳細的報告，爺爺也竟然同意我們的安排，立即派人著手進行，從鄰近村子裡，找來一位和王會長有些親戚關係的老先生，由他專程給「維持會」送了一封信去。

第三天，宋老師就被送到柳河口來。而且，十分的出乎意外，陪他來的竟是王會長的千金小姐——我們的老同學王蘭香。五哥聽說來的是她，躲在臥房裡發呆，抵死不出來，只好由我上前接待。和王蘭香是有些日子沒有見面了，從前的好同學，現在的情勢却變得這麼複雜，見了面兒都不知道該怎麼說話。還幸而是我，如果換了五哥，公私糾纏，愛恨交加，那場面就更尷尬。

王蘭香倒是很大方，談完了「公事」，她還向我詢問著：

「你五哥——？」

沒想到她會有此一問，我只好瞪著眼睛說瞎話：

「哦，他病啦。所以，不能出來招待你，他要我表示歉意。」

當然，這話不是真的，任何人都一聽而知。何況王蘭香原是一個冰雪聰明的女孩子，在她的面前說謊話，等於是自己打嘴。其實，這不能怪我說謊騙人，誰教她多此一問呢？她聽了，眼睛紅紅的，頭垂得更低，也就沒有再問下去。

怕她再給我出難題，我趕忙提醒她：

「不是我攆你呀，令尊正等著你去救他，這救人的事兒是遲延不得的！你別誤會，我們絕對沒有動他一根頭髮，不過哪，他的煙癮很大，犯起煙癮來就像害了大病似的，這種情形，你一定曉得，那就趕緊去吧。」

她點點頭，站起來就走。我跟在後面送她，望著她那細細瘦瘦弱弱怯怯的背影，心裡充滿了同情。

她確實是一個好女孩兒，比一般好女孩兒具有更多的德性，她的堅強，她的正直，都是在一般女孩兒身上不容易看到的，然而，有什麼用？只因為生錯了地方，就鑄成了她一生的不幸。而一個孩子出生在什麼樣的家庭，遭遇到什麼樣的父母，老天爺，這是您一手安排，孩子本身是無權選擇的呀，這能算是公平嗎？……

大門外，默默的看著她上了馬車。旁邊有一小隊人馬也整裝待發，領隊的是老管家，他們奉命護送，要一直送到楊家寨。「維持會」的二鬼子會派人在東堤口迎接，她的安全就沒有問題了。

第四天，從城裡傳來一個消息，說是王蘭香領著「維持會」的人去救她父親，找是找到了，然而，找到了的只是一具屍體，在他女兒沒有趕到大堌堆底下那座古墓穴之前，王會長已經嚥了氣。

這消息來得突兀，使我們很難接受。怎麼會呢？我們離開那裡的時候，王會長還活得好好兒的，雖然他顯出一副奄奄待斃的樣子，還口口聲聲的說他要死要死，可是，我們都知道他是在演戲，怎麼可能說死就死呢？他年歲不到六十，身體不算健壯，也不像一般「大煙鬼」那樣瘦骨支離，尤其是，他是我們「甕中捉鱉」從他姘婦床上提溜出來的，一大把年紀，家有一妻一妾，還這麼「不安於室」，可見他精力賸餘，本錢充足，才這麼三天三夜的工夫，就算是不吃不喝，又渴又餓，也不至於落到渴死餓死的地步！可是，傳話的人說消息很可靠，城裡「王公館」白紙糊門，已經準備在辦喪事了。

爺爺聽到這消息，也有些怫然不悅，把我和五哥叫到面前，沉著嗓子說：

「這，究竟是怎麼回事兒？你們告訴我，那個王某人還活得好好兒的，怎麼他女兒找到的是一具屍體？就算那王某人犯了國法，罪該萬死，親戚總歸是親戚，只許他不仁，不許我不義，將來他惡貫滿盈，自有國法處置，你們怎麼就貿然的下了手呢？更何況，論起來他是你們的長輩，你們這樣做，豈不是忤逆犯上嗎？」

我看看五哥，他臉上神情冷漠，一句話也不說，好像這件事跟他毫無關係，犯嫌疑的是我。我極口的喊冤，請爺爺明鑑：也許我曾經有過惡念，可絕對沒有付諸行動。爺爺如若不信，何不再派人打聽打聽，看看那姓王的可有一點兒傷痕？爺爺聽我說得這樣誠懇，倒是有幾分相信，臉色也就由陰而晴，不再把我看作逞強行兇的「惹禍精」。

第五天，得到了確訊，說王會長是犯大煙癮給「癮」死的，只怪他煙癮太重，已經到了以毒養命的地步，絕糧三日，他就撐不下去，在那古墓穴裡，無病而逝。在他這樣一個惡人來說，這種死法要算是最便宜的了。

一個惡人之死，照說應該是一件大快人心的事，可是，我們幾個人却受盡了連累，受盡了寃屈。鄉人們不知內情，硬說那王會長是我們給整死的，把我們幾個人看成為國除奸、為鄉除害的少年俠士，也就是說，把我們幾個「少年郎」看成兇手、惡漢，十幾歲就動刀動槍，殺人不眨眼。我們所到之處，受了不少恭維，也聽了不少諛詞。

對一個十七八歲的「半大人」，這些話本來是很悅耳、很動聽的，無奈他們所說的大部分都不是事實，比較接近事實的那一部分，也都被添枝加葉，渲染著色，就因為說得太熱鬧啦，像一棵用心修剪又著意裝扮的樹，讓我們當事人自己聽著，也分辨不出那一根是真枝，那一朵是假花。

我們當然是不認賬的，可是，那些鄉親們愛聽這類的故事幾乎是上了癮，而且是任何人講的都相信，就是不相信我們。當我們鄭重否認，話還說不了幾句，就被他們一陣讚嘆給岔了過去，說我們不但是勇敢，而又有謙虛的美德。哎，我的老天爺，這真是沒法子，正應了我們家鄉流行的兩句老話：「魁星一筆點下來，交白卷都會中秀才。」問題是，這種不應得的榮譽落在身上，教人覺得很不自在，就像是穿了一身偷來的新衣裳，別人看著漂亮，自己却縮縮蹩蹩，覺不出有什麼光彩。

更教人受不了的是，我們的「故事」一直被人傳誦不已，先從近處傳向遠處，又從遠處傳了回來，越說越離了譜兒，簡直就把我們幾個說成武俠小說裡頭的人物，飛簷走壁，神出鬼沒。還有人替它編了回目，上一句是「小日本兒刀下奪命」，下一句是「大漢奸地底遊魂」，也不知道是那位詩人才子的手筆。有了這個標題，「故事」就更容易記憶，那些鄉親們夏天坐在樹底下，冬天擠在半屋裡「拉聒兒」的時候，總會有人說起這段「故事」，越說越起勁兒，越聽越有味兒。看樣子，我們幾個人真是闖出了字號，雖然還不至於「名標青史」，在我們家鄉一帶，三年五載，這座「口碑」是推不倒的！

我這麼說著，你可能以為我是故意使用這種「若有憾焉」的口氣．其實，內心不知道有多驕傲呢！如果你指的是現在——當這段「故事」已成過去的四十多年之後，舊事重提，也許我是有幾分得意。那是因為這四十多年以來，別人的英雄事蹟我倒是看了不少，至於我自己，平平淡淡，庸庸碌碌，值得講說的事情實在不多。所以，在我心底，就把這段「故事」記住了。雖然我演的只是一個配角，到底是我曾經飛揚過，曾經放肆過，把這段故事講說出來，在我，等於是一棵枯乾的老樹，回憶著它枝繁葉茂、花香菓甜的歲月，內心自不免充滿著狂風的抖擻，微雨的喜悅……在當時，憑良心說，我可真的是一點兒驕傲都沒有，只覺得渾身長刺，滿懷委屈，就像是被人栽了贓似的。信不信由你。

還可以再告訴你一件事，我就是受不了那種「英雄」的待遇，才終於離開家鄉的。

當楊氏一族從老寨子遷到柳河口，外界傳說，我們全族老幼數百餘口，連同那些長工和佃戶，都變成了游擊隊，這種說法跟事實頗有出入。今天回憶起來，游擊隊不應該是那個樣子，既無軍隊的編制，也不懂得什麼游擊戰術，不過是一群不肯做「順民」的老百姓而已，大體上仍然保留「聯莊會」的形式，只有長幼之序，不分階級高低。其目的，一樣是為了保鄉衛土，所不同的是，從前是打土匪，現在是對抗那些真鬼子和假鬼子。「聯莊會」本來就是民間自衛的武力，說是號令森嚴，組織緊密，究竟比不得軍隊，這和五哥的理想，還有著一大段距離。

也許五哥生來就有這種天賦，不然的話，那就是他瞞著我們，從大頭哥那裡得了不少的傳授。關於怎樣成立游擊隊，怎樣把樸實憨厚的莊稼漢，訓練成身手矯健、頭腦靈活的戰士，以及，怎樣按假鬼子的頭，扯真鬼子的腿，他似乎都有不少的主意。雖然從他口袋裡掏出來的未必都是些妙計良策，也有一些是很靈驗、很有效的。他常常主動的向爺爺獻議，又幾次三番的領隊出擊，漸漸的，他躐等升級，成了爺爺的左右臂。後來，爺爺終於把一部分人槍交在他手裡，由流亡在外的縣政府頒授名義，「封」他為自衛總隊第二大隊的大隊長，就把柳河口一帶劃為他的活動地區，他幹得有板有眼，有聲有色。這時候，他還不滿二十歲。

我是十八歲那年就離開家鄉的，爺爺肯放我走，好像也是出於五哥的建議。他的意思是說，對日戰爭已經全面展開，任何人都看得出來，這場仗有得打呢，不能因為打仗而百事俱廢，能打仗的就打仗，會讀書的也不應該被耽誤，最好是到大後方去升學，將來抗戰勝利，大學生是很有用處的。他的話意有所指，而且非常明顯：在我們楊家，能打仗的是他，會讀書的是我；他有他的成績，我有我的分數。這些話，他當面也對我說過，我第一個反應是，他對我明褒暗貶，似揚實抑，從表面上聽來，這是哥哥愛護弟弟，出生入死吃苦受累的事兒由他去做，把可以出頭、可以露臉的機會讓了給我，弟弟能不感謝哥哥嗎？可是，世間就有這種怪事，我當時對他不只是不感激，甚至還有著深深的恨意！我覺得，他說的那些都是「反話」，其真正目的是要把我「放逐」出去，以免得我留在家鄉，丟他的人，礙他的事。

說什麼「你是一個會唸書的」，無非就是因為我進初中得了個「榜首」，而後大小考試，又拿過若干次的一百分，書法和作文經常被貼在成績欄裡……如斯而已。就算這些「真憑實據」，證明我跟書本有緣，證明我的天分不低，那又如何呢？總不能說一個人「會唸書」就再也不配做其他的事，這頂「百無一用是書生」的帽子，別說蓋在我頭上，就是送給宋老師，他老人家也不會接受的。更何況，生遭亂離，說一個人只是「會唸書」的料子，豈不等於說他是一個廢物？如果我真是一個「四體不勤、五穀不分」，只記得住「詩云」、「子曰」的呆頭鵝，任由別人糟蹋，我也無話可說，事實上並非如此，套用古書上一些現成的詞句，什麼「胸懷大志」咧、「資兼文武」咧；如果有人肯用這種話來奉承我，也不見得就能把我壓死！我自問，除了舉動不夠安穩，性情稍欠深沉，其他各方面的條件，並不比五哥差到那裡去，他憑什麼把我看成書呆子？

尤其是教我聽不進去的，他在勸我的時候，竟然把他和我看作兩個不同的族類，說什麼我是「一文」，他是「一武」；又說什麼他是比較適合直接參加抗戰的人，而我的工作應該是在抗戰勝利以後，所以，我當前的急務，就是趕快到大後方進流亡學校，好好的用功讀書。他這些話大概都打過草稿，說來起承轉合，文情並茂……簡直氣炸了我！

我哇哇大叫：

「什麼？我是文，你是武？這意思是說，文的方面你不如我，武的方面我不如你囉？好，那咱們就比畫比畫，分一個高下，你說比什麼吧？比拳術？比單刀？還是比槍法？隨你挑，隨你選，只要你勝我個一招半式，往後我就不叫你哥哥啦，乾脆，我拜你為師！」

五哥微微的笑著，把頭搖了搖，那意思是將我看成小孩子，不跟我一般兒見識。最近他常常對我擺出這副面孔，他大，我小；他成熟，我幼稚，所以他處處的包容我。他大概忘了我們倆同年出生，都是屬狗的，他是端午節吃粽子的狗，我是中秋節啃月餅的狗，只比我早出世整整的一百天，叫他一聲「哥哥」，又能大我多少？這份兒神情更教人可惱。

本來我是打定主意，說什麼也不肯離開家鄉的。一半是因為那種「英雄」的待遇使我困窘，不論生人熟人，只要看到我，少不了總會提到那樁事，一邊稱讚，一邊上下打量著，要看清這個十幾歲就敢動手殺人的傢伙，究竟長了一副什麼樣兒的相貌。有一陣子，害得我見了人就躲，倒好像我真是變成一個與眾不同的怪物了，你說，這種日子有多難過？另一半是為了宋老師，他從城裡放回來之後，就一直住在我們柳河口，把宋師母也接來同住。正住得好好兒的，有一天，忽然心血來潮，向爺爺說他要離鄉遠遊，到「蜀道之難難於上青天」的「天府之國」去了。

原來在兩年之前，頭幾批流亡學生絡繹上路的時候，他就接下過一張流亡學校的聘書，當時難捨家園，留戀著祖宗廬墓，一直因循未走，最近又有人給他輾轉的帶來口信，說是學校已經在四川安定下來，雖然漫天烽火，而絃歌不輟，如果宋老師能夠在數月內趕往報到，兩年前的那張聘書依然有效。爺爺也贊成他去，並且當面請託，要他帶我同行，也好有個照料。宋老師一口承諾，事情就這樣說定了。

最初要走的，只有宋老師和我兩個人，一老一少，正好喬扮作父子的模樣；後來一拖再拖，消息走漏，參加的人就越來越多，足有半打之數。其中包括老鼠和兩位女同學，都死拖活賴的非跟著走不可。另外的一位是宋師母，也是臨時決定要與我們同去，這一來，上有二老，下有四小，更像一個大家族了。

宋師母本來是不肯離開家鄉的，可是，老公母倆幾十年的夫妻，一向是夫唱婦隨，形影不離；忽然說走就走，從此天南地北，不知道什麼時候才能相聚，可以想像宋師母心頭是什麼滋味，行期越近，她也就越不能自持，整日的哭哭啼啼。後來，還是旁人提醒他們：「既然這麼難捨難分，何不一塊兒前去？上無公婆，下無兒女，一對恩愛夫妻，就像一對鴛鴦鳥兒似的，要飛就一塊兒飛，幹嘛還一個走、一個留呢？」是呀，全家就他們老兩口兒，一份薄產也可以託人照顧，全無後顧之憂，實在沒有一個走、一個留的理由，於是，在宋老師鼓勵之下，宋師母決定追隨夫子，陪伴在側。這個決定是需要有大勇氣的，因為宋師母比宋老師還大著幾歲，已經有六十上下的年紀，又裹著一對小腳，是前些年我們提倡「天足」運動的漏網之魚，比一般纏足的婦女更小得出奇，此去千里萬里，關山阻隔，恐怕大半的路程都沒有舟車可坐，就那樣搖搖晃晃一步一步的往前挪，要走到何年何月？也因此對宋師母更加欽佩了。

老鼠的情況也跟我一樣，自己滿心的不想去，是被家長逼著上路的。他這一段時間住在柳河口，五哥領導的幾次行動他都參加了，膽子也漸漸練了出來，對家裡他是說宋老師在柳河口開了一所私塾，教導學生們讀書，以免荒廢了功課。時間一久，紙包不住火，隱祕就被看破，他那位寡母還到鄉下來哭過、鬧過，但也無可奈何。現在他母親得到消息，便又到柳河口住了幾日，鄭重拜託宋老師，把她兒子給帶到大後方去。這位從十七歲就守節撫孤的寡母，在經歷過一大段敵人佔領下的淪陷區生活之後，終於有了一層領悟：兒子大了，有了自己的主意，再也不能像小時候那樣摟在懷裡，捧在手裡。而且，這漫天匝地的狂風暴雨，也不是母親用兩臂、用全身就能夠遮得住的！家鄉，不再是一個安全的地方，也許把他交給國家、交給政府，才是上上之策。她為了兒子，甚至向宋老師下了跪，要宋老師擔保，到了大後方，就把她兒子送進學校，只管讀書，什麼危險的事兒都不准他做。……宋老師生平最敬重這一類的忠臣、義士、節婦、孝子，如今受人託孤之重，也激發起萬丈豪情，拍著胸脯，把這付萬斤重擔承受下來。

另外那兩位女同學，是一對表姐妹，年歲雖小，志氣不低，為了達成到大後方升學的心願，不惜以絕食作為武器，向家長拚死爭取，幾幾乎真的做了「烈士」，是在瘦骨支離、一息尚存的情況下，才贏得了勝利。所以，當她們被家長送到柳河口的時候，兩個人都還臉色蒼白，一副大病初癒、楚楚可憐的樣子；但她們心情很好，吱吱喳喳的有說有笑，像兩隻剛剛餵飽的小麻雀。

民國廿八年深秋九月裡，一個降霜的早晨，我們出發上路。五哥、二扁頭、臭嘴和老管家等等一行人，都趕來送我們。一路上打打鬧鬧、說說笑笑，沒有一絲兒離情別緒，好像我們是出門走親戚似的。走了一整天，晚上在「青堌集」住店，準備著第二天通過隴海鐵路的日軍封鎖線。在客棧裡吃過晚飯，五哥他們幾個向宋老師、宋師母告辭，要連夜趕回柳河口。一直到這時候，才感覺到有一塊沉甸甸的離愁壓在心頭，疙瘩硌突，墜得人好難受。

告辭之後，臭嘴忽然像小丑似的，趴下去向宋老師磕頭，嘻皮笑臉的說：

「老師，我還欠您一百個響頭呢！不是我賴賬，是您不准磕！今天要離開您了，我先給您磕一個，贘下的九十九，等將來抗戰勝利的時候，您回到家鄉，我再一總兒補足！……」

說著，果然就「砰」的一聲，前額碰觸地面，發出的響聲不小。宋老師來不及去拉他，他自己就一個倒翻站了起來。

站起來，又在找我和老鼠的麻煩：

「嗨，你們兩個，給我聽著。此一去升學讀書，可不是單單替你們自己讀的，還有我，還有五哥，還有二扁頭，兩個人替五個人讀，所以呢，你們要格外的加油！格外的用功！要是讀得不好，你們就休回來見我！」

話是笑著說的，眼眶裡却窩著兩汪子淚水，盈盈欲滴。

二扁頭聽不慣他這副腔調，罵道：

「閉上你那張臭嘴，沒有人當啞巴賣了你！本來大家都高高興興的，偏是你這麼多的眼淚！得，你的心事我明白，看他們幾個去大後方升學，你有些眼熱，對不對？現在你決心要去，也還來得及，沒有誰拉著拽著你，用不著這樣酸溜溜，苦淒淒的，又颳風，又落雨！」

臭嘴把眼淚抹掉，也反唇相譏：

「你這是在罵我？得啦，二扁頭，咱們大哥別說二哥，哥兒倆差不多，都不是讀書的材料！——該睡覺的睡覺，該趕路的趕路，少嚕囌！」

鬥了一陣嘴，還是嘻嘻哈哈的走了。我知道，他們和我一樣，為了表現英雄氣概，都不肯把心底的感情流露出來，怕的是一經發動，就弄得涕淚交迸，不可收拾，那場面，是我們不願意看到的。

第二天，通過日軍封鎖線，少不了的要忍一些屈辱，受一些刁難。出青堌集，過黃河故道，就到了河南省的地面；經朱集車站，繞商丘城外，到安徽省的亳縣。這一段路程，都在日軍的控制之下。一路上，有許多道鐵線網，許多道溝壕，許多座關卡，許多座崗哨。在敵人的刺刀下鑽進鑽出，每一個人都是神經緊張，肌肉僵硬。也不完全是恐懼，更難做到的是要克制憤怒，要忍住悲痛，對一個有血性的年輕人，這比任何刑罰都更慘酷，更沉重。我們在一日之間，走過了那幾十里路，總算有驚無險，都安全過關。

現在回想起來，有一件事令我大惑不解：在那條路上，像我們一樣的年輕人很多，三三兩兩，成群結隊，幾乎是絡繹不絕；這些人是從各地淪陷區離鄉背井而來，都走著同一條道路，朝向同一個目標。那些鬼子兵親眼目睹，當然知道這些中國青年是在做什麼事，那麼，他們為什麼不全部扣押，不悉數屠殺，卻在盤查詰問之後，任由這些參加抗戰的中國青年通過關卡？當然並不是每一個人都能順利過關，引起日軍疑心而被當場扣留的，每日必有數起，可是，這在整個人數上簡直不成比例，為什麼日本鬼子會這樣睜一隻眼、閉一隻眼呢？唯一合理的解釋，大概他們曾經很用心的研究過這個問題，知道這道巨流是防堵不住的。而且，把這些青年留在淪陷區，對他們也未必是好事，更或許他們認為把這些不安分的青年「放逐」出去，可能還比較有利於他們的「統治」。事實上，不論怎麼替日本人設想，都想不出應付這種情勢的善策，因為從他們立意侵略中國開始，就已經鑄成一個極大的錯誤，到民國廿八年——中日戰爭進行到第三年，凡是有眼睛的人都能看得出來，日本鬼子是亡不了中國的，它所能加之於中國老百姓的，不過是燒殺擄掠、一時的苦難而已。倒是他們自己陷身在中國戰場的泥淖裡，師老兵疲，進退不得，註定了要有一個極悲慘的結局。

從河南省的商丘，到安徽省的亳縣，也不過只有數十里路，卻是中國最古老的官道之一，每一步都踩著歷史的遺跡。我們一路上走過，一路聽著宋老師講說那些古老的故事，有些是我們聞所未聞的，也有些過去就略知一二，如今踐履斯土，再作溫習，把那些近在眼前的名勝古蹟一一核對，更聽得津津有味。商丘縣原先叫做歸德府，也就是唐代的睢陽，這是我們早就知道的，因為在初中二年級就讀過韓愈的「張中丞傳後敘」，也聽宋老師在講「正氣歌」的時候，解釋「為張睢陽齒」那一句，把張巡、許遠兩位大臣的事蹟，源源本本都告訴了我們。韓愈提到的那座「雙廟」，就在從商丘往亳縣的公路之側，我們在那裡略作休息，也進去瞻仰了張、許二公和南霽雲、雷萬春的塑像。面對著前朝的忠臣猛將，心中自然會滋生許多感想，於是，以「雙廟」為題，宋老師一路作了好幾首詩，而且逼著我步韻奉和，一首都不能缺。師命難違，只好一路吟哦。這也算是苦中作樂，內心的恐懼倒因此減輕不少，憂傷憤怒的情緒卻更加深重了。

當天在亳縣南關一家客棧裡落腳，半夜裡有鬼子來查店，態度十分獰惡，住店的人全被集合在院子裡，神色上稍有不對，就被咆哮叫罵，拳打腳踢，甚至用槍托子砸、用刺刀劈……把幾家客棧弄得陰風習習，如同地獄。我們幸虧遇到了好店家，事先得到消息，把我們幾個人藏在夾壁牆內，才逃過了這一場劫數。

從亳縣再往南走幾十里路，就到了國軍駐守的地區，刁斗森嚴的陣地上，飄揚著青天白日滿地紅的國旗，是那麼莊嚴，是那麼美麗，使我們這一群冒險犯難、遠道來歸的遊子，注視之際，不禁喜極而泣……

煞尾

故事說到這裡，可以不再說下去。

當然還有些「下文」，不過，那是屬於另一個故事了。

從那次離開家鄉，算到今年秋天，已經整整的四十年，一直在外地飄泊，再也不曾回去過。四十年，可不是一段短時間，昔日翩翩年少，而今垂垂已老。每當回想起四十年前的這些前塵往事，也未嘗不因而興奮上一陣子，好像時光會倒流，空間會縮短，故事中的人與物都來在眼前，於是，心凝神馳，我又把這些瑣瑣細細「溫習」了一遍。在我的記憶裡，人是永遠活著的，故鄉的景物也還是四十年前那個老樣子。事實上當然並非如此，不但人事全非，家園也已經完全破碎，逝去的不能追回，失去的不可復得，留下來的就只有這些記憶而已。

正因為這樣，所以我對這些記憶才格外珍惜；雖然它們就像是一大疊貶了值、作了廢的舊紙幣，對別人可能是值不了幾文錢的，在我，却是今生今世最寶貴、最有意義的東西，涓涓滴滴，都不忍丟棄。

現在，我把它寫了出來，一大半理由是為了這樣做能把它保存得更長久，當我老得頭腦昏瞶，記不真也說不清的時候，總還有些年輕人聽過我的「故事」，而在你們腦海裡留下些許記憶，知道若干年前有幾個年輕人是這樣活過來的，而不至於完全泯沒消失，那樣，我就算是沒有浪費筆墨。

不管你身在何地，家鄉，總是最讓你留戀、最讓你懷念的地方；不管你活了多久，八十歲、九十歲、一百歲……只要你還能夠回憶，每當你想起自己的少年時期，總會使你微笑頻頻，或是欷歔不止。家鄉，是你生根的土地；少年，是你的萌芽期。

所以，年輕人，我要勸告你們：從你有了思想、有了知識的那一刻開始，你就要重視自己的根，也要愛惜那根下的土地，莫作浮萍，莫作飛絮。你就要培育自己的芽，使它壯大，莫結孽果，莫開狂花。

初夏時期的荷花
——訪小說家楊念慈

逢甲大學中文系教授　張瑞芬

敲鑼的小女人倒托著一面鑼正走到場子邊兒上向人要錢。剛才那一陣亂，突然壓了下去，大家的眼睛都跟著那小女人轉，就像每一個人的脖子上有一根細絲繩拴著，繩子的另一端牽在那小女人手裡，她一走動，眾人的脖子都得隨她撥弄，木偶人兒似的……。

——楊念慈，《黑牛與白蛇》

我一直覺得台灣文學史忘了楊念慈是件不可思議的事，也一直懷疑五〇年代外省作家真能遵循反共政策寫文章，也該是找人問問清楚的時候了，會不會真如朱天文說的「他們是，整個一代都被低估了」呢？

朱天文說的是舒暢伯伯，我則是讀完《廢園舊事》、《黑牛與白蛇》後念念至今。《廢園舊事》是土八路（共軍）以製造誤解來分化一支剿匪游擊隊（非正規軍）的故事，其中環繞著游擊隊雷司令家的家族親情、主僕道義，謀殺事件，劇情抽絲剝繭，高潮迭起；《黑牛與白蛇》則是土匪綁票贖人的驚險戲碼。「三山六洞十八澗」的茅草坡「老紅毛」土匪，綁了七歲小孩馬思樂，在綠柳坊與馬志標、白娘子夫婦全力營救下，白娘子最終以身易子，命喪老龍潭。我更難忘的是，《巨靈》中用年輕排長丁紹震與匪寇出身的雙槍魏老七對比，呈現性格反差與「罪與罰」的因果；〈風雪桃花渡〉裡兩個返鄉過年的學生雪夜迷途，撞進一個桃花宿頭裡，險些丟了性命；〈捉妖〉則是奉派駐守老墳崗的國軍部隊，遇上土八路綁架民女並裝神弄鬼，後來在年輕連長膽大心細下識破一切，並一舉殲匪。

這些故事，十足陽剛熱血，反共抗戰加鄉野傳奇風，好看得緊。篤信小說需兼具教育性（「讀之受益」）和娛樂性（「讀得下去」）的楊念慈，天生是個說故事高手。他的小說佈局迂迴懸疑，人物性格到位，語言生猛鮮活，尤其擅長類似電影的運鏡手法與精彩對白，使得戲劇張力瞬間達到最高。例如《巨靈》不正面寫魏老七當年的凶狠，反而側筆寫旁人聞名喪膽的情狀，正如《黑牛與白蛇》不寫白蛇的美貌，倒是描摹孩子眼中圍觀群眾的回應。較少為人注意的《陋巷之春》、《十姊妹》與《犁牛之子》裡，見證了外省人在台灣的活動軌跡，時代意義相當重要。例如楊念慈寫外省退役軍人擺攤營生，戀上年輕的本地下女的〈老王和阿嬌〉（收入《金十字架》），多像林海音的〈蟹殼黃〉（收入《燭芯》）。《廢園舊事》、《黑牛與白蛇》這兩部六〇年代曾經風靡一時的長篇，二〇〇〇年被陳雨航拿到麥田再版重印，一千五百本竟銷售一空，說楊念慈不被記得，似乎也不是事實。

我想著這一千五百人，雖則不會在Lady Gaga演唱會上搖螢光棒，也不完全是唐諾定義下當今書市的一千五百死士（死忠核心，見好書必買之人），年紀應該都有一點了。諸如我，很不願承認的，就是他三十年前在中興中文系教過的學生。因孟瑤老師請他來兼課而有機緣親炙於他，當時貪玩天真，該錯過的都錯過了。那時候只知道老師是個小說家，有個讀東海中文系的女兒和我們差不多大。事實證明後來那女兒比我們管用，她叫楊明，近來《城市邊上小生活》、《夢著醒著》這兩本書寫得挺好。

在二〇一二年初夏，我才在楊老師寓所見到大師兄楊照，此楊照可非彼楊照，雖然同是台大畢業。眉眼間長得和老師很神似。我看著楊念慈老師，即使是慈藹高齡，也感受到一股威嚴從骨子裡透出來。那種威嚴是眼神裡的，看人時那種透徹明白。那頭腦是從年輕清楚到老的，眼花耳背都不足以掩蓋其清明。我數著穆中南、李莎、亞汀、王聿均、劉枋這些名字時，盯著他的臉瞧，只覺得他有好多故事還沒說呢！像一口深不見底的老龍潭，「秤鉈不墜，鵝毛下沉」，白娘子喪身那口。半世紀了，還幽深黝暗，像鑑照人心的古井一樣。二〇一一年明道大學辦王鼎鈞研討會時，和美國視訊連線不成功，倒是近年也很少出門的楊念慈老師，親筆手書一紙短箋，被我打上螢幕，不少人看了當場動容：

鼎鈞兄，能回來還是回來一趟吧。幾年前，您和我雖然話不投機，還是一直記掛著您。我不能去，您不能回，今生今世再求一面也不可得了。

楊念慈再拜

二〇一〇年，我以楊念慈小說為題寫了一篇論文在成大「感官素材與人性辯證」研討會發表，同年作了一個沒頭沒腦國科會計畫，二〇一二年，為了新版的《少年十五二十時》即將出版，我再次來到台中市北屯這一處僻靜巷弄。我看著裡頭的居民，總覺得他們都讀了《黑牛與白蛇》，只是走來走去，假裝都沒讀過。日頭朗朗，鼠灰色石牆探出一溜紫紅小花，院牆內老樹濃蔭，像一方被遺忘的天光雲影，倒影著一個九十歲和藹老作家健朗的身子骨和花白長髯。正如他自己在《少年十五二十時》新版序言說的：「六十歲稱老，只能算初入老境，九十歲可真是老了，很老很老了。」

說他老，還真是不誇張。若以一九七〇年界分，楊念慈當時已經出了《殘荷》、《落日》、《陋巷之春》、《金十字架》、《罪人》、《十姊妹》、《廢園舊事》、《黑牛與白蛇》、《犁牛之子》、《風雪桃花渡》、《巨靈》、《老樹濃蔭》這些小說。有人戲作一聯曰：「落日殘荷彎腰柳，廢園舊事斷魂橋」。足見他寫作之早，寫作之豐。

〈斷魂橋〉這部僅連載未正式出版，《落日》無處可尋，連作者自己手邊也沒有了。《殘荷》、《落日》算是早期唯二以愛情為主題的。八〇年代楊念慈寫的《少年十五二十時》、《大地蒼茫》（「大海蕩蕩」第一部），散文集《狂花滿樹》，風格更加成熟，作者自言此一時期「文字的運用，真正到了成熟的階段」，可惜被注意得更少。而五〇年代楊念慈數量極多的散文與詩，包括八〇年代在《台灣日報》寫的「柳川小品」，均未結集，至今連剪報都散佚不全了。

「不能說人家忘了我，而是我出名太早」，老作家緩緩說道。早年得過第一屆文協小說獎章（1960）、教育部文藝獎金（1969）。家居逼仄，藤椅背後空落落懸著高陽、羊令野、鍾雷的字，師母說前些日子遭了小偷，「別的不拿，就拿走了王藍、呂佛庭、楚戈的畫」，好個勞倫斯‧卜洛克（Lawrence Block）筆下的雅賊羅登拔啊！再說下去，除了覃子豪，劉枋、穆中南、鍾鼎文、孫陵、李莎、亞汀、彭邦楨、方思、季薇、王聿均、楚卿、張放、何欣，就都是年輕一輩不熟的人了。

六〇年代初，平鑫濤以極高稿酬要他與皇冠簽約，條件是在任何地方寫稿都需經過皇冠同意，楊念慈沒有接受。「文協有一次罵郭良蕙（《心鎖》事件？），找我簽名，我不簽」，「軍方發動的，有一次罵瓊瑤，我也不簽」。他自忖一副山東人的硬脾氣，「勉強周全，得罪的人更多，不如一刀兩斷，到此為止」（七不堪二不能忍，如嵇康絕交於山巨源）。得罪了很多人之後，文壇上大概都知道他這脾性，也就很少找他。

就例如李升如、童世璋的「文協中部分會」、「台灣省文藝作家協會」，多次拉他參與，他敬謝不敏。「寫就寫，搞那些團體幹什麼？」但畢竟同是作家，他和楊逵、笠詩社的桓夫（陳千武）、白萩、詹冰都有交情，久居台中，孟瑤、趙滋蕃、端木方、古之紅、陳定山、陳其茂、彩羽、陳篤弘、陳憲仁，連最後住在霧峰廟裡的姜貴，他也都熟。說起柏楊、郭嗣汾、田原、公孫嬿、孫如陵、尼洛（李明）、茹茵（耿修業）、鳳兮（馮放民）、王書川和大荒早年的陳年舊事，包括〈大海蕩蕩〉長篇連載其實不是孫如陵邀的稿，而是《中央日報》董事長曹聖芬。我鴨子聽雷，宛如置身冰河期長毛象群中。乾脆搗個鬼，問郭良蕙和張漱菡那個漂亮？他居然認真回答我，兩個完全不一樣，張漱菡古典，郭良蕙現代。

在小小的客廳裡，時光像是凝結了。豈止訪舊半為鬼，一九五〇年成立的「文協」，創始會員至今十去八九，楊念慈二十七歲隨軍來台，在第一代外省作家中算青壯輩，打過游擊，親歷戰事。用當兵的術語說，楊念慈和陳紀瀅、王藍、端木方、郭嗣汾、潘壘、姜貴在文壇上算同梯，王鼎鈞、朱西甯、司馬中原是小老弟，梅新、段彩華、桑品載等少年兵就更不用說了。楊念慈的反共長篇（如《廢園舊事》），少見的能夠呈現三〇至四〇年代砲火下北方農村的真實面貌，純就藝術技巧來論，也不比胡適、夏志清推薦姜貴的《旋風》差。楊老師說，《旋風》寫的是寧漢分裂期間，是姜貴親身經歷的事，當時姜貴人在武漢。《旋風》有大師加持，但讀來遠不如楊念慈的靈動活潑。趙滋蕃也寫戰亂匪禍，《海笑》（1971）寫一干流亡學生投入抗戰剿匪中，氣勢磅礴，但還比楊念慈《廢園舊事》晚上十年哩！

吾生也晚，沒能眼見《黑牛與白蛇》、《廢園舊事》在「中央副刊」連載並登上廣播與電影的盛況，勉強趕上電視劇《春雷》、《長白山上》、《藍與黑》和《風蕭蕭》，看的也是男女主角洪濤、沈雪珍、邵曉鈴、李芷麟、白嘉莉、江明的精湛演技。國中最早讀的是司馬中原、朱西甯，五〇年代小說，是後來中年補課，才在圖書館罕用書區把這些塵封水漬的老書讀了的。

說到趙滋蕃這個湖南人，楊念慈老師可好笑了。他說趙滋蕃和他很熟，人不錯，就是說話沒人懂，教書很吃虧。詩人彩羽（張恍）在精武路附近擺舊書攤，也是湖南人。有一次趙滋蕃在台中演講，彩羽騾子脾氣和他台上台下叫罵，兩人鄉音都重，沒人聽懂他們說什麼。楊念慈只好出來排解，勸二人先把國語學好再說。

楊念慈和一般行伍出身的作家氣質很不相同，舊學詩詞根柢深厚的他，先讀西北師範學院國文系，再入中央軍校，說起打仗，那是一套又一套。「我大概適合當兵，槍聲一響，我的心反而靜下來，知道敵人在哪裡了。」從軍十年，前半打日本鬼子，後半很窩囊。（國共內戰嗎？）以下的話，聽得我直吐舌頭——

「你大概很難想像，勝利後，來台前，大陸全部書局都在賣共產黨的書，毛澤東的書，就大模大樣的擺在那兒。當時左青領袖的書都暢銷，國民黨的人卻沒沒無名。……我待過的幾個大城市，都是前腳離開，後腳就失陷，開封、鄭州、洛陽，連山東濟南也是。……和共產黨打仗很殘忍的，我們連他們的部隊長是誰都不知道，關於他們的謠言很多。在火線上接觸的全是民兵，真正的共產黨在後面，叫人海戰術。民兵很可憐的，有些手裡提著手榴彈，連武器都沒有。一場小戰事，一個村莊就能死幾百人。」

再往前推一點兒，「抗戰第二年，我的家鄉就淪陷了，當時山東省主席兼第三路軍總指揮韓復榘，擁兵三十萬，卻刻意保留實力，撤出山東，後來被押到武漢槍斃了。第三路軍留下許多人，其中一個連長，我後來跟著他打游擊。」（七七抗戰七十五週年快到了，這人怎麼能不出現呢？這不正是楊念慈一九八〇年初版的自傳體小說《少年十五二十時》裡一群熱血少年打游擊的背景嗎？）《少年十五二十時》裡，初中畢業，十五歲的主角「我」，縣城淪陷後原想到後方當流亡學生，被祖父母強留住了。同鄉綽號大頭哥的大哥秦邦傑從前線負傷回鄉，不幸被日本鬼子抓住，斬首棄市，熱血沸騰的五哥、「我」、扁頭等在大雪天裡葬了尸首，發願結合楊家寨的武力與人力為他報仇。他們組成游擊隊偷營劫寨闖入城中，綁走漢奸「維持會」王會長，換回老秀才一條性命。而後數年楊家寨全村避走柳河口，「我」也終於遠去後方，跟上了流亡學生的隊伍，自此亡命天涯。

「游擊隊我幹了好幾年，我們家鄉的游擊隊長最高司令官就是朱世勤。（啊！不就是《大地蒼茫》中的土匪頭朱大善人？）朱世勤有個同族兄弟朱世蘭，做過高雄左營高中校長」。「我們山東人，投考黃埔軍校的人很多，我的親娘舅就是黃埔前幾期的，抗戰後作了交警總隊長。《大地蒼茫》中劉一民的小叔（投效革命軍的劉大德？）講徐州陣亡將士公墓那段，是真有其人的。」

真有其人的，在楊念慈小說裡可多了！《殘荷》裡的男主角、《少年十五二十時》裡的「我」、《廢園舊事》裡的余世勛、《黑牛與白蛇》裡的小少爺祖壽、《大地蒼茫》裡的劉一民、《罪人》裡的劉家祜，包括《巨靈》中年輕氣盛的排長丁紹震。每一部小說中的第一人稱，似乎都有作者自己的影子在其中。從楊家寨裡的小少爺到年輕奉派異地的軍官，虛實真假之際，格外引動讀者的心弦。作者自言，「情節是真實的，只是經過了作者有意的變動」。

我不死心，再問為何他的小說必有「土匪」、「游擊隊」、「綁架」這些元素？為什麼以綁架事件作為推進情節的動力？是製造懸疑、加快節奏，還是「罪與罰」的救贖意念？這種情節往往最能顯出多方人馬之間的內心衝突與人格特質吧！那麼多土匪改邪歸正，是否說明在人性的危疑間，光明與黑暗實為一體之兩面。他所要強調的，是否並非可歌可泣的大歷史，而是民間的豐沛能量？老百姓心中所謂「英雄」或傳奇人物，不是一般世俗狹隘的道德觀，反而是留存在人心裡那不絕如縷的情分或崇敬。「寇來如梳，官來如篦」，用來說《大地蒼茫》那貪婪陰險的縣太爺與錢師爺，對比猶有孝親善念的土匪「朱大善人」，不是非常恰當，又非常諷刺嗎？

說了一拖拉庫，老作家只是緩緩笑說了一句：「我被綁架過！」（我差點跌落椅子，唉呀

《罪人》裡十歲被綁，繼母不肯拿錢贖他回家的劉家祜，該不會是他吧！）《罪人》一書寫戰亂中一家人生離死別，劉家祜與妹婿馬牧野（共產黨），猶如王藍《藍與黑》裡光明與黑暗的對比。這本書對楊念慈真正的意義並不是技巧的突破，而是寫出了幼時被後母凌虐的內心傷痕與家庭背景。書裡是這麼寫的：

> 繼母狠心，振振有詞的說，土匪可是不講仁義的，給了五百還有下一個五千，非傾家蕩產不可。更何況可能贖不回來，與其到時候望門討飯，不如開頭就不上這個當。土匪貼了幾次逾期撕票告示，繼母置之不理，到最後土匪認了輸，犯了「放生」的大忌，親自把劉家祐送回家裡，並說：「回家吧！小兄弟，回家對你晚娘講，俺服她了。白養了你一百多天，『拉杆兒』以來，賠錢生意俺這是頭一遭」。
>
> ——楊念慈，《罪人》，大業書店，一九五九年，頁二三

「土匪絕對不是很壞的人」，他正經八百的說：「我比較接近土匪，也喜歡土匪」。「在我記憶中，北伐前的山東是兩種人，山上一群土匪，城裡一群土匪，只是城裡的穿軍裝罷了。兩批人鬥來鬥去，老百姓過的是苦日子。」土匪把他抓了去作雜役，恐嚇要膠貼了眼睛，蠟封住耳朵，並沒真的虐待他，幾個月後拿不到贖金把他放了。「他們就像水滸傳寫的一群人，半土匪半軍人。其實土八路就是土匪，給他一個番號就成了軍隊。」老作家還說到國共內戰中的李仙洲，「我進軍校就是受到他的訓練」，《大地蒼茫》裡也寫到這個人物，「李後來成了國

共內戰中第一個被俘虜的國軍將領」。（這差不多是白堊紀！我再查了一下，一九八四年生，一九八八年歿，黃埔第一期畢業，一九四七年二月二十三日在萊蕪戰役中被民眾解放軍俘虜，入東北戰犯管理所及功德林戰俘管理所學習改造。一九六〇年特赦釋放，後任山東省政協祕書處專員等，一九八八年在濟南逝世。）

寫作寫得早，楊念慈與陳紀瀅、王藍，甚至女作家潘人木、郭晉秀、郭良蕙、林海音都熟。琦君還是當年劉枋拉著他去最高法院把她找出來的（附注說明：琦君人很好。類似這種的，還有「瓊瑤人很好」、「朱家三姊妹對我都很好」）。「每年五四很熱鬧，張秀亞特別懷念那段時間。當時台北沒幾個地方可以開會的，中山堂若被佔用，就在北一女禮堂開會。當時候女學生一下課就圍著看會員簽到簿大叫：啊！張秀亞。」（老作家捻鬚笑開了，說以前作家像明星似的，師母一旁哀嘆「哪像現下啊……」）

我看著這一對，簡直沈從文與張兆和。最好的年紀，遇上最好的人，據說師母當年是員林實中校花。多好的情分，這樣白頭到老相扶持。然而我還是不懂老師為何初到台灣就卸下軍職，是不是和舒暢一樣不受信任，被排擠出軍隊呢？這不能說的祕密，竟讓我軟硬兼施逼了出來。

看過《文學江湖》的人，都知道王鼎鈞當年下了基隆碼頭，脫下軍服就投稿，楊念慈（一九二二年生）長王鼎鈞（一九二五年生）幾歲，一九四九年初到台灣，他原本籍隸青年軍二〇五師，任知識青年大隊第二隊少校連長，後來在鳳山五塊厝孫立人第一軍三四〇師麾下，硬生生被降了一級。不到數月，莫名其妙，部隊自清，被關了一陣放出來。分文退伍金皆無，一身軍裝就這麼走到火車站，坐車到了台北，就此開始了「木板屋時期」鬻文為生，難民兼貧民的日子。

這個位於中山區正由里的日本公墓簡陋住處，正是楊念慈小說《陋巷之春》的場景，單身住了三年多，這是他詩文產量最多，也是和台北文友來往最為熟絡的時期，當時用過許多筆名，包括楊柳岸、楊葉、孫家禔，發表在《文壇》、《暢流》、《中華日報》、《自由青年》。一九五三年他南下員林實中任教，認識了小他十幾歲，當時猶是女學生的李燕玉，後定居台中，一九五七年結婚，任職中興新村中興中學，避開了台北文藝圈裡文協與青年寫作協會的互鬥，當然也避開了後來「文藝清潔運動」、「戰鬥文藝」的糾葛。（一九六四至一九七五年在台中一中教書，和端木方、楚卿號稱一中三劍客，還教過吳敦義與李瑞騰。在中興兼課，保真來聽了一年，這是後話了。）

「從大陸撤退，是一次大動亂，軍隊吸納了許多不該當兵的人，這些人不管從哪一方面來說，都不具備當兵的條件。這些人有些在軍隊東碰西撞，滿身是傷，或死了，有些人勉強適應了。軍隊生活和老百姓不同，從大陸來的，以軍為家，軍隊之外，連一點生活空間都沒有。像我這樣的很少，離了軍隊，還能教書。」老人感慨的說，在台灣的前二十年，他一直背後都有人跟蹤，有時莫名其妙就被抓走，也說不上什麼理由。「那些特務，本領有限。」師母在旁急揮手：「別說這些，別說這些，說這些幹什麼。」他山東人的直脾氣來了，坦言對某位評論者很有意見，原因是他把台灣的反共作家都當作政府豢養的。「這些事情，內幕很多，我不應該告訴你，你也不該打聽。」他以下說的，我聽著快流汗了——

「我再告訴你幾句話。你寫的東西，有點替我抱屈。得獎很少，我一點也沒感到委屈。是我自己不要的！其實我的知音不少，有幾個很欣賞我也想幫助我。例如方豪，他是中央研究院院士，曾任政大文學院院長，是個神父，研究明代中西交通史的，山東作家裡，他說最欣賞的兩個就是姜貴和我。人已經不在了，人緣不太好吧，獨來獨往的。我記得他穿著很隨性，不像個神父，兩人曾在小教堂裡談郭良蕙的小說，他很喜歡。」（神父談《心鎖》？上網一查，果有此人。籍隸浙江，一九一〇年生，一九八〇年歿，中西文化俱通，戰時隨于斌樞機主教編過《益世報》，理念開通，與當時傳教風潮頗有衝突，於教會中落落寡合。）

看來不落落寡合，還很難是他的朋友。老作家還說：「在台灣，文藝獎金不是靠作品，是靠人際關係。」（很敢講）「寫作不一定得獎嘛！我甚至給楊明說，得獎不如不得獎。」（不得獎，讓很多人問此人為何不得獎。高啊！楊老最好是看過七年級世代編的文學金典，出名要趁早，驚驚袂得等咧！更不要說現下各種要自述優良事蹟的國科會計畫、教學評鑑、傑出人才獎勵了。）「我有個毛病，文藝界交往，我不但注意作品，也注意人品。作品就是人格的再現，人品不值一提，作品也就無可觀」。「我這輩子，寫稿或出版，我都是被動的。從沒自己去求過什麼。總覺得這麼大年歲，俯仰無愧了。」

最後那句「俯仰無愧」，驚天雷一般，轟得我頭昏眼花。最後一問，寫作詩、散文、小說，需要不同的條件嗎？楊老師說，詩需要天賦，要有那份靈性；小說需要修養，人生的修養與技巧的修養；散文需要的條件最雜，雖說文言、白話、鄉土都可自成一格，但基本的學養還是要有的。

帶著難以言喻的內心激盪，我走出了老師家的老舊庭院，推開斑駁的紅門，滿地落葉。這樣的人能被懷疑什麼呢？還不如找他打打麻將說說真心話兒好，聽說他牌技甚佳。落日遲暮，殘荷凋零，一個曾經寫出這麼好的小說的作家，如果能再被年輕讀者讀著，是讀者的幸運了而不是他的。而太陽底下沒有新鮮事，我從不認為語言技巧的驚世炫技是多麼了不起的前衛手法，如果沒有真實的生活基底，不還是很虛的嗎？

幾個師母塞給我的豆沙粽，一吃驚豔，內餡兒很綿密，連師母也是「照齒工」的。這初夏時期的荷花，給我的感受竟不是蒼涼，而是暖意。牆外，落日和樹影漸漸斜了。

發表於《文訊》雜誌二〇一二年七月第三二一期

楊念慈著作目錄

文訊雜誌社編

【散文】

1. 狂花滿樹：臺北，九歌出版社，一九八〇年七月，三十二開，二一一頁。

【小說】

1. 殘荷（長篇小說）：高雄，大業書店，一九五一年四月，三十二開，八十二頁。
2. 落日（長篇小說）：高雄，大業書店，一九五二年七月，三十二開，一一五頁。
3. 陋巷之春（短篇小說集）：高雄，大業書店，一九五三年十月，三十二開，一〇六頁。臺南，東海出版社，一九六五年，三十二開，一〇六頁。（易名《暖葫蘆兒》）
4. 金十字架（短篇小說集）：雲林，新新文藝出版社，一九五五年十二月，三十二開，一一五頁。
5. 罪人（長篇小說）：高雄，大業書店，一九五九年十二月，三十二開，一九七頁。

6.十姊妹（長篇小說）：高雄，大業書店，一九六一年一月，三十二開，三〇三頁。
7.廢園舊事（長篇小說）：臺北，文壇社，一九六二年八月，三十二開，三八五頁；
臺北，麥田出版公司，二〇〇〇年五月，二十五開，三八二頁。
（新增〈新版序〉）
8.黑牛與白蛇（長篇小說）：高雄，大業書店，一九六三年十一月，三十二開，六八三頁；
臺北，皇冠出版社，一九七〇年四月，三十二開，六八三頁；
臺北，麥田出版公司，二〇〇〇年五月，二十五開，二九五頁、
三〇九頁。（兩冊，新增〈新版序〉）
9.犁牛之子（長篇小說）：臺中，臺灣省新聞處，一九六七年七月，三十二開，二三〇頁。
10.風雪桃花渡（短篇小說集）：臺北，立志出版社，一九六九年六月，三十二開，一八八頁；
臺北，水芙蓉出版社，一九七五年八月，三十二開，一八八頁。
11.巨靈（長篇小說）：臺北，立志出版社，一九七〇年一月，四十開，二二三頁。
12.老樹濃蔭（短篇小說集）：臺北，愛眉文藝出版社，一九七〇年十一月，三十二開，一八
八頁。
13.恩愛（短篇小說集）：臺北，愛眉文藝出版社，一九七一年一月，三十二開，二〇八頁。
14.楊念慈自選集（短篇小說集）：臺北，黎明文化公司，一九七七年十二月，三十二開，
二八六頁。
15.薄薄酒（中篇小說）：臺北，世界文物出版社，一九七九年七月，三十二開，二八四頁。

16. 少年十五二十時（長篇小說）：臺北，皇冠出版社，一九八〇年，三十二開，三四四頁。臺北，釀出版，二〇一二年七月，二十五開，四三二頁。

17. 大地蒼茫（兩冊）：臺北，三民書局，二〇〇七年一月，新二十五開，六四三頁。

【兒童文學】

1. 愛的畫像（蘇新田圖）：臺中，臺灣省教育廳，一九七〇年五月，二十五開，六十四頁。

|重現經典|01 PC0206

少年十五二十時

作　　者	楊念慈
責任編輯	林泰宏
圖文排版	鄭佳雯
封面設計	蔡瑋中

出 版 者	釀出版
策　　劃	文訊雜誌社
製作發行	秀威資訊科技股份有限公司
	114 台北市內湖區瑞光路76巷65號1樓
	電話：+886-2-2796-3638　傳真：+886-2-2796-1377
	服務信箱：service@showwe.com.tw
	http://www.showwe.com.tw
郵政劃撥	19563868　戶名：秀威資訊科技股份有限公司
展售門市	國家書店【松江門市】
	104 台北市中山區松江路209號1樓
	電話：+886-2-2518-0207　傳真：+886-2-2518-0778
網路訂購	秀威網路書店：http://www.bodbooks.com.tw
	國家網路書店：http://www.govbooks.com.tw
法律顧問	毛國樑　律師
總 經 銷	創智文化有限公司
	236 新北市土城區忠承路89號6樓
	電話：+886-2-2268-3489　傳真：+886-2-2269-6560
	博訊書網：http://www.booknews.com.tw

出版日期	2012年7月　BOD一版
定　　價	320元

Printed in Taiwan

國家圖書館出版品預行編目

少年十五二十時 / 楊念慈著. -- 一版. -- 臺北
市：釀出版, 2012.07
面； 公分. -- (重現經典01 ; PC0206)
BOD版
ISBN 978-986-6095-97-9 (平裝)

857.7 101001306

讀者回函卡

感謝您購買本書，為提升服務品質，請填妥以下資料，將讀者回函卡直接寄回或傳真本公司，收到您的寶貴意見後，我們會收藏記錄及檢討，謝謝！如您需要了解本公司最新出版書目、購書優惠或企劃活動，歡迎您上網查詢或下載相關資料：http:// www.showwe.com.tw

您購買的書名：________________________________

出生日期：________年________月________日

學歷：□高中（含）以下　□大專　□研究所（含）以上

職業：□製造業　□金融業　□資訊業　□軍警　□傳播業　□自由業

□服務業　□公務員　□教職　□學生　□家管　□其它______

購書地點：□網路書店　□實體書店　□書展　□郵購　□贈閱　□其他

您從何得知本書的消息？

□網路書店　□實體書店　□網路搜尋　□電子報　□書訊　□雜誌

□傳播媒體　□親友推薦　□網站推薦　□部落格　□其他__________

您對本書的評價：（請填代號　1.非常滿意　2.滿意　3.尚可　4.再改進）

封面設計____　版面編排____　內容____　文／譯筆____　價格____

讀完書後您覺得：

□很有收穫　□有收穫　□收穫不多　□沒收穫

對我們的建議：________________________________

____

____

____

請貼
郵票

11466
台北市內湖區瑞光路 76 巷 65 號 1 樓
秀威資訊科技股份有限公司 收
BOD 數位出版事業部

（請沿線對折寄回，謝謝！）

姓　　名：________________ 年齡：________ 性別：□女　□男

郵遞區號：□□□□□

地　　址：________________________________

聯絡電話：(日) ________________ (夜) ________________

E-mail：________________________________